Micha-el Goehre

# JUNGSMUSIK



atb aufbau taschenbuch

MICHA-EL GOEHRE, geboren 1975, kommt aus Ostwestfalen. Er liest vor (auf Lesebühnen), legt auf (Heavy Metal) und schreibt zurzeit die Fortsetzung von »Jungsmusik«. Er gewann zahlreiche Poetry Slams und im letzten Jahrhundert eine Ehrenurkunde bei den Bundesjugendspielen.

www.michael-goehre.de

Torben feiert gern und in jeder Hinsicht ausufernd und »arbeitet« als Metal-DJ, wobei er sich wie alle DJs immer wieder über undankbares und nicht fachkundiges Publikum wundern muss. Irgendwann kann er nicht länger leugnen, dass er sich in seine beste Freundin Lucy verliebt hat. Dumm gelaufen für Torben, denn sie sieht in ihm nur den Kumpel, und er schafft es nicht, ihr seine Gefühle zu beichten. Als er dann das Angebot bekommt, eine Kolumne in einem Musikmagazin zu schreiben, die Pärchenbildung in seinem Freundeskreis um sich greift und sich der Plan, in der Stammkneipe ein Konzert zu organisieren, als Kamikazeprojekt erweist, führt kein Weg mehr am Thema Erwachsenwerden vorbei.

*»Wirklich witzig – und strotzt nur so von Situationskomik.«*

Truetrash.com

MICHA-EL GOEHRE

# JUNGSMUSIK

Roman

atb aufbau taschenbuch

FSC
www.fsc.org
MIX
Papier aus verantwortungsvollen Quellen
FSC® C083411

ISBN 978-3-7466-2912-4

Aufbau Taschenbuch ist eine Marke
der Aufbau Verlag GmbH & Co. KG

1. Auflage 2013

Umschlaggestaltung und Illustration
Nurten Zeren, zerendesign.com
Druck und Binden CPI – Clausen & Bosse, Leck
Printed in Germany

www.aufbau-verlag.de

*Dem »Tribe of Sandman« gewidmet*

*und*
GUS CHAMBERS.
*Danke für einen magischen Heavy-Metal-Moment.*
*R.I.P.*

1.

# Kellerkinder

»Hast du mein *Exciter*-Shirt irgendwo gesehen?«

Ich gebe ein Geräusch von mir, das hoffentlich wie eine verneinende Antwort klingt. Zu mehr fühle ich mich gerade nicht in der Lage.

»Shit, ich könnte schwören, dass ich es gestern anhatte.« Sie beäugt mit in die Hüften gestemmten Fäusten das Chaos in meiner Bude. Sie trägt nur einen knappen schwarzen Slip. Ihre langen, langen, schönen Haare reichen bis an den Saum des Höschens. Sie verdecken größtenteils das Rückentattoo, einen Drachen, der sich um ein ziemlich prolliges Schwert windet. Sieht eigentlich ziemlich billig aus.

Aber ihr steht es. Sie sieht wirklich von oben bis unten toll aus. Die letzte Nacht war klasse. Ich benutze diesen Begriff nicht sehr oft, aber wenn ich mich richtig erinnere, dann haben wir es getrieben, wie die Tiere es nie treiben würden, weil sie gar nicht auf die Idee kämen, es so zu treiben. Und schon gar nicht so oft hintereinander. Es war schlicht und ergreifend klasse gewesen. Weltklasse sogar, aber nicht von dieser Welt.

Ein tolles Mädchen.

Vielleicht sollte ich sie mal nach ihrem Namen fragen.

Stattdessen drehe ich mich wieder zur Wand und stelle mich schlafend.

Was zur Hölle mache ich hier eigentlich?

***

»Ey Torben! Mach Mucke, oder was!?«

Nicht viele Menschen kriegen es auf die Reihe, einen Befehl und eine Frage in ein und denselben Satz zu packen und beides hundert Prozent durchklingen zu lassen. Daumen schafft das problemlos. Ihm gelingt es sogar, dabei zu brüllen und gleichzeitig nonverbal »Bitte!« zu sagen.

Ich schaue mich in dem Partykeller um, den wir gerade besiedeln. Ich habe keine Ahnung, zu wessen Haus oder Wohnung er gehört und in welchem Ortsteil er sich befindet. Ein Partykeller , wie man ihn in längst vergangenen Zeiten, den Siebzigern oder Achtzigern, unter jedes Haus gedengelt hat, in dem Glauben, 1,90 Meter Deckenhöhe und der massive Einsatz dunkelstbrauner Wandvertäfelung würden in Verbindung mit schwachbrüstiger Zapfanlage und drei epileptisch vor sich hin flackernden farbigen Glühbirnen für Partylaune und Gemütlichkeit sorgen. Was natürlich eine völlig richtige Einschätzung ist, weil der anwesende Haufen vornehmlich Langhaariger sich nicht viel für Design und Fragen der Innen- und Eventarchitektur interessiert. Solange der Faktor »Zapfanlage« und ein Nebenraum für Notgroschenbierkästen vorhanden ist, sind die zufrieden, genauso wie ich gerade.

»Also?!«, hakt Daumen nach. Er sieht dabei aus wie ein potenziell gewaltbereiter Stier, der einen sofort zu einem Schmierfilm auf dem Boden verarbeiten kann. Aber in jedem Stier steckt auch das Wesen einer Kuh und dieses Rindvieh hat neben allem Fordernden auch einen Gesichtsausdruck, als würde man mit einem dicken Büschel saftigem, frisch geschnittenem Gras vor seiner nassen Nase wedeln.

Fakt ist, dass sich keine Sau besonders für die Musik interessiert. Gut, das würde sich schlagartig ändern, wenn jemand es wagen würde, Hiphop oder Techno in den Player zu schmeißen. Dann gäbe es Tote, Revolte und im schlimmsten Fall Bierverbot für den Täter. Aber solange irgendwas mit lauten Gitarren läuft, ist die Partymeute zufrieden. Die meisten sind mit Labern beschäftigt oder mit Saufen oder mit Labern oder mit Biertrinken oder damit, irgendeine Frau anzubaggern, die entweder schläft, Bier trinkt oder die eigene Ex-Freundin ist. Nur zwei Figuren stehen in der Mitte des Raumes und moshen zu irgendeinem Death-Metal-Song, den ich nicht kenne und meinem Verdacht nach die beiden Headbanger auch nicht. Einer hält sich an der wackeligen, selbstgezimmerten Theke fest, der andere an dem, der sich an der Theke festhält und einem Weizenglas, in dem eine trübe schaum- und kohlensäurefreie Plörre freudlos hin- und herschwappt.

An einem Tisch in der Ecke unter dem Kunstharzgeweih mit der Plakette »Grüße aus dem schönen Harz« und einem C.-C.-Catch-Poster zockt ein Sechserpack eine Trinkspielvariante von Monopoly, deren Grundkonzept ich nicht vollständig kapiere, aber auf den Feldern, die normalerweise mit Ereignis- beziehungsweise Gesellschaftskarten belegt sind, stehen nun jeweils eine Pulle Wodka Gorbatschow und Jim Beam, beide bereits reichlich geplündert und einer der Spieler räumt mit siegesgewissem Grinsen vier Schnapsgläser von der Schlossallee und ersetzt sie durch ein Weizenglas. Dann trinkt er die vier Schnäpse auf ex und grinst wieder, jetzt aber nicht mehr ganz so glücklich.

Für die Musik interessiert sich keiner, zumal es auf drei Uhr morgens zugeht und die ersten Verluste zu beklagen sind. Unter ein, zwei Bänken haben sich bereits die Ersten in ihre Kutten oder den fleckigen Teppich gekuschelt und träumen vom Weiterfeiern. Einen DJ braucht hier keiner.

»Einen DJ braucht hier keiner«, teile ich Daumen meinen Gedankengang mit.

»Mach keinen Scheiß, Alter. Seit 'ner halben Stunde läuft nu' schon dieser Death-Dreck, das kann ich nich' ab. Das macht schlechte Laune!«

Ein paar Leute haben Daumens Ansage mitbekommen und versteifen sich merklich. Wenn Daumen schlechte Laune kriegt, bedeutet das Alarm. Daumen ist nicht nur hoch wie breit wie tief, er ist auch Präsi der lokalen Sektion des Motorradclubs »Black Angels«. Alles an Daumen vermittelt den Eindruck, dass Ärger mit ihm weniger mit einer Schlägerei als mit der Erstürmung des Hamburger Hill zu tun hat. Aber ich habe glücklicherweise eine gewisse Narrenfreiheit bei ihm, weil er mich als DJ respektiert, weswegen ich mir erlauben kann, nicht weiter auf seine Forderung einzugehen.

»Alter, schwing deinen Arsch hinter den Tresen und mach Mucke, oder was!?«

»Wozu? Das hier ist 'ne gemütliche Sitzen- und Saufenparty. Da brauch keiner einen Blödmann, der eine CD nach der anderen reinschmeißt. Außerdem hab ich einfach keinen Bock.«

»Ja, aber den Death-Dreck kann ich nicht am Kopp haben! Und du machst immer gute Sachen an. Na ja, nicht immer. Aber oft. Manchmal. Also oft genug.«

»Daumen, das ist dein Problem. Ich muss immer für Party sorgen, wenn ihr Spaß habt. Jetzt hab ich frei und will mir auch mal in Ruhe einen löten. Wenn dir die Mucke nicht passt, mach doch selber was an. Wird sich bestimmt keiner beschweren.«

Daumen wirft einen irritierten Blick in den Raum und wirkt dabei wie das Auge Saurons, nur mit Lederjacke. Ein paar Leute mit einem gesunden Sinn für Lebenserhaltung murmeln eifrige Bekundungen, dass ihnen eine andere CD nix ausmachen würde, ganz bestimmt nicht.

»Hm, na gut. Mach ich mal was an.« Er trollt sich hinter den Tresen, begutachtet die ungeordnete und größtenteils schon leicht verklebte CD-Ansammlung und entscheidet sich letzten Endes für einen Best-of-Sampler von *Rose Tattoo*, bevor er sich wieder in eine Sofaecke zu seinen Bikerkollegen verzieht.

»Also, wo waren wir?«, fragt Sven, der neben mir sitzt. Ich sehe ihn an und muss einen Moment ernsthaft überlegen. Mein Pegel ist inzwischen auch schon so hoch, dass er meine Aufmerksamkeitsspanne deutlich senkt.

»Ach ja, äh, Weiber«, fällt es mir dann doch wieder ein. »Kann ich langsam echt nicht mehr ab, das Thema.«

»Wieso, was war denn nu schon wieder?«

»Na ja, gestern bin ich neben einer Frau aufgewacht und hatte null Ahnung, wer die überhaupt war und wo ich die aufgegabelt habe.«

»Sah die gut aus?«

»Ja, das schon.«

»Dunkle Haare? Relativ groß, schlank? *Exciter*-Shirt?«

»Ja, genau, woher weißt du das denn?«

»Mit der hast du die ganze Zeit im *Loch* rumgemacht.«

»Ach du Scheiße!«

»Ja, das war streckenweise schon echt schwer zu ertragen, dieses besoffene Geturtel.«

»Kacke.«

»Ach komm, wenigstens hast du 'ne gute Nacht gehabt.«

»Na ja, ging so. Ich weiß ja nicht mal, ob wir wirklich gevögelt haben oder ob ich mir das nur eingebildet und mich mal wieder zum Vollhorst gemacht habe. Himmel, ich hoffe, ich bin nicht mittendrin eingeschlafen. Nicht schon wieder!«

»Das ist nicht unwahrscheinlich. Du warst voll wie zehn Russen. Du hast sogar versucht, 'ne Schlägerei mit dem Spielautomaten anzufangen. Du weißt, wie empfindlich 08/15 mit seinem Spielzeug ist. Der war drauf und dran, dir Hausverbot aufzubrummen.«

Das klingt ernst. Hausverbot im *Loch* wäre so etwas Ähnliches wie Verbannung, Exil und Ächtung, alles zusammen.

Sven setzt nach: »Was musste auch immer so viel saufen? Du musst echt mal langsamer machen. Irgendwann gerätst du an den Falschen und dann haste mal richtig einen sitzen.«

»Soll ich jetzt abstinent werden, oder was?«

»Ach Quatsch. Scheiße, nein, aber du wirst halt immer echt 'n Arsch, wenn du gesoffen hast. Du baust Scheiße und kannst dich am nächsten Tag nicht mal dran erinnern. Das ist doch Mist, Mann.«

»Ja, hast ja recht. Aber was soll ich denn sonst machen? Ich hab keinen Plan, was ich mit meinem Leben anfangen soll. Außer Auflegen hab ich nicht viel, um mich zu beschäftigen; da staut sich halt was und das muss ich irgendwie kompensieren. Glaube ich.«

»Großartig, Doktor Freud, das Problem haste schon mal erkannt. Was ist denn mit deiner Schreiberei? Du wolltest da doch mal was draus machen.«

Ich zucke mit den Schultern und schmolle mein Bier an. Ich kann's nicht ab, wenn Sven recht hat. Ich sollte wirklich mal langsam den Arsch hochkriegen.

»Den ganzen Tag am Band stehen, kann's aber auch nicht sein.«

»Ich hab wenigstens Asche auf der Tasche und bin nicht jedes Monatsende wieder bei null. Und ich will das ja auch nicht ewig machen. Ich spare und irgendwann mache ich mein eigenes Business auf. Was kleines Eigenes. Und was hast du vorzuweisen?«

»Klappe!«

»Siehste, immer nur am Mosern, aber nix angehen. Ey Pelle!« Er winkt den massigen Typen zu sich, der gerade zur Tür hereingekommen ist. Pelle erinnert einen immer daran, dass manche Kinder in ihrem Wachstum irgendwann an eine unsichtbare Zimmerdecke stoßen, was sie aber nicht daran hindert, weiterzuwachsen. Nur eben in die Breite. Ich mag ihn ganz gerne, auch wenn wir nur sporadisch miteinander zu tun haben. Es ist zwar mit seinen achtundzwanzig Lenzen nur ein ein Jahr älter als Sven und ich, aber durch seine Statur und seine Art wirkt er deutlich älter. Er hat eine angenehm natürliche und gemütliche Respektsaura. Er grüßt uns und nimmt dann am Tisch Platz, was etwas dauert, weil er erst seinen massigen Hintern entsprechend sortieren muss. Wir stoßen alle an.

»Was gibt's denn?«, fragte Pelle.

»Du machst doch noch dein Online-Magazin, oder?«, erkundigte sich mein bester Kumpel.

»*Hammer'n'Steel*? Klar mach ich das noch. Wir bereiten grad den Relaunch im neuen Outfit vor. Das Ding ist inzwischen echt fett, wir haben endlich feste Anzeigenkunden und demnächst kommt noch 'n Store dazu. Man muss was tun, wenn man gegen die ganzen Social Networks anstinken will.«

»Kannst du nicht noch jemanden brauchen, der schreibt?«

»Hast du jemand Speziellen im Sinn?«

Sven deutet mit dem Daumen auf mich. »Torben!«

»Echt? Du schreibst?«

Mir ist das irgendwie ein Stück weit unangenehm. »Na ja, ein bisschen. So hobbymäßig.«

»Er ist echt gut.« Sven klingt jetzt wie ein verdammter arabischer Kamelhändler. »Und er hat Ahnung von Mucke.«

Pelle taxiert mich kritisch, wobei er beunruhigend gerade guckt. Er ist eindeutig noch nicht so besoffen wie ich, was ich als unfairen Spielvorteil ansehe.

»Na ja, für Interviews und so hab ich eigentlich genug Leute.«

Und Zack, so ist mein Leben: Sechzig Sekunden sah es so aus, als könnte ich mal was Neues anfangen, schon ist meine Karriere wieder am Arsch.

»Du könntest ja erst mal Reviews schreiben. Oder worauf hast du generell Bock?«

Na so was, das klingt doch wieder deutlich besser. Selbstverständlich werde ich sofort wieder unverhältnismäßig übermütig. »Kolumnen. Ich würde gerne Kolumnen schreiben!«

Pelle sieht mich an. »Kolumnen?«, hakt er nach und es klingt wie »Aber sonst bist du ganz bei Trost, ja?«

Aus irgendeinem Grund sieht man Kolumnen als gehobene Disziplin an, vermutlich weil man dafür weniger recherchieren als vielmehr eine eigene Meinung haben muss und weil sich die gesammelten Ergüsse häufig ganz hervorragend für eine lukrative Zweitverwertung in Buchform eignen. Für Kolumnen bewirbt man sich nicht, man kriegt sie angeboten. Quasi als Belohnung für erbrachte Leistungen oder zumindest erfolgreiche und beharrliche Schleimerei.

»Ach, vergiss es«, komme ich Pelle zuvor. Ich bin schließlich hier, um Spaß zu haben und nicht, um mich fertigmachen und daran erinnern zu lassen, dass meine Lebensplanung nicht viel mehr als die nächsten vierundzwanzig Stunden umfasst.

»Nee, ich find das gut.« Pelle krault sich nachdenklich am Kinn.

»Hä? Wie jetzt?«

»Na ja, wir haben noch keine Kolumne, das ist 'ne gute Idee, lass uns das machen.«

»Ist das dein Ernst?«

»Klar Mann, das gibt uns einen seriöseren Anstrich und man kann die Leser besser an sich binden. Ich hatte schon an ein Blog gedacht, aber den Scheiß macht ja wirklich jeder heutzutage, das braucht keiner mehr. Aber so eine Kolumne, das hat was, das finde ich klasse.«

»Cool.«

»Na, was hab ich gesagt?«, triumphiert Sven dazwischen und grinst breit. Wir beachten ihn nicht weiter.

»Kohle gibt's dafür natürlich keine«, dämpft Pelle meine Vorfreude. »Das Mag trägt sich momentan mit Ach und Krach selbst.«

»Ich dachte, das Ding wäre inzwischen echt fett?«, mault Sven.

»Nö, das ist schon okay«, interveniere ich. »Mir macht so was ja auch Spaß. Und vielleicht wird ja auch mehr draus.«

Pelle wuchtet sich wieder in die Senkrechte und streckt mir seine Bierflasche zum Anstoßen entgegen.

»Dann ist ja alles klar. Wenn du was fertig hast, schick's mir einfach per E-Mail und dann gucken wir mal. Und denk dir einen flotten Namen für die Kolumne aus. Der Name ist wichtig!« Er tippt sich verschwörerisch an den Nasenflügel. »So, ich muss jetzt auf den Pott!« Damit zieht er von dannen.

Ersetzt wird er übergangslos von Matze und Katharina, die

augenblicklich damit beginnen, sich gegenseitig die Speiseröhren auszulutschen, zumindest sieht es so aus. Ich will ja nicht katholisch werden, aber warum zur Hölle machen zwei Leute andauernd miteinander rum wie notgeile Bonobos auf Dopamin und sind trotzdem nicht fest zusammen? Für mich ergibt das keinen Sinn. Allerdings bin ich auch nicht der größte Experte für funktionale soziale Beziehungen. Was das Zwischenmenschliche angeht, erweise ich mich in letzter Zeit mehr und mehr als Grobmotoriker.

Irgendwie passt es ganz gut, das Matze und Katharina immer auf Partys in wilder Rummacherei enden. Sie passen zueinander, sie sehen beide nach den Maßstäben von Otto-Normal-Verbraucher ganz manierlich aus. Im Gegensatz zu meiner schlaksigen Ansammlung von Gliedmaßen und einem Kopf, der für keine andere Frisur als lange Haare taugt, wenn ich nicht total bescheuert aussehen will, könnte Matze auch auf einer R'n'B-Party Mädels abschleppen und deren Müttern vorgestellt werden. Er hat auch nicht solche Aknenarben wie Sven, der in seiner Pubertät gewisse Ähnlichkeit mit einem Mettigel aufwies. Und Katharina mit ihren naturrabenschwarzen Haaren, die jeden Gothic neidrot werden lassen, könnte mit ihrer hübschen Figur und einem guten Auge für Klamotten durchaus bei einer Versicherung arbeiten. Macht sie ja auch.

Die beiden machen eindeutig mehr her als der durchschnittliche Metalhead.

»Ist da noch Platz für mich?« Ich erschrecke tatsächlich, als mich Lucy von der Seite anspricht. Sie sieht mit hochgezogenen Augenbrauen auf mich runter.

»Klaro.« Ich rücke ein bisschen und sie quetscht sich zwischen mich und Sven.

»Was ist denn jetzt eigentlich mit der *Exciter*-Trulla? Willst du ernsthaft was von der?« Sven greift völlig unerwartet und vor allem komplett unerwünscht den Faden unseres Gesprächs wieder auf.

Lucy guckt mich mit ihrem Nicht-schon-wieder-Blick an: »*Exciter*-Trulla?«

»Na ja, so eine Frau halt. Gestern. Im *Loch*.« Wieso klinge ich wie ein Junge, den man mit der ungewaschenen Hand in der Keksdose erwischt hat?

»Und lass mich raten: Ihr habt gevögelt und du weißt nicht mal ihren Namen.«

»Hrmpf! Ich glaube, ja.«

»Du bist so eine Nutte, man glaubt es kaum.«

Einen Platz weiter fängt Sven an zu geiern. Als ob er diesen Dialog zwischen mir und Lucy nicht schon des Öfteren mit angehört hätte. Unberechenbarkeit gehört nicht zu meinen Stärken. Hinzu kommt, dass ich ziemlich miserabel darin bin, meine beste Freundin anzuflunkern.

»Ich hab halt noch nicht die Richtige gefunden«, brummele ich in mein Bierflaschenmikrofon. Ich kann mich gerade noch beherrschen hinzuzufügen: »Du willst ja anscheinend nicht.«

Es ist echt scheiße, wenn man eine Frau schon ewig kennt, so lange, dass man sie noch getrost als Mädchen bezeichnen konnte, als man sich das erste Mal über den Weg lief, und man erst ein paar Jahre später kapiert, dass man eigentlich ganz gerne mehr als nur Freundschaft will. Aber jetzt ist es eindeutig zu spät und ich muss mich damit abfinden. Ich hab sie zwar noch nie auf das Thema angesprochen, aber ich vermute, das Ergebnis würde auf einen hysterischen Lachanfall ihrerseits hinauslaufen. Ich kippe noch die halbe Flasche auf ex. Zeit, die Lampen auszuschießen, eine nach der anderen.

Leider werden Frauen durch Alkohol meist nur attraktiver und ich seufze innerlich, wenn ich Lucy ansehe, ihr rundes offenes Gesicht mit den nussbraunen Augen, ihre glatten brünetten Haare, ein Mund, den Schönheitschirurgen gerne als Schnittmuster hätten, und eine Figur, die jeden Body-Mass-Index ad absurdum führt, schlank und trotzdem unbeschreiblich weiblich. Ich wünschte, ich könnte mir Lucy hässlich saufen.

»Torben, mal im Ernst: Du säufst zu viel.« Jetzt stößt sie auch noch in dasselbe Horn wie Sven. Ich hasse es, wenn meine beiden Lieblingswichser recht haben. Trotzdem werde ich schutzreflexartig patzig.

»Jetzt fang du auch noch damit an. Wer hat mir denn letzten Monat aufs Sofa gekotzt?«

»Hey, entschuldige mal, dass ich mir an dem Abend eine Magen-Darm-Grippe eingefangen habe. Wahrscheinlich auf deinem versifften Scheißhaus. So besoffen war ich gar nicht!«

»Ach komm!«

»Lenk nicht ab. Du weißt, dass ich recht hab. Ich mein, du kriegst ja schon 'ne richtige Wampe.«

»Stimmt gar nicht.« Ich tatsche auf meinen Bauch, der sich zugegebenermaßen schon mal weniger deutlich unter meinem Shirt abgezeichnet hat. »Ich bin nur ein bisschen aufgebläht, das ist alles.«

»Du solltest mal drüber nachdenken, Sport zu machen.«

»Sport ist Mord.«

»Dummheit tötet.«

»Ach, halt den Rand.«

Sven kichert sich eins. Irgendjemand, den ich nicht kenne, brüllt »Attacke!« und läuft einfach mal volles Mett gegen die Wandvertäfelung, kippt um und bleibt breit grinsend, aber bewusstlos liegen. *Rose Tattoo* werden unterbrochen und durch *Iron Maiden* ersetzt, woraufhin sich dann doch ein paar Leute zum gemeinsamen Headbangen* einfinden.

---

***Headbangen**: Metaller tanzen nicht, sie bangen head. Im Großen und Ganzen geht es nur darum, einigermaßen im Takt der Musik die Rübe zu schütteln. Im Idealfall ist genug Platz für einen sicheren breitbeinigen Stand, was gegenüber ekstatischem Rumgehopse den Vorteil bietet, dass man sein Bierglas in der Hand halten kann, falls man mal mitten im Song durstig werden sollte.
Es gibt zwei Grundarten des Headbangens: den Nackenmuskel schonenden »Helikopter«, bei dem man den Kopf kreisen lässt, und das »Huhn«, bei dem man den Schädel einfach auf und ab bewegt, weil man für alles andere zu grobmotorisch oder betrunken ist. Für Kurzhaarige und Glatzköpfe empfiehlt sich dringend der Helikopter, weil das Huhn-Gepicke ohne Matte doppelt autistisch aussieht.

Auch Lucy gesellt sich dazu, was mir ganz recht ist. Ich hasse es, mit besoffenem Kopf mit ihr zu diskutieren, da habe ich einfach keine Schnitte.

»Aber mal im Ernst, was willst du jetzt eigentlich machen? Als DJ kannste ja auch nicht reich werden«, erkundigt sich Sven.

»Sag mal, willst du mir ernsthaft schlechte Laune machen?«

»Nö, aber es interessiert mich halt.«

Ich lasse mich nach hinten fallen. »Ach Shit, ich hab echt keine konkrete Ahnung. Ich könnte ja mit dem Auflegen durchaus mehr Kohle verdienen, aber wenn die Leute mitkriegen, dass du Metalpartys machst, kriegst du keine lukrativen Jobs. Was meinst du, was du für so Scheißhochzeiten oder Abibälle kriegst? Das ist echt nicht mehr heilig. Das Dreifache von meinem Lohn bei halber Arbeitszeit.«

»Dafür musste aber auch ziemliche Scheißmusik spielen.« Ich zucke mit den Schultern. »Ach was, das ist ja gerade der Punkt. Wenn man den Leuten mal ein bisschen was zutraut, dann geht das auch. Natürlich braucht man denen nicht mit *Iced Earth* kommen, aber die meisten sind froh, wenn mal nicht nur der Standardquatsch gespielt wird. Aber ist sowieso müßig, sich darüber großartig Gedanken zu machen. Ich hab lange Haare und hör Metal, da traut man mir natürlich nicht zu, noch andere Musik zu kennen.«

»Tja, und Metaller nennt man stur und voreingenommen.«

»Ich sag's dir. Verlogene Scheiße.«

Ich lass die Bierflasche zwischen meinen Händen rotieren und ertappe mich dabei, wie ich Lucy beim Moshen zuschaue. Ich versuche, ihr dabei nicht mehr als nötig auf den Hintern zu glotzen. Es bleibt beim Versuch. Es ist schließlich ein sehr schöner Hintern.

Matze und Katharina lösen ihre Saugnapfmünder voneinander und Matze klinkt sich ins Gespräch ein.

»Sag mal, Torben, du machst doch auch so Plakate und Webseiten, oder?«

Ich zucke mit den Schultern. »Ja, zwangsläufig. Macht ja sonst keiner.«

»Willst du nicht irgendwas in dem Bereich machen? Grafikdesign oder so was? Ist auch was Kreatives und wird gut bezahlt.«

Gar keine so üble Idee. Ich hab schon eindeutig hässlichere Flyer gesehen als die von mir fabrizierten.

»Gute Idee, Matze. Und jetzt weitermachen.«

Matze grinst und fährt damit fort, an und in Katharina rumzulutschen. *Iron Maiden* weicht *Exodus* und Lucy fordert wieder ihren Sitzplatz ein. Das Monopoly-Spiel ist inzwischen wohl auch beendet, zumindest stimmt Lara eine Reihe von Triumphrülpsern an. Die ist auch so eine Nummer für sich. Eigentlich unser Küken, aber ein Organ wie ein russischer Bauarbeiter. Wie ein sehr großer russischer Bauarbeiter. Einer von dem Typ, der zu viel raucht und sein Bier öffnet, indem er es anschreit.

Kai steckt seinen Kopf zur Tür herein. Ach ja, das hier ist sein Partykeller. Wenigstens kann ich jetzt wieder verorten, wo zum Teufel ich überhaupt gerade bin. Ich sollte nächstes Mal vor einer Party mal darauf achten, wo man mich hinkutschiert. Kai peilt die Lage, bis er Sven entdeckt hat, und brüllt ihn an: »Sven, kannste mal deinen verblödeten Köter zu dir holen? Der frisst gerade das ganze Scheißhauspapier!«

»Dann sag ihm, er soll das bleiben lassen.«

»Spinnst du? Du weißt, dass ich mich dem Monster nicht auf fünf Meter nähere.«

»Wenn mein Kleiner wegen deiner Feigheit Verstopfungen kriegt, dann zahlst du den Tierarzt.«

»Ich zahl gleich das Einschläfern, wenn du nicht deinen Arsch bewegst und Lemmy vom Klo wegholst!«

»Meine Fresse«, ächzt Sven und wuchtet sich hoch. »Immer so ein Stress. Hunde brauchen nun mal ihren Freiraum.«

Da hat er im Prinzip recht, nur ist das bei Lemmy so eine Sache. Eigentlich ist die hässlichste Töle diesseits des Rheins ein sehr umgängliches Tier, nur hat es die blöde Eigenart, alle möglichen Dinge zu fressen, wenn es nicht gerade versucht, Katzen und Feldhasen zu vergewaltigen.

Fünf Minuten später schiebt Sven Lemmy in den Partykeller. Der Bulldogge hängen Sabber und Fetzen von Klopapier von den Lefzen und sie sieht wie jemand aus, den man rüde beim Essen gestört hat. Sven kramt hinter der Bar eine Plastikschüssel hervor, stellt sie zu seinem beleidigten Hund und kippt eine Flasche Bier rein. Als Lemmy zu schlabbern beginnt, sieht er schon wesentlich glücklicher aus. Er hat die Hälfte der Schüssel geleert, als sich sein Blick verklärt und er mit der Schnauze in der Schüssel einschläft. Er schnarcht vernehmlich und sein Atem erzeugt Bierblubberblasen. Dieser Hund verträgt aber auch gar nix!

Sven betrachtet das schlafende Monster mit einem mütterlichen Blick.

»Hab gewonnen!«, verkündet eine schwerst lallende und schwankende Lara und lässt sich dann neben Lemmy auf dem Boden nieder. Dann leistet sie ihm in Morpheus Reich offenbar Gesellschaft.

»Sag mal, warum warste eigentlich letztes Wochenende nicht auf'm *Rock'n?*«, fragt Katharina über den Tisch. Ich lasse meinen Kopf nach hinten fallen und mache ein Geräusch, das meine Genervtheit zum Ausdruck bringen soll, aber nur dafür sorgt, dass mir unangenehmerweise Galle in den Mundraum schießt. Jetzt bloß nicht kotzen. Ich spüle meine Körpersäfte mit einem Schluck Bier runter, was den bitteren Geschmack in meinem Mund auch nicht aufbessert. Ich gucke Katharina an und zucke mit den Schultern: »Weil ich keinen Bock hatte.«

»Du hast nie Bock auf Festivals, du Langweiler. Dabei ist das doch so geil. Ganzes Wochenende Party, coole Bands, coole Leute.«

»Genau!« Lara grölt dazwischen. »Gehs' nie auf Fessivals. Du ... Du bissne ...« Sie schielt, als sie ihr Sprachzentrum nach dem letzten Wort durchsucht. Wir warten gespannt und schließlich wird sie irgendwo fündig, ihren verdrehten Augen nach zu urteilen: »... Pussy!« Und schläft wieder ein.

»Ich mag das einfach nicht, und fertig!«, beende ich meinerseits die Diskussion. Mir wird gerade ernsthaft übel. Vielleicht hat Lara mit ihrer Pussy-Einschätzung sogar recht und Katharina liegt nicht ganz falsch, wenn sie mich langweilig nennt. Aber man wird ja auch nicht jünger und es hat wohl seinen Grund, warum so viele Rockstars die magische Siebenundzwanzig nicht überleben. Man ist längst nicht mehr so belastbar. Laura hat noch fünf Jahre Zeit, bis sie diese Lektion lernen muss, für mich wird es jetzt Zeit, die Segel zu streichen. Ich bin fertig mit der Welt. Ich klopfe auf den Tisch zum Zeichen meines Aufbruchs. Katharina zuckt mit den Schultern und fährt fort, mit Matze zu knutschen.

»Ach komm, bleib doch noch ein bisschen. Ist doch noch viel zu früh!«

»Nee, Sven, lass ma, ich hab die Schnauze voll.« Er gibt mir fünf. Ich kraul noch kurz Lemmy die Ohren, dann wanke ich zu Lucy rüber und drücke sie zum Abschied.

»Du wirst alt«, reicht sie mir noch rein und ich sag: »Ja, ja.«

Wenn man schon zu kaputt ist, um sich vernünftig zu streiten, wird es Zeit. Beim Spießrutenlauf durch den Hausflur wird noch viel kurzgequatscht, lass mal was machen, klar bestimmt, ich meld mich, ganz sicher.

Dann sehe ich Pelle.

»Pelle, Alter, ich hab ein Thema für die erste Kolumne!«

»Na prima, dann braucht das Kind nur noch einen Namen.«

Ich guck mich um, schwanke ein bisschen und überschlage die Demografie der Anwesenden. Jung, wenn nicht an Jahren, so doch dem Benehmen nach, und zumeist Jungs. Klare Sache.

»Jungsmusik!«, lalle ich.

Pelle runzelt die Stirn, dann lacht er. »Alles klar, so machen wir's.«

Wir schlagen ein, dann schnappe ich mir meine Kutte* und mache mich vom Acker.

Vor der Tür stolpere ich fast über eine Flasche, die jemand auf der Treppe hat stehen lassen. Sie ist noch verschlossen, also nehme ich sie mit. Nur zur Sicherheit, damit sich nicht noch jemand verletzt oder falls ich in der nächsten Viertelstunde spontan ausnüchtern sollte, Wotan bewahre.

Ich gehe nach rechts, dann merke ich, dass rechts falsch ist, also gehe ich zurück, stelle fest, dass links falsch ist und gehe dann doch rechts, was schon irgendwie stimmen wird. Nach dieser anstrengenden Prozedur bin ich erst mal durstig und suche in meiner Kutte nach einem Flaschenöffner oder Feuerzeug und werde tatsächlich fündig. Dann bleibe ich stehen und verarbeite die Erkenntnis: Ich besitze überhaupt keine Kutte.

Das ist dumm. Aber jetzt noch mal zurückzulatschen und das Ding dem rechtmäßigen Besitzer zu apportieren, hab ich auch keinen Bock, dafür bin ich schon zu weit gekommen. Ich drehe mich um und starre zurück. Der Eingang von Kais Elternhaus liegt etwa hundert Meter hinter mir. Irgendjemand dort im Keller hat gerade *Running Wild* aufgedreht.

Hundert Meter ...

Man soll nie zurückblicken, heißt es doch. Und ich bin schon viel zu weit gekommen.

Morgen wird mich vermutlich irgendjemand töten, weil ich sein allerheiligstes Denim gemopst habe, aber wer will schon ewig leben?

Ich biege noch dreimal rechts ab, dann weiß ich wieder, wo ich bin, und schwanke nach Hause.

---

* Nicht zu verwechseln mit der Bekleidung von Mönchen. Die Kutte des Metalheads ist zwar auch heilig, aber nur für den jeweiligen Besitzer. Für jeden anderen ist die mit Bandaufnähern übersäte Jeansweste eine Ansage, welche Combos man in Anwesenheit des Trägers besser nicht beleidigen sollte. Man beachte: Eine Kutte wäscht man nicht! Es reicht, sich einmal pro Jahr auf einem Festival in den Regen zu stellen, aber nicht zu lange. Zu Hause stellt man sie einfach in die Ecke, die Kutte bleibt von selbst stehen und ernährt sich von Staub und Kleintieren.

# JUNGSMUSIK

## FESTIVALS

Immer wieder muss ich mir an den Kopf werfen lassen, ich wäre ja voll nicht Metal.

Genaugenommen wäre ich voll gar nicht Metal.

Dabei geht es den Leuten weniger um meine musikalische Integrität oder eine unpassende Haarlänge. Allzu viel *Nightwish* hören kann's auch nicht sein. Ein Großteil meiner persönlichen Textilbestände ist in der Pflichtfarbe (schwarz) gefärbt und mit den Pflichtmotiven bedruckt (mindestens ein Bandname, schlecht formatierte Coverkopie und/oder Tourdaten mit mindestens sechs Schreibfehlern). Auch auf Partys und Konzerten lasse ich mich oft genug sehen, wenn ich nicht gar selbst als Veranstalter fungiere. Sogar eine Axt habe ich, also eine Gitarre, die ich aufgrund mangelnden Talents aber nur als Tennisschläger benutze. Ich hab allerdings auch eine Axt, also eine Axt, die ich ab und zu als Gitarre benutze. Also als Luftgitarre, versteht sich. Soweit man da von »Luft« reden kann.

Was den Leuten diese Meinung aufdrängt, ist meine Weigerung, mich auf Festivals sehen zu lassen.

Mach ich einfach nicht und es gibt nun mal einige in meinem Umfeld, die der Meinung sind, dass so was zum Headbanger-Pflichtprogramm gehört.

Ich persönlich kann aber an Pissrinnenwettrutschen, Zelten bei Kackwetter und dem Verfolgen von Konzerten wahlweise aus dem Kung-Fu-Fighter-Pit oder der zweihundertvierundachtzigsten Reihe nichts Spaßiges finden. Da bin ich eher der gemütlich Veranlagte. Dazu kommt eine gesunde Abneigung gegen große Menschenansammlungen. Wo sich das Proletariat versammelt, kommen schnell mal komische Ideen auf: Dixi-Klos umschmeißen, mal gucken, wie lange eine Gasflasche im Lagerfeuer durchhält, die katholische Kirche oder die NSDAP gründen ...

Außerdem ist der Funfaktor bei Festivals stark vom Finanzfaktor abhängig. Das Fehlen relevanter Wertpapieranlagen, einer Erbtante im hohen Alter oder diverser Geldspeicher hält mich Jahr um Jahr mehr von der Planung eines Wochenendes an der frischen Dixi-Klo-Luft ab.

Haben sich die Leute beim Dynamo 1995 noch über den unverschämten Preis von dreißig Deutschmärkern für drei Tage inklusive Hammer-Line-up und frei Zelten und Parken aufgeregt, kann man heute froh sein, für gleiches Geld eine Pommesschranke rot-weiß zu ergattern.

Damit wäre ich schon beim nächsten Punkt: Ich weiß, das ist eine total crazy abgefahrene und dekadente Angewohnheit von mir, aber mindestens einmal am Tag finde ich es ziemlich klasse, feste Nahrungsmittel zu mir zu nehmen. Ja, man kann's auch übertreiben, aber ich steh sogar voll drauf, wenn diese dann genießbar sind.

Auf Festivals ist das eher illusorisch. Wahlweise ernährt man sich von Bier, Keksen und Bier, kalten Dosenravioli und Bier; oder Bier und Budenfraß, der meistens aus undefinierbaren schwabbeligen oder knorpeligen Bröckchen besteht, die aussehen wie schon mehrfach erbrochen und von etwas zusammengehalten werden, das anderswo als Spachtelmasse verbaut, hier aber Tsatsiki genannt wird – ein Beweis für den seltsamen Humor des deutschen Gaststättengewerbes.

Es kommt bei mir persönlich hinzu, dass ich an ziemlich derbem Heuschnupfen leide. Open Air bedeutet für mich, im *Napalm-Death*-Songtakt Kopfexplosionen abzufeuern und mich dann zu fragen, ob das, was da durch Überdruck ins Taschentuch oder in die Botanik geschleudert wurde, noch Sekret ist oder vielleicht doch schon die Erinnerung an den ersten Schultag.

Obwohl, Letzteres wäre auch nicht weiter wild. Erstens hatte ich damals einen saublöden Haarschnitt und zweitens die erste richtige Prügelei meines Lebens. Mit meinem Kontrahenten

Sven bin ich seither befreundet, aber unser beider Verhältnis zu den Lehrkörpern ab diesem ersten Tag könnte man durchaus als getrübt bezeichnen. Was uns nicht weiter tangierte. Ich meine: Lehrer! Primarstufenlehrer! Gibt es was Alberneres? Die haben sich durch dreizehn Jahre Schule und anschließendes Studium geackert, um dann bis zur Rente Sechs- bis Zehnjährigen Plus und Minus zu erklären und die ewig gleichen Fehler in ewig gleichen Aufsätzen über die schönsten Ferienerlebnisse zu korrigieren, anstatt der faulen Jugend mal wirklich wichtige Dinge beizubringen: zum Beispiel die günstigsten Handytarife, die naturwissenschaftliche Faszination einer eigenen Met-Kelterei in Papis Hobbykeller oder warum *Slayer*-Gitarrist Kerry King seinen Nachnamen vollkommen zu Recht trägt.

Hat man nun die nervigen Faktoren umschifft und tatsächlich das eine Festival der Saison gefunden, das nicht von Regenfällen geflutet wurde, dann bleibt noch die Konkursmasse Mensch.

Als Freund von kleinen und gemütlichen Konzerten, bei denen man von der Show etwas mitbekommt, werde ich bei Open Airs nicht glücklich. In jüngeren Jahren fand ich es auch ganz nett, mich ganz nach vorne zu kämpfen und dort meinen Platz von Anfang bis Ende gegen die Ellbogenmentalität der Restgesellschaft zu verteidigen, um am nächsten Tag meiner Mutter zu erklären, dass ich gerade gar kein Batikhemd trage, sondern mein Oberkörper so hübsch hämatomgemustert ist.

Aber im gesetzteren Alter jenseits der fünfundzwanzig möchte ich das Konzert einfach nur genießen. Auf einem Festival ist das meistens nicht möglich. Schwarzmetallbands werden in der Nachmittagssonne auf die weltbedeutenden Bretter gehetzt, wobei einige dünne Disconebelfähnchen Atmosphäre auf der fußballfeldgroßen Bühne erzeugen sollen; kommt Wind auf, gerät der Tontechniker ins Schwitzen, falls die Anlage überhaupt zur Arealbeschallung taugt, und bei miesem Wetter lohnt es sich, einen Klappspaten mitzuführen, um sich alle halbe Stunde selbst wieder aus dem Schlamm zu buddeln. Alternativ dazu brennt einem die Sonne das letzte Quantum Hirn aus dem Schädel. Es will mir nicht in den Kopf, warum seit einigen Jahren auf jeder zweiten Kuhwiese ein mehrtägiges Festival aufgezogen werden muss.

Ich werde weiterhin die Hallen und Clubs vorziehen. Aber damit die liebe Seele Ruhe findet, werde ich tatsächlich auf dem nächsten *Rock'n* aufschlagen. Es ist zwar noch ein gutes Jahr Zeit, aber ich bereite mich jetzt schon vor: Hepatitis-Impfung, Trainieren des einarmigen Reißens in der Ein-Liter-Dosen-Gewichtsklasse und nicht zuletzt besuche ich ein Anti-Aggressionsseminar.

Ich werd's brauchen.

2.

# Im Loch

Die Sonne kratzt noch ein bisschen am Horizont herum, als ich die Treppe zum *Loch* hinuntergehe. Ich mag diese Zeit des Jahres, zwischen Hochsommer und Herbst, wenn es abends spät, aber nicht zu spät dunkel wird, man noch mit T-Shirt herumlaufen *kann*, aber nicht mehr *muss*. Wo Freiluftkonzerte oder Gelage am Seeufer im angemessenen Dunkel stattfinden und man morgens um fünf nicht total besoffen nach Hause torkelt und sich parallel den ersten Sonnenstich des Tages einfängt.

Zum Feiern gehört meiner Meinung ein gerütteltes Maß an anonymisierender Finsternis, das macht einen Großteil der Mitmenschen eindeutig erträglicher.

Deshalb ist das *Loch* unsere Lieblingskneipe. Durch seine Lage im Tiefparterre vermittelt es das schöne alte Kaschemmenfeeling, was den meisten IKEA-Operationssälen, die sich heute Kneipen zu nennen wagen, abgeht. Außerdem läuft gute Mucke und wir wohnen alle in Spuckweite.

Ich trete durch den schweren roten Vorhang am Eingang und checke kurz die Lage. Lara und Katharina sind, über eine Tischecke gebeugt, in ein eindeutig frauenthematisches Gespräch vertieft, während Sven, Lara und Matze recht gelangweilt Skat spielen.

Ich mache einen Schlenker zur Theke und sage 08/15 Hallo.

08/15 heißt, wie jeder anständige Kneipier, eigentlich Jochen, aber so nennt ihn kein Aas. Den Spitznamen verdankt er seiner

Zeit als Roadie und Veranstalter. Sein Credo war damals stets: »Ach, das passt schon!« Er gab sich bei seinen Konstruktionen immer mit den einfachsten Lösungen zufrieden, »08/15« halt. Einmal passte es dann doch nicht, als er die Bühne für ein Konzert aus Paletten, halbvergammelten Bühnenelementen und geklauten Stützen vom Bau zusammengeschustert hatte. Die Bands weigerten sich schon zum Soundcheck, das merkwürdige Gebilde, einen absoluten Statikeralptraum, zu betreten. Jochen war der Meinung, einen völlig akzeptablen Job geleistet zu haben, und versuchte die feigen Musiker von der Stabilität seiner Eigenbaubühne zu überzeugen. Also sprang er wie ein Gehirnamputierter darauf herum und argumentierte: »Ach, das passt sch...«

Weiter kam er nicht.

Es knackte unheilvoll und der Teil der Bühne, auf dem er rumgehopst war, brach zusammen. 08/15 landete auf dem Rücken, was ihm den Rollstuhl und das Ende einer mittelmäßigen Roadiekarriere einbrachte.

Das *Loch* ist sein Laden.

Seiner Lähmung vom Arsch abwärts ist es zu verdanken, dass es im *Loch* einige Besonderheiten im Interieur gibt. So ist ein Teil der Theke auf eine grundschülerfreundliche Höhe abgesenkt, weil 08/15 immer noch gerne selber zapft und mit den Gästen schwatzt, der Zigaretten- sowie einer der Spielautomaten hängen deutlich tiefer als üblich, ein Umstand, der dafür sorgt, dass nicht nur jede Menge Metaller, sondern auch eine beachtliche Zahl Kleinwüchsiger zum Stammpublikum im *Loch* gehören.

Ich nehme mein übliches Flaschenbier und schlendere zu unserem Tisch. *Motörhead* erklären der Welt, dass die Jagd mehr Laune macht als der eigentliche Fang, aber dabei werden sie immer wieder gestört und unterbrochen von einer kleinen Truppe Jungmänner, die sich auf der kleinen Kneipenbühne einrichten und ihre Instrumente stimmen. Zumindest tun sie so.

Ich begrüße die anderen. Shakehands (Sven), Küsschen hier, Küsschen da (Lucy, Herzschlag beschleunigt kurzzeitig), Shakehands, flotter Spruch (Matze), Küsschen hier, Küsschen da (Katharina), Shakehands (Lara), einmal Anstoßen mit allen.

Die anderen unterbrechen ihre Spielaktivitäten. Ich deute mit den Daumen auf die Musiktruppe hinter meinem Rücken.

»Was sind'n das für Vögel?«

Sven zuckt mit den Schultern.

»Keinen Schimmer. Machen wohl 'ne selbstorganisierte Tour. 08/15 meinte, er hätte sich was im Netz angehört und die wären wohl ganz in Ordnung.«

»Haben die auch einen Namen?«

»Bestimmt!«

»Na, dann ist ja gut.«

Sven grinst mich doof an und wir prosten uns zu. Die Frage nach dem Namen beantwortet die Band selbst.

»Hi, unherzlich willkommen bei unserem ersten secret gig. Wir sind *Lost and Insane* und wir ROCKEN EUCH JETZT DIE SCHEISSE AUS DEM LEIB, YEAH!«

Was folgt, ist ohrenbetäubendes Schweigen. Einige Gutgewillte sehen zur Bühne. Aufstehen und sich davor stellen mag aber augenscheinlich niemand.

Der Drummer zählt an, Bassintro, der Sänger wispert ins Mikro, erzählt in grammatikalisch wagemutigem Schulenglisch irgendetwas Originelles von einem Dämon, der ihn treibt, steigert sich, brachialer Einsatz der Gitarren, Timingprobleme, der Frontmann überspringt anscheinend ein oder zwei Textzeilen, was man aber mehr fühlt als inhaltlich versteht, und der Drummer flucht und wirbelt und versucht, seine Gurkentruppe wieder auf der Eins zusammenzubekommen. Es bleibt beim Versuch, aber langsam kommen sie rein, was aber auch nicht viel ändert. Die meisten Gutwollenden drehen sich wieder um, die Band spielt für ein Publikum, das zu neunzig Prozent aus Rücken besteht.

Nach einer halben Stunde ist der erste Song durch. Kurzer Uhrencheck, nein, es waren doch nur vier Minuten. Wir spenden brav Applaus, aber nicht zu viel. Während der Bassist sicherheitshalber für den zweiten Song noch mal durchstimmt, obwohl man von ihm sowieso nur monotones Gebrumme hört, nutzt der Sänger die Gelegenheit, den Fußboden anzustarren. Wir wenden uns wieder unseren Gesprächen zu. Kurz darauf brettert der zweite Song los, anscheinend hat jemand rausgefunden, dass man einen Gitarrenverstärker auch auf 10 stellen kann.

»UND, WIE ISSES?«, brüllt Sven über den Tisch.

»OCH, EIGENTLICH GANZ OKAY.«

Er schielt kurz rüber zu Lucy, aber die ist gerade mit Katharina beschäftigt und kriegt nichts von unserem Gespräch mit.

»BIST DU SCHON MIT ... IHR WEITERGEKOMMEN?«

»NÖ, NICHT WIRKLICH. ES HAT SICH NOCH KEINE GELEGENHEIT ERGEBEN, WEISST DU?!«

Er zieht eine Augenbraue hoch.

»NOCH KEINE GELEGENHEIT? SAG MAL, WIE OFT SOLLEN WIR EUCH ZWEI EIGENTLICH NOCH ALLEINE LASSEN, BIS DU MAL ZU POTTE KOMMST?«

»WAS SOLL DAS DENN HEISSEN?«

Er grinst mich blöd an. Ich gucke Lara und Matze an. Die beiden grinsen ebenfalls. Bei mir fällt der Groschen. Matze beugt sich zu mir rüber und ›flüstert‹ mir in *Spinal Tap*-Lautstärke* ins Ohr: »WIR ERWARTEN, DASS DU UND LUCY NOCH VOR WEIHNACHTEN ZUSAMMEN SEID, NUR DAMIT DAS MAL KLAR IST.« Er stößt mit mir an und lacht sich scheckig über mein dummes Gesicht.

Sven zuckt mit den Schultern. »WIR WOLLEN NUR DEIN BESTES, ALTER.«

»MEIN GELD?«

»HA, HA, NICHT WITZIG.«

---

* Merke: »Real men play on 11!«

»ICH BIN VIELLEICHT NICHT WITZIG, ABER DU BIST 'N VERRÄTER.«

Er grinst und wir stoßen an.

Ich bin mir selbst gerade nicht sicher, ob ich beleidigt oder stolz darauf sein soll, Freunde zu haben, die sich dermaßen Gedanken um mein Liebesleben machen, oder ob es mir peinlich sein soll, dass so ziemlich jeder schon Bescheid wusste, bevor ich mir selber über meine Gefühle im Klaren war.

Lara fummelt ihre Angeberkamera aus dem Rucksack, wechselt das Objektiv und steckt ein Blitzlicht obendrauf. Dann wurschtelt sie an dem kleinen Display rum und ich ärgere mich ein bisschen, dass ich zu doof für Fotografie bin und deswegen nicht weiß, ob das, was die Kleine da macht, reine Poserei oder wirklich notwendig ist. Anschließend schlurft sie zur Bühne und nimmt die zukünftigen Plattenmillionäre von *Lost and Insane* ins Visier, die ihr Glück kaum fassen können. Sofort werfen sie sich in Pose, sofort kommt der Gitarrist aus dem Takt, sofort verliert der Drummer einen seiner Sticks und dem Bassisten kommt Bier aus der Nase. Mit Müh und Not finden sie wieder zusammen, was den Song, den sie gerade zum Schlechtesten geben, aber auch nicht besser macht. Bisher waren sie ja nur kacke, das ist verzeihlich. Aber jetzt sind sie kacke und grinsen dabei die ganze Zeit, immer in Laras Richtung, die hin und wieder Gewitter spielt, mal im Hoch-, mal im Querformat, mal im Stehen, mal im Knien fotografiert. Fehlt eigentlich nur noch, dass sie so was sagt wie »Ja, gib's mir, Baby«, was vermutlich zum sofortigen Tod des Sängers durch eine Überdosis Glückshormone führen würde.

Nach ein paar Minuten dreht sie der Band den Rücken zu, fummelt wieder am Display rum und schlussendlich drückt sie mehrmals auf einen kleinen Knopf und jedem im Raum und vor allem auf der Bühne ist klar, dass sie gerade sämtliche Bilder wieder löscht. Während sie wieder zurück zu unserem Tisch kommt, lacht sich die versammelte Mannschaft im *Loch* krumm und dusselig, während eine untalentierte Band versucht, gleichzeitig zu spielen und sich hinter ihren Instrumenten zu verstecken.

Lara plumpst auf ihren Stuhl. Etwas irritiert schaut sie uns an. Anscheinend hat sie überhaupt nicht mitgekriegt, dass sie mit ein paar Mal Knopfdrücken die Meinung des Publikums treffend zusammengefasst und damit allgemeine Heiterkeit ausgelöst hat.

»DU BIST SOO GEMEIN«, brüllt Lucy, haut Lara auf die Schulter und wischt sich einige Lachtränen aus dem Gesicht.

Lara zuckt mit den Schultern und zieht eine Unschuldsmiene. »BRINGT HALT NIX. DIE GRINSEN DIE GANZE ZEIT.«

»JETZT NICHT MEHR«, sage ich und deute auf die Häufchen Elend auf der Bühne.

Sie winkt ab. »ACH, DIE SOLLEN SICH NICHT SO ANSTELLEN. METALBANDS GRINSEN HALT NICHT. SIEHT SCHEISSE AUS.«

Wo sie recht hat, hat sie recht.

»ABER MAL WAS ANDERES: TORBEN, STIMMT DAS EIGENTLICH, DASS BEI DIR 'NE WOHNUNG FREI WIRD?«

»JAU. BASTI ZIEHT AUS. VERKRÜMELT SICH NACH AUSTRALIEN, UM DA IM OUTBACK KÄFER AUSZUBUDDELN, UND KANN DIESE VERFLUCHTE KACKBAND ENDLICH MAL FEDDICH WERDEN??«

Natürlich sucht sich erwähnte »Kackband« genau diesen Moment für ein Break aus. Die Mucker starren mich an und vergessen vor lauter Starren, wieder in den Song einzusteigen. Die entstandene Stille wird durch Gelächter und diverse »Korrekt!«-Rufe unterbrochen. Auf die Thanks & Greetings-Liste eines *Lost and Insane*-Albums werde ich es in diesem Leben wohl nicht mehr schaffen, aber das ist verschmerzbar.

Dass meinem verbalen Einwurf nicht unbeträchtliche Zustimmung der Anwesenden zuteil wird, stört die Jungs allerdings nicht weiter. Nachdem sie mir ihrer Meinung nach ausreichend böse Blicke zugeworfen haben, rumpeln sie sich wieder in ihren Song rein.

»LASS UNS RAUSGEHEN!«, schlägt Lara vor und ich nicke. Wir holen uns zwei neue Bier und gehen nach draußen.

Inzwischen ist es dunkel, aber die Luft ist angenehm lau. Wir suchen uns eine Stelle, die möglichst wenig zugemüllt und vollgepinkelt ist und setzen uns auf den Bordstein. Die wenigen Autos fahren in gemütlichem Tempo durch die verkehrsberuhigte Straße und weichen uns ohne Zickereien aus. Ich mag diese entspannte Atmosphäre irgendwo zwischen Straßencafé und Punkerplatte.

Würde die musikalische Untermalung etwas besser ausfallen, wäre es perfekt. Na ja, und wenn statt Lara Lucy da sitzen würde, aber da kann Lara ja nichts für.

»Also, was ist jetzt?«, fragt sie.

»Womit? Mit Lucy?«

Sie verdreht die Augen. »Quatsch, Pommeskopp. Mit der Wohnung.«

»Ich dachte, du wohnst mit Eugen zusammen?«

»Tu ich auch, aber der Typ ist 'ne totale Pottsau, da hab ich keinen Nerv mehr drauf. Ich bin ja echt nicht pingelig, aber es gibt einen Unterschied, ob ich nach einer Party auf einem Acker einpenne oder mein Zuhause in eine Müllkippe verwandle. Ich such jetzt was Eigenes. Und wenn wir zusammenwohnen würden, wäre doch voll cool, oder?«

Ich zucke mit Schultern. »Basti zieht Ende Dezember aus. Ich kann Frau Hoppe mal fragen. Die alte Dame und ich, wir verstehen uns. Die kann ich bestimmt bequatschen.«

»Das wird klasse«, freut sie sich und stößt mit mir an.

Ich lehne mich an einer Straßenlaterne an. Was habe ich mir da nur wieder eingebrockt, denke ich. Na gut, es gibt sicher schlimmere Nachbarn als Lara. Aber Basti ist schon relativ ideal als Halbmitbewohner. Ich wohne zwei Straßen bergauf vom *Loch* entfernt in etwas, das mal ein viel zu großes Zwei-Familien-Haus war. Ich wohne im zweiten Stock, den ich mir bisher mit Basti geteilt hatte. Die beiden kleinen Wohnungen auf unserer Etage teilen sich ein Badezimmer. Man hat also seine Ruhe und sein eigenes Reich, muss aber schon durchaus mit seinem Nachbarn klarkommen.

Basti ist Biologe, ehrgeizig und fies spezialisiert. Er hat sich auf irgendwelche Käfer eingeschossen und inwiefern diese Ernten schaden oder nützen können, ich würde es selbst dann nicht kapieren, wenn es mich auch nur zehn Sekunden interessierte. Immerhin sorgt es dafür, das ich eine stattliche Postkartensammlung aus aller Herren Länder mein Eigen nenne, weil Basti andauernd für irgendwelche Forschungsprojekte über sämtliche Kontinente hetzt. Und wenn er mal zu Hause ist, sitzt er vorm Rechner oder steckt seine Nase in Bücher.

Sein neuestes Projekt in Australien dauert allerdings länger als ein Jahr, weswegen er beschlossen hat, sein Hab und Gut einzulagern und sich nächstes Jahr eine neue Bleibe zu suchen. Was Größeres. Was Schickes, hat er gesagt.

Ich bin mir unschlüssig, ob ich ihn beneiden soll. Er weiß, was er will, er kommt in der Welt herum und er hat mal durchblicken lassen, dass er abartig viel Kohle mit seinen Käferkenntnissen verdient.

Auf der anderen Seite war ich die letzten Jahre sein einziger Sozialkontakt. Das kann ja auch nicht gesund sein.

Lara wird da wohl eine etwas lebhaftere Nachbarin sein.

Ich hab zwar gerne die Crew und etwas Leben in der Bude, aber eine Party-WG ist nicht unbedingt mein favorisierter Lebensraum.

Manchmal fürchte ich, ich entwickle mich zu einem asozialen Griesgram mit Hauspuschenfaible. Aber ich habe halt gerne ab und zu meine Ruhe und bin froh, dass ich die Tür hinter mir zumachen kann, ohne dass irgendwelche Mitwohnis reinstürmen ohne anzuklopfen, um sich eine DVD oder ein Kondom zu borgen.

Mich gruselt es auch ein bisschen bei dem Gedanken, mit einer Frau zusammenzuziehen. Sicher, es hat seine Vorteile, vor allem den, dass Klischees leider meistens stimmen und man in einem gemischtgeschlechtlichen Haushalt als Mann eine völlig neue Dimension des staub- und dreckfreien Wohnens erfährt.

Aber trotzdem ...

Andererseits, der Gedanke, Lara immer um mich zu haben ...

Mist.

Kuchen haben, Kuchen essen, beides geht nicht, es läuft immer auf dasselbe raus. Zumal dieser Kuchen noch nicht mal weiß, dass da jemand Hunger auf Süßes hat.

»Meinst du, ich sollte ihr mal ein Mixtape machen?«

»Wem? Deiner Vermieterin?« Lara guckt mich an und zählt in Gedanken gerade die Tassen in meinem Schrank.

»Nein, Quatsch. Lucy, meine ich.«

Sie guckt etwas irritiert, dann lacht sie einen Tick zu albern. »Ach, sooo, ja, Katharina hat mir erzählt, dass du neuerdings scharf auf Lucy bist.« Sie überlegt kurz. »Ein Mixtape? Findest du das nicht ein bisschen sehr old-school? Für so was sind wir doch eigentlich zu alt. Die einzigen Kassetten, die ich noch hatte, waren *Bibi Blocksberg* und *TKKG*.«

»Für Mixtapes ist man nie zu alt. Du bist höchstens zu jung.«

»Ha. Ha.«

»Ist doch wahr.« Ich komme mir blöd vor, ausgerechnet das Küken um Rat zu fragen, aber jetzt ist es auch egal. »Ich meine, ich hab ihr schon öfter Tapes gemacht oder CDs und wenn ich ihr eins mit eindeutigen Titeln mache, so was wie ›Do you love me‹, vielleicht klappt das ja und sie kapiert, dass ich ein bisschen mehr sein möchte als ihr bester Freund.«

»Ooooder du redest mit ihr. Gerüchten zufolge soll das manchmal ganz hilfreich sein.« Sie grinst mich an.

Ich kann's echt nicht leiden, wenn Mädels recht haben, weil sie viel überzeugender recht haben als wir Kerle. Wenn wir tatsächlich mal richtig liegen, haben wir immer das Bedürfnis, die

Richtigkeit unserer Aussage zu bestätigen und weiter auszuführen, und verheddern uns, natürlich ohne dass SIE auch nur einen Ton sagt, dann geben wir auf und haben dadurch doch wieder die Arschkarte gezogen. Es macht einfach keinen Spaß, mit Frauen zu diskutieren.

Ich bin ganz froh, dass sich Sven zu uns gesellt. Er pult sich enthusiastisch in seinem linken Ohr rum. »Mannomann«, mault er, »ich glaube echt, ich hab Scheiße in den Ohren. Ich habe ja schon eine Menge Mist gehört, aber die Truppe toppt alles. Die sollen sich erst mal einen Proberaum suchen, bevor die 'ne Bühne bepesten. Und? Was habt ihr zwei Hübschen hier rumzujammern?«

»Wir jammern doch gar nicht«, protestiere ich.

»Das Übliche«, sagt Lara. »Fängt mit ›L an und hört mit ›ucy' auf. Darfst raten.«

»Ach so«, sagt er nur. »Also doch jammern.«

»Alter, ich jammere nicht. Ich hab mich nur mit Lara unterhalten.«

»Du hast rumgejammert, aber volles Rohr.«

»Ich! Habe! Nicht! Gejammert!«

»Na ja, ein bisschen gejammert hast du schon«, fällt mir Lara von der Seite in den Rücken.

»Na gut, vielleicht habe ich gejammert.«

Sven rülpst laut. »Du könntest deiner neuen Herzdame ja mal eine Ansage machen.«

»Er macht ihr ein Mixtape«, sagt Lara in sarkastisch-bedeutsamem Ton.

Dann machen beide im Chor: »Hu! Ein Mixtape!« und ich muss grinsen. Vielleicht ist das doch eine doofe Idee.

»Aber jetzt mal ehrlich«, sagt Sven in seinem Jetzt-mal-ehrlich-Tonfall, den er sehr selten anschlägt und nur, wenn er es tatsächlich so meint. »Wie ernst ist es dir denn nun eigentlich mit ihr?«

Ich schnaufe abfällig. »Auf einer Skala von eins bis zehn, oder was?«

»Werd jetzt mal nicht sarkastisch, Alter. Ich weiß schließlich, dass du dich mit Überschall verknallen kannst und mit Mach 2 dann wieder Schluss machst. Aber dass du so drauf bist wie jetzt, hab ich bisher echt noch nicht erlebt.«

»Also bitte ...«

»Jetzt mal ehrlich. Seit Sandra hattest du, was Frauen angeht, doch weniger Bindungsfähigkeit als ein alter Klettverschluss.«

»Jetztmachabermalnpunkt!«

»Wo er recht hat, hat er recht«, funkt Lara wieder dazwischen.

Sven rückt mir auf die Pelle. »Jetzt mal unter uns: Meinst du, das könnte was Richtiges werden?«

»Wie definierst du ›richtig‹?«

»Na ja, so in der Richtung Frau fürs Leben. Oder so was.«

Ich denke nach. Bei jedem anderen hätte ich darüber lauthals gelacht, wahrscheinlich sogar deutlich lauter als angebracht, ein phonstarkes Verteidigungslachen. Aber ich finde die Frage gerade gar nicht so witzig oder abwegig. Einerseits ist es der Tonfall von Sven, dem lustigen Chaoten, der immer einen Spruch auf den Lippen hat und der nun aufrichtig interessiert klingt und ein Stück weit besorgt. Es ist kein Wunder, dass sich die anderen so dafür interessieren, ob es was mit Lucy und mir wird oder nicht. Wir sind eine ziemlich eingeschworene Truppe und wenn zwei von uns was Ernstes miteinander anfangen, hat das auch Auswirkungen auf die anderen vier. Vor allem, wenn es dann in die Brüche gehen sollte. Mit Matze und Katharina ist das ein bisschen was anderes, die beiden sind einfach nur gute Freunde, die andauernd miteinander ficken. Natürlich hat Sven ein gewisses Interesse daran, dass es im Falle des Falles auch wirklich mit mir und Lucy klappt, damit wir sechs auch in Zukunft miteinander rumhängen können und er sich keine neuen Spielkameraden suchen muss.

Andererseits ist das aber auch eine recht typische Frage für einen Metalhead. Gerade die mit den langen, fettigen Haaren, mit den Kutten und Lederhosen, die mit Motiven auf der Brust rumlaufen, die Otto-Normal-Verbraucher eine Woche lang den Schlaf versauen, die manchmal angestrengt rebellischen Rocker, sind die konservativsten Menschen, die ich kenne. Vermutlich ist ein gewisser Hang zum Familienmenschen normal, wenn man sich auf Partys, Festivals und Kneipenabenden immer wieder mit den gleichen Typen rumtreibt, die einen Hang zum Rumgrölen, Zusaufen, Eckenpissen, Anderen-an-den-Sack-Packen, Sich-Vollkotzen, Umarmen-zwecks-Gleichgewichtserhaltung und Obenohne-Rumlaufen-mit-käseweißer-Wampe haben.

Ich schaue ihm in die Augen. Mir fällt auf, dass ich das sehr selten mache.

»Ich bin nicht unbedingt der Typ fürs Heiraten«, antworte ich. »Aber ich meine es durchaus ernst.«

Er scheint einen Moment lang zu überlegen, dann schürzt er die Lippen und nickt.

»Gut«, sagt er. »Gut.«

Die Tür hinter uns geht auf und Matze, Katharina und Lucy gesellen sich zu uns.

»Sind fertig«, erstattet Matze lakonisch Bericht. Ich horche auf. Tatsächlich hat das fantasiefreie Gedröhne aufgehört und wird ersetzt durch richtige Musik aus der Konserve. »Die gehen tatsächlich von Tisch zu Tisch und versuchen, ihre Demos zu verticken.«

»Ein bisschen realitätsfern, der Haufen«, meint Lucy und quetscht sich zwischen Sven und mich.

»Keine Ahnung, wieso 08/15 die spielen lassen hat.«

»Ganz einfach, weil ich gerne neuen Bands eine Chance geben will.« 08/15 kommt aus dem Tor zum Hinterhof gerollt, wo er sich eine Rampe runter zum *Loch* hat einbauen lassen.

»Ups«, sagt Lucy, ohne dass es allzu überrascht klingt. »Hab dich gar nicht kommen hören. War nicht so gemeint.«

Er winkt ab. »Ach, schon gut. Lästert ruhig, die waren echt kacke.«

Matze dreht sich zu ihm um. »Warum lässt du die denn dann

spielen? Gibt doch genug andere Bands aus der Gegend, die was drauf haben und um Auftritte betteln.«

08/15 zuckt mit den Schultern. »Na ja, ich geb zwar gerne jungen Bands eine Möglichkeit, vor Publikum zu rocken, aber andererseits habe ich kaum Zeit, um mich ernsthaft darum zu kümmern. Dazu kommt, dass ich nicht mehr so ganz up to date bin. Ich hab keine Ahnung, was das Jungvolk aktuell so hört. Und die Jungen muss man in den Laden kriegen. Die Säcke in meinem Alter kriegen ja allesamt ihren Arsch nicht mehr hoch. Traurig, aber wahr.«

»Na ja«, sagt Sven und grinst ihn an. »Du kriegst deinen Arsch doch auch nicht mehr hoch.«

»Ha! Ha! Ha! Ach, wie witzig, immer feste druff auf den Kaputten, ja, ja, Krüppelcomedy, das findet ihr wieder geil, was? Nee, ist klar«, nölt er, muss dabei aber selber grinsen.

Er und Sven klopfen ihre geballten Fäuste gegeneinander als Zeichen, dass alles im Lack ist.

»Wenn du keine Zeit für so was hast«, steigt Lara in das Gespräch ein, »wie wäre es, wenn wir mal ein Konzert auf die Beine stellen? ... Und das Letzte sollte keine Anspielung sein.« Sie beißt sich auf die Unterlippe.

»Meinetwegen. Aber stellt euch das nicht zu einfach vor. Booking, Werbung, Technik, Catering, GEMA. Wer macht Einlass, wer mischt, wer kümmert sich ums Licht, wer räumt den ganzen Scheiß am nächsten Tag wieder auf? Da hängt ein verdammt langer Schwanz dran, auch wenn es nur ein kleines Konzert ist. Bei mir passen hundert Figuren rein, mehr nicht.«

»Dafür hat man die Hütte wenigstens schnell voll«, meint Sven.

»Hm, ja, sicher ...«

»Hey, wir sind immerhin zu sechst.«

»Ach, sind wir?«, werfe ich ein.

Sven und Matze sehen mich ungläubig an. »Na sicher sind wir das«, meint Matze.

»Oh. Na dann. Okay, meinetwegen.«

»Ich mach den Einlass«, sagt Lucy. »Torben kann sich doch um die Werbung kümmern.«

»Nee«, antwortet Sven statt meiner. »Torben muss das Booking machen.«

»Darf ich da auch mal ein Wörtchen mitreden, bitte schön.«

»Nö.« Er grinst mich doof an.

»Du kriegst doch von jeder dusseligen Band im Umkreis von hundert Kilometern die Demos unter die Nase gehalten, da hast du den besten Überblick.«

Matze hebt einen Finger: »Äh, ich dachte eigentlich eher, das wir so was wie *Tankard* oder *Sodom* buchen. Nicht so unbekannte Bands.«

Jetzt ist es an mir, kritisch zu gucken. »*Tankard* oder *Sodom*? Im *Loch*? Aber sonst geht's dir noch gut? Wie viel Eintritt willst du bitte schön nehmen? 'n Fuffi?«

»Ihr müsst schon auf dem Teppich bleiben«, stärkt mir 08/15 den Rücken. »Mit Bands von außerhalb braucht ihr gar nicht großartig anfangen, da schmeißt ihr die Kohle allein schon für Anfahrt und Übernachtung raus. Ihr könnt froh sein, wenn ihr jeder Band zwanzig Euro in die Hand drücken könnt, ohne draufzuzahlen. Himmel, alleine was die immer backstage versaufen, sprengt jeden vernünftigen Etat.«

»Na gut«, seufzt Matze resigniert.

»Passt auf«, sagt 08/15, ihr überlegt euch das und wenn ihr ein Datum habt, sagt Bescheid. Ich stell den Laden und krieg dafür die Theke, ihr finanziert den Rest aus dem Eintritt. Die Werbung können wir uns gerne teilen.«

»A'sklar, so machen wir das.«

»Und wie nennen wir uns?«, fragt Lara.

»Wieso, wie nennen wir uns?«

»Na ja, als Veranstalter sind wir doch so was wie eine Firma, da braucht man doch einen Namen für das Kind, finde ich. Für die Plakate und Flyer und so.«

»Ja, stimmt schon …«

»666 PRODUCTIONS!«, brüllt Sven dazwischen, überkreuzt seine Unterarme vor der Brust, zeigt zwei Pommesgabeln* und macht sein Death-Metal-Gesicht, von dem ich leider stark annehme, dass es auch sein Sexgesicht ist.

Schweigen im Walde.

Er starrt uns erwartungsvoll an und schaut fünfmal in eine Mischung aus Kritik und Mitleid.

»Ich meine … ich dachte … weil wir doch zu sechst sind. Würd passen. Finde ich.«

Wir starren ihn mit hochgezogenen Augenbrauen an und lassen ihn noch ein bisschen schmoren.

»Ist okay«, sagt Lucy dann tonlos.

Sven entspannt sich und in seinem Gesicht geht die Sonne auf. »Echt jetzt?«

»Ja klar. *666 Productions.* Ist okay.«

»Cool.« Er fängt fröhlich an, mit den Füßen zu wippen, und sieht aus wie ein Kind, das gerade ein Jahresabo Zuckerwatte gewonnen hat.

»Wenn das mal kein Grund zum Anstoßen ist«, meint 08/15 und angelt aus einer Seitentasche seines Rollstuhls sechs kleine braune Flaschen und nimmt sich selbst eine. Wir schrauben die grünen Deckel ab und stoßen mit Underberg auf unser neues Kleinstunternehmen an.

Das kann ja was werden.

***

---

* Wer hat's erfunden? Der Dio! Zumindest hat der größte kleine Sänger der Welt behauptet, er hätte als Erster die Hand mit abgespreiztem kleinen und Zeigefinger erhoben. Heute ist es die typische Metalgeste, die dem Gehörnten huldigt. Allerdings hatte sich Dio das Zeichen bei seiner Oma abgeguckt, einer kreuzkatholischen Frau, die sich damit gegen den bösen Blick schützen wollte. Aber vielleicht haben die Pädagogen recht. Bei denen heißt die Geste »Schweigefuchs«.

# DIALOGE HINTERM DJ-PULT I

Der Typ kommt mit dem Selbstbewusstsein eines Boxers mit vierzig K.-o.-Siegen in Folge zu mir hochgestiefelt, dabei sieht er aus, als hätte ihm Mutti noch die Unterhosen gebügelt, bevor sie ihn mit dem Familienkombi vorm *Ruby* abgeladen hat, nicht ohne ihn vor Drogen in der Cola und Geschlechtskrankheiten zu warnen. Er trägt ein druckfrisches *Slayer*-Shirt, das vermutlich noch nach Verpackungsfolie riecht. Er baut sich vor mir auf, was nicht das Einfachste ist, wenn man den Körperbau eines pubertierenden Mädchens hat.

»Ey, Alter! Spiel mal *Slayer*!«, plärrt er unnötig laut und ein Quantum zu schrill, als dass es männlich wirken könnte.

Ich schaue ihn an, den Kopfhörer in der Hand und Ausdruckslosigkeit im Gesicht.

»*Slayer*! Kannste spielen?« Er guckt mich an, als wäre ich schwer von Begriff.

Ich beuge mich ganz langsam zu ihm rüber.

»Läuft grade«, sage ich in normaler Lautstärke.

»Hä?«

»*Slayer*. Läuft gerade.«

»Echt?«

»Jau.«

»Oh.« Er starrt unschlüssig auf die vollbesetzte Tanzfläche. »Ah. Was Unbekannteres, was?!«

»*South of heaven*. Einer der größten Hits, würd ich mal sagen.«

»Oh!« Seine Schultern sacken noch ein Stück tiefer. »Tja. Äh, gut. Geh ich mal moshen.«

»Jau, mach das mal.«

»Na, bis dann also.«

»Ja, bis dann.«

Kinder!

# JUNGSMUSIK

## FULL METAL LOVEMIXTAPE

Wenn man nicht gerade Drachen tötet, seine Patronengürtel poliert oder in nordischen Wälder Elche umschubst, kann man sich als Metalhead auch noch verlieben. Das ist zwar ziemlich untrue und whimpy, kann aber durchaus mal vorkommen.

Hat man sich erst mal das Objekt der Begierde auserkoren und sicherheitshalber abgecheckt, ob sie nicht gerade mit dem mehrfach vorbestraftem Präsi der Motorradgang »MC Totschläger« zusammen oder verwandt ist (oder beides), dann muss man sich überlegen, was man nun zur Eroberung der Holden zu unternehmen gedenkt.

Auf-Party-voll-labern ist immer so eine Sache, da meistens mindestens fünfzig Prozent der Gesprächsteilnehmer hackenstramm sind, in der Regel man selbst, weil man sich ja auch ein bis zwei Kästen Mut antrinken musste.

Die gute alte Tradition des Minnegesangs unter dem Balkon der Angebeteten ist leider auch nicht mehr so präsent und wenn man es dann tatsächlich mal wagt, mitsamt angeschleppter Thrash-Metal-Band* bei romantischem Vollmondschein »Love me tender« zu covern, rückt gleich die musikkritische Staatsmacht an, um einem den Saft abzudrehen und das Equipment einzukassieren.

In den Wintermonaten könnte man eventuell Herzen in den Schnee pinkeln, aber erstaunlicherweise wissen einige Mädels so viel Kunstfertigkeit überhaupt nicht zu schätzen.

Generell neigt man als Frischverknallter bei direkter Konfrontation auch zu überhasteten Aussagen und Peinlichkeiten, daher macht es durchaus Sinn, sich in aller Ruhe daheim hinzuhocken

---

* »Thrash« schreibt man IMMER mit »Th«. Alles andere ist Müll.

und die Sache strategisch anzugehen. Man könnte zum Beispiel aus leeren Bierdosen einen hübschen Boxenturm in Herzform bauen. Ein Gedicht verfassen ist natürlich auch drin, allerdings neigt der durchschnittliche Metaller zu eher direkten Verbalausbrüchen:

*»Ich liebe dich!*
*Liebst du mich?*
*Dann nehm ich dich!«*

Auch Freunde des Death-Metals sollten lieber ihre Finger von der Lyrik lassen.

*»Du bedeutest mir alles, du bedeutest mir viel,*
*dir lutsch ich tote Schnecken aus dem Reifenprofil.«*

Nein, die beste Alternative stellt immer noch die Verbindung des Besten aus zwei Welten dar. Sprich: Warum sollte man seiner Liebsten nicht sein Liebstes zukommen lassen?

Wir machen ein Mixtape.

Natürlich ein richtiges Mixtape, ein Metalmixtape, ein Männermixtape! Eins, das von vorne bis hinten exakt ausgesteuert ist, eins mit richtig krassen Übergängen, eins, das bis auf die Sekunde genau berechnet ist und keine Pausen aufweist. Ein Mixtape, dessen selbstgestaltetes Cover im Museum of Modern Art ausgestellt werden könnte. Dessen Trackliste in gestochener Schönschrift geschrieben ist, zu der wir natürlich unsere kleine Schwester gezwungen haben, weil unsere Sauklaue keiner lesen kann, und selbstverständlich haben wir vorher ihre Diddl-Maus in Geiselhaft genommen, falls sie es wagen sollte, irgendwelche i-Punkte durch Herzchen zu ersetzen. Es ist ein Mixtape, das man ein Jahr lang im Radio laufen lassen könnte, in Heavy Rotation, immer wieder, ohne dass sich ein Zuhörer beschwerte - das Mixtape der Mixtapes.

Oder wir brennen eine CD, das geht natürlich auch.

Unken rufen dann immer, dass CDs-Brennen total untrue und null romantisch wäre. Da wage ich zu widersprechen, bietet doch ein CD-Cover ganz andere Gestaltungsmöglichkeiten als das kleine Beilageblättchen der Musikkassetten, und weniger Bandsalat verursacht der selbstgezimmerte Silberling auch noch. Letzten Endes entscheidet nur der Wille, sich Mühe zu geben, und nicht das Medium, da können Ewiggestrige rumheulen, wie sie wollen. Sollen die doch Mixschellackplatten gravieren!

Wobei mir persönlich die nächste Generation ein bisserl leid tut, die sich herzförmige USB-Sticks zuschiebt und deren Paarungswilligkeit sich zum Speicherplatz verhält. Vier geizige Gigabyte Romantik könnten zu ewigem Junggesellendasein führen, ihr seid gewarnt!

Nein, die Form ist eigentlich scheißegal, solange der Inhalt stimmt.

Und da wird es bisweilen kniffelig.

In der Regel sollen aussagekräftige Songs sämtliche Absichten des Zusammenstellers verraten. Ob der eigentliche Text etwas damit zu tun hat, ist zweitrangig. Enthält die Trackliste zum Beispiel Titel wie »See you in hell«, »I will kill you« oder »Ich mach dich tot« sollte selbst dem Harmoniesüchtigsten klar sein, dass die bilateralen Beziehungen beendet sind.

Deswegen empfiehlt es sich, zweimal darüber nachzudenken, ob man jetzt wirklich unbedingt der Adressatin seine Absichten mittels *Aerosmiths* »Love in an elevator« oder *W.A.S.P.*s »Animal (fuck like a beast)« allzu offensichtlich kundtun will.

Auch mit *Rainbow* kann man sich schon mal gut in die Nesseln setzen und wer beim Freiluftkacken schon mal mit nackten Arsch voraus in die Botanik gefallen ist, weiß, wie unangenehm das sein kann. Der Song »Jealous Lover« (»eifersüchtiger Liebhaber«) ist zwar eine schöne Nummer, zeugt aber von besitzergreifenden Tendenzen.

Ebenfalls ungeschickt ist ein Titel wie »Psycho Love« (*Skid Row*), es sei denn, man hat es mit jener durchgeknallten Sorte Frau zu tun, die im Stehen pinkelt, brüllt wie ein sibirischer Waldarbeiter und sich ihre Tattoos selber mit einem Lötkolben sticht. Bei solchen Frauen kann man sich die Mühe aber sowieso sparen, weil sie sich ein Mixtape nicht anhören, sondern aufessen und das romantische Weichei anschließend mit nett gemeinten Beleidigungen zuschütten, dass selbst dem härtest gesottenen Stahlarbeiter das Wasser in die Augen schießen würde.

Es gibt natürlich auch Männer und vor allem Jungs, die weniger auf die Aussage eines Songs setzen, als vielmehr musikalischer Angeberei frönen. Sie prahlen mit ihrer Sammlung, mit ihrer Kenntnis der undergroundigsten Undergroundbands und schreiben zu sämtlichen Tracks Laufzeit, Album, Erscheinungsjahr und den Geburtstag der Mutter des Drummers dazu.

Sie machen schlicht die besten Tapes und sie werden nie, nie, nie Sex haben. Genauso gut kann man versuchen, Frauen aufzureißen, indem man mit seinem Punktestand bei World of Warcraft einen auf dicke Trollhose macht.

Praktisch ist, wenn man weiß, dass die Angebetete den gleichen Geschmack hat wie man selbst. Dann darf man z.B. auch mal ein reines Grindcore-Mixtape machen, was zudem den Vorteil bietet, dass man locker hundert Songs aufs Band bannen kann. Auf der zweiten Seite kann man dann ja noch ein Drei-Fragezeichen-Hörspiel aufnehmen.

Das Mixtape oder der CD-Sampler ist sämtlicher Reizüberflutung zum Trotz immer noch der schönste Liebesbrief, den man nicht schreiben muss. Und das Beste ist: Wenn es dann doch nicht klappt, kann man die Tracklist, in die man all die Arbeit und Hoffnung auf diese eine größte Liebe gesteckt hat, bei der nächsten geilen Frau wieder verwenden.

# 3. Seid furchtbar fruchtbar und mehret euch

»Du siehst scheiße aus.«

Es ist eine Feststellung, keine Beleidigung. Eine beleidigende Feststellung, zugegeben, aber nichtsdestotrotz eine treffende Tatsachenbeschreibung.

»Auch wenn Sven es etwas zartfühlender hätte ausdrücken können«, sage ich, »muss ich ihm leider recht geben. Wie geht es dir damit?«

»Wie soll's mir schon gehen?«, raunzt Katharina saft- und kraftlos und lässt die Frage unbeantwortet im Raum schweben. Ihr Gesicht spricht Bände. Und nicht nur ihres. Matze leistet ihr Gesellschaft im Club der Kalkvisagen.

Wir hocken alle zusammen in meiner Bude, Katharina, Matze und Lucy auf dem Sofa, ihnen gegenüber Lara und ich in meinen vom Sperrmüll geklauten Schaukelsesseln und Sven auf dem Boden, eine Hand an der Bierdose, die andere hinter Lemmys Ohren, der unter dem Couchtisch liegt und gelegentlich den Kopf hebt, um unter lautem Rummsen festzustellen, das sich immer noch eine sehr massive Tischplatte über ihm befindet.

Katharina hat gerade die Bombe platzen lassen: Sie ist schwanger. Trägt die Frucht ihres Leibes. Hat einen Braten in der Röhre.

Holz im Ofen. Vinyl auf dem Teller. Sie kriegt ein Kind. Nicht jetzt gleich hier, aber bald.

Und der einzige in Frage kommende Begatter ist der kreidebleiche Matze. Die zwei setzen Leben in die Welt, aber momentan sehen sie aus, als ob einer gestorben wäre. Genau genommen sehen sie aus, als ob sie selbst gestorben wären, vor geschätzten zwölf Stunden, aber Genaueres kann ich erst nach einer Autopsie sagen.

»Und, Katharina? Willst du es behalten?«, fragt Lara geradeheraus.

Katharina zieht die Stirn kraus und starrt ins Nichts. »Ja, ich denk mal schon. Ich fänd's unfair, den Wurm dafür büßen zu lassen, das Matze so dämlich ist, das Gummi zu benutzen, das er schon drei Jahre in seinem Portemonnaie hortet. Einmal, ein einziges Mal, kann ich die Pille nicht nehmen, weil ich krank war, und er musste sich drum kümmern, dass nix passiert, und dann versiebt er es.«

»Hey!«, protestiert Matze, jedoch ohne echte Überzeugung.

»Ich meine, ich bin zwar nicht so pro life eingestellt oder so und ein Kind ist jetzt eigentlich das Letzte, was ich in Planung hatte, aber meine Fresse, nu ist es halt passiert und wir müssen die Konsequenzen tragen. Ich spüre zwar noch nix vom Schwangersein, außer dass ich das erste Mal seit der achten Klasse gekotzt hab und mein Tamponverbrauch auf null runter ist, aber ich fühl mich schon so richtig muttertierisch. Müssen die Hormone sein. Scheißhormone.«

Sie schaut düster auf meinen siffigen Teppich. Aus Svens Ecke tönen die Vorboten eines Lachanfalls, den er mit einem Schluck aus der Proletenkanne ersäuft.

Ich schiele zu Matze rüber, der nicht ganz so überzeugt von der Elternschaft scheint wie Katharina.

Lucy schaltet sich ein: »Und, wie wollt ihr das managen? Heiratet ihr jetzt oder was?« Matze wird noch etwas bleicher, aber Katharina beruhigt ihn, indem sie durch die Zähne zischt: »Ja, sicher, klar. Ich heirate Matze. Nee, is' logisch!«

»Hey!«, murmelt Matze und es klingt wie »Gott sei Dank«.

»Aber irgendwie müsst ihr euch schon arrangieren«, wende ich ein.

»Ja, ich weiß.« Sie seufzt. »Meine Ausbildung kann ich schmeißen. Hat sowieso keinen Bock gemacht und Matze verdient die deutlich dickere Kohle. Vielleicht probieren wir's als WG.«

Sven hebt an, eine sehr schiefe Version des Hochzeitsmarsches zu flöten.

»Halt's Maul, Sven«, faucht sie. »Wir mögen uns, schon klar. Sonst würden wir ja nicht ständig miteinander ins Bett steigen. Da gehört schon Sympathie zu, finde ich.«

»Vielleicht seid ihr auch einfach immer nur notgeil«, brummelt Sven in seine Bierdose.

»Klappe! Ich glaub schon, dass wir das hinkriegen mit einer gemeinsamen Wohnung. Ich hab echt keinen Bock, alleine mit dem Blag rumzuhocken, während sich Matze durch die Gegend vögelt.«

»Hey!« Diesmal klingt es wie »Eigentlich kein schlechter Plan«.

»Und andauernd das Kind hin- und herschieben finde ich auch nicht so dolle. Das kriegt schon früh genug einen Schaden, da kann man wenigstens die erste Zeit für ein stabiles Zuhause sorgen. Mit beiden Eltern. Aber deswegen muss man ja nicht gleich heiraten. Hauptsache, Mama und Papa sind da.«

Sven meldet sich aus seiner Ecke: »Denk immer daran: ein geliebtes Kind ist ein erwachsenes Arschloch weniger.«

Dabei wedelt er mit seinem Zeigefinger vor Katharinas Nase herum und macht ein Gesicht, von dem ich überzeugt bin, dass er davon überzeugt ist, dass es Weisheit konfuzianischen Ausmaßes zum Ausdruck bringt. Stattdessen sieht er aus wie ein Beagle auf LSD.

»Ja, da hast du mal ausnahmsweise recht.« Katharina macht ein Gesicht, von dem ich annehme, dass sie davon annimmt, dass es Verständnis zum Ausdruck bringt, aber es sieht eher aus wie ein Frauchen, das seinen putzigen Vierbeiner beim Abweiden der heimischen Grasplantage erwischt hat.

»Und du, Matze?«, fragt Lucy unkonkret und schickt den armen Kerl damit in ein verbales Minenfeld. Völlig egal, was er jetzt sagt, Katharina wird es mit ziemlicher Sicherheit in den falschen Hals kriegen.

»Was, und ich?«, hakt er klugerweise nach.

»Na, was denkst du denn darüber, Papi?«

Matze zuckt bei dem letzten Wort leicht zusammen und Lucy grinst. Er schürzt die Lippen und denkt sichtlich angestrengt nach. »Na ja, was soll ich schon dazu sagen? Katharina hat schon recht. Wir haben uns das eingebrockt ...«

»Du! Du hast uns das eingebrockt.«

»... *Ich* hab uns das eingebrockt und jetzt muss ich auch dafür geradestehen. Und wenn Katharina das Kind kriegen will ...«

»Was soll das denn heißen? Du etwa nicht?«

»Seid ihr ganz sicher, dass ihr nicht heiraten werdet?«

»Sven, sei ruhig und sauf! Natürlich will ich das Kind auch. So was ist ja kein Weltuntergang. Es soll durchaus schon ein paar Leute gegeben haben, die Kinder gekriegt haben. Meine Eltern haben mir da so was erzählt.« Er macht eine Kunstpause, ob jemand über den Witz lacht. Macht aber keiner. »Es kommt halt nur etwas überraschend. Das ist alles. Aber wir kriegen das schon hin.«

Sven reißt seine Dose in die Luft. »Na dann, ein Hoch auf das frischgebackene Braut... Elternpaar.«

Wir stoßen an, allerdings ohne Überschwang. Das Ganze ist schon erschreckend. Das Leben hat es gut raus, einem sanfte, aber zaunpfahldicke Hinweise darauf zu geben, dass man jetzt mal gefälligst erwachsen werden könnte, wo man die zehntausend Tage Leben schon locker in die Ecke gestellt hat. Wir sitzen hier in meinem Zimmer in meiner kleinen Dachwohnung, meiner ersten und bisher einzigen eigenen Wohnung, seit ich bei meinen Eltern ausgezogen bin zwecks Welteroberung und so. An den Wänden hängen Plakate, Flyer, Konzertkarten und Flaggen, die ich schon in meinem Kinderzimmer hängen hatte, das Übermaß an Fichte-Dekor zeugt davon, dass es seither mit dem Möbelkauf nicht allzu weit her war. Wir sitzen zusammen wie schon zu Schulzeiten und saufen Billigbier aus Dosen, manchmal lassen wir noch meine siffige Bong aus grünem Glas, das inzwischen Richtung Braun tendiert, rumgehen. Und dann erzählt eine von uns, dass sie schwanger ist und Bumm, Alter, merkst du , dass du noch nicht viel geschafft hast von all den großen Zielen, die du dir so gesteckt hast, genau genommen noch gar nix und du bist dir auch gar nicht mal sicher, was für Ziele das eigentlich sind, und das erste Mal merkst du, dass dir ernsthaft die Zeit wegrennt.

Ich kann mich kaum noch erinnern, wie es war, als wir nicht ständig miteinander abgehangen haben, und nun werden zwei von uns Eltern und das auch noch gleichzeitig. Das bedeutet, die beiden sind in ein paar Monaten futschikato, es sei denn, wir besuchen sie. Dann dürfen wir zugucken, wie Katharina stillt und mir damit auf Wochen hinaus das Vergnügen an Frauenbrüsten versaut, oder wir werden gefragt, ob wir gerade mal den Beutel mit den vollgeschissenen Windeln mit runternehmen können, wenn wir eh schon auf dem Weg sind, ist ja auch schon spät, kurz vor *Tagesschau*, der Kleine schläft schon, da wird's ja auch Zeit, sie sind ja schon froh, wenn man mal ein paar Stunden durchschlafen kann, nicht wahr. Oder es kommt noch schlimmer und wir besuchen die Kleinfamilie, während gerade drei bis vier andere Mütter mit ihren brüllenden Sabberkotzekackemaschinen anwesend sind, weil Eltern Herdentiere sind und sich Elend gerne multipliziert, und dann fragen sie dich, ob du denn selber auch schon an Kinder gedacht hast und wenn du dann ehrlich bist und »Nö!« sagst, dann erntest du den vernichtenden Blick, der ausdrücken soll: »Warum denn nicht?«, als hättest du nicht mehr alle Tassen im Schrank. Und das sind dieselben Menschen, die du mal als halbwegs normale und soziale Geschöpfe kennengelernt hast, die Kinder für etwas halten, das nur dazu da ist, damit Playmobil was zum Verkaufen hat.

»Auf jeden Fall könnt ihr dem kleinen Monster einen vernünftigen Musikgeschmack beibiegen«, sagt Sven.

»Darauf kannst du einen lassen!« Matze erwacht zum Leben und stößt noch mal mit Sven an, diesmal deutlich enthusiastischer. Die Aussicht auf die musikalische Früherziehung scheint ihm die Last der Vaterschaft etwas zu versüßen. Das ist ungefähr derselbe Faktor, wenn man mit einer Frau zusammenkommt, die einen katastrophalen Musikgeschmack hat. Katastrophal im Sinne von: anders als der eigene. Man versucht, die Frau in etwas zu verwandeln, das von Musik beinahe (aber nur beinahe) so viel Ahnung hat wie man selbst, allerdings in halterlosen Strümpfen deutlich besser aussieht, selbst wenn man die Angebetete dafür wochenlang abwechselnd mit »Seasons in the Abyss« und »Number of the Beast« in Endlosschleife foltern muss. Womit man irakische Söldner weichkochen kann, damit kriegt man auch eine komplette Sammlung *Pur* und *DJ Bobo* klein. Und falls nicht, haben andere Erziehungsberechtigte auch schöne Töchter.

»Aber übertreib's nicht«, bremst Lucy ihn aus. »Ist ja gut und schön, wenn du deinem Nachwuchs ordentliche Musik nahe bringst, aber um Rolf Zuckowski und *Bibi Blocksberg* wirst du nicht herumkommen.« Sie grinst ihn an.

Er grinst nicht.

»Mach dir da mal keinen Kopf, da kümmere ich mich schon drum.« Katharina winkt beschwichtigend ab. »Ich hab auch keinen Bock, dass mein Erstgeborenes aufwächst, als hätte es ein Bikerclub adoptiert. Es soll schon sein eigenes Ding machen.«

»Aber in gewissen Bahnen.«

»Du wirst ihm auf keinen Fall deine abgetragene Kutte zum zwölften Geburtstag schenken. Das Ding stinkt jetzt schon wie totes Wiesel.«

»Menno. Und wie sieht es mit einer neuen aus?«

»Das diskutieren wir in zwölfeinhalb Jahren noch mal.«

»In zwölfeinhalb Jahren könnt ihr Petersilienhochzeit feiern«, freut sich Sven.

Die beiden starren ihn an.

»Wir! Werden! Nicht! Heiraten!«, blöken sie ihn im Chor an.

Sven grinst. »Wir werden sehen.« Er guckt mich an. »Zwanzig Mäuse, dass die beiden im nächsten Jahr unter der Haube sind.«

»Au ja, da steig ich ein«, flötet Lara.

»Ich auch«, folgt Lucy gruppendynamischen Konzepten. »Ich setz auch zwanzig auf Heirat.«

»Sagt mal, ihr seid doch wohl ...« Katharina erinnert an eine fassungslose Zuschauerin während eines Tennisspiels, bei dem statt mit Bällen mit Feldhamstern gespielt wird. Sie starrt von einem zum anderen, dann guckt sie mich an. »Torben, verdammt. Sag doch auch mal was.«

Drei Spielsüchtige und zwei werdende Eltern gucken mich erwartungsvoll an, die einen hoffen auf meinen Einsatz, die anderen auf die Stimme der Vernunft. Wären sie Hunde, könnte man mit der Reibungselektrizität ihrer wedelnden Schwänze problemlos einen Drei-Personen-Haushalt ein Jahr lang mit Strom versorgen.

Ich zucke mit den Schultern. »Was soll's? Fünfzig auf Hochzeit.«

»Und fünfzig dagegen!«, kommt Matze jetzt raus.

Katharina guckt ihn an, als hätte er den Verstand verloren.

»Was denn? Du hast selbst gesagt, wir heiraten nie und nimmer. Da kann man doch wenigstens ein bisschen Kapital rausschlagen. Was ist das denn bitte für eine Wette, bei der keiner dagegen hält. Und für die Kohle kann ich aufs *Rock'n* fahren!«

Katharina schweigt ihn lauthals an. Wenn der Tod Blicke hätte ...

»Oderwirkönnendavoneinenwickeltischkaufen ...«, lenkt Matze kleinlaut ein.

Au weia.

Die Puller auf dem Schwangerschaftstest ist noch nicht mal

getrocknet und die Verschiebung der Prioritäten hat bereits begonnen. Die beiden sind verloren.

***

»Wow!«, fasst Lucy den Abend treffend zusammen. Katharina und Matze hatten keinen Bock mehr auf Rumhängen und sogar Lara hat sich schon um kurz nach zehn verabschiedet. Sie fährt morgen nach Amsterdam. Offiziell besucht sie ihre ältere Schwester, inoffiziell dampft sie hektarweise Gras ein.

Die Klospülung geht, Sven kommt wieder ins Zimmer und schafft es sogar beinahe, sich die Hose wieder hochzuziehen, bevor er sich setzt. Aber auch nur beinahe.

»Sag mal, Torben, wieso hast du eigentlich nie was zu lesen auf'm Pott?«

»Weil ich dort zum Kacken hingehe und nicht zum Lesen, ganz einfach.«

»Aber 'ne ordentliche Sitzung kann schon mal dauern, da braucht man doch Entertainment.«

»Sven, so oft, wie du schon bei mir scheißen warst, solltest du langsam wissen, dass in dem Schrank auf dem Flur eine ganze Sammlung *Lustige Taschenbücher*, *Rock Hard* und *Titanic* griffbereit liegt, alles, was das Herz begehrt. Und außerdem verstopfen zu lange Sitzungen auf dem Pott die Herzkranzgefäße oder so was in der Art. Ist auf jeden Fall nicht gesund. Hab ich gehört.«

Sven zuckt mit den Schultern. »Wer will schon ewig leben? Und wo bewahrst du deine Pornos auf?«

»Hrmpf?«, antworte ich. Sven schaut mich mit Unschuldsmiene an und Lucy giggelt und setzt einen schwer interessierten Blick auf. In mir wächst der Wusch, meinen besten Freund an seinen eigenen Hund zu verfüttern, aber leider hat Lemmy die Killerqualitäten eines Grottenolms.

»Ich hab keine Pornos ...«, versuche ich es.

»Ja, sicher, wer soll dir das glauben?«, feixt Sven.

Ich schaue zu Lucy rüber, die mich erwartungsvoll angrinst.

»Nein, wirklich nicht. Ich hab keine Pornos. Keine Filme, keine Hefte, nix.« Das Schweigen der beiden zeugt von Unglauben. »Ich mein, ich brauch so was nicht ... äh, ich meine ... wozu gibt's Internet?«

Die zwei wechseln einen Blick, dann lächelt Lucy mich an. »Wenigstens ehrlich. Gut rausgewunden.«

Zeit für ein Ablenkungsmanöver. »Ich mach mal neue Mucke an,« murmele ich und hock mich vor meine Anlage.

»Kann man das Klo benutzen oder hast du's für die nächste Stunde verseucht?«, fragt Lucy Sven.

»Nee, alles im Grünen.«

»Na, dann ist ja gut.« Sie verlässt das Zimmer. Ich schiebe einen Sampler mit Achtziger-Metal rein und setze mich wieder in meinen Sessel. Sven grinst mich an, ich versuche mich in düsterem Starren.

»Du bist so'n Arsch!«, sage ich.

»Ach Quatsch,« sagt er und grinst breit.

»Nee, echt jetzt, was macht das für'n Eindruck, Alter?«

»Scheiß auf Eindruck. Meinst du, Lucy hätte noch nie 'nen Porno gesehen oder würde nicht davon ausgehen, dass du dir drei- bis viermal am Tag einen runterholst?«

»Drei-, viermal?«

»Öfter?«

»Weniger!«

»Mann, Torben, du bist echt ein Mönch. Du bist Bruder Torben, Amen. Das ist vermutlich dein Problem. Lucy ist keine Nonne, aber du siehst in ihr irgendwie so eine Unschuld vom Lande und deswegen benimmst du dich wie ein verknallter verklemmter Teenager, wenn's um sie geht. Mann, das Mädel ist tough.«

»Ja, ich weiß.«

»Tougher als du jedenfalls.«

»Na ja ...«

»Weißt du, woran ich gerade denken musste?«

»Nö, Gedankenlesen ist nicht ganz meine Stärke.«

»An damals, als wir so fünfzehn, sechzehn waren. Wir haben uns immer in deiner kleinen Klitsche getroffen. Weißt du noch?«

»Natürlich weiß ich das noch. Ist ja nicht gerade 'ne Kriegserinnerung.«

Es war wirklich seltsam gewesen. Ich hatte von uns allen das kleinste Zimmer, in der Mietwohnung meiner Eltern, im dritten Stock eines Wohnblocks, trotzdem haben wir uns immer bei mir getroffen, manchmal mehr als ein Dutzend Leute in meinem Zehn-Quadratmeter-Reich, eingequetscht auf dem Boden zwischen Kleiderschrank und dem Bett, auf dem die Mädels und ich zusammenhockten. Meistens guckten wir Videos auf meinem Vierundzwanzig-Zentimeter-Fernseher oder wir tranken Rotwein, lasen uns bei Kerzenschein beschissene Gedichte vor und kamen uns mächtig intellektuell vor. Als wir Jungs langsam dahinter kamen, dass wir die Mädels damit nicht beeindrucken konnten, und Lyrik uns generell ziemlich am Allerwertesten vorbeiging, wechselten wir zu Bier und Scheiße labern, was wir erfüllender fanden und fortan beibehielten.

Sven guckt leicht entrückt aus der Wäsche, er hat wohl auch einen Moment lang in Erinnerungen geschwelgt. »Das eine Mal, als du die Pornos von deinem Daddy aus der Schublade gezogen und verteilt hast?«

Ich muss lachen. »Au ja, Scheiße, keine Ahnung, was ich damit erreichen wollte.«

»Ach, war schon witzig. Jedenfalls, der Punkt ist, dass Lucy damals am neugierigsten von allen war. Das Mädel hat es faustdick hinter den Ohren. Also, sieh zu, dass du mal langsam in die Pötte kommst, sonst wird das nie was mit euch.«

Bevor ich etwas entgegnen kann, kündigt das Rauschen der Klospülung Lucys Rückkehr an.

Sie summt leise vor sich hin, als sie wieder ins Zimmer kommt und sich auf die Couch fallen lässt. Ich guck sie an, dann Sven, dann wieder sie, Sven guckt mich an und Lucy, und Lucy guckt erst mich an, dann Sven, dann gucken wir alle auf den Boden oder sonst wohin.

»Na ja, ich lass euch zwei Hübschen mal allein«, unterbricht Sven das Schweigen. »Muss noch 'ne Runde mit Lemmy drehen.« Ein lauter Knall deutet darauf hin, dass die Englische Bulldogge ihren Namen gehört hat. Es rummst noch einmal, dann kommt der Köter unter dem Tisch hervorgekrochen, schüttelt sich und fängt an zu jaulen, weil er sich plötzlich daran erinnert, dass er mal muss. Bei allem, was mit Fressen und Verdauung zu tun hat, versteht Lemmy Sven aufs Wort.

»Sehen wir uns morgen im *Ruby*?«, frage ich.

»Klaro«, sagt Sven und wir geben uns Fünf, dann umarmt er Lucy. Er wendet sich mir noch kurz zu und zwinkert mir verschwörerisch zu. »Dann bis morgen Abend.«

Er und Lemmy verlassen die Wohnung und durch die geschlossene Tür hört man es noch rumpeln und Sven flucht: »Herrgott, Lemmy, du blödes Vieh, ich hab dir schon tausend Mal gesagt, du sollst mir nicht zwischen den Füßen herlaufen!«

Lucy und ich grinsen uns an. Wie gesagt: Was Fressen und Kacken angeht, hört der Hund eins a. Aber auch nur bei diesen zwei Themen.

Lucy und ich lachen leise.

Dann ist Ruhe im Walde. Man sagt ja immer gerne, dass man gute Freunde daran erkennt, dass man gemeinsam schweigen kann. Und tatsächlich ist es keine unangenehme Stille, allerdings nervt es mich, dass ich kein Thema finde, das nicht mit Schwangerschaft zu tun hat, und das würde mir jetzt ein wenig zu weit gehen, letzten Endes will ich ja nur auf eines hinaus: Lucy und ich, wir zwei beide.

Das Blöde ist, dass wir schon über alles Mögliche gequatscht haben und jetzt fällt mir verdammt noch mal nichts ein. Wenn ich besoffen bin, ist es leichter, die Zähne auseinanderzukriegen, allerdings artet das leider oft fürchterlich aus. Lucy musste mich oft genug anschließend richtig langmachen, weil ich wieder Mist verzapft hatte, an den ich mich wiederum nicht im Geringsten erinnern konnte.

Jetzt, wo wir einen der seltenen Momente zu zweit haben, in denen ich ernsthaft zurechnungsfähig bin, fällt mir nichts ein. Sprachblockade. Deutsch kaputt. Kommunikationsebbe.

Also frage ich das, was ich in so einer Situation immer frage: »*Simpsons*?«

Lucy schaut auf, wirkt leicht überrascht. »Hm, was?«

»Ob wir *Simpsons* gucken wollen?«

Sie nickt. »Ja, klar.«

Ich mache die Mucke aus und lege eine DVD mit der gelben Familie ein. Dann setzte ich mich wieder neben Lucy aufs Sofa. Sie kuschelt sich an mich und wir gucken schweigend auf den altersschwachen Fernseher.

Lucys Kopf liegt auf meiner Brust, ich habe meinen Arm um sie gelegt und ich kann riechen, dass sie ihr Lieblingsshampoo benutzt hat, das mit Honigextrakt.

In anderen Fällen wäre das der Moment, in dem ich der Frau einen sanften Kuss aufs Haupt drücke, nur ganz schwach, nicht mal richtig einen Kuss, mehr so ein Ding zwischen dem Schnuppern an ihren Haaren und dem leichten Aufdrücken meiner Lippen auf ihre Kopfhaut unter minimalem Ansaugdruck, ein Taxieren der Möglichkeiten. In der Regel führt es dazu, dass sie mir das Gesicht zuwendet und im besten Fall ermunternd lächelt, was wiederum einen richtigen Kuss zur Folge hat und dann geht das wilde Geschlabber los und am nächsten Tag muss man ihr Frühstück machen und eine unbenutzte Zahnbürste zur Verfügung stellen.

Bei Lucy geht das nicht, schließlich haben wir uns schon x-mal geküsst, zur Begrüßung, zum Abschied, aus Überschwang, weil jemand Geburts- oder einen Scheißtag hatte. Weil wir halt Freunde sind.

Sie jetzt auf den Kopf zu küssen, wäre nicht mehr als eine saft- und kraftlose Geste. Ich muss schon deutlich weiter gehen.

Ich muss reden.

Ich muss meiner besten Freundin sagen, dass ich mehr von ihr will, als dass sie meine beste Freundin ist, und das sollte ich jetzt erledigen.

»…«, beginne ich. Himmel, ist mein Hals trocken. Muss an der Heizungsluft liegen. Ich räuspere mich. Ich hoffe, sie hört meine Pumpe nicht ganz so laut schlagen, wie es mir gerade vorkommt.

»Du, Lucy …« Mist, ich schaffe es, eindeutig leiser als der Fernseher zu sein, was nicht weiter verwundert, da sich gerade Itchy und Scratchy an die Kehle gehen, sauromantisch, das.

Zweiter Anlauf.

»Du, Lucy …« Schon besser.

Aber sie reagiert nicht.

»Lucy?«

Ich lausche angestrengt. Ihr Atem geht eine Spur zu ruhig.

Ich verrenke mich ein bisschen und mein Verdacht bestätigt sich: Lucy ist eingeknackt.

»Na, super.« Damit hätte sich mein Vorhaben erledigt und ich ärgere mich über mich selbst, nicht nur wegen meines beschissenen Timings und der verdammten *Simpsons*, die beim vierten oder fünften Mal einschläfernd wirken, sondern weil ein kleiner feiger Teil in mir sogar ganz froh ist, dass es so gekommen ist.

Ich lasse Lucy langsam aufs Sofa sinken, lege ihr eine Decke über und mache den Fernseher aus.

Ich betrachte die schlafende Schönheit noch eine Weile.

Morgen früh wird sie weg sein, weil sie dann doch noch mal aufgewacht ist und es zu ihr nach Hause ja auch nicht so weit ist, oder wir werden morgen zusammen frühstücken, wie man das so macht.

Als Freunde.

Als Kumpel.

Nicht als Pärchen.

Scheiße.

***

Natürlich klingelt das Telefon, als die ich gerade unter die Dusche will. Da es schon auf die Samstagabendplanung zugeht, nehme ich trotzdem ab, man könnte ja irgendwas verpassen.

»Ja, Torben am Apparillo?«

»Na, mein Kleiner?!«, flötet es mir entgegen.

Scheiße!

»Mama?«

Eine Sekunde verspüre ich den Impuls, den Hörer wieder aufs Telefon zu knallen, aber ich vermute, sie würde mir das irgendwie übel nehmen. Dabei habe ich mir seinerzeit extra ein Old-School-Telefon in gallegrün geholt, damit ich so schwungvoll auflegen kann, wie man das mit den modernen Teilen oder einem Handy nicht mehr machen kann. Sogar eine Wählscheibe hat das Monstrum noch.

»Dass man deine Stimme mal wieder hört,« kommt es melodiös vorwurfsvoll aus der Muschel. »Du selber meldest dich ja nie.«

Die Standardansage, die ich mit meiner Standardausrede beantworte: »Ach, Mom, du weißt doch, ich hab viel um die Ohren und außerdem hasse ich Telefonieren. Tut mir leid.«

Sie weiß, dass ich lüge, und ich weiß, dass sie es mir nicht übel nimmt. Sie hat ihren elterlichen Meckerpflichtteil erfüllt und kommt zur Sache.

»Na ja. Ich wollte dich eigentlich nur fragen, ob du Weihnachten mal wieder zu Hause bist?«

Den Hinweis darauf, dass ich gerade zu Hause bin, erspare ich mir.

*Home is where your heart is*, heißt es, aber wenn es nach Müttern geht, ist *Herz = Mama*. Man kann schon vor Ewigkeiten aus dem Elternhaus geflohen sein, sogar die Erzeuger selbst können mehrfach umgezogen sein: Wo Mutter wohnt, da ist »Zuhause«. Aber ich hab meine Eltern tatsächlich lange nicht besucht und auch wenn mir der Gedanke nicht besonders gefällt, die Feiertage irgendwo im Nirgendwo und nicht mit den anderen auf diversen Partys zu verbringen, ist der Gedanke, mal wieder ein bisschen mütterlich umsorgt zu werden, nicht der unangenehmste. Also sage ich: »Na gut, okay. Ich komm Heiligabend und bleib zwei, drei Tage.«

»Na super, da freuen dein Vater und ich uns. Ach, und deine Oma kommt auch. Tschüssi!« Und Zack hat sie aufgelegt, bevor ich irgendetwas sagen kann.

Oma kommt auch, hat sie gesagt. Ich starre den Telefonhörer in meiner Hand an.

Oma kommt.

Genauso gut könnte man mich zu einem gemütlichen Nachmittag in einer Sauna mit Hitler einladen. Kein Wunder, dass Mom so schnell aufgelegt hat. Ich hab die erwünschte Zusage gegeben und sie hat mich pflichtgemäß vorgewarnt.

»Moment mal ...«, nuschele ich, aber das Telefon tutet mich nur gleichgültig an.

Ich lege auf, Pudding in den Knien.

Oma kommt.

Ich werde Weihnachten in der Hölle verbringen.

Na super.

***

Das Schöne am DJ-Dasein ist das reuefreie hemmungslose Einkaufen von CDs. Selbst wenn einem beim Blick auf den Einkaufszettel schwindlig wird, hat man immer noch die Entschuldigung, dass man die Kohle ja nicht zum Spaß rausschmeißt, sondern dass man's für die Arbeit braucht.

Dementsprechend gut gelaunt lasse ich mich mit einem Haufen Mitmenschen in die Straßenbahn Richtung Innenstadt treiben. Ich erwische sogar einen Fensterplatz, damit ich auch ja nichts vom immergleichen Ausblick verpasse. Ich hab noch nicht mal den Sitz angewärmt, als mich die unschöne Stimme der Pseudo-Staatsmacht von der Seite annuschelt: »Fahrscheinkontrolle.«

Mich machen Kontrolleure unerklärbar aggressiv, also vermeide ich nach Möglichkeit jeglichen Augenkontakt, als ich mein Ticket rüberreiche.

Anscheinend sieht er so etwas zum ersten Mal, zumindest starrt er das kleine Papier an, als müsste er nur lange genug draufschielen, bis ihm ein Space Shuttle in 3D entgegenfliegt.

»Is' aber Kurzstrecke.«

Huch, es kann sprechen.

Jetzt guck ich ihn doch an. »Ach so. Deswegen steht da ›Kurzstrecke‹ drauf. Und ich hab mich schon gewundert. Danke für die Info.«

Der mobile Blockwart finstert mich von oben herab an. Er kann vielleicht nicht viel, aber zu meinem Erstaunen kann er mit den Augen buchstabieren.

Momentan das Wort T-Ö-T-E-N.

»Wo soll's denn hingehen?« Es klingt nicht nach Frage, mehr wie ein Terrorverdacht. Um uns herum ebben die Gespräche ab, dafür setzt allgemeines Starren ein. Ich stehe ja gerne im Mittelpunkt, aber nicht unbedingt so.

»Hauptbahnhof.«

»Und wo eingestiegen?« Ganze Sätze sind nicht seine Stärke.

»Steinstraße. Gerade eben. Wie Sie vermutlich gesehen haben.«

Seine Augenbrauen treffen sich und zeugen von einem geringen Maß an Kritikfähigkeit. Seine Rechnung müsste jetzt ergeben, dass ich immer noch zwei Stationen gut hätte, Kurzstrecke hin oder her. Schließlich verzieht er das Gesicht und reicht mir mein Ticket zurück. Und geht weg.

Geht weg und hockt sich irgendwo auf seinen für Blockwarte reservierten Platz.

Und kontrolliert keinen der anderen zwei Dutzend, die mit mir eingestiegen sind.

Nur mich.

Den Langhaarigen.

Den Asi.

Den Untermenschen.

Mir gegenüber sitzt eine hübsche Blondine, Typ Anwaltsgehilfin. Ein bisschen schickimicki, aber mit Stil. Sie starrt mich aus weit aufgerissenen Augen an.

»Was war denn das gerade?«, fragt sie.

Ich zucke mit den Schultern.

Es ist nicht nur die beschissene Erniedrigung durch diesen kleingeistigen Typen, dem man zu viel Macht verliehen hat, die mir meine gute Laune versaut hat.

Früher musste ich nur mein Sprich-mich-bloß-nicht-an-ich-hör-fiese-Musik-Gesicht und meine Kopfhörer aufsetzen (ins Ohr reinstecken gab's da noch nicht), ein einigermaßen fieses Shirt tragen (eigentlich hatte ich NUR fiese Shirts) und die fettigen Haare ins Gesicht hängen lassen, und keine Sau hat es gewagt, mich anzusprechen oder gar zu kontrollieren.

Ich war in den Augen meiner Mitmenschen ein mieses kleines Arschloch mit Amoklaufpotenzial. Oder vielleicht habe ich mir das auch nur eingebildet.

Wenn ich mir heute die aktuellen Clerasil-Metaller angucke, kann ich daran nichts Einschüchterndes mehr entdecken.

Heute, wo mein Blick nicht mehr ganz Unansprechbarkeit signalisiert, die Shirts weniger fies und die Haare deutlich weniger fettig sind, kommen mir solche Deppen wie der Ticketanstarrer und versauen mir mit ihrer Respektlosigkeit meinen schönsten Kaufrausch. Vermutlich werde ich langsam einfach zu alt für authentische Angepisstheit.

Ich sehe die Blondine an. Schön, dass ich nicht als Einziger der Meinung bin, dass wir soeben einer Eins-a-Arschloch-Aktion beigewohnt haben.

Ich seufze.

An der nächsten Haltestelle steige ich aus.

Mir ist jegliche Lust auf irgendwas vergangen.

Missmutig schlurfe ich wieder heim. Zwischen zwei Wohnblocks ist ein Spielplatz eingeklemmt, eine freudlose schattige Ansammlung Sand mit Konstrukten aus rostigem Metall und grünspanigem Moderholz drauf. Ein Sixpack Eltern ruft ihre Nachkommenschaft bei absurden Doppelvornamen. Anscheinend heißt allerdings keins der Blagen so, wie es die Mütter rumbölken, sonst würden sie ja wohl nicht weiter rumschreien und sich mit Dreck und Stöcken beschmeißen.

Ich betrachte das lärmende sabbernde Schauspiel ein Weilchen, dann wird's mir trüb im Gemüt.

Ich werd alt.

Und Matze und Katharina sind verloren.

***

Es ist einer dieser Abende, wo es nicht so richtig läuft. Das kann vorkommen, trotzdem ist meine Laune ziemlich im Eimer.

Ein paar Figuren auf der Tanzfläche moshen zwar brav, aber ohne rechten Enthusiasmus und die Umstehenden sind sogar zu unmotiviert zum Quatschen. Sie halten sich an ihren warm werdenden Bieren fest und sehen die ganze Zeit so aus, als wäre es garantiert das letzte des Abends.

Ich selber bin auch nicht besser, ich kriege keine richtige Dynamik hin, keine vernünftigen Spannungsbögen, komme von Hölzchen auf Stöckchen und versaue mit schöner Regelmäßigkeit Übergänge und zwar so, dass es auch wirklich jeder mitkriegt.

Es ist einfach einer dieser Abende, wo ich echt keinen Bock habe aufzulegen. Die meisten hängen draußen rum und beschweren sich bibbernd und Kippen qualmend darüber, dass man wieder eine Jacke anziehen muss, wenn man frische Luft schnappen will.

Im Prinzip hätte ich nicht wenig Lust, ihnen Gesellschaft zu leisten.

Frankie kommt angedackelt. »Na, Alter, wie isses?«

»Ach, geht so«, antworte ich. »Bin heute halt nicht so in Stimmung.«

Er winkt ab. »Ach, halb so schlimm. Gestern war Thrashfestival in der *Pumpe*, das steckt noch einigen in den Knochen. Lass dich davon nicht ins Bockshorn jagen.«

»Tu ich auch nicht.«

»Übrigens, demnächst kannst du auch mal was von meiner Band spielen.«

Er schaut mich erwartungsvoll an und lässt seine Augenbrauen wie betrunkene Raupen tanzen. Ich mag Frankie, auch wenn mir sein überbordender Enthusiasmus manchmal eine Spur zu anstrengend ist. Er ist ein echtes Energiebündel mit der Einstellung eines buddhistischen Kaninchens mit Dopaminüberschuss. Sein Optimismus ist höchstens mit schwerstem Gerät kaputt zu kriegen.

»Du hast 'ne Band?«

Er nickt und es sieht so aus, als würde er keinen großen Unterschied machen zwischen Nicken und Headbangen. Jedes Mal, wenn er jemandem zustimmt, muss er sich danach die Haare richten. Wie gesagt: überbordender Enthusiasmus.

»Ja klar, und ich sag dir, wir werden DAS nächste große Ding. In zwei, drei Jahren spielen wir auf dem *Rock'n* und unter Garantie nicht nachmittags bei Sonnenschein.«

»Und was für Mucke macht ihr?«

»Metalcore«, sagt er im Verkündigungs-Ton. »Aber mehr so progressiv, nicht so stumpfe Pogokacke.«

»Aha«, sage ich. Den Hinweis darauf, das Metalcore tot wie Beton ist, progressiv oder Pogokacke hin oder her, spare ich mir. »Und habt ihr schon was aufgenommen?«

»Nö, wir müssen erst mal genug Songs beisammen haben.«

»Wie viele habt ihr denn?« Der CD-Player zeigt mal wieder meine Lieblings-Fehleranzeige mit einem Nummerncode, von dem vermutlich keiner weiß, was er eigentlich bedeutet, der aber schicker aussieht als ein ehrliches »CD kaputt«. Ich nehme den Silberling, der nach qualvoll langer Zeit wieder zum Vorschein kommt, hauche ihn an, wische ihn an meinem Shirt ab und schiebe ihn erneut in den CD-Schacht. Und natürlich wird er anstandslos angenommen. Ernsthaft, ich habe manchmal Schiss, dass eine unlesbare CD nicht wieder ausgespuckt wird und ich plötzlich nur noch mit einem einzigen Player dastehe. Das wäre schon echt peinlich. Manchmal träume ich davon.

Frankie hat inzwischen unter Zuhilfenahme einiger Finger das Liedgut seiner Combo überschlagen.

Er strahlt mich an. »Zweieinhalb. Aber wir haben auch noch drei Coverversionen. Alter, eine Sieben-Minuten-Version von ›Breaking the Law', die musst du hören.«

»Na, da bin ich ja mal gespannt.« Ein Grinsen kann ich mir nicht verkneifen, was ihn zu einem weiteren Argument nötigt.

»Wir haben Shirts«, sagt er und krempelt sein Longsleeve hoch, um es mir zu beweisen. Ich betrachte es.

»Cooles Motiv«, gebe ich zu und Frankie freut sich. »Könnte man sich glatt eintätowieren lassen. Aber ich glaube, ›Teror‹ schreibt man mit zwei R in der Mitte.«

Frankies Lächeln gefriert. Er starrt auf sein Shirt, zupft dran rum und verdreht seinen Kopf. »Shit!« Er sieht mich wieder an und zuckt mit den Schultern. »Sammlerstück. Dafür wird noch mal viel Kohle bei ebay geboten.«

Gut gelaunt stürzt er sich wieder in das lahme Getümmel.

Ich schmeiße *Iced Earth* rein, »Melancholy«, und summe die ersten Zeilen mit: »Make the sadness go away ...«

Ein großartiger Song. Und natürlich weiß ich, dass Lucy voll darauf abfährt. Schon nach den ersten zwei, drei Takten kommt sie auf die Tanzfläche gestürmt. Ich sehe ihr beim Tanzen zu.

Ich muss echt mit ihr sprechen. Morgen Abend gehe ich bei ihr vorbei und dann rede ich Klartext, so viel ist sicher. Hauptsache, mein Mut verlässt mich nicht, wenn ich wieder nüchtern bin. Ich habe eindeutig schon ein paar Bier mehr intus, als ich normalerweise beim Auflegen trinke. Der Frust will ertränkt werden.

»Darf man sich bei dir was wünschen?«

Ich zucke zusammen. Ich hatte gar nicht gemerkt, dass sich mir jemand von der Seite genähert hat. Ich schaue in das mir bisher unbekannte Gesicht einer schwer schnuckeligen Schwarzhaarigen.

»Hallo!«, sage ich und denke ›Holla!‹. »Selbstverständlich darfst du dir was wünschen.«

»Hast du was von *In Flames?«,* fragt sie und ich gebe ihr zu verstehen, dass es zu laut ist. Sie beugt sich zu mir herüber, um ihren Wunsch deutlicher zu formulieren. Himmel, riecht die Frau gut. Und der Ausblick ins Dekolleté ist auch nicht der schlechteste.

»Klar, spiele ich dir.« Ich lächle sie an, sie lächelt zurück. »Du bist das erste Mal hier, oder?«

Sie nickt.

»Und, bist du alleine hier oder mit deinem Freund?«

Sie legt den Kopf schief. »Alleine. Ich hab gerade keinen Freund.«

»So, so.« Nun ist es an mir, mich rüberzulehnen. »Ich heiße Torben.«

»Sonja.«

Ich schiele rüber auf die Tanzfläche, wo Lucy mit einem Typen im Arm den Refrain mitsingt. Das wird doch sowieso nix, flüstert mir ein kleiner Teufel ins Ohr. Wo er recht hat …

»Freut mich, Sonja.«

Ich lege »Fear of the Dark« auf. Das gibt mir gute sieben Minuten Zeit.

Und dann lernen wir uns besser kennen, die Sonja und ich.

# JUNGSMUSIK

## THE KIDS ARE ALRIGHT

Als kleiner Dreischnapsflaschenhoch besaß ich ein schwarzes T-Shirt, auf dem, neben einem schwer kitschverdächtigen Weißkopfseeadler und einem Fallschirm mit ohne Fallschirmspringer dran, der Schriftzug AIRBORNE prangte. Ich wusste zwar nicht, was das heißt, und es sollte noch gute zwanzig Jahre dauern, bis die beinahe gleichnamige australische *AC/DC*-Erbengemeinschaft das Licht des Plattenvertrags erblickte, aber ich fand das Shirt cool.

Natürlich war es nicht im Geringsten cool. Rückschauend betrachtet, muss man einfach sagen: Ich sah scheiße aus.

Warum ich meine Erzeuger trotzdem zum Erwerb der Textilie aus dem Quelle-Katalog gezwungen habe? Ich wollte, auch wenn ich damals noch nicht genau wusste, was es damit auf sich hatte, so aussehen wie die großen Jungs, die auf dem Supermarktparkplatz abhingen, mit ihren Mofas protzten (damals konnte man tatsächlich mit so einer Nähmaschine noch protzen) und dabei laute Musik aus ihren Kofferradios dröhnen ließen.

Damals fehlte es für eine hartrockende Jugend schlicht und ergreifend an authentischen Bekleidungsmöglichkeiten.

Heute sieht das ein bisschen anders aus.

Nicht nur, dass einem statt zusammengetackerter Schwarzweiß-Kopien telefonbuchdicke Vierfarbkataloge in den Postkasten flattern, man per Internet auch noch von der letzten Hinterhofkapelle aus Nicaragua Merchandise-Produkte bestellen kann und sich diverse Modeketten nicht zu blöde sind, in Kinderhandarbeit hergestellte Shirts von *Motörhead*, *Led Zeppelin* oder *Iron Maiden* ins Sortiment zu hieven, hat man jetzt auch die finanzkräftigste Zielgruppe ins Visier genommen: Kleinkinder.

Werdende Mütter und Väter, die ihren Rockerstatus auch in

der Krabbelgruppe demonstrieren wollen, finden es nicht weiter behämmert, Frischgeborene in Werbeträgertextilien der Plattenindustrie zu stopfen.

Waren Sprüche wie »Mummy's little monster« als Beschriftung für den vollgekotzten Strampler aufgrund ihres Wahrheitsgehaltes noch ganz witzig, kam ich als Außenstehender doch ins Grübeln, als die ersten Baby-Bandshirts in die Mailorderkataloge rutschten. Wenn etwas noch nicht sprechen oder laufen und weder Wasser noch Bier halten kann, sollte es auch nicht in T-Shirts von *Slayer* oder *Kiss* rumlaufen. Ich hoffe inständig, dass es derartiges Merch nicht zum *Cannibal-Corpse*-Epos »Butchered at Birth« zu kaufen gibt.

Als wäre das nicht genug, werden die einschlägigen Foto-Communitys im Netz von digitalem Bildkompost zugeschissen, auf dem die stolzen Eltern ihren angeblich so hart rockenden Nachwuchs der desinteressierten Welt präsentieren: »Guckt mal, unser Kleiner. Sieht er nicht süß aus in seinem *Hammerfall*-Schlafanzug? Erst anderthalb, aber macht schon die Pommesgabel. Das wird mal ein richtiger Rocker!« Dass der kleine Nachäffer dereinst auch versuchen würde, mit Kettensägen zu jonglieren, wenn Papa ihm das oft genug vorexerziert, bleibt ihnen natürlich verborgen. Tonnenweise DummTube-Videos sollen zeigen, dass man schon im Vorkindergartenalter zu *Testament* headbangen kann, das Making-of würde allerdings die Kameramama offenbaren, die dem aus Gründen der Grobmotorik nur zu Kopfnickerei fähigem Sabberkind mit Schlaf- und Schnullerentzug droht, sollte es auf Kommando nicht mit dem Nackenzucken weitermachen.

Wenn das Monster dann alt genug ist, beginnt die elterliche Infiltration. Statt *Benjamin Blümchen* bekommt der Nachwuchs die Beilagen-CDs vom *Rock Hard* geschenkt und dezent platzierte Festivalplakate ersetzen die Kinderzimmertapete.

Zur Feier der Einschulung wird das Balg dann auf sein erstes Konzert mitgeschleppt und einmal direkt vor die Hauptbox gehalten: »Siehst du, Schatz, so geht laut! Laut ist gut. Wir wollen nur laut, nicht wahr?!« Und zum dreizehnten Geburtstag gibt es von Papa das erste (offizielle) Bier, bevor er seine Brut ins Wohnzimmer führt, vor das Plattenregal, und mit wichtiger Mine verkündet: »Das, mein Sohn, wird eines Tages alles dir gehören. Außer der *Alive-II*-Picturedisc, die wird mit mir begraben.«

Und warum das alles? »Ich wäre froh gewesen, wenn meine Eltern mir 'ne *Megadeth*-Scheibe geschenkt hätten, statt so eines bescheuerten Kettcars«, lautet Barbapapas Begründung.

Wie so oft, geht es nur um einen selber, um den Wunsch, man wäre ein cooles Kind gewesen und hätte eine amtliche Rebellion gegen Eltern, Lehrer und Establishment hingelegt. Denn Aufbegehren gehört zum Abnabelungsprozess und das sollte dem Heavy-Metal-Daddy zu denken geben: Wie rebelliert man, wenn die Eltern einen von Anfang an zurocken? Ganz einfach, indem man sich zu einem fürchterlichen Schlager- oder Mainstreamlangweiler mit einem Faible für Anzug und Krawatte und gepflegte Unterhaltungen entwickelt.

Also liebe hartrockende Mutter- und Vatertiere, bedenkt beim nächsten Einkauf, was euch lieber ist: ein paar Wochen *Benjamin Blümchen als Türsteher* und zu Weihnachten Rolf Zuckowski in Endlosschleife oder Deutschrap und R'n'B die ganze verdammt lange Teenagerzeit hindurch.

Es ist eure Wahl.

4.

# Sonja, Oma und Raclette

*»Was hier zusammenstößt, ist tote Erlebnismasse, nimm sie nicht ernst.«*

Wilhelm Genazino, *»Mittelmäßiges Heimweh«*

Wir ziehen das im Eiltempo durch, die Sonja und ich. Und das geht so:

Tag 1: Ich rufe sie an und treffe sie in der *Schwarzen Rose*, meiner drittliebsten Kneipe in der Stadt. Danach gehen wir zu mir und lernen uns besser kennen, sie hat einen sehr angenehmen Klamottengeschmack: drüber schwarzes Leder, schwarze Jeans und möglichst eng und drunter schwarze Spitze, möglichst wenig. Wir reden über Filme und Musik, dann fragt sie, ob ich Bock auf Vögeln habe und natürlich habe ich, also machen wir das, die Sonja und ich.

Tag 2: Wir vögeln, bestellen Pizza, danach vögeln wir noch ein bisschen, bevor wir ins Bett gehen und rummachen.

Tag 3: Wir merken, dass wir nicht nur bei mir rumhängen und den ganzen Tag vögeln können. Also gehen wir zu ihr und vögeln da. Schon besser. Unsere Beziehung macht eindeutig eine Entwicklung durch.

Tag 4: Sonja möchte, dass ich ihre Eltern kennenlerne. Ich finde das ein bisschen früh und sie sagt, da hätte ich auch wieder recht, das sei in Ordnung. Nächste Woche wäre es ja auch noch okay. Wir feiern das mit ausgiebigem Geschlechtsverkehr.

Tag 5 und 6: Sonja muss für irgendeine Prüfung büffeln. Ich glaube, sie macht eine Schreinerlehre, aber so genau weiß ich das nicht. Wir sehen uns die zwei Tage nicht, aber ich find's okay. Ein bisschen Abstand tut unserer Beziehung ganz gut, denke ich.

Tag 7: Sie kommt zu mir und wir haben Wiedersehenssex.

Tag 8: Sonja macht einen blöden Witz über Juden und Konzentrationslager, den ich überhaupt nicht lustig finde. Sie lacht sich darüber selbst scheckig und sagt, ich solle mich nicht so haben. Zur Strafe täusche ich meinen Orgasmus nur vor und wichse ihr später in die Dusche, natürlich ohne hinterher durchzuspülen. Das hat sie nun davon.

Tag 9: Ich durchstöbere mal die Musiksammlung auf Sonjas Rechner. Das hätte ich eigentlich schon viel früher machen sollen. Richtig Schlimmes ist nicht dabei, *Störkraft* oder *Absurd* kann ich nicht finden, dafür alte *Onkelz* und *Burzum*. Muss nichts heißen, vielleicht ist sie nur etwas unreflektiert. Zu denken gibt mir ihr Hang zu Frakturschrift benutzenden Black-Metal-Bands trotzdem. *In dubio pro reo*, sag ich mir aber und beschließe, ihr zu vertrauen.

Sicherheitshalber checke ich noch ihre E-Mails und ihre Internetverbindungen der letzten sechs Wochen. Nichts wirklich Braunes dabei, der Witz war vielleicht nur ein Ausrutscher. Man sollte seiner Freundin schon etwas vertrauen, schelte ich mich selbst.

Später vögeln wir.

Tag 10: Wir vögeln. Abends schreibe ich einen Brief an den BND, mit dem Tipp, den Internetanschluss von Sonja mal etwas genauer in den Blick zu nehmen.

Tag 11: Wir vögeln, danach machen wir uns auf die Piste. Zwecks Stärkung holen wir uns einen Döner. Der Döner ist nicht besonders gut und Sonja sagt, nicht mal anständigen Döner können die machen, die Kuffnukken. Ich sag, jetzt mal langsam mit den jungen Pferden und sie mault, ist doch wahr und ich weise sie darauf hin, dass sich jemand, der mit Nachnamen Wescincki heißt, mit ausländerfeindlichen Äußerungen ein bisschen zurückhalten sollte, und sie fragt, ob ich noch alle Tassen im Schrank hätte und ich sag, dass sie eine Faschofotze ist und sie, besser Faschofotze als keinen hochzukriegen und anschließend die Dusche vollzuwichsen und ich sag, das war verdammt noch mal ABSICHT und dass ich hoffe, dass sie voll reingelatscht ist und ihre Hühneraugen jetzt geschwängert sind und anschwellen und aufplatzen und Eiterwelpen gebären und dass sie mich mal hakenkreuzweise kann, und sie sagt, ich soll mich verpissen und endlich hat sie mal ein wahres Wort gesprochen und ich sag, im *Ruby* hast du Hausverbot, nur damit das mal klar ist, und dann mach ich mich vom Acker.

Wutschnaubend stapfe ich durch den nasskalten Regen.

Ich weiß nicht, was mich mehr aufregt: die Tatsache, auf so eine Nazizicke reingefallen zu sein oder dass ich meinen bisherigen Rekord für die kürzeste Beziehung noch mal um anderthalb Wochen unterboten habe. Ich bin auf hundertachtzig und fasse den Plan, mich massiv zu besaufen. Ich schaue im *Lokschuppen* vorbei, da ist Mittwochsdisco. Nichts Besonderes, aber das Bier ist billig und einmal pro Stunde läuft ein annehmbares Lied. Vielleicht ist ja noch jemand von den anderen da.

Ich muss jetzt jemanden volljammern.

***

Der nächste Tag ist der erste richtig arschkalte des neuen Winters. Jetzt ist es endgültig vorbei mit Draußen-Rumsitzen, Saufen und Scheiße-Labern.

Missmutig suche ich nach meiner schwarzen dicken Winterjacke. Ich verziehe das Gesicht, als ich sie finde, da sie nach nassem Hund müffelt. Ich wolke sie mit *Febreze* ein und ziehe sie an. Als ich meinen Schlüsselbund einstecke, merke ich, das ich allem Anschein nach wohl gegen Ende des letzten Winters stockbesoffen ein halb aufgegessenes Wurstbrot in die Jackentasche gesteckt habe. Seufzend stülpe ich die Tasche auf links und brösele die mumifizierte Stulle in den Mülleimer. Wenigstens ist das Ding nicht verschimmelt, eine neue Jacke kann ich mir gerade echt nicht leisten.

Vor der Haustür empfängt mich frostiger Nieselregen, der sich im Gesicht anfühlt wie Flugakupunktur.

Ich hasse diese Jahreszeit.

Und ich habe gestern Mist gebaut, ziemlich üblen sogar, so viel ist mir bewusst. Leider, oder vielleicht Gott sei Dank, habe ich einen kompletten Filmriss. Alles, was ich noch weiß ist, dass ich Sonja zum Teufel geschickt und im *Lokschuppen* Sven, Lucy und ein paar von der anderen Figuren getroffen habe. Ich bin zur Theke gegangen und hab mir ein Bier geholt. Irgendjemand hatte Geburtstag und Jägermeister spendiert. Danach: Sense.

Das Gefühl diffuser Schuld verursacht Hummeln in meinem Hintern, ich kann jetzt nicht in meiner Bude rumhängen. Ich tapere sinnlos durch die Gegend und versuche klarzukriegen, was genau ich eigentlich angestellt habe.

Drei Straßen weiter gibt es eine Apotheke, in der ich mir eine Packung Paracetamol hole. Ich werfe zwei ein und hoffe auf schnelle Wirkung.

Aus meiner Hosentasche tönt der Basslauf von *Iron Maidens* »Stranger in a Strange Land«.

SMS von Sven: »Hi, Arschloch. Du solltest dich vielleicht bei Lucy entschuldigen. Das war echt daneben gestern.«

Mist, das klingt ernst. Sogar noch ernster als befürchtet. Wenn ich wieder zu Hause bin, rufe ich Lucy mal an und betreibe Schadensbegrenzung. Aber erst mal in den Supermarkt und was einkaufen. Im Geschäft angekommen, fällt mir auf, dass ich eigentlich gar nichts brauche. Sinnlos lasse ich mich durch die Gänge treiben und versuche so gut wie möglich, die Schlagerbeschallung zu ignorieren. Ich glaube, die lassen diese unsägliche Scheiße auch nur laufen, damit man sich als Kunde dann tatsächlich über die Werbeunterbrechung freut. Perfider Guerillakapitalismus ist das.

Zum dritten Mal komme ich an dem Regal mit dem Dosenfutter vorbei. Nur damit ich nicht völlig sinnfrei hier rumschleiche, nehme ich eine Dose mit Linseneintopf und eine Hühnernudelsuppe als Katerfrühstück mit und gehe zur Kasse, wo ich sinnlos lange das Sortiment an Kaugummis durchstöbere, bevor ich, wie immer, zwei Juicy Fruit mitnehme.

Auf dem Weg nach Hause gehe ich zwei bis drei völlig unnötige Umwege. Einerseits bin ich nicht besonders scharf drauf, Lucy anzurufen, nur um mich von ihr zusammenstauchen zu lassen. Andererseits bin ich noch total auf Restalkohol und das um zwei Uhr nachmittags. Ich möchte echt nicht wissen, wie nahe ich mich an eine Alkoholvergiftung rangesoffen habe.

Restalkohol ist eine fiese Sache. Man kriegt zwar einigermaßen alles auf die Kette, aber dabei wirkt die ganze Welt wie in Watte gehüllt. Man steht neben sich, betrachtet den grobmotorischen Vollhorst und schüttelt den Kopf. Ich bin mir völlig bewusst, dass ich nicht ganz da bin, und ich weiß, dass alle anderen das merken und mich kritisch beäugen. Ich hasse diesen Zustand. In so einem Fall hilft eigentlich nur Konterbier, aber dazu bin ich gerade nicht in der Stimmung.

Genau genommen bin ich zu überhaupt nichts in der Stimmung. Jetzt weiß ich auch, wie Zombies sich fühlen. Kein Wunder, dass die so unfreundlich drauf sind.

Ich stehe vor meiner Haustür. Wie bin ich denn hier gelandet?

Seufzend schließe ich auf und krabbele die Treppe hoch.

Unnötig umständlich und zeitraubend verstaue ich meine kargen Einkäufe.

Ich kippe die Dose Hühnersuppe in einen Topf und stelle die Herdplatte an. Dann schnappe ich mir das Telefon und setze mich in mein Wohnzimmer in die Telefonierecke für anstrengende Gespräche.

Ich wähle, es tutet einmal, es tut ein zweites Mal, Lucy ist bestimmt nicht zu Hause und auf dem Handy ruf ich sie jetzt garantiert nicht an, das ist immer so hektisch.

Tuut.

Nein, die ist nicht da, hat keinen Zweck.

Tuut.

*Leg auf.* Außerdem muss ich plötzlich ganz dringend kacken, echt jetzt.

Tuut.

*Komm, leg auf.*

»Hallo?«

»Gnaaaah ...«, ächze ich in die Sprechmuschel. Himmel, bin ich erschrocken. Dann fällt mir erst mal nichts mehr ein und ich schnaufe nur ein bisschen ins Telefon, wie ein notgeiler Stalker.

»Wer ist denn da?«, fragt Lucy.

»Gnaah ...«, wiederhole ich.

»Ach, du.« Sie schafft es, in zwei Silben ganze Sätze zu verpacken. Diese beiden vermitteln mir die Botschaft, dass sie mit meinem Anruf gerechnet hat, aber keineswegs darüber erfreut ist.

»Ja. Ich.« Übersetzung: Es tut mir leid. Es tut mir leid. Es tut mir leid und ich wäre dir sehr dankbar, wenn du mich drüber aufklären könntest, was mir eigentlich leid tut.

»Und?«, pampt sie. Übersetzung: Ich will erst mal hören, ob du dich überhaupt noch erinnerst, was du gestern angestellt hast.

Ich versuche es mit sanfter Diplomatie: »Ich wollt mich nur entschuldigen.«

»Tja, das ist wohl das Mindeste. Aber ich bin nicht die Einzige, bei der du das tun solltest.«

Ich schweige und versuche krampfhaft, mich an den gestrigen Abend zu erinnern. Es bleibt beim Versuch.

»Du weißt nicht mal mehr, was du für eine Scheiße gebaut hast, hab ich recht?«

»... Filmriss.«

»Ja ja, Filmriss, das ist doch nur eine Scheißausrede. Und ich hab gestern noch gesagt, hoffentlich säuft der keinen Schnaps. Du weißt selber, dass du nix verträgst und auf Hartalk immer zum kompletten Asi mutierst! Aber nein, der feine Herr haut sich einen Jägermeister nach dem anderen in die Figur. Und dann auch noch Tequila.«

»Ich hab Tequila getrunken?«

»Oh, ja, du hast Tequila getrunken.«

»Scheiße.«

»Und danach durften wir dann Arschloch-Torben in seiner ganzen Pracht erleben.«

»Tut mir leid, wirklich.«

»Ja ja, hinterher tut es dir immer leid, ich hab davon langsam die Schnauze voll.«

Ich muss zugeben, dass sie nicht ganz unrecht hat. Seit einiger Zeit häufen sich solche Ausfälle und fast immer, wenn Lucy dabei ist.

»Was hab ich denn gemacht?«

»Mal ganz davon abgesehen, das du einem Typen aufs Maul hauen wolltest, weil der dich beim Tanzen ein bisschen angerempelt hat?«

»Oh.«

»Auf jeden Fall hast du mich und Jan ziemlich beschissen behandelt.«

Stopp mal! Jan?

Wer zur Hölle ist Jan?

»Wer ist Jan?«

Sie macht eine kleine Pause, ich kann hören, wie sie nachdenkt. »Wir haben uns letzte Woche kennengelernt.«

Bumm! Es gibt drei Arten eines Verhältnisses einer Frau zu einem Typen, die mit K anfangen: »Kumpel«, »Kollege« und »kennengelernt«. »Kennengelernt« ist das böse K. Das klingt nach »kann mehr draus werden«.

»Aha«, sage ich tonlos.

»Eigentlich wollte ich ihn dir gestern vorstellen, aber du hast es dann ja vorgezogen, uns die ganze Zeit zu beleidigen.«

»Wie bitte?«

»Ja, mir hast du vorgehalten, ich wäre ja wohl eine Nutte und eine beschissene Freundin und ob ich denn auch mal an dich dächte. Du hast die ganze Zeit auf mir rumgehackt und als ich dann geheult hab und du nicht aufgehört hast, wollte Jan dich mal ausbremsen und dann hast du ihn total zur Sau gemacht, er solle sich verpissen und er würde ja überhaupt nicht hierhin gehören und so eine komplett dämliche Scheiße.«

Tatsächlich blitzen plötzlich Bruchstücke vor meinem inneren Auge auf. Und die gefallen mir überhaupt nicht.

Ich habe Lucy zum Heulen gebracht.

Das ist nicht das, was ich wollte. Das ist sogar auf der ganz anderen Seite von dem, was ich wollte. Ich spüre, wie in mir etwas gute zehn Zentimeter hinuntersackt.

»Er hat mich dann nach Hause gebracht. Ich konnte echt nicht mehr. So eine Scheiße kannst du mir nicht sagen, verstehst du?«

»Hm-hm.«

Sie schweigt sich aus. Ich versuche es mit einem Ablenkungsmanöver.

»Was ist dieser Jan denn für einer?«

»Was kümmert's dich? Du vögelst doch mit dieser Sonja rum. Ich hab übrigens gehört, dass die ganz schön rechts ist.«

»Ja«, sag ich, »davon hab ich auch schon gehört.«

»Und mit so einer bist du zusammen?« So vorwurfsvoll klang Lucy schon lange nicht mehr. Vielleicht noch nie.

»Na ja, seit gestern nicht mehr.«

»Ach was. Das ist ja sogar für dich ein Rekord.«

»Ja, die hat beim Dönermann 'nen rechten Spruch gerissen, da habe ich mal Tacheles geredet und dann war Feierabend.«

»Und nur, weil du mit Eva Braun Schluss gemacht hast, musstest du deine Deckslaune an mir auslassen? Sonst geht's dir noch gut? Mann, so kannst du mich nicht behandeln, ich bin deine Freundin!«

Ich überlege zu kontern mit »Bist du ja eben nicht!«, verkneife es mir aber. Das wäre jetzt der Tropfen, der das Fass zum Überlaufen brächte. Es ist völlig unpraktisch, dass man für die beste Freundin und die Freundin, mit der man zusammen ist, im Deutschen denselben Ausdruck benutzt. Anstatt sich irgendwelche albernen Scheißbegriffe für das Gefühl, keinen Durst mehr zu haben, einfallen zu lassen, sollte sich die Duden-Redaktion mal lieber mit diesem Problem befassen.

»Es tut mir leid«, sage ich und meine es auch wirklich so.

»Ja klar, hinterher tut es dir immer leid. Aber irgendwann lasse ich mir das vielleicht nicht mehr gefallen.«

Das sitzt. Ich bin für einen Moment sprachlos. Ich kenne diesen Tonfall. Genau so klingt es, wenn eine Frau die Beziehung per Telefon kurz und bündig beendet, ohne das freundlich gelogene Angebot, man könne ja Freunde bleiben. Lucy meint es ernst.

»Kann ich vorbeikommen?«, frage ich.

Ich höre, wie sie laut schnaufend atmet, dann antwortet sie in einem bedrückend resignierten Ton: »Lieber nicht. Ich möchte dich erst mal nicht sehen. Du hast mir echt wehgetan, weißt du das?«

»Ja. Ich weiß.«

»Sieh zu, das du mal wieder normal wirst. Du kannst ja wieder anrufen, wenn du dich mal endlich sozial verhalten willst.«

Dann legt sie auf.

Ich bin eindeutig bei ihr unten durch. So unten durch, dass ich schon auf Erdöl stoße.

Ich lasse den Hörer auf die Gabel und meinen Kopf auf die Knie fallen. Das ist übel, ganz übel.

Und es stinkt.

Ich hebe den Kopf und schnuppere. Etwas riecht angebrannt.

»Ach, verdammt.« Ächzend rappele ich mich auf und gehe in die Küche, wo sich meine Hühnernudelsuppe in blubbernden dickflüssigen Brei verwandelt hat. Ich nehme das Suppenmagma vom Herd, den ich unnötigerweise auf höchste Stufe gestellt hatte, und stochere interessehalber in dem Topf herum. Am Boden hat sich schon eine veritable Kohlenstoffkruste gebildet. Wieder mal Geschirr geschrottet. Was noch halbwegs flüssig ist, kippe ich ins Klo, dann kühle ich den Rest mit kaltem Wasser ab, bevor ich meinen Versuch selbsterschaffener Geologie in den Müll schmeiße.

Dann nehme ich den letzten mir verbliebenen Kochtopf und kippe die Dose mit der Linsensuppe hinein. Hülsenfruchtbedingte Blähungen sind mir scheißegal. Ich will heute sowieso niemanden mehr sehen.

Und ich habe den starken Verdacht, dass mich auch niemand sehen will.

***

Wie immer fliege ich fast aufs Maul, als ich aus dem Zug steige.

Jedes Mal, wenn ich meine Eltern besuche, geht das so. Ich denke einfach nicht daran, das sie in einem Kaff wohnen, in dem ein Bahnsteig auf Zugtürhöhe als überflüssiger Luxus angesehen wird. Behindertengerecht? Rentnerkompatibel? Nicht hier, nicht im westfälischen Outback.

Es ist ein Wunder, dass es hier überhaupt noch einen Halt gibt. Ich habe nie mehr als zwei oder drei Menschen hier ein- oder aussteigen sehen, wenn überhaupt.

Dieses Mal bin ich allein. Das ist mir recht, so sieht niemand, wie ich das Männchen auf dem Grobmotorikerschild imitiere und nur mit Mühe verhindern kann, mich mitsamt meinem Seesack lang zu machen.

Ich ärgere mich stumm und ordne mich und meine Klamotten, während die Bummelbahn sich aufmacht zur nächsten Milchkanne.

Da wäre ich also. Irgendwo im Nirgendwo.

Das Kaff ist zu groß für ein Dorf und zu klein für eine eigene Videothek. Man kann froh sein, dass es an der Ortsausfahrt (wer will hier schon einfahren?) eine Tankstelle gibt, die aber schon um zwanzig Uhr die Schotten dichtmacht. Und dann ist Ruhe im Karton. Abends werden hier nicht die Bürgersteige hochgeklappt, sondern die kompletten Straßen. Auch sonst ist hier keiner außerhalb seiner verklinkerten Höhle zu finden, der nicht irgendwas zu tun hat.

Wenn man hier Amok laufen will, kriegt man Probleme. In der Regel bliebe einem nichts anderes übrig, als sich selbst zu richten, damit man wenigstens einen erwischt.

Ich persönlich würde hier nicht tot überm Zaun hängen wollen. Meine Mom wurde als echte Hamburger Dirn geboren, zog mit ihren Eltern dann nach Hannover und dann ging es in immer kleinere Städte, bis sie bei hundertzwanzigtausend Einwohnern ankam. Aufs Land zu ziehen, war da ein logischer nächster und vermutlich letzter Schritt.

Meinem Vater, der sowieso ganz gerne in Frieden gelassen wird, war das ganz recht, zumal er keinen großen Wert darauf legt, mit Mom zu diskutieren. Als Ausgleich für sein widerspruchsloses Mitziehen legte er sich eine Midlifecrisis in Form einer Harley Davidson zu.

»Siehste Torben, ich bin jetzt auch ein Rocker!«, verkündete er mir, als er sich eine Wildlederjacke überwarf, die penetrant roch wie ein Duftbaum, der nach Wildlederjacke riechen soll, dann führte er mich in die Garage, um mir sein Schmuckstück zu präsentieren. Dazu machte er einen Ghettoblaster an, der den Rest des Nachmittags eine Mischung aus *Deep Purple,* Peter Maffay und *Limp Bizkit* absonderte.

»Nicht übel«, sagte ich, klopfte ihm gönnerhaft auf die Schulter und sah ihm zu, wie er ein paar Mal die kurze Seitenstraße mit laut röhrendem Motor rauf und runter heizte und jedes Mal im Wendehammer bedenklich ins Wanken geriet. Danach ging ich wieder ins Haus zurück, setzte mich vor den Fernseher und schämte mich stundenlang fremd.

Während ich die drei Straßen zum Haus meiner Eltern hinlatsche, das am Ortsrand im pendlerlastigen Neubauviertel (fünf Häuser) liegt, bin ich tatsächlich einigermaßen dankbar, die nächsten Tage nicht zu Hause sein zu müssen. Nachdem zwei Wochen Funkstille war, habe ich vorgestern in der *Schwarzen Rose* per Zufall Lucy getroffen. Wir haben uns kurz unterhalten, wobei ich mich mindestens ein Dutzend Mal entschuldigt habe, bevor dann fucking Jan reingestiefelt kam, mich kurz schief musterte und dann begann, mit Lucy rumzuturteln und an ihr rumzugrabbeln, ohne um Erlaubnis zu fragen. Ich bin dann abgehauen, tief deprimiert, aber auch erleichtert. Lucy hat zwar das Kriegsbeil noch nicht ganz begraben, aber immerhin herrschte eine Art Waffenstillstand, der Spielraum für weitere bilaterale Verhandlungen ließ, was mich aber nicht davon abhielt, zu Hause »November Rain« anzumachen. Nach drei Minuten bekam ich einen Kitschkrampf und guckte stattdessen die ganze Nacht möglichst ungeschnittene Fassungen möglichst folterlastiger Splatterfilme und stellte mir jedes Mal Jans Gesicht vor, wenn jemandem Heftklammern in den Augapfel getackert und Kniescheiben mit der Schleifmaschine bearbeitet wurden.

Ein paar Tage hier im Niemandsland, in der Heimat der Rentner und Pendler, würden mir ganz gut tun. Ein bisschen bemuttern lassen, vor der Glotze hängen und sich die ganze Zeit vornehmen, mal spazieren zu gehen und frische Landluft zu schnappen oder die Ruine einer kleinen Burg zu besichtigen, die irgendein strafversetzter Edelmann hier irgendwo in den Wald gepflanzt haben soll.

Nur dass Vaters Mutter mit dabei ist, stört den Seelenfrieden etwas. Nein, nicht etwas, eher massiv.

So geht meine Laune doch arg in den Keller, als ich zwangsverpflichtet werde, Oma vom Bahnhof abzuholen. Laufen kann sie die dreihundert Meter angeblich nicht. Derlei Mobilitätsprobleme hatte sie nicht, als sie vor einem Dreivierteljahr hinter einem türkischen Mann herhetzte und ihm mit dem Griff ihres Gehstocks eine Platzwunde verpasste, die mit drei Stichen genäht werden musste. Angeblich hatte sie gesehen, wie der arme Kerl eine Frau beklaut hatte. Von der Tatsache, das es sich bei dem Opfer um die Ehefrau des Verprügelten handelte, der er eine schwere Einkaufstüte abgenommen hatte, ließ sie sich nicht beeindrucken.

»Trotzdem«, war ihr (im wahrsten Sinne) Totschlagargument vor Gericht. Der Richter verknackte sie wegen Körperverletzung zu einer Bewährungsstrafe, keine üble Leistung für eine Frau weit jenseits der siebzig.

Natürlich lasse ich es mir nicht nehmen, sie ein bisschen zu provozieren. Im Auto wühle ich den kleinen Karton mit meinen alten Tapes durch, bis ich einen Mix mit der Aufschrift »Metal-Zeugs & so« finde.

Erwartungsgemäß verzieht Oma das Gesicht, als ich ihr die Tür aufhalte und die Tasche abnehme. Ein Begrüßung ist ihrerseits natürlich nicht drin, stattdessen murmelt sie nur »Nee, nee, nee«, während sie unter unnötigem Geächze einsteigt und ich ihre Tasche im Kofferraum verstaue. Als ich mich hinters Lenkrad klemme, faucht sie: »Muss diese Negermusik unbedingt sein?«

Dass gerade ein Song von *Rammstein* läuft, erkläre ich ihr erst gar nicht. Sie sieht aus, als ob sie jeden Moment auf den Kassettenspieler losgehen könnte, also gebe ich klein bei und mache aus.

Natürlich füllt sie die Stille mit den ewig gleichen Fragen, wann ich denn mal gedächte, »diese dreckigen Zotteln« abzuschneiden.

Ich stelle meine Ohren auf Durchzug, ansonsten sähe ich mich gezwungen, uns vor einen Baum zu fahren.

Meine Oma ist das ultimativ Böse, davon bin ich fest überzeugt. Würde man aus ihr einen Song machen, würden sich sämtliche Death- und Black-Metal-Bands weigern, ihn zu spielen, die haben schließlich auch ihre Grenzen. Sie hat Hausverbot in der Hölle. Wenn sie sich nähert, fangen kleine Kinder und Bauarbeiter an zu weinen und Beagle verwelken.

Ich weiß echt nicht, wie aus dem Schoß dieses sprechenden Giftmüllcontainers etwas so Nettes wie mein Vater schlüpfen konnte.

Es gehört zu den Ungerechtigkeiten des Lebens, dass sie noch lebt und mein Opa schon lange Jahre nicht mehr ist. Der war eindeutig der angenehmere Zeitgenosse, auch wenn ich mich nicht wirklich an ihn erinnern kann, außer an seine letzten Worte auf seinem Krankenhaussterbebett, die mir bis heute zu denken geben: »Hoppla, das hätte ich jetzt nicht gedacht.«

Als Weihnachtsessen gibt es Raclette, was ich persönlich als die dusseligste Form der Nahrungsaufnahme empfinde. Entweder man grillt, man kocht, man brät oder mampft Salat, aber Raclette ist gar nichts. Vogelfutter in albernen Schäufelchen lauwarm machen. Wie Gesellschaftsspiele, bei denen es darum geht, sich mittels Pantomime, Knetfiguren kneten oder Montagsmalen möglichst zum Affen zu machen, soll Raclette ein Gemeinschaftsgefühl erzeugen, wo nichts gemeinsam ist. Im Prinzip geht es darum, die Zeitlücken zwischen Schäufelchen vollpacken und erreichter Verzehrtemperatur mit Saufen zu füllen. Wer zum Raclette eingeladen wird, sollte sich nach Möglichkeit vorher eine Pizza reinpfeifen, denn mit Essen hat das nichts zu tun.

Ich tue trotzdem so, als würde ich Schinken, Gürkchen, Erbsen und Schmelzkäse auf den Zwergenpfannen arrangieren, während ich mich halbwegs unauffällig betrinke, um die Giftspritzereien meiner Großmutter zu überhören, die sich wieder um ihre Lieblingsthemen drehen: das rotzenfaule Ausländerpack, das anständigen Deutschen die Arbeit wegnimmt, die verlotterte Jugend, die rumläuft wie die Hottentotten und ja ganz besonders ich mit meinen fürchterlichen Hemden und den Haaren, ich sähe ja wie ein Mädchen aus, ich wäre doch bestimmt schwul und hätte Aids und HIV und es bringt nichts, ihr zu erklären, dass Aids und HIV zwei Paar Schuhe sind und ich nicht schwul bin, aber das hat keinen Zweck, also halte ich die Klappe, sogar als meine Mutter rausgeht und Oma sich zu Paps rüberbeugt und ihm zuzischt, dass er echt etwas Besseres hätte kriegen können, was Paps genervt bestreitet. Als sie mal nicht hinguckt, salze ich ihren Raclettefraß kräftig nach, bleibe aber ansonsten höflich. Morgen haut sie wieder ab, dann haben wir unsere Ruhe und irgendwann stirbt auch sie und dann kann ich immer noch auf ihr Grab scheißen.

Mein Handy gibt Laut. Auf dem Display erscheint eine mir unbekannte Nummer. Ich entschuldige mich und gehe in die Küche. Während ich die Tür hinter mir zumache, höre ich Oma noch auf meine beschissenen Manieren und Mobiltelefone schimpfen, dann drücke ich auf den grünen Knopf: »Hallo. Torben Lange am Hörer.«

»666 PRODUCTIONS«, brüllt es aus dem Telefon. Ich bin irritiert, dann fällt der Groschen.

»Sven?«

»Yo, Alter, 666 Productions is calling, wie geht's dir im Outback?«

»Ganz okay, bis auf die Tatsache, dass ich demnächst vielleicht einen Mord begehe. Aber sag mal, hast du eine neue Nummer?«

»Ist 'ne Businessnummer! Ich hab mir für 666 Productions ein eigenes Handy zugelegt. Ein Geschäftshandy.«

»Ein Geschäftshandy?«

»Yep!« Er klingt stolz wie ein frischgebackener Vater.

»Für 666 Productions?«

»Yep!«

»Du meinst, die 666 Productions, die wir uns aus den Fingern gesogen haben, um EIN Konzert zu veranstalten?«

»Jau.«

»EIN Konzert. Mit REGIONALEN Bands. Im *Loch*.«

»Ja, ja ... aber ...«

»EIN Konzert, für das wir noch nicht mal EINE Band fest haben.«

»Wie, wir haben noch keine Band? Da wolltest du dich doch drum kümmern, Menschenskind.«

»Erstens WOLLTE ich nicht, ich SOLLTE, und zweitens, du Honk, wie soll ich Bands anfragen, wenn wir nicht mal ein Datum für das Konzert haben?«

»25. Mai! Hab ich grad mit 08/15 abgekaspert.«

»Na, schön, wir haben ein Datum, aber Tatsache bleibt, wir wollen nur mal ein kleines Kneipenkonzert veranstalten und du holst dir dafür eigens ein GESCHÄFTSHANDY?!« Ich kann mich nicht daran erinnern, wann ich das letzte Mal ein derart großbuchstabenlastiges Telefonat geführt habe. Sven schafft mich manchmal.

»Ist doch nix bei«, kontert er. »Kann ich doch absetzen.«

»Absetzen? Wovon willst du das denn absetzen? Von unserem Minus, das wir machen werden? Oder vom Freibier?«

»Alter! Du siehst das viel zu negativ. Wenn wir erst mal unsere Anerkennung als gemeinnütziger Verein haben ...«

»Als bitte was?«

»Gemeinnütziger Verein. Den Antrag hab ich mir gestern ausgedruckt.«

»Gemeinnütziger Verein? Was ist denn daran bitte schön gemeinnützig?«

»Na, klar sind wir das! Wir geben immerhin jungen Menschen die Gelegenheit, ihre Musik einem Publikum zu präsentieren. Das ist Kultur, Mann. Dafür können wir Fördergelder beantragen.«

»Kultur? Sag mal, wo lebst du eigentlich? Wir machen das nur, um uns für lau die Hütte zuzusaufen und einen auf dicke Hose zu machen.«

»Jaaa, schon richtig.«

»Na siehste.«

»Aber wir können auch einfach am Einlass 'ne Spendenbüchse hinstellen, wir sammeln für lungenkrebskranke Meerschweinchen oder so was. Gemeinnützig halt.«

»Eher gemeingefährlich. Alter, du machst mich fertig.«

»Das ist meine Mission auf Erden, mein Freund.«

»Was du nicht sagst. Na gut, ich werde ein paar Tage bei meinen Eltern chillen und mich von dir erholen.«

»Mach das. Und wann bist du wieder zurück in der Zivilisation?«

»Pünktlich zur nächsten Metalparty. Wenn sich das, was sich meine Oma nennt, wieder verzogen hat, ist es ja ganz friedlich hier.«

»Na gut, dann sehen wir uns dann. Bis denne. Halt die Ohren und den Pimmel steif.«

»Jau, bis denne.«

Ich lege auf und gehe wieder zurück ins Esszimmer, setze mich an den Tisch und höre Oma weiter zu, wie sie auf alles und jeden schimpft, dabei eimerweise Gift und Galle kotzt und jetzt gerade, in diesem Moment, empfinde ich das beinahe als entspannend.

***

Alles hat ein Ende und nachdem wir die Giftspritze namens Oma wieder am Bahnhof abgeliefert haben, kehrt angenehme Ruhe ein.

Ich habe zwar mal zwecks Grundversorgung alte Mixtapes und CDs bei meinen Eltern gebunkert, aber erst mal rühre ich die nicht an. Stattdessen lümmele ich auf dem Sofa rum und schmökere in einem Haufen Taschenbüchern herum, die mir mein Dad bei meinem letzten Besuch besorgt hat, als ich nach gerade mal zwei Stunden in der Provinz schon mit einer satten Grippe flachlag. »Der Herr verträgt keine frische Luft«, hatte Mutter geflachst, fast war ich gewillt, ihr zuzustimmen. Ob es tatsächlich so etwas wie Sauerstoffvergiftung gibt?

Wenn ich nicht lese, leiste ich meinem Erzeuger Gesellschaft, während er an seiner Maschine herumschraubt und sie auf Höchstglanz poliert. »Diesen Winter schon das achte Mal«, wie Muttern stöhnt. Zu meiner eigenen Überraschung gehe ich zwischendurch tatsächlich spazieren, obwohl es zeitweise schneit und ich geflocktem $H_2O$ eigentlich nichts abgewinnen kann, und finde sogar die Burgruine, die sich als zugemooste, etwa sieben Meter lange, hüfthohe Mauer erweist. Ich hab schon Fahrradständer gesehen, die spannender waren.

Als ich ein altes Tape mit einem *Metallica*-Best-of in Daddys Anlage schmeiße, fällt mir auf, das ich volle fünf Tage keine Mucke gehört habe. Der Effekt entspricht dem, eine Weile mal nichts zu saufen: es knallt wieder doppelt.

Als die *metal militia* zu marschieren beginnt, schnappe ich mir meinen alten Tennisschläger und rocke Luftgitarre zockend durchs Wohnzimmer.

Mom schaut kurz rein und grinst sich einen, aber Einwände gegen die Lautstärke werden nicht erhoben. Was das angeht, habe ich sowieso genetisches Losglück gehabt. Gemecker gab es eigentlich nie, die beiden waren ganz froh, dass ich Bock auf handgemachte Musik hatte.

Vater ist ein Rolling Stone und meine etwas lustlos vollführte frühpubertäre Rebellion bestand darin, die ganze Zeit *Beatles* zu hören.

Und Mama war mal für fünf Minuten Schlagerstar. Sie hatte sogar einen Plattenvertrag, allerdings blieb der große Durchbruch aus, als sie ihren *ZDF-Hitparade*-Auftritt bei good ol' Dieter Thomas Heck verpasst hatte wegen einer Mischung aus Kotzeritis und Dünnschiss, Folgen ihrer Nervosität. Die Bühne war nicht ihr Ding, das war ihr dadurch klar geworden. Als Ausrede ist sie dann schwanger geworden, quasi aus Notwehr.

Als Andenken an ihre drei Minuten im Rampenlicht hat sie noch ein Original ihrer Single. Ich hab mir als Kind oft das Cover angeguckt und mir gedacht: Das will ich auch! Nur mit besserer Musik. Und mit Flammen drauf.

Ich bin so entspannt, dass ich mich sogar überreden lasse, mit meinen Ellis bei der nachbarlichen Silvesterparty in einer gemütlichen Doppelgarage bei Benzinduft und Durchzug aufzuschlagen. Das Ganze hat zwar mehr von einer soziologischen Studie als von einer anständigen Feier, aber im Großen und Ganzen macht es sogar Spaß und es gibt eine pervers große Auswahl an Alkoholika.

Zwar muss mich Dad ab etwa ein Uhr davon abhalten, die Anlage zu okkupieren, um der versammelten Nachbarschaft mal den Unterschied zwischen Trash (Rex Gildo, *Scooter*) und Thrash (*Slayer, Exodus*) beizubiegen, und ich kann mit Ach und Krach verhindern, dass mich eine gefühlt tausendjährige Wuchtbrumme ablutscht, aber alles in allem komme ich erstaunlich gut ins neue Jahr

# JUNGSMUSIK

## ARE YOU METAL, ODER WAS?

Was macht eigentlich einen Metalhead aus?

Das frage ich mich, als ich, um meinen brummenden Schädel zu schonen, nach dem Aufstehen lieber *Cypress Hill* auflege als Gitarrenmucke. Darf man das? Jetzt mal abgesehen von der Konsensfähigkeit der düsteren THC-Rapper?

Ist das metal und was ist das eigentlich: Metal-Sein?

Die meisten Musikrichtungen sind relativ unkompliziert in ihrem Konsum. Pop und Mainstreammusik benötigen vielleicht hier und dort modische Accessoires und dresscodekompatible Klamotten, Jazz verlangt nach der ein oder anderen qualmenden Gitane im Mundwinkel, wer Klassik mag, geht mehr oder weniger oft in die Oper, Blues genießt man am Tresen einer schmierigen Bar und Techno in der Hauptschule. (Wenn Gymnasiasten Techno hören, heißt es Elektro.)

Aber wer Metal hört, verdonnert sich gleich zu einer ganzen Lebenshaltung. Man ist Teil einer Gruppe, was auch kein Wunder ist. Wer sich in der Jugend für Kutte, fettige Matte und knallenge Jeans oder gar Spandex entscheidet und folgerichtig beim Fuß- und Völkerball als Letzter gewählt, mit schöner Regelmäßigkeit auf dem Schulhof verkloppt und von der Verwandtschaft verstoßen oder zumindest mit Taschengeldsanktionen bestraft wird, der sucht seine Sozialisation eher bei Gleichgesinnten und entwickelt die Offenheit und Toleranz einer geologischen Formation.

Einmal Metal, immer Metal, heißt es für die meisten und vom Scheißhauspapier bis zur Urlaubsplanung kann man seine Lieblingsmusik zur Lebensaufgabe machen.

Aber wer ist eigentlich metal? Der Typ, der das Erbe seiner Kinder lieber in limitierte Editionen sämtlicher brasilianischer Death-Metal-Bands investiert oder derjenige, der seinen Rechner mit Audiofiles vollgepackt hat, weil er die Musik hören will und auf das Drumherum einen großen Haufen gibt?

Derjenige, der in Kutte rumläuft, es sei denn sein Chef verlangt nach hellblauem Kittel und Haarnetz, oder einer, der den ganzen Tag in Jeans und weißem Shirt durch die Weltgeschichte tigert und keinen Job hat, weil er mit seiner Band lieber die Weltgeschichte rockt?

Ist es mehr metal, von Kumpels oder von den zerrockten Elterntieren mit harter Musik angefixt zu werden?

Lange Haare sind auch nicht immer nötig, vor allem wenn man in einem Alter angekommen ist, in dem man seinem Enkel statt knackiger Kriegserlebnisse lieber mit der ewig gleichen Story auf die Nerven geht, wie man sich mal mit Bon Scott backstage abgeschossen hat. Da ist eine Glatze allemal schicker anzuschauen als dünnes Gefussel, das in alle Richtungen vom Schädel wegstrebt.

Es ist erschreckend, wie viele beinharte Metaller Songs von *Pur* oder Michael Wendler auswendig mitsingen können, meistens mit der Ausrede »Das muss ich immer im Scheißradio auf der Scheißarbeit hören, das kriegste nicht mehr aus dem Scheißkopp, das sag ich dir!«, aber denen würde ich trotzdem nie absprechen, dass sie Vollblut-Metalheads sind. Sie könnten sauer werden und mich verdreschen oder schlimmer: noch einen Schlager singen.

Als Spätgeborener fühlt man sich auch immer etwas minderwertig, wenn man nicht mindestens einmal *Iron Maiden* in der Originalbesetzung on stage erlebt hat oder nie die Freuden des Tape-Tradings kennenlernen musste, weil es heutzutage das Internet gibt.

Manchmal macht man sich direkt Vorwürfe, dass man nicht ein gutes Jahrzehnt früher geboren wurde und fühlt sich massiv untrue. Dann hätte ich zwar eine elfjährige Mama gehabt, aber dafür wenigstens noch *Sodom* zu »Agent Orange«-Zeiten in der Essener *Zeche Carl* erleben können. Dann würde ich mich jedenfalls deutlich »echter« fühlen und könnte anderen damit in den Ohren liegen, dass sie ja absolut keine Ahnung haben.

Im Gegensatz zu ihrem reichen Erfahrungsschatz (»Von den Achtzigern weiß ich gar nix mehr, so besoffen wie ich immer war. Geile Zeit!«) benehmen sich Altmetaller allerdings gerne mal wie Dreizehnjährige. Vielleicht macht genau das Metal aus. Was im Kinderzimmer als Rebellion gegen Eltern und Lehrer beginnt, wird später zum Stinkefinger gegen die gesellschaftlichen Vorstellungen, wie man sich so als Erwachsener zu benehmen hat. Der Jeanskutten-Peter-Pan erhält zwar nicht unbedingt das Kind im Manne und ihm liegt auch nicht viel an Revolution, aber ein bockiger Teenager steckt irgendwie immer in ihm drin und der will einen ordentlichen Soundtrack zu seinem persönlichen *Breakfast Club*.

Ich werfe eine Aspirin ein, während der Kaffee der Fertigstellung entgegenröchelt. Ich nehme eine Tasse aus dem Schrank, werfe einen Zuckerwürfel rein und kippe etwas Milch drüber.

Dann zögere ich, starre, die Kanne in der Hand und Dröhnen im Schädel, in die Tasse. Ich kippe den Zuckermilchmix in den Ausguss und gieße mir puren schwarzen Kaffee ein.

Ich setze mich aufs Sofa, mache *Cypress Hill* aus und *Pantera* an, schlürfe die Koffeinbrühe in mich hinein und kratze mich gelegentlich am Sack, ohne dass es juckt.

Schon besser.

5.

# Heavy new year

Es ist wie das Hochfahren eines Computers.

Eines Computers, den man irgendwann in den Neunzehnsechzigern aus Beton, Stahl und Stein gebaut hat und der bis zu dreihundert Menschen Platz bietet.

Ich liebe das.

Zuerst schaue ich ins Büro, wo Ben sitzt und die Getränkelisten erstellt, dann betrete ich den stockdunklen Discoraum. In einer Ecke ist der zentrale Lichtschalter versteckt. Wenn ich ihn betätige, hört man das Klicken laut und deutlich in dem leeren Saal hallen, dann wird es ersetzt durch das elektrische Brummen der Neonröhren, die die Eröffnungssequenz aus *Alien* nachspielen und in einer willkürlichen Choreografie anspringen und den Raum mit ihrem mehr nützlichen als angenehmen Licht einhüllen.

Ich stapfe die Stufen zum DJ-Pult hoch, jeder Schritt scheint ohrenbetäubend. Oben angekommen, kontrolliere ich kurz, ob alles vernünftig verkabelt ist. Ich mache das Mischpult und die Player an, grüne und rote Leuchten blinken Bereitschaft und der Player giert nach der ersten CD des Abends. Dann betätige ich die schwergängigen großen Kippschalter an der Endstufe. Ein weiterer Teil des Apparates erwacht und das elektrische Surren wird deutlicher. Ich drehe die Regler hoch, die Bässe auf drei, die Höhen auf ein Uhr und leises Knistern verrät, dass die Boxen korrekt angeschlossen sind und die Kontakte der Regler mal wieder gereinigt werden sollten.

Ich hole meine Koffer hoch und kriege wie immer die leise Panik, dass ich mich mitsamt dem Gepäck auf den steilen Stufen auf die Fresse lege und mir was breche oder, noch schlimmer, die CDs schrotte. Inzwischen turnt Ben auf der Leiter herum und bringt die Lampen in Position und ersetzt Farbfolien, während ich die latente Unordnung in meinen Koffern bekämpfe und neue Scheiben, die ich dann sowieso nicht spiele, nach vorne sortiere.

»A'sklar«, nuschelt Ben und ich schalte das Dimmerpack der Lichtanlage an und die Belüftung des Stromfressers übertönt das bisherige unterschwellige Summen lautstark.

Ich stelle einen ersten Rhythmus für das Licht ein, knipse meine kleinen Schwanenhalslampen an und gebe mein »A'sklar«, dann erlischt das Neonlicht. Ich suche eine erste CD raus, irgendeinen Sampler mit Neuheiten, stelle den Player auf pausenfreien Durchlauf und schmeiße die CD rein, die nach kurzem Einlesen sofort anspringt.

Dann schiebe ich den Hauptregler ein Stückchen nach oben, aber nicht zu viel, drehe den Gain des ersten Kanals auf die Hälfte hoch und schiebe die entsprechende Lautstärke nach oben. Langsam schwillt ein Song von *Amorphis* an, bis es laut genug ist, um in Stimmung zu kommen, aber trotzdem noch kommod genug, um sich zu unterhalten, ohne brüllen zu müssen. Die nächsten Stunden werden laut genug. Es klappert und klirrt, während die ersten Thekenkräfte ihre Arbeitsplätze einrichten, dann kommt André, unser Mann am Einlass, kurz auf einen Smalltalk vorbei.

Ich lege mir die ersten Platten zurecht, größtenteils progressives Zeug mit Acht-Minuten-Songs, bei denen man noch gemütlich durch den Laden tigern, Flyer verteilen, im *Rock Hard* schmökern oder die neuen Thekenmädels bezirzen kann. Ich lege Wunschlisten aus, dann ist es 22 Uhr und ich ziehe den ersten Lautstärkeregler hoch.

Das Monster ist wach.

Und ich bin sein Dompteur.

Es ist kein besonders spannendes Monster. In der ersten Stunde passiert meist nicht viel. Manchmal mache ich mir sogar nebenher einen Asia-Snack fertig. Ben hängt bei mir rum und versucht, mir seine Passion für Fußball näherzubringen, und Michael, der Türsteher, versucht uns zu erzählen, dass Fußball voll langweilig wäre, wobei ich ihm zustimme, und Boxen ja wohl der einzig wahre Sport für Männer sei, wobei ich ihm widerspreche. Dann kommen langsam die ersten Gäste, Ben verzieht sich ins Büro, Micha stellt sich an die Tür und guckt ein bisschen böse, während bei mir die Songs kürzer und der Sound lauter werden. Die Frequenz der geschüttelten Hände und High Fives wird kürzer, Jacken, Mäntel und Rucksäcke werden bei mir deponiert und Wünsche geäußert. Die ersten Stimmen übertönen erstmals die Musik und ich benutze zum ersten, aber garantiert nicht letzten Mal an diesem Abend den Hauptregler. Um die Tanzfläche herum sammeln sich die Leute und dann schmeiße ich ein paar Oldschool-Scheiben rein, *Sodom, Destruction* und *Exodus,* womit ich die ersten Headbanger rankriege, dann läuft die Party.

Irgendjemand packt mir an den Arsch und ich drehe mich um. Natürlich keine Frau, das war klar. Sven strahlt mich an. »Willkommen daheim, Alter!«, brüllt er. »Frohes Neues!« Er umarmt und reißt mich zu Boden. Irgendwie schaffe ich es dabei, unbeabsichtigt die nächste CD anzumachen, obwohl eigentlich noch ein Lied läuft, und bis ich mich von meinem überschwänglichen Kumpel losreißen und das Intermezzo stoppen kann, batteln sich *Motörhead* und *Saxon* auf recht unschöne Weise. Engländer unter sich.

Ich werfe Sven einen bösen Blick zu und er zieht die Schultern hoch:

»Ups.«

»Ja, ja«, motze ich, muss aber dabei grinsen. »*Ups.* Hinterher ist immer alles *ups.*«

»Das kommt davon, wenn du mich so lange mit den ganzen

Bekloppten alleine lässt. Selber schuld. Ich bin total vereinsamt.«

»Ach komm, die zehn Tage.«

Tatsächlich bin ich erst vor ein paar Stunden wieder zu Hause angekommen, habe noch schnell die Vorräte, die Mutter mir aufgezwängt hat, im Kühlschrank gebunkert, meine Plattenkoffer geschnappt und bin ins *Ruby* gedackelt. Trotz des etwas hektischen Tages bin ich vollkommen tiefenentspannt. Sonst reagiere ich schwerst pampig, wenn mich jemand beim Auflegen stört, sogar wenn es Sven ist.

»Lang genug«, sagt er. »Ich hab mich kurz und klein gelangweilt. Katharina hat ihre erste Mutterdepression gekriegt, es wäre ihr letztes Silvester als freier Mensch, und Matze musste ihr Gesellschaft leisten, Lara hat sich nach Köln verzogen, um da Party zu machen und Lucy ... äh. Na ja.«

Meine Laune bekommt einen Dämpfer. Sven zuckt mit den Schultern.

»Ja, ich weiß«, gifte ich. »Junge Liebe.«

Er zuckt mit den Schultern. »Na ja, Liebe würde ich es nicht unbedingt nennen. Die beiden sind halt zusammen. Aber so richtig enthusiastisch ist was anderes.«

»Ha!«

»Nix ha. Das heißt nur, dass du zu lahmarschig warst, da gibt's überhaupt keinen Grund zur Schadenfreude.«

Ich verziehe das Gesicht. Sven hat recht. Leider. Er klopft mir auf die Schulter.

»Mach dir mal keinen Kopf, das wird schon wieder. Gib denen zwei, drei Jahre, dann sind die auch wieder auseinander.«

»WAS? ZWEI, DREI JAHRE?«

Sven grinst mich an. Reingefallen.

»Arsch«, sage ich und er zwinkert mir zu.

»Selber Arsch.«

»Es hat schon seinen Grund, warum wir uns so gut verstehen.«

»Ich geh mir mal 'ne Kaltschale holen, Romeo. Brauchst du was? Bier? Cola? 'ne Frau?«

»Wie wär's mit einer Knarre?«

Er gibt mir die Fingerwumme und klettert die Treppe runter.

Ich wechsle vom klassischen Metal zu Brutalo-Geknüppel und leite über auf modernere Sounds. So langsam komme ich in Schwung und groove mich ein. Parallel zur sich füllenden Tanzfläche vergrößert sich mein Aktionsradius hinter dem DJ-Pult. Ich hab schon öfter gehört, dass es einige Leute cool und ungewöhnlich finden, dass ich als DJ selber herumtanze und moshe. Ich dagegen finde es viel merkwürdiger, wenn Plattenaufleger die ganze Zeit rumstehen, als würden sie auf den Bus warten.

Wenn es einen selber nicht packt, wie will man dann andere zum Ausrasten bringen?

Andererseits ist der Job auch auf eine interessante Art und Weise schizophren, schließlich legt man genau den Stoff auf, den man selbst auf anderen Partys schmerzlich vermisst.

Vielleicht haben Discjockeys auch einfach nur leicht einen an der Klatsche.

Katharina kommt die Treppe hochgestapft. Statt des üblichen, leicht nuttigen Looks hat sie diesmal nur Jeans und ein schlabbriges *Edguy*-T-Shirt an. Ihre Haare sind lose zu einem Zopf gebunden und es sieht nicht so aus, als hätte sie übermäßig viel Zeit auf's Make-up verschwendet. Sie sieht in diesem Casual-Metal-Stil eigentlich ganz hübsch aus, wenn sie nicht eine Fresse ziehen würde, mit der man Eier abschrecken oder Gitarren verstimmen könnte. Sie stellt sich neben mich, verschränkt die Arme und finstert auf die Tanzfläche herab. Es ist offensichtlich, dass sie darauf wartet, dass ich als Erster was sage, sie vielleicht nach ihrem werten Befinden frage, aber ich trau mich nicht. Stattdessen höre ich die nächsten Songs, die ich in- und auswendig kenne, länger vor, als nötig wäre.

»Und?«, taste ich mich schließlich ins Minenfeld vor.

»Frag nicht!« Unbewegt beobachtet sie die Tanzfläche und würde momentan jeden Starren-Wettbewerb gegen die Moai-Maea-Monsterköpfe von der Osterinsel gewinnen.

»Was ist los?«, erkundige ich mich vorsichtig.

»Nüchtern«, sagt sie bloß und ich: »Oh. Ach so.«

»Wer diesen Quatsch mit den Freuden werdender Mütter verzapft hat, muss ein abstinentes Arschloch gewesen sein. Es ist völlig bescheuert von der Natur eingerichtet, dass man ausgerechnet dann nix saufen darf, wenn man es mal wirklich nötig hätte, verdammt.«

Wenn Hormone und Nüchternheit mit annähernder Lichtgeschwindigkeit aufeinanderprallen, entsteht eine kritische Masse und die steht im Moment neben mir und guckt Löcher in Leute. Ich könnte schwören, dass einige sich irritiert im Nacken kratzen.

Eigentlich wollte ich als nächsten Song *Danzigs* »Mother« anmachen, aber das verkneife ich mir lieber und wechsele auf »Am I Demon?«. Dann sind zwar eine ganze Ecke weniger Leute auf der Tanzfläche, aber dafür springt mir keine baldige Mutter an den Hals. Glücklicherweise entschließt sie sich, woanders Mitmenschen an ihrer miesen Laune partizipieren zu lassen, und mit einem wehenden Cape böser Aura verzieht sich Darth Katharina wieder.

Das kann ja noch heiter werden in den nächsten Monaten.

Kurz darauf kommt Matze hochgeschlichen.

»Ist sie weg?«, fragt er überflüssigerweise. Sollte Katharina nicht spontan die Kraft der Unsichtbarkeit entwickelt haben, würde es ihr sehr schwer fallen, sich auf meinem kleinen Technikbalkon zu verstecken.

»Wer? Deine Angetraute?«

»Wir! Werden! Nicht! Heiraten!«

Ich lache ihn aus und er schmollt ein bisschen.

»Mann, du Lusche, ich mach doch nur Spaß. Frohes Neues«, wünsche ich ihm und hebe mein Glas, aber Matze hebt nur die Hände.

»Ich hab leider nichts zum Anstoßen. Muss nüchtern bleiben. Aus Solidarität.« Ich reiche ihm eine Flasche Bier aus meinem Vorrat.

Er schürzt kurz die Lippen, dann zuckt er mit den Schultern. »Mehr als mich zu Tode foltern, kann sie ja nicht, oder?« Und wir stoßen an.

»Aber dich wird sie auf kleinem Feuer rösten.«

Ich winke ab. »Die Schwangere hänge ich doch locker ab.«

»Täusch dich da mal nicht. Werdende Mütter sind wie Pitbulls auf Steroiden, nur schlimmer. Wenn du nicht willst, dass dir was geklaut wird: einfach Katharina dranketten, dann geht keiner mehr dran.«

Ich lache ihn schon wieder aus.

»Da gibt's gar nichts zu lachen. Erinnerst du dich noch an unsere Spielabende, als wir immer Risiko und so was gezockt haben?«

»Oh, ja«, sage ich. »Purer Hass.«

»Aber nichts gegen eine Partie Scrabble mit Katharina.«

»Ach Quatsch, so wild kann's ja nun auch gewesen nicht sein.«

»Sie hat mir die Buchstaben an den Kopf geschmissen.«

»Na ja, es gibt Schlimmeres.«

»Sie hat dabei die Worte ›blödes und ›Arschloch‹ buchstabiert.«

»Ups, dann hat sie dir ja mal eine Eins-a-Beleidigung an den Kopf geworfen.«

»Und das Spielbrett hinterher.«

»Autsch. Was hast du gemacht, um solch harte Sanktion zu verdienen?«

»Ich wollte nur das Wort ›Uterus‹ legen. Da ist sie ausgetickt.«

»Und hat dir das Spiel an den Kopf geschmissen.«

»Und ihre Hausschuhe. Dann hat sie geheult, weil sie es nicht so gemeint hat, und ich musste sie trösten.«

»Gru-se-lig.«

»Ich sag's dir.« Er schnauft und nimmt einen tiefen Zug aus der Pulle, dann stellt er sie zurück in den Kasten. »Ich geh mal wieder runter, bevor sie noch eine Schlägerei anzettelt.«

Auf dem Weg nach unten stolpert er fast über Lemmy, der sich mit vorwurfsvoll-verknautschtem Gesichtsausdruck die Treppe hocharbeitet und dabei aussieht, als hätte man zwei greise Zwerge zusammengebunden und in einen viel zu großen Sack gesteckt. Als er oben ankommt, schnauft er laut grunzend, als hätte er gerade eine Verfolgungsjagd mit einer Horde gedopter Katzen hinter sich, und schielt mich von unten an. Ich trete zurück und flotten Schrittes verzieht sich Lemmy an seinen Lieblingsort unter meinem DJ-Pult und kurz darauf hört man ihn trotz des Krawalls schnarchen. Ab und zu murrt er, wenn er von sexwilligen Kaninchen träumt oder ich ihn aus Versehen trete. Wenigstens furzt er mir diesmal nicht die Hütte voll, wie neulich, als Sven mal Dosenfutter ausprobiert hat und ich fast den Erstickungstod *exitus per flatum* gestorben wäre. Wenn Lemmy es sich erst mal irgendwo bequem gemacht hat, kriegt man ihn dort eigentlich nur weg, indem man ihn kontrolliert sprengt.

Der Abend geht langsam in die heiße Phase. Ab jetzt gibt es keine Experimente mehr, ich gebe Vollgas. Hits, Hits, Hits, von denen immer alle behaupten, dass sie die nicht mehr hören können, aber wenn der Pegel stimmt, dann sind eben jene Meckerpötte immer die Ersten auf der Tanzfläche. Das Glas erhoben, die Knie leicht gebeugt für einen sicheren Stand beim Headbangen, sind es genau diese Kritiker des Immergleichen, die ihre Standards am lautesten mitgrölen. Das Schöne am Dasein als Schallplattenunterhalter für Metalheads ist, dass man hier und da auch mal Spezialistensongs spielen darf. Dann ist zwar nur einer auf der Tanzfläche, dafür ist der happy für hundert. Die übrigen wissen die Abwechslung zu schätzen sowie die Chance zur Bierbesorgung, ohne etwas zu verpassen. Aber ab einer bestimmten Uhrzeit verzichte ich darauf. Spaß muss sein.

Lara und Lucy kommen zu mir hoch, Lara alkoholbedingt schwer verpeilt. Lucy muss sie bei jeder dritten Stufe wieder in die Senkrechte schubsen, damit sie nicht stumpf hinten rüberfällt. Lucys Schatten sehe ich nicht. Ich checke die Menge und entdecke ihn in einer Ecke stehend und Lucy hinterherstarrend, dann treffen sich unsere Blicke und plötzlich findet er seine Schuhe anscheinend viel interessanter als Lucy.

HA! Das soll mir nur recht sein. Zittere ruhig vor mir, Freundinnenklauer, elender!

Lucy selbst scheint sich in meiner Nähe auch nicht wohlzufühlen. Wir sind zwar wieder okay, aber die Situation, ich hier oben und ihr Begatter da unten, bereitet ihr sichtlich Unwohlsein. Wahrscheinlich ist sie nur mit hochgekommen, damit sich Lara nicht den Hals bricht. Während Lara daneben steht, schwankt und trinkt, ziehen Lucy und ich eine typische westfälische Unterhaltung durch:

»Hi.«

»Hiho.«

»Und?«

»Ja, alles klar.«

»Na, dann is ja gut.«

Ich deute mit einem Nicken auf Jan. »Und? Wie läuft's?«, frage ich, als würde es mich tatsächlich interessieren.

»Ganz okay.«

»Na dann.«

»Tja.«

»Tja, ja.«

»Und bei dir? Irgendwas Neues?«

»Nö. Bei mir doch nie.«

»Na dann. Geh ich mal wieder runter«, sagt sie und geht mal wieder runter. Ich glotze ihr hinterher, als mir Lara eine von hinten langt, so mit den Fingerknöcheln an den Hinterkopf.

»Au! Was denn?«

Ich jammere, als hätte es wirklich wehgetan, dabei will ich nur nicht zugeben, dass ich mich ziemlich mädchenhaft erschrocken habe.

»Du bist dumm!«, stellt Lara eine Tatsache fest und schielt mir in die Augen.

»Wieso das denn jetzt?«

Sie weist mit ihrer Bierflasche Richtung Treppe.

»Lucy wartet nur darauf, dass du mal das Maul aufmachst.«

»Falls es dir entgangen ist, Kleine: Lucy hat 'nen Freund.«

»Ach, der. Den würde sie doch sofort in den Wind schießen, wenn du mal in die Gänge kommen würdest.«

»Ich weiß nicht ... Ich bin nach unserem Zoff froh, dass sie überhaupt wieder mit mir redet.«

»Paare streiten sich, Paare vertragen sich«, lallt sie.

»Danke, du bist mir echt eine große Hilfe«, maule ich.

Sie winkt ab. »Immer gerne, Großer. Apropos hilfreich. Ich ziehe morgen ein, kannst du mir beim Schleppen helfen?«

»Na, Bravo! Wann denn?«

»Um elf geht's los. Tschüssi«, sagt sie und ist schon halb die Treppe runter, bevor ich irgendwas sagen kann, sie wirkt dabei sehr behände und kaum noch betrunken. Verdammt, reingelegt.

Das wird ja ein toller Sonntag. Ich kann froh sein, wenn ich gegen sechs zu Hause bin, dann brauche ich locker eine Stunde um runterzukommen. Und vier Stunden später soll ich Laras Hausrat hochschleppen. Klingt echt super.

Egal, ab und zu muss man halt rausfinden, ob man aus Mannheim oder Memmingen kommt.

*Van Halen* und *Twisted Sister* lassen die Stimmung hochkochen und erst, als einige Bierbänke und eine Stehlampe aus der Deko als Luftgitarrenersatz herhalten müssen, drossele ich das Tempo etwas, denn auch wenn irgendwer die Kinder und die Betrunkenen schützt, möchte ich vermeiden, dass heute noch jemandem der Unterkiefer entzahnt wird. Erwartungsgemäß verlegt sich die Truppe aufs Schunkeln und lautstarkes, wenn auch windschiefes, Mitsingen und Ben nutzt die Gelegenheit, die Einrichtung des *Ruby* zu retten.

Ein guter Abend, irgendwie.

***

»Guten Morgen!«, flötet mir etwas in meinen Traum hinein. Ich blinzele und Lara grinst mich an.

»Geh weg«, brummele ich und zieh mir die Decke wieder über den Kopf.

»Schwing den Arsch, oder was!?«, sagt jemand, der eindeutig nicht Lara oder weiblich oder in irgendeiner Form gut gelaunt ist. Ich schiele unter der Decke hervor. Neben, hinter und über Lara ragt Daumen hervor.

Schlagartig bin ich wach und nehme mir vor, in Zukunft meine Wohnungstür abzuschließen.

»Ich will nicht«, maule ich.

Daumen schnaubt. »Strull dir die Morgenlatte weg und sieh zu, dass du in die Puschen kommst.«

»Ich hab keine Morgenlatte«, lüge ich, wedele dabei aber mit einer verbalen weißen Flagge, bevor Daumen noch auf die Idee kommt, meine Aussage zu überprüfen.

»Ja, sicher.« Lara grinst. »Wir warten unten. Die anderen sind auch schon da. Mehr oder minder.«

»Ja, ja, ich komm gleich. Scheiße.« Die beiden verkrümeln sich und ich wälze mich aus meiner wundervoll kuscheligen, heiligen Schlafstatt hinaus in die kalte feindliche Welt. Da ich gleich sowieso ins Schwitzen komme, spare ich mir eine Dusche und nebele mich nur mit Deo ein und steige in die Klamotten von gestern.

Lara und Lucy sind schon dabei, Hosen und T-Shirts in Laras neues Domizil zu schaffen, während Daumen eine Kommode trägt und dabei wirkt, als würde er eine Puppenstube transportieren. Unten treffe ich auf Sven, der sich anscheinend nicht entscheiden kann, ob er lieber einen Minikaktus oder ein Kissen schleppen möchte.

»Überanstreng dich bloß nicht«, lästere ich und er schaut mich aus trüben Augen an.

»Red du nur«, nuschelt er und sieht aus wie jemand, der in einem Film von George A. Romero mitspielen könnte, ohne vorher in die Maske zu müssen.

»Alter, wie lange hast du denn noch gemacht?«, frage ich. »Warst du überhaupt pennen?«

Er schüttelt den Kopf und gerät dabei ins Schwanken. »Nope!« Dann rülpst er und es klingt gefährlich nach dräuendem Würfelhusten. Lemmy, der sich auf der Ladefläche breitgemacht hat, lässt ein mitleidiges Jaulen erklingen.

Lara steigt an ihm vorbei in den vollgepackten Bulli und klopft Sven auf die Schulter. »Lass mal gut sein, wir schaffen das schon. Matze kommt ja auch gleich noch.«

»Ich kann das«, behauptet er mit der Glaubwürdigkeit eines Richard Nixon.

»Nee, lieber nicht. Ich hab keinen Bock, als Erstes die Bude vollgereihert zu kriegen.«

Sie klemmt sich einen Karton unter den Arm und stiefelt wieder ins Haus.

Sven hockt auf der Kofferraumkante und schwankt. Ich schaue ihn an und schüttele den Kopf. Er sieht zu mir hoch, grinst schief und klopft sich an die Nase. »Strategie, Alter, alles Strategie.«

»Du Sack, du.«

Sven grinst und hebt den Daumen, bevor er fluchtartig aufspringt und lautstark in die Botanik kotzt. Tolle Strategie, da ist mir ja sogar schleppen lieber.

Daumen nötigt mich, als Erstes eine tonnenschwere Kommode mit ihm nach oben zu wuchten. »Dann haben wir's hinter uns.«

Alles in allem läuft es recht zügig und da Lara keine Leseratte ist, fällt nur ein einziger Bücherkarton an. Die meisten Möbel sind schwedische Stangenware in praktischen Einzelteilen und als Matze dazustößt und Katharina den Job der Chaingang-Wärterin übernimmt, fluppt es reibungslos.

Das Schwerste ist letzten Endes Sven, der irgendwann im Vorgarten einschläft, was zu dieser Jahreszeit nicht allzu empfehlenswert ist. Also deponieren wir ihn im Badezimmer, den Kopf hängen wir sicherheitshalber in die Kloschüssel.

Dann schlurfen wir in Laras Wohnung. Sie steht da, die Hände in die Hüften gestemmt, und taxiert die Lage.

»Und wieso mussten wir jetzt so kacke früh loslegen? Es ist noch nicht mal drei und wir haben schon alles oben«, maule ich.

»Na ja,« sagt sie und schielt mich von unten herab an. »Das war ja nur die erste Ladung ...«

»Och nö«, ächzt Lucy und Matze gibt das nölige Kind von der Autorückbank: »Was denn noch? Die Bude hier ist doch jetzt schon rappelvoll. Was bitte willst du noch hier haben?«

Lara sieht sich um und krault sich das Kinn, als würde sie die Kubikmeter ihres neuen Domizils überschlagen.

»Na ja, drei Kästen Bier wären da noch«, sagt sie und grinst uns breit an.

»Ich fahre!«, meldet sich Matze.

»Ich komme mit«, bietet sich Daumen an und für eine Millisekunde entgleisen Matzes Gesichtszüge, aber er ist schlau genug, keinen Einwand zu erheben. Außerdem kann er sich ausrechnen, dass mit Daumen zwar eine Art fleischfressender spanischer Stier auf seinem Beifahrersitz gewaltigen Platz nimmt, dafür muss er nichts mehr schleppen, da drei Kästen Bier bei Daumen aussehen wie bei anderen Leuten eine unter den Arm geklemmte Aldi-Tüte.

»Dann mal los.« Matze dackelt los und Daumen wanderdünt hinter ihm her.

Wir versuchen derweil, Laras Bude so weit zu arrangieren, dass man sich dort gemütlich hinhocken und ein paar Bierchen zischen kann. Eine Anlage hat Lara nicht, also stelle ich eine meiner Boxen auf den Flur und schmeiße eine CD von *Children of Bodom* rein, darauf steht Lara und es ist schließlich ihr Tag heute. Ich drehe auf halbe Lautstärke, was bei meiner Anlage heißt, dass man sich vor die Boxen stellen und seine Haare fönen kann. Ich warte einen Moment, dann höre ich, wie sich ein Stockwerk tiefer eine Tür öffnet und die Stimme von Herrn Krüger ertönt: »'n bisschen!«

Ich drehe ein Stück runter und horche.

»Noch ein kleines bisschen.«

Noch ein wenig leiser.

»Danke.«

»Wir machen auch nicht so lange.«

»Okay. Viel Spaß!«

Dann schließt sich unten wieder eine Tür. Ich liebe es, mit meinen Nachbarn zu kommunizieren: einfach und effektiv.

Ich schaue kurz noch bei Sven rein, der wieder erste Lebenszeichen von sich gibt, dann setze ich Kaffee für Katharina auf und geselle mich wieder zu den anderen.

Kurz darauf tauchen auch Matze und Daumen wieder auf und natürlich ist klar, wie die Verteilung der Lasten aussieht: Daumen schleppt drei Kisten abzüglich einer Flasche, die ihm Matze großzügigerweise abgenommen hat.

Wir deponieren das Bier in meinem Kühlschrank und nutzen die Kartons als Sitzgelegenheiten. Mama in spe Katharina thront auf Laras einzigem Sessel, Matze setzt sich daneben auf den Boden. Das Ganze sieht aus wie die Versinnbildlichung ihrer zukünftigen Rollenverteilung. Matze, der menschliche Hauspuschen.

Zischend öffnet sich die erste Runde und wir stoßen an. Allgemeines »Prost!« und »auf die neue Bude«, nur von Katharina kommt ein mürrisches »Na ja, ich hab immerhin meinen Kaffee.«

Lemmy kommt zur Tür reingeschlichen und macht es sich zwischen zwei Kartons unbequem. Ihm folgt Sven, der immer noch ziemlich angeschlagen aussieht, aber immerhin weisen seine nassen Haare darauf hin, dass er geduscht hat.

Er reibt sich die Schläfen und jammert: »Boah, Leute, ich muss echt mal mit dem Saufen aufhören, ich vertrag das einfach nicht. Oh, Bier!«

Ich reiche ihm eine offene Flasche, die er dankbar annimmt. Er setzt sich auf einen Karton, in dem etwas beunruhigend knackt, und nuckelt mit der Glückseligkeit eines Babys an seiner Flasche.

Es gibt noch einiges an Geproste und drei Bierkästen später ziehen wir um ins *Loch* und noch ein paar Runden später schlafe ich dort unter einem Tisch ein.

Aber immerhin bin ich nicht allein. Ich habe einen leicht betrunkenen und glücklich vor sich hin furzenden Lemmy im Arm.

***

Es klappt nicht.

Selbst ein Klassiker wie *Steck ihn rein, ich furz ihn trocken* würde mich jetzt wohl nicht aufmuntern. *Hotel Fickmichgut* kennt man schon, *Junges Gemöse* entlockt mir immerhin ein Grinsen.

Ich bin auf Sexshopjobsuchtour. Das mache ich öfters mal. Abgesehen von der Möglichkeit, direkt an der Quelle für Schweinereien jeglicher Art zu sitzen, wünsche ich mir schon seit geraumer Zeit, meine Biografie mit einem ebenso schmutzigen wie authentischen Detail auszuschmücken, ein schwarzer Fleck, der einen mit Stolz erfüllt und der sagen soll: »Alter, ich bin Rock'n'Roll. Aber so was von Rock'n'Roll, man glaubt es kaum.«

Nur fehlt mir jegliche Lust, mich als Biker zu versuchen, für ein Dasein als Roadie bin ich zu faul und als Musiker tauge ich nichts, Drogen sind erstens nicht mein Ding und zweitens zu teuer, mit dem Rucksack durch die Welt zu tingeln und sich als Alligatoren-Wrestler oder Türsteher in einer weißrussischen Mafiadisco zu verdingen, finde ich zu beunruhigend, und der rockende Lifestyle eines DJs ist heutzutage nicht mehr so spektakulär, wie er es früher einmal war, beziehungsweise es einem alle weismachen wollen, dass er es mal war. Und Leichenwäscher wäre mir dann doch eine Spur zu gruselig.

Also habe ich gedacht, dass es zumindest halbwegs cool und anrüchig wäre, in einem Sexshop zu arbeiten und dann so Sankt-Pauli-mäßig in einem Kabuff zu hocken, zu rauchen, Pornohefte zu lesen und ab und zu den sabbernden Kunden mit versoffener Charles-Bukowski-Gedächtnisstimme Sätze zuzuraunen wie »Anal mit Naturkaviar gibt's in Kabine 3« oder »Wenn du mir in die Videokabine pisst, schneid ich dir den Schwanz ab und geb ihn meiner Katze zu fressen, nur damit das klar ist«. Muss ja keiner wissen, dass ich gar keine Katze habe.

Insgesamt gibt es vier oder fünf Sexshops in unserer Stadt und nur ein einziger erfüllt die von mir gewünschten Kriterien: Schwiemelig, dunkel, ein leicht spermatöser Geruch gammelt in der Luft, und natürlich ist der Großteil der Innenbeleuchtung in Rot gehalten. Die anderen Geschäfte sind dagegen durchgestylte Erotikdiscounter mit dem Charme einer Billigparfümerie. Es geht dort zwar auch nur ums Wichsen, aber es soll nicht so aussehen.

Doch dieser Laden hier, mit dem fantasievollen Namen »Sexshop« ist das Echte und ich nerve den Besitzer ein- bis zweimal pro Jahr, ob er denn nicht einen Job für mich hat, und er erklärt mir ein- bis zweimal pro Jahr, dass er den Laden alleine mit seiner Frau schmeißt. Dann gibt er mir einen Schnaps aus, wir stoßen an, exen die kleinen Fläschchen und der Schnaps schmeckt genauso eklig süß, wie man es von einem Schnaps erwartet, der einem zum Trost in einem Sexshop ausgetan wird.

Die übliche Absage und den Schnaps habe ich mir abgeholt und jetzt versuche ich mich mit Pornofilmtitellesen aufzumuntern. Ich hatte *Torben-Post*.

*Torben-Post* ist eine Mischung aus bestellten und nicht bestellten CDs, Rechnungen, Werbung, Seelenretter-Propaganda und dem einen Brief, der einem den ganzen Tag versaut, in diesem Fall meine halbjährliche Einladung vom Amt. Wenn ich weiterhin dem Staat auf der Tasche liegen wolle, müsse ich mal wieder antanzen und meinem ständig wechselnden Sachbearbeiter erklären, was ich denn jetzt so vorhätte, um Miete und Bier mal endlich selbst zu finanzieren.

Mal davon abgesehen, dass sie damit nicht ganz unrecht haben, um genau zu sein, dass sie absolut recht haben, ist es ein Unding, dass die Post in diesem Land morgens ausgetragen wird.

Wenn man schon zur ersten Darmentlastung des Tages schlechte Nachrichten als Lektüre serviert bekommt, ist der ganze Tag im Eimer. Eine abendliche Zustellung würde einen erwischen, wenn sowieso alles gelaufen ist. Dann wäre es auch Wurst.

Ich nehme einen Billigporno mit vier Stunden willigen und natürlich extrem notgeilen und bis zur Unterkante Oberlippe feuchten, wenn nicht gar klitschnassen Hausfrauen mit, mehr aus Höflichkeit als Interesse, und weiß jetzt schon, dass ich mich zu Hause wieder über diese verschwendetem fünf Euro ärgern werde. Nicht, dass ich Pornos abgeneigt wäre, aber wozu hat man schließlich eine Flatrate?

Man erkennt einen guten Oldschool-Sexshop daran, dass er einem die Möglichkeit bietet, einen Hinterausgang zu benutzen.

Auf der Straße reibe mir ein bisschen mit Leichenbittermiene an der Kauleiste herum, damit ich hoffentlich den Eindruck erwecke, statt aus der Wichsburg aus der benachbarten Zahnarztpraxis zu kommen.

Im Amt muss ich natürlich trotz zehn Minuten Verspätung warten. Inzwischen hat man zusätzlich zu den Stühlen im Gang noch Wartezimmer eingerichtet. Es geht bergab mit dieser Stadt. Der Raum verstrahlt den gemütlichen Charme eines frisch gestrichenen Kühlschranks. Ich weiß nicht, was die hier als Wandfarbe benutzt haben, Chemieabfälle von BASF oder irgendwas, das man früher noch in den Rhein kippen durfte, bis die Fische Rückenschwimmen spielten. Ach, das waren noch Zeiten: kein Internet, keine Fanatiker, die sich als fliegende Abrissbirnen versuchen, dafür regelmäßig geile Alben von *Iron Maiden* und Angeln konnte man mit einem Käscher. Jedenfalls kriege ich sofort Schädelstechen von dem Gestank. Natürlich gibt es keine Anzeige, wie lange man noch warten muss, also richte ich mich auf das Schlimmste ein und durchstöbere den Zeitschriftentisch. Passend zur Klientel eines Arbeitsamtes gibt es zwei Sorten von Magazinen: Die einen berichten über Stars und die Welt des Glamours, die anderen über Autos und die Welt der Reifenprofiltiefen.

Wenn man darauf wartet, den nächsten Straßenkehrerjob zugeschoben zu bekommen, kann es ja wirklich nicht schaden, sich vorab zu informieren, ob man die beantragte Existenzminimumkohle statt in feste Nahrung nicht in die erste Rate für einen Audi A8 stecken sollte oder was denn der Köter von Brad Pitt so zu fressen bekommt.

Sensibilität im Sevicebunker. Aber wenn von mir tatsächlich jemand erwartet, ich könnte ihm meine Perspektiven erklären, zeigt er/sie/es ja sowieso eine gewisse Realitätsferne.

»Was sind denn Ihre Perspektiven?«, fragt mich der Sachbearbeiter. Natürlich ist es wieder ein anderer als letztes Mal und natürlich fragt er mich dasselbe wie sein Vorgänger und dessen Vorgänger und natürlich antworte ich jedes Mal etwas anderes, weil ich es eben selber nicht weiß. Ich erinnere mich an Matzes Vorschlag von neulich.

»Na ja, ich würde gerne was im grafischen Bereich machen. Webdesign und so was.«

»Aha«, sagt er. Offensichtlich, dass ich seiner Meinung auch »Milliardär« oder »Chef von alles« als Berufswunsch hätte äußern können und tippt auf seinem Rechner rum. Der Bildschirm ist vom heißen Stuhl der verlorenen Seelen weggedreht. Ich wette, er spielt gerade Solitär.

»Haben Sie denn schon mal in der Richtung gearbeitet oder eine Ausbildung gemacht?«

»Nö, nur im privaten Bereich. Learning by doing, wissen Sie. Ich hab Flyer gemacht, für Konzerte und Partys.«

»Aha«, sagt er wieder, weil »blödes Arschloch« vermutlich zu unhöflich wäre.

Er tippt wieder rum. »Das wird allerdings schwierig ohne Referenzen. Sie sind jetzt schon seit drei Jahren bei uns gemeldet.«

»Ja«, murmele ich unsinnigerweise. Verdammt, so lange schon?

»Wir müssen Sie jetzt langsam mal vermittelt kriegen und da werden Sie wohl nicht umhinkommen, auch Jobs anzunehmen, die nicht in Ihren ...«, er mustert mich von oben bis unten, vor allem mein *Megadeth*-Shirt, »... Interessensgebieten liegen.«

»Ja«, gebe ich den Geknickten. Während er erneut Karten legt, sehe ich mich um. Aktenhaufen, als hätte niemand jemals elektronische Datenverarbeitung erfunden, einige hässliche Wachsmalstiftbilder des verbeamteten Nachwuchses, zwei Werbeplakate für den neuesten 500 SL als Anreiz für die künftige Elite der Gebäudereinigung und natürlich keine Pflanzen. Hier ist kein Leben.

Hier ist Arbeitsamt.

»Ich hab da was«, sagt der Bürohengst und es klingt eindeutig wie eine Drohung. »Ist zwar nur auf zwei Wochen befristet, aber damit können Sie mal Ihre Arbeitsbereitschaft demonstrieren. Sie WOLLEN doch arbeiten, oder?«

»Ja. Klar.« Nein, eigentlich nicht. Aber was soll's. Zwei Wochen sind nicht so wild, solange ich nicht Klärwerkbecken auslecken oder was mit Blagen oder alten Leuten machen muss. »Was haben Sie denn?«

»Auslieferung von Medikamenten. Nicht besonders schwer und einen Führerschein haben Sie ja. Außerdem kriegen Sie einen Parkausweis, mit dem können Sie überall parken. Und damit meine ich *wirklich* überall.« Spricht's und grinst mich breit an. Vielleicht doch kein Arschloch, der Mann.

Ich nicke. »Alles klar, nehme ich.« Er reicht mir eine Eingliederungsvereinbarung und die Telefonnummer, unter der ich mich bewerben soll, und ich nehme mir tatsächlich vor, da anzurufen, sobald ich zu Hause bin.

Ich bin von mir selbst überrascht, dass ich es tatsächlich mache. Dann habe ich den Job.

Man darf tatsächlich überall parken, was ich geflissentlich nutze. Den Wagen darf ich abends mit nach Hause nehmen, ich soll nur keinen Scheiß damit machen, immer nachtanken und den Ausweis nicht unbedingt benutzen, um damit auf dem Bürgersteig vorm *Ruby* zu parken.

Wirklich anstrengend ist der Job nicht, ich fahre sowieso gerne Auto, nur um die Feierabendzeit wird es nervig und bei Schulschluss, weil ich fast nur im Stadtgebiet rumgurke. Die erste Woche vergeht wie im Flug und ich erwische mich tatsächlich, wie ich den Boss frage, ob er mich eventuell länger braucht, aber ich bin nur eine Urlaubsvertretung, doch wenn ich Glück habe, schmiert der Rückflug aus Ibiza über offenen Gewässern ab.

Ich habe gerade einen Karton mit Pillen mit unaussprechbarem Namen in einer Apotheke in der Innenstadt abgeliefert, als mir Frankie über den Weg läuft.

»Hey, Alter, wie geht's dir?«, johlt Mr. Überschwang mir entgegen. Wir schütteln uns die Hände. »Was machst du denn hier? Fußpilzcreme kaufen oder was?«

»Nö, ich arbeite grad als Medikamentenkutscher. Ein bisschen Asche verdienen, muss ja auch mal sein.«

»Oh, dann hast du's wahrscheinlich eilig?«

Ich schüttele den Kopf. »Hab nur noch eine letzte Lieferung, dann ist Feierabend. Hat keine Eile, sind nur Herzmittel oder so was.«

Er lacht. »Ach, na dann. Ich hab nämlich gehört, ihr wollt ein Konzert im *Loch* veranstalten.«

»Jau, is korrekt.«

»Na ja, wenn ihr noch 'nen Slot freihabt, würde ich da gerne mit meiner Band aufschlagen, wenn das geht.«

»Die progressive Metalcore-Kapelle? Wie war noch mal der Name ...?«

»Nee, nee, die Band gibt's schon lang nicht mehr. Es wurde ein bisschen komisch, als wir rausgefunden haben, was unser Shouter in seinen Texten mit Liebe zu Tieren meinte. Der war kein Veganer, der wollte Kühe bumsen! Das war uns dann doch ein bisschen zu schräg. Ich hab jetzt was Neues am Start. Thrash. Mehr was Klassisches, von diesem pseudo-modernen Ballerscheiß habe ich momentan die Nase voll«, spricht der Wasserfall.

»Hmm«, bitte ich mir Bedenkzeit aus, die ich nicht brauche. Genau genommen hatte ich die ganze Geschichte schon wieder erfolgreich verdrängt. Bis jetzt haben wir exakt null Bands im Line-up. Das kann noch heiter werden. »Habt ihr denn ausreichend Material für einen Gig am Start?«

»Jau, das fluppt gut bei uns. Bis zum Konzert haben wir dreißig bis vierzig Minuten zusammen. Wir machen auch gerne den Opener, das ist kein Problem.«

Ich nicke. »A'sklar, dann seid ihr dabei.«

»Klasse.« Er schlägt ein und hopst aufgeregt hin und her. »Du bist der Beste, Torben.«

»Ja, schon recht. Ich muss dann mal los.«

»A'sklar, bis denne.«

Ich steige wieder in meine Penizillin-Rakete, während ein sichtlich glücklicher Frankie mir immer wieder die hochgereckten Daumen zeigt. Ich winke ihm noch mal zu und fädele mich in den Verkehr ein.

Jetzt brauche ich nur noch vier oder fünf Bands.

Klappt schon.

Irgendwie.

# JUNGSMUSIK

## KLEINE GESCHICHTE DES HEAVY METAL (VOR 1970)

Für nicht gerade wenige Menschen ist ein Leben ohne Metal nicht vorstellbar.

Recht haben sie.

Umso schwerer hatten es natürlich diejenigen, die geboren wurden, bevor es harten Rock gab. Dreißigjährige Kriege, Plumpsklos und schlechtgelaunte Inquisitoren waren ja schon schwer zu ertragen, aber dann noch nicht mal vernünftige Musik im Haus zu haben, muss deprimierend gewesen sein. Es wird allerdings gerne unterschlagen, dass sich das Streben nach schwermetallischem Sound und entsprechender Lebensart schon damals durch die Geschichte gezogen hat.

Nur hätten sich im finsteren Mittelalter Bauer, Schmied und Müller wirklich zusammengefunden und sogar abends für zwei Stunden den lokalen Folterkeller als Proberaum zweckentfremden dürfen, stellte sich stets das Problem: Scheiße, kein Strom. War ja noch gar nicht erfunden.

Es ist ja nicht so, dass man damals nicht auch schon Bock auf Rock gehabt hätte, nur hatte leider noch niemand die Verbindung gezogen zwischen einem Blitzeinschlag oder einer flink gerubbelten Katze und einer Laute, die ihren Namen auch wirklich verdient. Und so klimperte man sich unplugged einen Wolf beim Schafehüten.

Ja, hätte man damals schon die Möglichkeiten von heute gehabt, sähe die Welt doch anders aus. Hätten beispielsweise die alten Römer schon über Akkuschrauber verfügt und damit den Nazarener ans Holz getackert, hieße es in den Kirchen jetzt vermutlich nicht »Ja und Amen« sondern »Black & Decker«. Nicht viel anders dürfte es mit der Musik aussehen.

Aber es waren schwere Zeiten und wir dürfen uns glücklich schätzen, im Zeitalter *Black Sabbath* a.D, geboren zu sein. Wir hatten Schwein.

Umso tiefer muss man den Hut ziehen vor all den verkannten und vergessenen Pionieren des Heavy Metal, die ihren Stiefel durchzogen, lange vor heutigen Möglichkeiten wie Digitalaufnahmen, Klopapier oder aufrechtem Gang (auch wenn Letzterer nicht unbedingt zum Erleben von Heavy Metal notwendig ist, wie man auf Konzerten oder Partys nach 23 Uhr beobachten kann).

So sperrt denn nun die Lauscher auf und lernt, was die Historie unternahm, um dem Siegeszug der besten Musik vonne Welt voranzutreiben. Lasst euch von Geschichtsverfälschern nichts anderes erzählen: So, oder zumindest so ähnlich, war es vielleicht wirklich eventuell:

Erste Versuche sind bereits aus der vorvorchristlichen Zeit bekannt, als eine Gruppe Neandertaler beim Eindreschen auf Mammutschädel feststellte, dass es mit viel mehr Schmackes rüberkam, wenn man dabei grunzte. Aufgrund des ziemlich toten Zustandes der Wollelefanten taufte man die neue Musikrichtung »Death«. (Der Zusatz »Metal« sollte sich erst in der Bronzezeit durchsetzen.) Aus Mangel an Möglichkeiten, Texte für ihre Songs schriftlich festzuhalten (kein Kuli, kein Papier, keine Sprache), beschränkte man sich damals auf das Grölen von Vokalen, was auch das Mitsingen deutlich erleichterte. Eine sehr authentische Aufarbeitung dieser Zeit erfolgte Anfang der Neunzehnhundertneunziger durch die Musikhistorikergruppe *Obituary*.

Durchsetzen konnte sich der neue Musikstil letzten Endes nicht, da es an Bier mangelte, das immerhin noch ein paar Jahrtausende der Erfindung harrte. Stattdessen entwickelte sich eine Frühform des Techno, in der immer stumpf der gleiche Rhythmus geklopft wurde und man die Blüten lustig aussehender Büsche lutschte. Darin ist wohl die Ursache für das Aussterben der Neandertaler zu suchen. Da muss man ja blöd bei bleiben.

Danach ruhte die Entwicklung über viele tausend Jahre. Es gab immer wieder vereinzelte Versuche, Rockmusik zu etablieren, zum Beispiel durch das Veranstalten des ersten Open Airs. Leider waren die Elemente gegen die Musikbegeisterten und so endete das »Atlantis Rocks« in einer Welle of Death. Wenn sich heute Tausende Fans zu den Klängen einer leidlich bekannten Band frühnachmittags bis auf die Knochen nass regnen lassen oder sich im Schlamm wälzen, gedenken sie damit symbolträchtig diesem ersten großen Live-Event. Die machen das ja nicht zum Spaß.

Einen großen Schritt nach vorne machte man, als kluge Leute feststellten, dass man Katzendärme bis zum Zerreißen zwirbeln kann und diese dann interessante Twäng-Twäng-Töne von sich geben. Die Saite war erfunden und jetzt konnte es eigentlich richtig losgehen. Tonnenweise Katzen wurden gezwirbelt, sehr zu deren Leidwesen, was sie mit seltsamen Schreien quittierten, die später noch im sogenannten »gruseligen Metal« von *Mercyful Fate* bis *Cradle of Filth* eine wichtige Rolle spielen sollten.

Da man sehr viele Katzen für eine einzige Laute zwirbeln musste, waren die ersten Klampfen eher etwas für Besserverdiener, die bekanntlich nicht unbedingt dazu neigen, Heavy Metal zu leben. Dennoch hat sich einer der bekanntesten Kaiser des römischen Reiches um unsere Lieblingsmucke verdient gemacht. Neben einem Gespür für gute Partys und einer Ader für avantgardistische Musikexperimente haben wir Nero die Erfindung der Pyroshow zu verdanken, ohne die Bands wie *Kiss* oder *Rammstein* vermutlich deutlich kleinere Brötchen backen würden.

Und auch wenn man die folgende Ära gern als »finster« bezeichnet, ging es für uns nun Schlag auf Schlag. Während im Norden die Grundlagen für Viking Metal gelegt und Britannien, Met und Kutten erfunden wurden, experimentierte vor allem die Kirche im Gebiet der Stimmentwicklung. In den Kellern der damaligen Zeit wurde bereits erstaunlich fortschrittliches Gerät entwickelt, um den angehenden Rockstars ein Stimmvolumen abzuringen, das nicht vorhandene Gesangsanlagen vergessen machen sollte. Bereits vor der ersten Jahrtausendwende spielte die eiserne Jungfrau (»Iron Maiden«) eine ebenso große Rolle wie der heute noch auf Konzertbühnen beliebte Ausruf »Scream for me!«. Auch um die Integration von Frauen kümmerte man sich bereits eifrig und stellte sie bei den eindrucksvollen Pyroshows gerne in den Mittelpunkt.

Ein weiterer Vorreiter war das vielleicht größte Genie seiner Zeit, Leonardo da Vinci. Es wäre ja auch seltsam, wenn jemand, der dermaßen viel auf dem Kasten hatte, nicht Heavy Metal gehört hätte.

Was kaum jemand weiß: Big Leo hatte einen stromerzeugenden Generator entwickelt. Er hätte jetzt damit natürlich Mühlen antreiben können, Produktionsbänder oder Vibratoren, aber er nutzte die elektrische Power lieber und sinnvoller zur Verstärkung seiner Mandoline. Damit schräbbelte er seiner Lisa einen vor, wobei sie jedes Mal seltsam verdattert lächelte, was er so schick fand, dass er sie neben dem Schräbbeln her malte. Vielleicht hatte sie aber auch nur zu viel gekifft, jedenfalls hatte sie irgendwann keinen Spaß mehr an Leos Gerocke und begann, Mainstream-Mucke zu hören, Quartette und so was. Also gab da Vinci das Schräbbeln auf, außerdem hielt er Fliegen für das nächste große Ding, und seine großartige Erfindung verschwand in der Rumpelkammer, dann im Sperrmüll und schlussendlich im Orkus der Geschichte.

Von einem der größten der Hysterischen ist leider eine gesunde Abneigung gegen schwermetallische Sounds überliefert, aber das ist ja kein Wunder: Napoleon war schließlich Franzose. Allerdings sollen seine Truppen beim Anblick des knusprig vor sich hin lodernden Moskau, wenn auch mit starkem Akzent, ein fröhliches Lied angestimmt haben:

*The roof, the roof, the roof is on fire*
*but we don't need no water, let the motherfucker burn,*
*burn, motherfucker, burn.*

Aufgegriffen wurde diese hübsche Idee im 21. Jahrhundert von den Thrashern von *Exodus*, als ihr Tourbus auf dem Seitenstreifen einer Autobahn abfackelte.

Erst im beginnenden 20. Jahrhundert kam Fahrt auf. In den Jahren 1914 bis 1918 wurde im großen Stil *Motörhead*-Merchandise entwickelt (eisernes Kreuz, Stahlhelme, ...) und im großen »Metalbattle« von '39 gab es dann die ersten Versuche, nicht nur technisch oder mit Songwriting zu punkten, sondern vor allem mit Lautstärke zu trumpfen, ein Vorgriff auf *Manowar*. Einen skurrilen Höhepunkt lieferte Josef »Steelgrinder« Stalin ab, der anstelle von Gitarren voll auf den Einsatz von Orgeln setzte, womit er allerdings speziell das deutsche Publikum vergraulte.

Inzwischen hatte sich die Erkenntnis durchgerungen, dass man Elektrizität auch für sinnvoller Dinge, z.B. die Beleuchtung nächtlicher Straßen, einsetzen kann, und die Entwicklung von E-Gitarren, Verstärkern und Soundanlagen machte Riesenfortschritte.

1970 schließlich erschien das Debüt von *Black Sabbath*.

Der Rest ist, wie man so sagt, Geschichte.

6.

# Pommesgabelmysterien

Svens Zeigefinger deutet genau auf mich, seine rechte Augenbraue ist hochgezogen, die Körperhaltung verrät Entschlossenheit.

»Lass uns Pommes fressen gehen.« Es klingt wie eine Art elftes Gebot und ich nicke meinem Kuttenmoses angemessen ergriffen zu.

»Bei Heinz?«

»Natürlich bei Heinz. Formidable Fette und knackige Kohlenhydrate bilden eine gesundes Magenfundament für einen Abend voller sportlicher Betätigung und Alkoholgenuss, mein weißer Bruder.«

»Hough, Bruder, so lasse uns ausschreiten.«

Wir haben heute Kegeltag in der *Schwarzen Rose*. Vom Vorvorbesitzer ist dort noch eine »Bundeskegelbahn« übrig geblieben, eine Bezeichnung, die früher an jeder zweiten Kneipe zu finden war und immer etwas wichtigtuerisch klang.

In der *Rose* wird das Ding nur noch sporadisch genutzt, aber dankenswerterweise lässt Wirtin Ellen das Ding nicht rausreißen, um daraus irgendeine Abstellkammer zu machen.

Wir hatten es mal zeitgemäßer mit Bowlen versucht, aber nach *The Big Lebowski* fanden das plötzlich alle cool und was alle anderen cool finden, können wir unmöglich auch cool finden. Außerdem kann man auf der Bahn in der *Rose* ordentliche Musik hören und es ist gemütlicher als in der schweißfüßigen, neonbeleuchteten OP-Atmosphäre der Bowlinghangars.

»Was ist mit der Kleinen?« Sven deutet auf die andere Tür im Hausflur.

»Lara ist in der Stadt, die kommt nach.«

»A'sklar, dann schnapp dir deine Jacke und wir machen uns auf den Weg.«

Ich schnappe mir meine Jacke, dann machen wir uns auf den Weg.

Der Imbiss von Heinz liegt genau auf halber Strecke zwischen meiner Kemenate und der *Rose*. Hätte es die Wellblechbude schon im 14. Jahrhundert gegeben, hätte sich Dantes *Göttliche Komödie* weniger um Ringe und Hölle gedreht, sondern um Frittenfett und Dinge, die man unter Bistrotische kleben kann. Gäbe es die Schwerkraft nicht, würde sich unter den Tischplatten mit ziemlicher Sicherheit Leben entwickeln – zwar kein sonderlich intelligentes, sondern extrem abartiges und nahrhaftes Leben auf Cholesterinbasis.

Heinz ist eine Art Fürst der Finsternis, der Herr über Tod und Tod in seinem kleinen Reich der Verdammnis. Wo andere Bewirter zu Warmherzigkeit und freundlichen Worten greifen, setzt der Gastro-Castro lieber auf nonverbale Verachtung des notwendigen Übels Gäste. Er gehört zur Gattung der Rückenlamas, denn umdrehen tut sich Heinz nur in Notfällen, also wenn jemand so lebensmüde ist, die Braterzeugnisse des Hauses zu kritisieren. Zudem neigt er dazu, für alle sichtbar, ins Frittenfett zu rotzen.

Man mag das widerlich finden, wir hingegen wissen so viel Ehrlichkeit zu schätzen. Andere Null-Sterne-Köche spucken auch ins Essen, aber Heinz macht keinen Hehl daraus. Bei ihm weiß man, was man hat.

Außerdem haben wir meistens die Bude für uns alleine. Nur selten verirrt sich jemand an den Tresen, um den Meister zu belästigen. Wie er sich damit halten kann, weiß keiner so genau. Eventuell liegt es an uns, schließlich endet ein Abend bei ihm oft mit einer monströsen Getränkerechnung. Die andere Theorie ist, dass der Container, der zwischen zwei Wohnhäusern eingeklemmt ist, von Vater Staat subventioniert wird, weil keiner Lust hat, den jahrzehntelang durch ranziges Frittenfett, vergorene Mayonnaise und hektoliterweise Erbrochenes kontaminierten Boden bis zu einer Tiefe von zehn Metern auszubaggern. Irgendein Geschäftsgeheimnis hat Heinz in jedem Fall.

Der Frittenbunker ist bereits zwei Mal abgebrannt und jedes Mal rochen die angrenzenden Viertel für Monate wie ein belgisches Besatzungsgebiet, aber schneller als eine Versicherung Ja und Amen sagen kann, stand Heinz wieder hinter dem Tresen, der keine zwei Wochen brauchte, um wieder eine schmierigklebrige Oberfläche anzunehmen.

Das Gesundheitsamt überprüft die Bude vermutlich nie, weil sich kein Beamter hineintraut. Dann könnte es schließlich passieren, dass Heinz sich UMDREHT. Dass er einen ANSIEHT.

Und das will niemand.

Auch wir nicht, deswegen stört uns das gewohnte Bild eines gelbfleckigen massigen Rückens nicht weiter, den wir mit einem fröhlichen »Hallo, Heinz, wie isses?« begrüßen.

»Ach. Ihr«, brummelt er, ohne sich umzudrehen. Wir stören ihn anscheinend in der meditativen Betrachtung des kochenden Fettes, der Antithese zu Feng-Shui.

»Wie immer?«, fragt er und es klingt etwas vorwurfsvoll.

»Yep, zweimal Menü Grande«, bestätigt Sven.

»Bier is im Kühlschrank«, sagt Heinz unnötigerweise und hat damit seinen Tagesvorrat an Kommunikationsbereitschaft ausgeschöpft. Wir nehmen uns zwei Flaschen aus der brummenden Schimmelherberge und suchen uns einen freien Tisch aus, wobei man sagen muss, dass alle Tische frei sind, hier eine Art natürlicher Grundzustand.

Bevor wir auf den irgendwann mal weiß gewesenen Plastiksesseln Platz nehmen, checken wir die Sitzflächen nach Dingen, in die man sich nicht reinsetzen möchte und die einem am Hintern kleben bleiben könnten. Man lernt, vorsichtig zu sein, wenn man deshalb schon mal eine Jeans verbrennen musste.

»Auf Gut Holz«, sagt Sven und wir stoßen an. Während der erste Schluck Bier des Abends durch meine Kehle surft, überlege ich, dass wir bisweilen als Endzwanziger-Rentner durchgehen könnten. Eigentlich fehlen uns nur noch Pfeifen und ein eigener Schrebergarten.

»Weißt du, was geil wäre?«, reißt mich Sven aus meinen Gedanken.

»Was denn?«

Er nimmt einen tiefen Schluck und lehnt sich ächzend zurück. »Wenn wir unseren eigenen Metal-Schrebergarten hätten!«

Ups.

»Im Sommer wäre das doch voll geil! Grillen, zusammen abhängen. Wenn einer nicht mehr kann, pennt er in der Laube und wir könnten ein paar Sachen anpflanzen: Hopfen oder Gras oder so.«

»Ja, das wäre schon ganz nett«, gebe ich zu. »Wären da nicht die anderen Schrebergarten-Blockwarte, die uns mit Fackeln und Mistgabeln auf den Pelz rücken würden. Abgesehen davon habe ich mal so ein Gerücht aufgeschnappt, es klingt doof, ich weiß, es sei in Deutschland tatsächlich verboten, Gras anzubauen. Ist nur so ein Gerücht ...«

Sven gibt mir den Finger. »Man wird doch wohl noch träumen dürfen. Aber so ein fetter Grill und eine Hütte, wo man Schnaps brennen oder Met machen kann, das hätte schon was.«

»Matze hat mal davon rumgesponnen, das wir ein Vereinsheim für die Metaller aus der Gegend bräuchten.«

»Gute Idee.«

»Und dann hat er sich mal schlau gemacht, was der Spaß kosten würde.«

Sven lacht dreckig.

»Na ja, wie du schon sagtest: Träumen ist erlaubt.«

»Zweimal Pommesschranke rot-weiß.« Auf dem Tresen haben

sich zwei Teller mit Pommes Frites rot-weiß und einer kalten Frikadelle als Bonustrack materialisiert. So läuft das immer: Das Nennen-wir-es-mal-Essen erscheint einfach auf dem Tresen, ohne dass es den Eindruck erweckt, als hätte Heinz sich auch nur 'ne Sekunde umgedreht, um es dort hinzustellen. Es gibt nicht wenige Leute, die vermuten, dass Heinz es eigentlich nicht wirklich nennen-wir-es-mal-kocht, sondern dass das Futter auf dem Tresen wächst. Sollte Heinz jemals eine Bank überfallen und dabei keine Kopfsocke tragen, müsste er sich keine Sorgen machen, dass irgendjemand sein Gesicht für ein Phantombild beschreiben könnte. Höchstens die Fettspritzeranalyse seiner Rückseite wäre verwendbar.

Ich reiche Sven seine Portion Trans-Fettsäuren und wir futtern.

Man kann über Heinz sagen, was man will.

Man kann darauf rumreiten, dass man für eine echte Reinigung seiner Nennen-wir-es-mal-Küche Salzsäure oder Feuer verwenden muss.

Man kann darüber meckern, dass Heinz die freundliche und zuvorkommende Art eines chronisch migränegeplagten Trolls hat.

Man kann sich auch darüber auslassen, dass es in seiner Bude und etwa tausend Meter drumherum nennen-wir-es-mal-merkwürdig riecht.

Aber was man nicht sagen kann ist, dass es bei ihm nicht die verdammt besten Pommes Frites jenseits der Brüsseler Stadtgrenzen gibt.

Wahrscheinlich krepieren wir irgendwann an Krebs durch die krossen Acrylamidbomben, aber was will man machen, wenn der Tod so lecker schmeckt. Unglaublich, aber wahr, bei Heinz schmeckt sogar die Mayonnaise gut. Ich hasse das Zeug normalerweise wie die Pest, aber hier geht es nur rot-weiß, alles andere wäre ein Sakrileg.

Wir sind fast fertig, als sich Sven in Betrachtung seiner Pommesgabel ergeht. Ich nutze die Gelegenheit, ihm ein paar seiner

Fritten zu klauen, bevor ich mich und ihn frage, was so interessant sei an dem Plastikbesteck.

»Nichts, das ist es ja gerade.«

»Aha. Ich verstehe. Nicht.«

Er verzieht das Gesicht. »Na ja, Pommesgabeln gehören zum Merkwürdigsten, was man so finden kann.«

»Ich glaube, du meinst Grottenolme. Die sind seltsam. Pommesgabeln sind einfach nur Plastikzeug. Da ist gar nichts Merkwürdiges dran.«

»Nicht direkt. Ich meine nur: Erstens benutzen die wenigsten die Dinger, weil man Pommes lieber mit den Fingern mampft. Und keiner kommt auf die Idee, so ein Ding sauberzumachen und wiederzuverwenden, dafür sind sie einfach zu klein. Und trotzdem muss sich irgendein armes Arschloch mal intensiv Gedanken drüber gemacht haben, wie so ein Teil auszusehen hat, welche Größe, wie viel Zinken und so weiter.«

»Ich mache mir Gedanken darüber, wie groß dein Sockenschuss ist.«

»Maul! Richtig krude wird es doch, wenn man sich überlegt, dass so ein kleines Drecksteil als Synonym für die Heavy-Metal-Geste schlechthin gilt. Da hätte man doch auch Mistgabeln oder sonst was nehmen können, nicht so einen pieseligen Kunststoffquatsch.«

Das ist was dran. Ich sage: »Na ja, ich nehme mal an, dass es daran liegt, dass die Pommesbude die Anlaufstelle *numero uno* vor und nach Konzerten oder bei Partys ist. Wenn man überlegt, was der eigentliche Sinn der Geste sein soll, wäre ›Hörner‹ ganz passend.«

»Wer hat's erfunden?«, schweizert Sven und wir beide im Chor: »*DIOOO*!« und Heinz grunzt missbilligend, weil wir wohl seinen meditativen Zustand stören.

Ich gehe zum Kühlschrank und hole uns noch zwei Bier.

Sven ist immer noch in die Betrachtung seiner Minigabel versunken.

»Wie heißen die wohl auf schlau?«, frage ich in den Raum hinein.

»Wie meinen?«

»Na ja, es gibt doch für alles irgendeine schlau klingende und völlig überzogene Bezeichnung, die keine Sau benutzt. Kola heißt zum Beispiel kohlensäurehaltiges Erfrischungsgetränk mit Koffeinzusatz, der Besitzer eines Klärwerks macht nicht in Scheiße, er ist Betriebsleiter in Fragen der biologischen Fachentsorgung und so'n Quatsch. Irgendeine affige Bezeichnung gibt's bestimmt auch für Pommesgabeln, irgendetwas, was man auf den Tausender-Karton draufschreiben kann und sich nicht sagen muss: ›Alter, ich verdiene meinen Lebensunterhalt mit Pommesgabeln, wie krank ist das denn?‹ Eine völlig überzogene Bezeichnung, die nur dazu da ist, das graue Dasein der Hersteller aufzupimpen.«

»Wie wär's mit: Frittierte Bodenfrüchte- und Fleischwareneinfuhrhilfe auf PVC-Basis!«, schlägt Sven vor und wir geiern uns einen. Wir lehnen uns auf den wackligen Plastikstühlen zurück und begießen die neu gewonnene Erkenntnis.

»Was glaubst du«, fragt er, »wie viele Leute in einer Fabrik für Pommesgabeln arbeiten?«

Ich ziehe mein Keine-Ahnung-Gesicht, darin habe ich Übung. »Gute Frage. Ich denke mal, ein Ein-Mann-Betrieb ist es nicht. Erstens läge dann die Selbstmordrate in der Pommesgabelszene vermutlich bei hundert Prozent und zweitens verbrauchen die Menschen verteufelt viele von den kleinen Pieksern. Da kommt wahrscheinlich eine beachtliche Stückzahl pro Jahr bei raus.«

»Irgendein Bekloppter hat bestimmt schon mal ausgerechnet, wie oft die jährliche Weltproduktion an Pommesgabeln um den Äquator reicht.«

»Mit Sicherheit.«

»Die Frage ist ja auch, seit wann es die Dinger überhaupt schon gibt, so wie wir sie kennen und lieben und uns manchmal ins Zahnfleisch kloppen.«

»Eine hervorragende Frage, mein lieber Freund, ich muss sie loben.«

»Klappe! Ich schätze mal, dass die in den Fünfzigern erfunden wurden, zwecks effizienterer Wiederverfettung des German Volkes.«

»Jawoll, in DIN-A-Fett.«

Er hält sich seine grüne Gabel vor die Nase, schielt sie an und dreht sie hin und her. »Meinst du echt, die kleinen Drecksdinger sind genormt?«

»Na sicher. Heutzutage ist doch jeder noch so blöde Mist genormt. Das ist Deutschland, Baby. Noch schlimmer, Euro-Deutschland. Jetzt müssen Sesselfurzer in Berlin UND Brüssel pseudobeschäftigt werden. Man kann froh sein, dass es noch keine DIN-Norm für den morgendlichen Schiss gibt.«

»Hargh, hargh. Der ist gut. Man darf keine Kringel mehr kacken, weil es zu Stauungen im Ablauf kommen könnte.«

»Sven, du bist mein Freund, aber du bist auch wi-der-lich.«

»Ja, ich weiß, aber auch du bist mein Freund, deswegen werde ich dir jetzt ein Geheimnis anvertrauen.« Er macht ein ernstes, um nicht zu sagen dramatisches Gesicht. »Aber du darfst es niemandem verraten. Nicht unter Folter und nicht unter der Androhung sexueller Handlungen.«

»Okay.«

»Schwöre es, Alter!«

»Ich schwöre es, Alter.«

»Na gut.« Er beugt sich zu mir rüber. »Ich habe als Kind ... Pommesgabeln gesammelt.«

Ich lasse mich zurückfallen und es knackt bedenklich im Kunststoff. »Wow.«

Sven nickt bedeutungsvoll.

»Das ändert irgendwie alles. Mein Weltbild, meine Sicht auf dich, auf Frauen, die Relativitätstheorie, Waldmeisterwackelpudding, einfach alles.«

Er schürzt die Lippen. »Ich hätte es dir gerne schonender beigebracht, aber es musste einfach mal raus. Ich bin froh, dass du jetzt Bescheid weißt.«

Wir grinsen uns debil an.

»Wie kommt man auf so einen Blödsinn?«

Er winkt ab. »Da war ich sieben oder acht und die Scheißdinger sind bunt. Als Blag muss man irgendwas sammeln und ich bin da irgendwie drauf angesprungen. Außerdem brauchen die nicht so viel Platz. Anstatt irgendeinen Kellerraum herzurichten oder ein Regal zu bauen, reicht da schon ein Schuhkarton.«

»Na ja, wo du recht hast ...«

»Ich hatte sie alle. Bunte, weiße, schwarze, durchsichtige, Deutschland, Ostzone, Schweiz, Bayern, Holland, Australien, scharfkantige Fingerschlitzer aus Blech, Pommesgabeln aus Holz ...«

»Pommesgabeln aus Holz sind schwul.«

»Deine Mudder ist schwul!«

»Ja, die ist echt pervers. Steht auf Männer.«

»Meine auch. Mütter sind so pervers, perverser geht's nicht mehr.«

»Ich glaub, meine Mudder treibt's sogar mit meinem Vater.«

»Krank, echt krank.«

»Jau, das läuft doch bestimmt unter Inzest. Und mit so was bin ich verwandt.«

»Ja, nee, man kann sich's halt nicht aussuchen ...«

Wir stoßen an. »Auf die Müdder!«

»Auf die Müdder!«

***

In der *Rose* stiefeln wir direkt hinter die Theke, wo uns Ellen begrüßt, und dann die Treppe runter in den düsteren Keller. Dort werden wir von dem gedämpften Sound fallender Kegel und schnellen Achtzigerjahre-Metals empfangen.

Wir machen die Tür zur Kegelbahn auf und irgendjemand schreit: »SCHEISSEACHTUNG!«

Mit einem uncoolen Hopser retten wir unsere Füße vor einer heranrasenden Kugel, die sich mit einem satten Knall in der Vertäfelung des Flurs verewigt. Auf der Kegelbahn steht oder besser gesagt schwankt Matze und lächelt schief verschämt.

»Hobbla«, lallt er und latscht die Bahn runter, um eigenhändig eine seiner Meinung nach angemessene Zahl Kegel umzuschmeißen, bevor er wieder auf seinen Platz zurückstolpert und triumphierend verkündet: »Immerhin sechs.« Dann schläft er ein und Lucy notiert kopfschüttelnd eine Pumpe.

Wir begrüßen den Haufen, nehmen uns ein Bier, das Ellen praktischerweise kistenweise serviert, und machen unsere ersten Würfe. Sven räumt ab, sagt »Das wird ein guuuter Abend«, Lara wirft »purer Zufall!« ein, dann versuche ich mein Glück, aber zwei Kegel bleiben stehen.

»Loser«, begrüßt mich Lucy und lächelt breit.

»Selber Loser«, sage ich und nehme sie kurz in den Arm. »Was hast du denn bisher geworfen?«

»Alle Neune.«

»Pures Glück.«

»Dreimal in Folge.«

»Die Gnade des Zufalls.«

»Vielleicht bin ich auch einfach nur besser als du.«

»Ja, das liegt durchaus im Bereich des Möglichen.«

Ich registriere jetzt erst, das Lucy nicht in Begleitung ist.

»Wo ist denn dein Macker?«, frage ich sie.

Sie verdreht die Augen. »Weißt du überhaupt, was ein Macker ist?«

»Ähh … ein Typ, mit dem eine Frau zusammen ist?«, versuche ich es ohne Publikumsjoker.

Sie lächelt. »Nicht ganz. Ein Macker ist eigentlich ein kastrierter Esel.«

»Oh.« Unwillkürlich presse ich meine Oberschenkel zusammen. Meine Kastrationsängste sind äußerst stark ausgeprägt. Ich hänge an meinen Hoden. Und meine Hoden hängen an mir.

Oh Himmel, ich finde meine eigenen Wortspiele schon zum Kotzen, wenn ich sie nur denke, das sollte mir Sorgen bereiten.

»Tja.« Sie taxiert mich, weil sie genau weiß, das mich Äußerungen über Eier abschneiden immer ins Schwitzen bringen.

Ich versuche abzulenken. »Wie auch immer: Wo ist denn dein ... Typ?«

Sie seufzt. »Unterwegs. Er hat ein Badminton-Turnier in Visselhövede.«

»Ein Badminton-Turnier?« Ich lache aufgesetzt.

»Ja, ein Badminton-Turnier. Was ist daran so verdammt witzig?«

Ich zucke mit den Schultern und flegele mich in meinen Stuhl. »Nichts, gar nichts. Es ist nur so, dass Badminton ein totaler Weichei-Sport ist.« Ich komme mir gerade sehr toll vor, ich gebe es offen zu.

Lucy lehnt sich auf die Tischecke, die uns trennt, und fixiert mich aus zusammengekniffenen Augen. »Dafür hat er keinen Bierbauch.«

»Hrmpf.« Ich bemühe mich um eine Körperhaltung, in welcher die Wölbung meines T-Shirts nicht so sehr zur Geltung kommt. »Bin nur ein bisschen aufgebläht, das ist alles. Wir waren noch bei Heinz.«

»Dann bist du nicht aufgebläht, sondern todgeweiht. Vielleicht solltest du echt mal ein bisschen Sport treiben. Und ich meine jetzt nicht Kampftrinken.«

»Wir kegeln doch jetzt. Das ist auch Sport.«

»Nicht, wenn man alle halbe Stunde mal die Kugel schubst und ansonsten isotonischen Gerstensaft schlürft und Scheiße labert.«

»Kegeln ist gut für einen knackigen Arsch. Ich hab hinterher jedes Mal Muskelkater in den Backen.«

»Ich habe mehr daran gedacht, dass du jedes Mal am Schnaufen bist, wenn du mal eine Treppe hochmusst. Und außerdem habe ich Mannschaftssport gemeint. Damit du mal deine Sozialmuskeln ein bisschen trainierst.«

Sie grinst mich dreckig an.

»Sehr witzig«, nöle ich, aber sie hat leider recht, zumindest, was das Körperliche angeht. Als ich neulich hinter der S-Bahn hergehetzt bin, war ich so nah an einem Herzinfarkt, dass ich meinte, schon das Sirren eines sich aufladenden Defibrillators zu vernehmen.

Sie tätschelt mir den Kopf. »Ach, lass mal gut sein. Wenn man auf die dreißig zugeht, muss man halt mit rapidem körperlichen Verfall rechnen, das ist die Natur.«

»Ich glaub, es schneit!«, entrüste ich mich.

»Nein, das sind nur deine Schuppen. Im Alter löst sich die Kopfhaut schneller.«

»Ey, mach mal halblang. Die drei Jahre Altersunterschied.«

Sie lächelt, steht auf und wackelt mit den Hüften. »Erstens bin ich besser in Form als du, zweitens sterben Männer sieben Jahre früher als wir zähen Mädels, drittens bist du Linkshänder und die gehen noch mal sechs Jahre eher drauf, also bist du statistisch gesehen ungefähr ein Vierteljahrhundert älter als ich und viertens gehe ich jetzt pinkeln.« Spricht's und rauscht ab.

Ich ruf ihr hinterher: »Falls ich nicht mehr bin, wenn du wiederkommst: Auf meiner Beerdigung soll ›Hallowed be thy Name‹ laufen, sag das meinen Eltern! Und ich will nicht auf einem christlichen Friedhof beerdigt werden, sonst könnt ihr einen echt angepissten Zombie erleben!«

Eine Antwort kriege ich nicht, aber ich sehe ihrem Hinterkopf an, dass sie lächelt. Auch mein Gesicht kann nicht anders. Ich nehme einen Schluck und starre versonnen auf die Tür, durch die Lucy soeben verschwunden ist.

»Es wird nie passieren«, zwitschert mir Katharina von der Seite ins Ohr.

Ich schaue sie irritiert an. »Hä? Was wird nie passieren?«

Sie nickt zur Tür hin. »Du und Lucy.«

»Ach, und wieso nicht, bitte schön?«

Sie zuckt mit den Schultern und sagt: »Weil du zu blöd bist.« Sie beleidigt mich nicht, sie urteilt nicht, sie stellt einfach Fakten fest. Das tut weh. Ich lasse meine Augenbrauen zusammenstoßen und gebe ihr den bösen Blick. Kathrina schaut mich mit einer Mischung aus amüsiertem Mitleid und Ratlosigkeit an: »Versuchst du gerade, mich finster anzustarren?«

»Und du? Warum so gut gelaunt? Solltest du nicht zu Hause sitzen, schwanger und scheiße drauf sein?«

»Nöö ...« Sie schüttelt den Kopf, tätschelt ihren Kugelbauch und grinst selbstzufrieden. »Das ist das Interessante am Trächtigsein, dass man auch mal richtige Hochphasen hat. Hormone sind schon cool. Ich bin volles Rohr auf Naturkoks und es wird dir nicht im Geringsten gelingen, mich zu ärgern.«

»Das ist schade. Was soll ich denn jetzt den ganzen Abend über machen?«

»Du könntest damit anfangen, beim Kegeln abzukacken. Wäre ja nichts Neues.«

Sie lacht garstig. Gegen so viel gute Laune komme ich nicht an, also versuche ich es erst gar nicht und folge ihrer Anweisung.

Während Lucy sich wieder hinpflanzt, versuche ich mich zwischen zwei schwarzen Kugeln zu entscheiden. Ich nehme schließlich eine blaue und fixiere die neun Ziele. Ha, ich und verkacken, das werden wir ja sehen. Ich bin vielleicht nicht immer der Treffsicherste, aber dafür habe ich Schmackes. Also lege ich allen Schwung, den ich in meinem maroden Körper finden kann, in meinen Wurf, gehe in die vorbereitende Triumphhaltung und verkacke natürlich. Zwar treffe ich und der Schmackes ist jetzt auch nicht das Problem, aber irgendwie schon. Die drei exekutierten Kegel fliegen in ansprechenden Salti durch die Gegend, bevor sie Erhängten gleich baumeln bleiben und in einen seltsamen Galgentanz ausbrechen, während die Zugmechanik versucht, die verhedderten Kameraden hochzuziehen und durch Rütteln und Schütteln zu entwirren.

»Na super!«

»Das haste ja großartig hingekriegt!«

»Flasche!«

»Honk!«

»Ist es ein Trottel, ist es ein Vollidiot? Nein, es ist TORBEN-MAN!«

Ja, meine Freunde lieben und unterstützen mich.

Ich verkneife mir einen Kommentar, irgendwie haben sie ja recht. Stattdessen winke ich Lara zu mir.

»Die steht mit kleiner Faust, komm mit«, sage ich. Lara hat sich als praktisch in solchen Momenten erwiesen, weil sie die kleinsten Hände von uns allen hat und recht geschickt darin ist, verknotete Kegelfäden zu lösen. Während sie an den Fäden herumzupft, stehe ich daneben und gucke hilfreich.

»Danke dir«, sage ich zu Lara, als die Kegel wieder frei sind.

»Keine Ursache. Das nächste Bier geht auf deine Rechnung.«

»Betrachte dich als meine Gästin«, gebe ich mich generös.

Ich hole uns Nachschub und wir setzen uns wieder zu den anderen. Matze ist wieder wach und versucht sich in einer neuen Wurftechnik, die beinhaltet, dass er sich der Länge nach auf die Bahn legt und die Kugel mit Dialogen aus *Full Metal Jacket* anbrüllt, zwecks Motivation. Wir beachten ihn nicht weiter.

Sven beugt sich zu mir rüber. »Sag mal, wenn du's schon nicht mit den Kegeln schaffst, willst du dann wenigstens mich umhauen?«

Ich deute mit zuckenden Schultern ein Wenn-es-sein-muss an und kremple die Ärmel hoch. »Jetzt gleich hier oder wollen wir rausgehen?«

Er verdreht die Augen. »Quatschkopf. Du sollst mich umhauen, indem du mir das Line-up für unser Konzert im *Loch* verrätst.«

Ups. »Ach so. Ja. Tja. Also, wenn man es genau nimmt ...«

»Du hast doch schon Bands am Start, oder etwa nicht?«

»Ja, klaaar ...«

»Ich wollte diese Woche die Webseite fertig machen, da brauche ich die Running order und die Bandlogos.«

»Webseite? Was für 'ne Webseite?«

»666 Productions dot com!«, sagt er und zeigt mir die Pommesgabel.

»Aha«, kommentiere ich und nehme einen langen Schluck Bier, um Zeit für eine gute Ausrede zu schinden. Ich beschließe, es mit überlegener Lässigkeit zu versuchen. »Schicke ich dir morgen alles per Mail zu. Morgen Abend. Gar kein Problem. Kriegst du alles.«

Sven lehnt sich entspannt zurück. »Cool. Aber nicht vergessen.«

»Nein, nein.«

Ich lasse mich in meinen Lehnstuhl fallen und trinke den Rest meiner Flasche auf ex.

Mist.

Ich werde morgen sehr viel telefonieren müssen.

***

## DIALOGE HINTERM DJ-PULT II

»Alter, wo auf der Wunschliste bist'n jetzt?«

»Wie meinst du das, wo ich bin?«

»Na ja, bei welchem Song auf der Liste du jetzt bist.«

»Nirgendwo. Ich bin DJ, keine Jukebox. Das ist eine WUNSCHliste und wie mein lieber Herr Vater immer zu sagen pflegte: Wünschen kann man sich alles, ob es in Erfüllung geht, ist eine andere Sache.«

»Aber hast du denn meinen Wunsch schon gespielt?«

»Das weiß ich nicht.«

»Wieso weißt du das nicht? Du musst doch wissen, was du schon alles gespielt hast.«

»Das ist richtig, aber Gedankenlesen ist nicht so meine Stärke. Ich habe doch keine Ahnung, was du dir gewünscht hast.«

»Ach so. Na, ›For Whom the Bell Tolls‹.«

»Das hab ich eben gespielt.«

»Wann?«

»So vor einer Viertelstunde.«

»Echt? Shit, da war ich draußen, eine rauchen.«

»Tja, das ist Pech.«

»Warum spielst du das, wenn ich draußen bin? War doch MEIN Wunsch.«

»Tja, ich kann nicht nur keine Gedanken lesen, ich führe auch keine Anwesenheitsliste, wer jetzt gerade rauchen oder kacken geht.«

»Ach Scheiße.«

»Tut mir leid.«

»Spielst du's gleich noch mal?«

»Was jetzt?«

»›For Whom the Bell Tolls‹!«

»Wieso sollte ich das denn machen? Der lief doch eben erst?«

»Ja, aber ich war doch draußen.«

»Deswegen spiele ich doch nicht denselben Song zweimal innerhalb einer halben Stunde. Ich glaub, es rauscht.«

»Später noch mal?«

»Nein, verdammt. Jeden Song nur einmal, es gibt schließlich noch genug anderes, das ich spielen will. So lang ist der Abend ja nun auch wieder nicht.«

»Scheiße, du bist voll der Spießer.«

»Wenn du meinst ...«

»Was anderes von *Metallica*?«

»Ja, aber dann erst später.«

»Aber ich muss in einer Dreiviertelstunde abhauen.«

»Da kann ich doch nix für.«

»Du bist ein Arsch, echt jetzt.«

»Ja, Danke auch.«

Es gibt Momente, da liebe ich diesen Job.
Das ist keiner davon.

***

Man merkt, dass man sich langsam Gedanken darüber machen sollte, ob es nicht besser wäre, endlich auf den heiligen Berg der Ahnen zu kraxeln, wenn man eine Band richtig gut findet und es bei einem Konzert eben jener Band nicht länger als zehn Minuten in der ersten Reihe aushält. Nach einer Viertelstunde bei *Volbeat* fühle ich mich, als hätte mich jemand mit einem Fleischwolf verprügelt und anschließend hindurchgedreht, also trete ich den strategischen Rückzug an. Ich ergattere ein Bier an der Theke und hocke mich dann zu Matze in eine der Sofanischen des *Lokschuppens.*

»Sag mal, waren wir eigentlich auch so asozial hyperaktiv, oder was?«, frage ich.

»Yep!«, sagt er und schlürft genüsslich an seinem Weizen. Matze hat schon ewig keine Konzertbühne von Nahem mehr gesehen, weil man da so schlecht gemütlich saufen kann. Unter diesem Aspekt gesehen, wäre es vielleicht eine schnuckelige Idee, Konzerte wieder zu bestuhlen. Wer pogen will, soll verdammt noch mal auf ein Punkkonzert gehen oder auf die *Wies'n.* Nur so ein Gedanke.

Wir machen mal den Anfang für den neuen Trend. Angenehmerweise sieht man auf den Sofas im Schuppen immer noch was vom Bühnengeschehen und nicht nur verschwitzte Rücken.

Es ist schwer gemütlich und laut und gemütlich und vor allem laut und genau der richtige Moment für völlig überflüssige Gedankengänge.

»Sag mal, was ist eigentlich die Mehrzahl von Sofa?«

Matze dreht sich verständlicherweise mit einem Ich-hab-mich-wohl-verhört-Blick zu mir um. Wie meistens bei solchen Fragen verändert sich der Gesichtsausdruck allerdings und seine Stirn sieht plötzlich aus wie ein hochkant gestelltes Akkordeon.

»Ähh ... Sofas würde ich sagen.«

»Nicht Sofi? Sofas klingt irgendwie falsch. Und blöd.«

»Ja, stimmt schon. Heißt aber doch auch Mofas und nicht Mofi.«

»Mofa ist aber auch eine Abkürzung.«

»Ist korrekt. Sofa ist aber auch eine dämliches Wort. Probier's doch mit einem Synonym.«

»Wow, du kannst ja Fremdwörter«, staune ich eine Spur zu verblüfft.

»Ab und zu. Zum Beispiel Arschgeige. Heißt auf Lateinisch Torben.«

»Ach, was bist du schlagfertig tonight. Also nächster Versuch: Was ist die der Plural von Couch?«, frage ich.

»Couches.«

»Das klingt noch bescheuerter.«

»Irgendwie scheinen die Dinger nicht als Herdentiere zu taugen.«

»Ich hab's: Die Mehrzahl von Sofa oder Couch ist: *Sitzecke*.«

Ich schiebe meine Unterlippe vor und lasse Matzes Erkenntnis auf der Zunge zergehen, wobei sie sich zu einem Schluck Bier und einem Stück Erdnuss gesellt, das sich bisher in eine Zahnlücke zurückgezogen hatte. Ich nicke. »Jau. Passt.«

Wir stoßen auf die intellektuelle Höchstleistung des Abends an, als Sven angeschwankt kommt. Ach du Scheiße, jetzt sag nicht, dass mein Kumpel, die Unverwüstlichkeit in Person, der Marathonmann, der Vierundzwanzig-Stunden-Sven jetzt auch schon Alterserscheinungen zeigt. Das würde mich massiv deprimieren.

»Was ist los?«, frage ich ihn.

Sven schwankt ein bisschen hin, ein bisschen her und guckt in alle möglichen Richtungen, nur nicht die, in die er sehen will und nuschelt: »Der Scheißjägermeister ...« und plumpst dann neben mich. Ich mag ihn wirklich gerne, aber ich versuche trotzdem, größtenteils erfolglos, seine klatschnasse, verschwitzte Armhaut von meiner fernzuhalten.

Ich hab ihm ja gesagt, dass es vielleicht effektiv, aber trotzdem eine Scheißidee ist, den Abend mit einer Pulle Kräuterschnaps auf ex einzuläuten. Ich hoffe nur, dass er mich nicht wieder vollkotzt. Einmal reicht.

Währenddessen haut der Gitarrist mit einem satten dumpfen Knall seinen Verstärker durch und erzwingt so eine Pause, die einige Leute im Publikum vermutlich für eine Wiederbelebung oder eine Lungentransplantation gebrauchen können. Ich krame einen Schmierzettel aus meiner Arschtasche und einen kleinen Bleistift und mache mich an einen Entwurf für einen Konzertflyer, dessen Mitte ein explodierender Gitarrenverstärker ziert. Ich versuche gerade, wegfliegende Lautstärkeregler hinzukriegen, die nicht nur perspektivisch korrekt auf den Betrachter zukommen, sondern auch vermitteln sollen, dass sie eine Millisekunde vorher noch auf elf standen, als ich auf angenehme Weise unterbrochen werde.

»Hallo Torben!«, spricht's mich von der Seite an und ich sehe hoch und meine Kinnlade klappt runter.

Wuff! Und wau!

Was da vor mir steht, ist ein äußerst heißes Gerät und es lächelt mich an.

Und kommt mir dabei irgendwie sehr bekannt vor. Da sie meinen Namen kennt, gehe ich davon aus, dass ich ihren auch kennen sollte, es sei denn, sie gehört zu der Fraktion Partybesucher, die davon ausgehen, beste Freunde vom DJ zu sein, weil sie seinen Namen vom Flyer kennen.

»Hi«, sage ich und setze meinen ›Kennen wir uns?‹-Gesichtsausdruck auf. Sie setzt sich mit einer Arschbacke auf den Tisch, wobei sie nicht viel Platz beansprucht. Verdammt, wenn mal wieder jemand das Attribut ›knackig‹ für eine Obst- oder Würstchen-Kampagne illustrieren will, empfehle ich ein Portrait dieses Hinterns!

Sie lächelt mich an und zeigt die passenden Zähne für eine Zahnpasta-Reklame. Leck mich am Arsch, die Frau ist heiß. Schwitzwasser tropft von der Decke und ich glaube nicht, dass es an der überfüllten Halle liegt.

»Wie geht es dir?«, fragt sie.

»Och, ganz okay. Und selbst?«

Sie legt den Kopf schief. »Gut. Ich frag mich nur, warum du dich nicht mehr bei mir gemeldet hast.« Ihr Lächeln bleibt, nur in den Mundwinkeln verändert sich eine Nuance. Plötzlich habe ich das leise Gefühl, mich mit einem Hai zu unterhalten. Einem Hai, den man am liebsten von oben bis unten ablecken möchte, auch wenn man weiß, dass es im Ergebnis darauf hinauslaufen wird, bei lebendigem Leibe zerkaut zu werden.

Die Band legt wieder los. Das Mädel fixiert mich noch kurz und schaut dann zur Bühne.

Ich klopfe Sven ans Bein.

»Alter«, raune ich ihm zu. »Mayday. Mayday, verdammt.«

Er schreckt aus seinem Wachkoma hoch, zumindest zuckt er.

»Was'n los?« Er schnauft mir Atem mit gefühlten achtundsiebzig Prozent Alkoholgehalt ins Gesicht, aber ich hab gerade andere Probleme. Halb unter der Tischkante verborgen, zeige ich mit dem Finger auf die Frau. Sven sieht sie an. »Wow«, sagt er, aber das wusste ich bereits. »Die.« Aha, schon besser. Er erkennt sie.

»Wer ist das?«, flüstere ich ihm ins Ohr.

Er schielt mich an und grinst dämlich. »Weißte das echt nicht mehr?«

»Nein, Scheiße, sonst würde ich dich ja wohl kaum fragen. Wie heißt die?«

Er schüttelt langsam den Kopf: »Ich hab. Keine. Ahnung.«

Er tippt mir auf die Stirn. »Gib mir nicht die Schuld, wenn du deine Matratzen nicht auseinanderhalten kannst, Schlampe«, nuschelt er und schläft selig an meiner Schulter ein.

Ich schaue wieder die irgendwie Unbekannte an und auch sie wendet ihren Blick vom Bühnengeschehen wieder zu mir; immer noch mit einem Lächeln wie aus einem Katalog für strahlendes Lächeln.

Mir fällt gerade nichts auch nur annähernd Schlaues ein, also grinse ich nur aufmunternd.

Sie lächelt weiter und ihre Zähne öffnen sich keinen Millimeter, als sie mit ruhiger Stimme sagt: »Du hast nicht die geringste Ahnung, wer ich bin, oder?«

Jetzt passiert es, ich bin mir sicher, gleich zuckt ihr Kopf vor, ihr riesiges Haifischmaul öffnet sich und mit einem beherzten Biss reißt sie mir die blöde Rübe ab.

Stattdessen kommt sie mir ganz langsam näher, bis unsere Gesichter den Abstand haben, den man normalerweise etwa zwei Augenlidschläge vor einem Kuss hält. Sie wirkt seltsamerweise nicht besonders angefressen.

»Du weißt vielleicht meinen Namen nicht mehr, aber ich glaube, du hast noch ein T-Shirt von mir.«

Verdammt!

Das *Exciter*-Mädchen. Kein Wunder, dass ich mich nicht an sie erinnern kann, schließlich hat sie mir in jener Nacht einen erklecklichen Teil meines Gehirns rausgevögelt, mal abgesehen davon, dass ich sehr besoffen war.

»Vielleicht sollte ich das mal bei dir abholen«, haucht sie. »Was machst du denn nach dem Konzert noch so?«

Meine Hose wird plötzlich viel zu eng und die Raumtemperatur legt noch eine Schaufel drauf.

Ich sehe sie an, dieses Gesicht aus einem Märchenbuch und den Körper aus einem Pornofilm, einem von der guten Sorte, die mit Kopierschutz ausgestattet sind und für ein Schweinegeld an einem abgesperrtem Strand auf den Seychellen gedreht werden. Sie ist eine echte zehn.

Sie ist ein Traum, ich bin wach und sie hat mir gerade tatsächlich Sex angeboten, einfach so.

Und sie ist genau das, was man sich als Mann wünscht und was für die meisten niemals auch nur in Waschmaschinenweitwurfnähe kommt.

Und ich müsste jetzt nur noch mein Bier austrinken und sagen: »Lass uns gehen!«

Und ... sie ist nicht Lucy.

Der Gedanke überrascht mich ein bisschen. Warum jetzt an Lucy denken, das ist doch völliger Schwachsinn. Aber das Blut aus meinen Lenden wandert ins Oberstübchen, wo es gerade dringender gebraucht wird, und ich sehe das *Exciter*-Mädchen an und es ist mir gerade scheißegal, wie sie heißt und dass sie sich mir quasi nackt und notgeil vor den Bauch bindet.

Trotzdem glaube ich mir beinahe selbst nicht, als ich folgende Worte aus meinen Mund heraustropfen höre: »Sorry, vielleicht ein andermal.«

Ich kann nicht sagen, ob es sie wundert, ihr imponiert oder ob sie akute Geisteskrankheit bei mir diagnostiziert, aber sie bleibt freundlich, auch wenn Verwirrung zwei kleine und sehr hübsche Falten auf ihre Stirn zaubert. Langsam geht sie wieder auf Abstand und klaut mir charmant mein Bier. »Dann vielleicht beim nächsten Mal«, sagt sie und macht Anstalten, sich in den Moshpit zu stürzen. Stattdessen sagt sie: »Ach, eins noch« und beugt sie sich zu mir runter und ich mache mich bereit, heldenhaft den verdienten Schlag in den Nacken zu empfangen. Doch sie nähert sich nur meinem linken Ohr und haucht mit ihrer Pornosynchronstimme ein einziges Wort: »Nicole.«

Dann setzt sie die Bierflasche an und leert sie in einem Zug. Das sieht aus, als müsste man dafür normalerweise fünf Euro pro zehn Minuten zahlen, Feuchttücher inklusive. Mein Mund wird trocken und ich bin kurz davor, meine Meinung zu ändern, aber ich kann mich beherrschen und tue so, als würde ich so tun, als würde ich cool bleiben.

Nicole stellt die leere Flasche vor mir auf den Tisch. »Danke für die Einladung«, sagt sie und verzieht sich Richtung Bühne. Ich betrachte ihren Hintern, bis sie verschwunden ist.

Klatsch. Klatsch. Klatsch.

Ich sehe zu Matze, der mir langsam und lustlos applaudiert. Ich winke ab.

Er zeigt mir den Daumen. »Zehn Punkte auf der nach oben offenen Vollidioten-Skala.«

»Ja, ja, schon klar.«

»Lass mich raten, was das Problem ist: Es fängt mit ›L‹ an und hört mit ›ucy‹ auf.«

Ich zucke mit der Schulter und spiele mit meiner leeren Flasche herum.

»Du hast sie noch nicht ein einziges Mal angebaggert und benimmst dich, als wärt ihr verheiratet.«

Ich grinse. »Na dann, willkommen im Club.«

»Katharina und ich! Werden! Nicht! Heiraten!«

»Ja, klar«, sage ich und Matze schnauft beleidigt. Von dem Ding, das mir aus der Schulter wächst, ertönt leises Kichern. Ich stehe auf und Sven rummst unsanft auf die Sitzfläche und schläft weiter.

Ich hole mir ein Bier und sehe ein bisschen der Band und dem devoten Volk zu.

Es ist mir tatsächlich ernst mit Lucy, denke ich, und dass es wohl an der Zeit ist, mich ins Getümmel zu stürzen.

Also trinke ich aus und stürze mich ins Getümmel.

# JUNGSMUSIK

## NIEMAND HÖRT METAL!

Die Zahlen und Fakten sind auf den ersten Blick beachtlich:

Heavy Metal und harter Rock gehören zu den umsatzstärksten Stilrichtungen auf dem Tonträgermarkt überhaupt, auch wenn es einem auf den ersten Blick in die Charts und dem Hören des täglichen formatlosen Radios anders vorkommt. *AC/DC*s Epitaph auf Bon Scott »Back in Black« gehört mit seinen fast fünfzig Millionen Wanderungen über den Ladentisch zu den meistverkauften Alben aller Zeiten. Nur Michael Jackson mit »Thriller« müssen sie sich geschlagen geben, aber der war ja auch der König von Pop und außerdem mochte er Kinder und Kindermögen kommt immer super an, fragt mal die katholische Kirche.

Man kann durch keine Innenstadt der westlichen Welt tigern, ohne auf Menschen zu treffen, die mit schwarzen Shirts inklusive Werbeaufdruck für eine Hartmetallband bekleidet sind. Und in irgendeinem Fenster und an irgendeiner Wand klebt mit Sicherheit ein Plakat, das ein lautes Gitarrenkonzert in den nächsten Tagen in jener Stadt antrailert.

In den Zeitschriftenregalen lauern dutzendweise Fachzeitschriften, nicht wenige beklebt mit DVDs, CDs oder Firlefanz, was dem gealterten Fan warme Erinnerungen an das *YPS mit Gimmick* suggeriert oder sie sind mitsamt Bonuskrempel in Folie eingeschweißt und sorgen vor der Lektüre noch für ein kuscheliges Gefühl von Wundertüte.

Wer sich in die DVD-Abteilung begibt, wird unter Lawinen von Live- oder Dokumentationsfilmen zu allen möglichen und unmöglichen Bands begraben und an Lektüre zum Thema kann man sich inzwischen totlesen.

In jedem Sommer werden scharenweise Kühe heimatvertrieben, weil sich auf ihren Wiesen Legionen von Langhaarigen betrinken und nebenher ihre »Hab-ich-gesehen«-Liste abhaken.

Man könnte also sagen, Metal ist da, er ist präsent und, wenn man ein bisschen Haue nicht scheut, wäre es nicht ganz unrichtig zu behaupten, er sei im Mainstream angekommen.

Folgerichtig muss es also sehr viele Menschen, oder wie man neudeutsch sagt: Konsumenten, geben, die Heavy Metal hören.

Aber ...

... dort draußen lauert eine andere Wahrheit. Denn es gibt ein Geheimnis. Ein Mysterium. Eine gewaltige Verschwörung, der ich auf die Spur gekommen bin, noch bevor Dan Brown daraus einen weiteren mittelmäßigen Bestseller basteln kann.

Ich weiß nicht, wer dahinter steckt, ob CIA, FBI, KGB oder EMP ihre Finger im Spiel haben oder Washington, Berlin, Peking oder Donzdorf.

Ich weiß nur, dass ich die größte aller Lügen aufgedeckt habe, schlimmer noch als der Quatsch mit der Erde und der Kugel.

Es ist nämlich so (bitte festhalten): Niemand hört Heavy Metal!

Niemand.

Kein Mensch und auch sonst nix.

Auch ich habe bei dieser Erkenntnis gestutzt, schließlich glaubte ich ja bisher, als DJ einer Metalparty würde ich von meinem Pult aus auf eine Menge blicken, die eben genau das tut: Heavy Metal hören. Aber weit gefehlt, die Illusion ist ebenso perfide wie perfekt. Doch gleich einem falschen Pixel im Bild, wie einem Fehler in der Matrix, so häuften sich auch bei mir immer mehr Hinweise auf die Wahrheit. Also nahm ich die rote Pille, beziehungsweise eine Flasche Astra Rotherz, und machte mich auf den Weg zur Wahrheit. Immerhin musste ich in keine geheimen Forschungslabore einbrechen und mit Zombie-Viren infizierte Affen auf die Menschheit loslassen oder auf einen hohen sturmumtosten Berg in Tibet kraxeln. Es reichte völlig aus, meinem Kumpel Sven für eine halbe Stunde das Deck beziehungsweise den CD-Player und meine Plattenkoffer zu überlassen und die

Treppe hinunterzusteigen, ohne über Svens komatösen Köter zu stolpern und mich unter die Leute zu mischen.

An der Theke treffe ich Jan, Hardcorefan des deutschen Thrash-Metal seit der ersten Stunde. Ich frag ihn, ob ich ihn was fragen kann, und er sagt, klar, ich solle reinhauen, und ich frag ihn, wie er den Song findet, der gerade läuft, und er sagt: »Scheiße«. Die Echtmetaller von *Hammerfall* besingen Herzen in Flammen und er nickt rüber zu Gonzo, der headbangt, als wolle er seine Haare durch Zentrifugalkraft entfernen, und zuckt mit den Schultern. »Keine Ahnung«, sagt Jan, »wie man zu so einer tuntigen Kacke moshen kann. Das ist doch kein Metal.«

»A'sklar«, sag ich und wir stoßen an.

Der nächste Song startet. Gonzo kann damit wohl nix anfangen und gesellt sich zu Lilly. Ich stell mich dazu und frag ihn, was er denn so nicht abkann. Er verzieht sein Gesicht und sagt, *Cradle of Filth* wären die größte Scheiße auf der Welt, das wäre ja wohl voll nicht metal und *Cradle*-Fan Lilly sagt: »Hey, Moment mal«, und sie meint, sie wüsste nicht, was denn bitte so Sachen wie *Motörhead, AC/DC* oder *Rose Tattoo* bei einer Metalparty verloren hätten. Schlecht wären die ja nicht, aber trotzdem ...

Also gehe ich zu Daumen und seinen Kumpels vom Bikerclub und frag die mal, was sie von den Todmetallern *Deicide* halten, die gerade laufen. Die menschgewordene Jeansjacken-Stampede jault sofort los. »Das ist kein Metal, das ist keine Musik, das ist gar nix. Scheiße ist das.«

»Aha«, sage ich und mache mich auf zum nächsten Testobjekt, einen eingeschworenen Death-Metal-Addict. »Glam- und Hairspray-Metal, das geht ja wohl gar nicht«, meint der, das könnten sie ruhig auf'm CSD spielen, aber nicht hier. Wenn er solche Bands auf Festivals sieht, da könnte er jedes Mal kalt kotzen, sagt er und funkelt mich an, als wolle er sich sofort und auf der Stelle erbost erbrechen. Ich gehe rüber zu Andy. Der sieht in seinen Leopardenfellleggins mit angehängtem Fuchsschwanz nicht nur unglaublich beknackt aus, sondern hat auch schon einen satten Beitrag zum Ozonloch geleistet. Seine Helden heißen *Ratt, Mötley Crüe* oder *Poison* und das sieht man ihm an. Er muss nicht lange überlegen: Grindcore hasst er wie die Pest. Also tiger ich weiter zu Bolle, der auf Grindcore schwört. Er riecht nicht nur aus dem Mund, als hätte er sich heute schon erbost erbrochen, sondern hat auch eine Meinung zum Thema und so weiter und so fort. Irgendwann lande ich bei Till, weil ich gehört habe, dass Progressive kein Metal sei und dass die doch lieber Jazz spielen sollen. Till kann das natürlich nicht nachvollziehen und ist vielmehr der Meinung, das Thrash totale Kacke sei, diese hektische immergleiche Scheiße könne man echt mal abschaffen und dabei zeigt er mit dem Daumen auf Jan und der Kreis hat sich endgültig geschlossen.

Ich kehre an mein DJ-Pult zurück und lege weiter auf. Ich frage mich nur: Für wen? Die da unten, auf der Tanzfläche, das sind ja doch alles nur Komparsen. Wenn man sie einfach mal fragt, sagen sie selbst, dass keiner im Saal Metal hört. Die tun also alle nur so als ob.

Um mich zu täuschen.

Wie sagte ein großer Mann einmal: Nur weil man paranoid ist, heißt das ja nicht, dass sie nicht hinter einem her sind ....

7.

# Lemmy ist weg

*– Wer würde beim Wrestling gewinnen?*
*Lemmy oder Gott?*
*– Lemmy!*
*– Falsch.*
*– Gott!*
*– Auch falsch, Schwanzkopf. Fangfrage. Lemmy IST Gott!*
*AIRHEADS*

Es ist später Nachmittag, als mir langsam aber sicher kotzübel wird. Den ganzen Tag hänge ich schon vor dem Rechner und zocke Strategiespiele, stopfe Gummibärchen und Kräcker in mich hinein, die wie Tomatensuppe schmecken und einen heroinähnlichen Suchtfaktor haben, und spüle die Diät abwechselnd mit Kaffee oder Kola runter. Alle zwei Stunden nehme ich mir vor, jetzt endlich mal den Arsch hochzukriegen, aber dann erreiche ich einen neuen Level und es wird doch wieder viel zu spannend, um aufzuhören.

Ich wünschte, ich könnte mich auch bei anderen Gelegenheiten derart konzentrieren.

Ich bin fast dankbar, als es an der Tür klingelt. Ich drücke auf Pause und gehe zur Gegensprechanlage.

»Oi?«

»Ich.« Sven.

Ich drücke den Summer und schlurfe zum Rechner zurück und fahre ihn endlich runter. Meine Augen brennen, als wäre ich stundenlang in gechlortem Wasser geschwommen. Sven kommt reingestürmt und ich erschrecke beinahe, wie er durch meine Wohnungstür gepoltert kommt. Er ist total außer Atem und wirkt aufgelöst wie eine Aspirin nach einer harten Partynacht.

»Was ist denn mit dir kaputt?«, frage ich.

Er keucht und schnauft und fuchtelt mit den Armen rum. »Lemmy ist weg!«

»Wie? Weg?«

»Na ja, weg halt. Der ist stiften gegangen.«

Es fällt mir schwer, einen hysterischen Sven ernst zu nehmen. »Und? Hat er die Möbel und die Kinder mitgenommen?«

»Ha ha, sehr witzig, du Arsch. Der ist mir beim Gassigehen ausgekniffen.«

»Und wieso? Ist der notgeile Bock wieder irgendwelchen Katzen hinterher?«

Er nimmt sich eine Kola aus meinem Kühlschrank und trinkt die Hälfte in einem Zug und ich wundere mich, dass er sich den Rest nicht marathonläufermäßig über den Kopf kippt.

»Nö, diesmal war es ein Eichhörnchen. Und meinst du, das blöde Vieh wäre mal so schlau, auf einen verfluchten Baum zu flüchten? Ich meine, das machen die doch sonst immer. Aber nein, es rennt quer durch den Wald und Lemmy natürlich hinterher. Der hört und sieht dann ja auch nix mehr, da konnte ich rumbrüllen, wie ich wollte.«

»Na super. Und jetzt?«

»Ja, was wohl? Wir gehen ihn suchen, was denkst du denn, was ich hier mache? Deine Raufasertapeten bewundern?«

»Jetzt mal langsam mit den jungen Pferden. Ich hab echt keinen Bock, durch die Walachei zu schleichen, nur weil du deinen Köter nicht unter Kontrolle hast. Der sitzt doch bestimmt sowieso längst bei dir zu Hause auf der Matte und jault rum. Spätestens, wenn er Hunger hat, kommt er wieder angetrabt.«

Sven schüttelt den Kopf. »Zu Hause war ich schon, da war er nicht. Ich war mit ihm in der Neumannsiedlung, da kennt er sich nicht so gut aus. Ich glaub nicht, dass er von da aus zurückfindet. Bei Lemmy ist vom wölfischen Orientierungssinn nicht mehr allzu viel übrig.«

Eigentlich habe ich überhaupt keinen Bock, aber einerseits wirkt Sven gerade wie eine verzweifelte junge Mutter mit Bierbauchansatz und andererseits täten mir ein wenig Bewegung und frische Luft ganz gut nach meiner Monstersession im Pixelland. Vielleicht ist mir dann nicht mehr ganz so übel zumute. Auch wenn ich es ungern zugebe, mache ich mir tatsächlich ein bisschen Sorgen um Lemmy. Sabbern und furzen hin oder her, mir ist das Dosenfutter fressende Nackenkissen ans Herz gewachsen.

»Na gut, ich komme mit.« An mir ist echt ein Märtyrer verloren gegangen. Ich ziehe mir Schuhe und Jacke an, dann klopfen wir bei Lara.

»Ja?«

Wir öffnen die Tür und werden von Laras Arsch begrüßt.

»Was machst du denn da?«, fragt Sven.

Sie richtet sich wieder zu ihrer vollen Größe auf. »Wonach sieht's denn aus? Ich mache Yoga.«

»Du machst Yoga?« Ich bin verblüfft.

Sie nickt. »Klar. Ich will ja nicht so enden wie ihr mit euren morschen Knochen und ungelenkig wie gebratene Schweine.«

»EY!«, machen wir beide im Chor, auch wenn wir wissen, dass sie damit nicht ganz falsch liegt. Die Jugend von heute hat einfach keinen Respekt mehr, genauso wie die Jugend davor und die davor.

»Lemmy ist abgehauen. Kommst du mit, suchen?«, frage ich.

Sie nickt eifrig. »Gebt mir eine Sekunde, ich zieh mich nur fix um.«

»Aber zack zack!«, nölt Sven. »Mein Kleiner ist ganz alleine da draußen. Weiß der Teufel, was ihm da alles zustoßen kann.«

»Vielleicht ein Herrchen, das nicht nur Dosenbier im Angebot hat?«, feixt Lara.

»Sehr witzig. Mach hin.«

Das Gute an Laras burschikoser Art und Weise ist, dass sie sich sehr unmädchenhaft fix umziehen kann. Nach zwei Minuten ist sie bereit. »Moment noch, ich such grad noch meinen Kamerakram zusammen.«

»Du sollst nicht fotografieren, du sollst meinen Hund suchen.« Lara zieht ein beleidigtes Gesicht. »Aber zumindest die Kleine nehme ich mit.« Sie schnappt sich eine kleine Digitalkamera.

Dann macht sich die Sonderkommission »O bulldogge, where are thou?« auf den Weg.

Die Neumannsiedlung ist mir größtenteils unbekanntes Gebiet, obwohl sie nicht weit von meiner Bude entfernt liegt.

Aber es gibt schlicht keinen Grund, dieses Areal zu betreten, wenn man hier nicht gerade seine Existenz parkt. Eine freudlose Ansammlung von Wohnbunkern für ein bis drei frisch verschuldete Familien, allesamt in den letzten fünfzehn Jahren hochgezogen, allesamt von deprimierender Einfallslosigkeit.

Hier wachsen die Scheidungskinder von morgen heran.

Mich deprimieren solche Vororte.

Aber wir sind ja auch nicht zum Gucken hier, wir suchen Lemmy.

Sven führt uns durch einige Straßen und ich weiß mit ziemlicher Sicherheit, dass ich allein den Weg nicht wieder zurückfinden würde. Außer ein paar Zigarettenautomaten, einem *Edeka* und einem alten Mann auf einer Bank, der ziemlich pervers klingende Selbstgespräche führt, ist der geklinkerte Einheitsbrei für Außenstehende das reinste Zone-30-Labyrinth. Die Bebauung macht schlagartig einem Stück Wald Platz, das nur darauf zu warten scheint, für den nächsten Schwung unterkellerter Langweilerträume gerodet zu werden.

»Hier war's«, verkündet Sven mit wichtigem Ton, als wäre an

dieser Stelle mal eine unheimlich wichtige Schlacht geschlagen worden. Er weist in den Wald hinein. »In die Richtung ist er stiften gegangen.«

»Dann mal los«, sage ich und Lara motzt, dass es nicht mal einen vernünftigen Weg durch den Wald gibt, der zwar nicht besonders beeindruckend ist, aber dafür von Gestrüpp nur so wimmelt.

Wir versuchen, uns wie bei einer Treibjagd zu verteilen, aber die Sträucher und eine Billion Stachel und Widerhaken lassen uns keine große Auswahl bei unserer Routenplanung. Drei Metalheads kriechen, hopsen, stolpern und winden sich also durch einen wenig bemerkenswerten Wald, fluchen und schimpfen auf Kuhlen, Wurzeln und Brennnesseln und rufen: »Lemmy! Leeemmmyyyy, wo bist du? Komm her, Lemmy!«

Es muss ein Bild für die Götter sein.

Wenigstens regnet es nicht und auch, wenn es normales Märzwetter ist, komme ich schnell ins Schwitzen.

Übergangslos weicht der Wald Äckern und Wiesen. Fluchend versuche ich, mich von Kletten und Himbeerranken zu befreien.

»Dass du deine räudige Töle auch nicht vernünftig erziehen kannst!«, motze ich Sven an.

Er starrt mich finster an. »Vorsicht! Dünnes Eis, ganz dünnes Eis,«, sagt er und zeigt mir mit zwei Fingern, wie dünn. Es ist wirklich sehr dünnes Eis, so dünn, dass ich nicht mal eine magersüchtige Spitzmaus draufschicken würde.

Ich halte die Klappe und weiter Ausschau nach Lemmy.

Der Köter ist für Sven so etwas wie ein Kind. Ein extrem hässliches, verfressenes, Katzen vergewaltigendes Baby mit Verdauungsstörungen.

Wir schauen uns um. Einige hundert Meter entfernt beginnt ein weiteres Waldstück.

»Wie weit kann so ein Scheißeichhörnchen wohl laufen?«, frage ich.

»Mit einer Bulldogge auf den Fersen? Ich schätze mal: weit.«

»Danke, Lara, so präzise wollte ich es nun auch nicht wissen.«

Sven stapft los. »Wir versuchen es in dem Wald da hinten. Irgendwo muss er ja sein.« Er versucht, zuversichtlich zu klingen, aber ich kann ihm deutlich anhören, was ihm durch den Kopf geht: dass nicht weit entfernt eine Autobahn auf unvorsichtige Vierbeiner wartet, um deren Lebenserwartung nachhaltig zu beeinträchtigen. Langsam fange ich ebenfalls an, mir Sorgen zu machen. Der Gedanke, nie wieder in dieses knautschige Gesicht sehen zu können, versetzt mir einen Stich, nie wieder von Lemmy vollgesabbert oder angerülpst zu werden, ihn nie wieder verarschen zu können, indem man so tut, als würde man einen Ball durch eine Wand werfen, vor die er dann mit Schmackes rennt. Der Hundeähnliche gehört zur Familie, basta.

Ich versuche, Sven ein bisschen abzulenken.

»Lass uns batteln«, sage ich und er schaut mich an und nickt.

»Bin dabei«, sagt Lara.

»Leg los«, sagt Sven zu mir.

»Okay. Also: *Iron Maiden* oder *Saxon*?« *

Lara: »*Maiden.*«

Sven stimmt zu: »*Maiden*, definitiv.«

»Begründung.«

Er zuckt mit den Schultern. »Eigentlich gibt es keinen besonderen Grund. Beide sind cool, aber *Saxon* waren nun mal die ewigen Zweiten, die dabei waren, als der ganze Metal von der Insel voll durch die Decke gegangen ist, und jeder kennt sie, aber sie waren nie richtig GROSS. *Maiden* kennt jedes Kind. *Saxon* sind eher so wie George Lazenby.« Er guckt möglichst gleich-

---

* Beste Band der Welt: die meisten Metalheads würden vermutlich für Iron Maiden, Slayer oder Motörhead votieren, allerdings irren sie sich. Die beste Metalband der Welt hieß *Monument*, hatte ihren Proberaum im zugigen Dachboden eines Bauernhofes in Minden-Lübbecke (West-Germany), einen hochgradig attraktiven, wenn auch talentfreien Bassisten und gelegentliche Auftritte. Da *Monument* fucking true waren, haben sie sich nach zwei Demos aufgelöst, um nicht in die Mühlen des Kommerzes zu geraten. Außerdem hatten wir keine Zeit zum Proben mehr, weil plötzlich alle 'ne Freundin hatten.

gültig, aber der Klugscheißer wartet natürlich darauf, das wir nachfragen.

»George wer?«, fragt Lara.

»Lazenby. Der einzige Bond-Darsteller, den man schon nach einem Film wieder abgeschossen hat. Wie finster ist das? Du hast den bekanntesten Geheimagenten der Welt gespielt und im Prinzip kennt dich keine Sau. Über Connery, Moore oder Daniel Craig wissen alle Bescheid. Das ist schon bitter. Und mit *Maiden* und *Saxon* ist es so ähnlich. *Maiden* sind Connery, *Saxon* sind Lazenby. Sie sind klar dabei, aber die doofe Allgemeinheit trällert nur ›Fear of the Dark‹. LEEEMMY!«

»Ich find *Maiden* einfach nur cooler, das ist alles.« Lara sieht es pragmatisch. »Okay, jetzt ich: Death- oder Black-Metal?«

»Ach, du Scheiße«, sagen Sven und ich unisono. Wir sind beide eher von der harten Weichei-Fraktion. Wir stehen auf die Klassiker und Songs, bei denen man besoffen mitsingen kann. Geballer passt eher nicht so zu uns.

»Also, wenn ich wirklich wählen müsste, würde ich doch eher Death-Metal den Vorzug geben«, sagt Sven und ich nicke zustimmend.

»Warum?«

Sven zuckt mit den Schultern.

»Na ja, im Grunde geht es bei beiden Richtungen ums Extreme, aber die Schwarzmetaller wedeln sich da so wahnsinnig einen drauf ab. Ich meine, neunzig Prozent aller Black-Metal-Songs klingen wie akustische Vogelscheiße. Die nehmen alleine oder zu zweit irgendein Geschrabbel auf ihrem Windows-98-Laptop auf, klauen währenddessen Mamas Apfelkuchen, peppen das mit Drums aus dem *Magix Musicmaker* auf und kreischen sich 'nen Wolf. Und dann versuchen sie das mit hohlem philosophischen Teenagerquatsch aufzuwerten, weil irgendjemand ihnen mal Nietzsches *Zarathustra* an die Rübe geworfen hat. Echt arm, meiner Meinung nach. Und dann nennen sie sich ›Elite‹ und wundern sich, dass sie Nazis anziehen wie Pudelkacke die Fliegen.«

»Du kannst Schwarzmetaller nicht besonders ausstehen, oder?«, hakt Lara nach.

»Nein, nicht besonders ... LEEEEEMMMYYY!«

»Aber wo er recht hat, hat er recht«, stehe ich ihm bei. »So richtig von sich überzeugte Schwarzheimer sind schon ein komisches Volk. Ach, ich hasse die Welt, ich hasse jeden, ich hasse Dieter Bohlen und meinen ungehorsamen Hamster und ich bin das Böse in Person, weil Mutti mich zwingt, den Müll runterzubringen. Na ja, meistens erledigt sich deren Weltsicht dann aber auch, sobald sie das erste Mal einen wegstecken dürfen. Oder volljährig werden.«

Sven klatscht in die Hände. »Amen, du sagst es, Bruder. Und bei Death-Metal ist das irgendwie viel entspannter, da ist noch Rock'n'Roll drin. Da will zwar auch jeder härter als der Härteste sein, aber letzten Endes geht es darum, eine gute Zeit zu haben, gemeinsam Party zu machen, sich volllaufen zu lassen und den Nacken zu verrenken. LEEEEMMMMMYY!«

»Und ab und zu Normalos schocken, weil man zerhackte Jungfrauen auf dem Shirt spazieren trägt.«

»Exakt!«

»Okay, akzeptiert. Death Metal gewinnt«, sagt Lara. »Sven, du bist dran! LEMMMMMYY! Hierher!«

Er überlegt kurz. »Okay, ich hab einen: *Spinal Tap* oder *Tenascious D*?«

»*Manowar*!«, antworten Lara und ich im Chor.

»Oh, da muss ich mal kurz in der Regie nachfragen.« Er hält sich einen Finger ins Ohr. »Ja? ... ja. Das geht? Okay, so machen wir das. Ja, Danke.« Sven nimmt den Finger wieder runter und sieht uns an: »Die Regie sagt, das geht in Ordnung. Die geheime dritte Lösung und die einzig wahre Parodie auf Metal gewinnt. *Manowar*.«

Wir singen voller Inbrunst »Kings of metal«, bis wir wieder im Wald stehen.

»Verflucht, hier muss er doch irgendwo sein«, sagt Sven und holt tief Luft. »LÄÄÄÄÄ-MMMMMIIIII!!«

Lara: »LEMMY!«
Ich: »LEEEMMMYY!!«
Sven: »LEMMY! HIERHER!«
Lara: »LEMMMMMMYY!«
Ich: »HUND! KOMM JETZT, ICH GEB EINEN AUS!«

Plötzlich knackt es hinter uns im Gehölz und zum Vorschein kommt ein verdreckter und mit seinem Stummelschwanz wedelnder Lemmy, den Ausdruck von Hunger, aber vor allem Durst im zerknautschten Gesicht.

»Oh, da büs' du ja, mein Kleiner, du Rabauke, dü Süsser, dü«, babybrabbelt Sven und fällt über seinen Hund her wie eine Oma übers wehrlose Enkelkind. Als sich Lemmys Zunge in Svens Mund verirrt, wende ich den Blick ab.

»Börks!«, macht Lara und nimmt ebenfalls Abstand von den Liebenden.

»Danke, ihr zwei«, sagt Sven, während er erfolglos versucht, seinen Hund in handliche Teile zu zerknuddeln.

»Keine Ursache«, sage ich. »Hauptsache, dem Untier geht es gut.« Das meine ich sogar ehrlich.

»Was ist das denn?«, fragt Lara. Sie steht mit dem Rücken zu uns und schaut in den Wald hinein.

»Was denn?«, frage ich, während wir uns zu ihr gesellen.

Auf einer Lichtung steht eine Hütte, ein containerähnlicher Bau, der pure Zweckmäßigkeit ausstrahlt. Dunkelgrüne Farbe splittert großflächig ab und es ist schwer zu sagen, ob die Handvoll kleiner Fenster bemalt oder einfach nur seit dem ersten Weltkrieg nicht mehr geputzt worden sind. Wir klettern über einen umgefallenen Baum und gucken uns das Ganze aus der Nähe an. Hinter der Hütte befindet sich eine Rasenfläche, die sich von einer wilden Wiese im Großen und Ganzen nur durch die Umzäunung unterscheidet. Einige Hindernislauf-Geräte aus morschem und vermoostem Holz und ein Schild mit der Aufschrift »Deutscher Schäferhundverein e.V.« geben subtile Hinweise auf die Nutzungsweise der Anlage. Vor der Hütte zeugen frische Reifenspuren davon, dass der Bau nicht so verlassen ist, wie er aussieht. Aber im Augenblick ist alles ruhig und friedlich.

Sven geht zur Eingangstür und rüttelt versuchsweise daran.

»Abgeschlossen«, sagt er.

»Und?«, frage ich.

Er zuckt mit den Schultern. »Ich dachte ja nur ...«

»Ich hab dir doch gesagt, das mit dem Denken solltest du lieber den Pferden überlassen.«

Er zeigt mir den Stinkefinger und setzt seine Erkundung fort und verschwindet um eine Ecke. Währenddessen knipst Lara Details der Hütte.

»Wieso fotografierst du denn so eine Bruchbude?«

Sie zuckt mit den Schultern. »Ich weiß nicht, irgendwie gefällt mir so was. Der Rost und der Verfall und so Zeug. Das hat was.«

»Du nimmst die Fotografiererei ganz schön ernst, oder?«

Sie nickt. »Ich denke, ich will das beruflich machen. Die einzige Sorge, die ich hab, ist als Portraitfotografin zu enden, für Familien und Hochzeiten. Das wäre der Horror.«

»Ach, das klappt schon«, sage ich. Tatsächlich wird die Kleine immer besser, sie hat ein gutes Auge. Ein paar ihrer Fotos habe ich schon für Flyer verwurstet.

»Hier ist ein Fenster offen!«, ruft Sven.

Wir folgen ihm auf die Rückseite des maroden Vereinsheimes und treffen auf seinen Arsch. Die obere Hälfte meines besten Freundes verschwindet im Fenster.

»Scheiße, Mann, was treibst du da eigentlich?«, frage ich überflüssigerweise.

»Da drin gibt's bestimmt Bier!« Na klar, das hätte ich mir ja denken können.

»Ja, und?«

»Ist für lau.«

»Und wenn einer kommt, gibt es für lau was auf die Fresse. Komm da jetzt gefälligst raus! Wir sind keine siebzehn mehr. Schon lange nicht mehr.«

»Du bist 'ne Memme, da kommt keinerauverdammt!« Das Gesetz der Gravitation fordert seinen Tribut, als sich Svens Schwerpunkt ins Innere der Hütte verlagert und er unter lautem Rumpeln im Dunkel verschwindet. Kurz darauf kommt er wieder zum Vorschein, als er aufspringt. »Alles roger, nix passiert. Bin in Ordnung.«

»Das bezweifle ich«, gifte ich ihn an.

»Ach, jetzt kommt schon.« Spricht's und verschwindet.

»Ich klettere da nicht rein«, sagt Lara bestimmt. »Ich bleib hier bei Lemmy, sonst haut der wieder ab.« Sie setzt sich auf den Boden zum Hund, der seinen Kopf in ihren Schoß legt und sich mit dem Ausdruck höchstmöglicher Zufriedenheit den großen Kopf kraulen lässt.

Fluchend klettere ich hinter Sven her durch das Fenster und lande direkt hinter ihm in einer kleinen Abstellkammer. Sven geht durch die in den Hauptraum der Hütte. Im Inneren ist es dunkel, die wenigen Fenster sind verhangen.

»Na super«, motze ich. »Ein Kuharsch von innen.«

»Hör endlich mit dem Geheule auf«, sagt Sven, den ich nur als Schattenriss erkennen kann. »Hier gibt's bestimmt irgendwo Licht. Ah, das sieht gut aus.« Er klickt und trübe vierzig Watt mattiert geben gerade genug Licht von sich, um die Einrichtung zu erahnen.

»Oh, Scheiße«, sagt Sven.

»Aber so was von Scheiße«, stimme ich ihm zu.

Der Raum nimmt beinahe die ganze Hütte ein. Die Wände sind mit Holzpaneelen verkleidet und es hängen einige trostlose Bilder in Cliprahmen daran, Hundefotos, gemalte Gebirgslandschaften und Pin-ups und eine Mannschaftsübersicht der letzten Bundesliga-Saison. In der Mitte stehen ein langer Tisch und Stühle, in einer Ecke ist ein kleine selbstgebaute Theke platziert. Ein Hort größtmöglicher Trostlosigkeit, keine Frage.

Viel interessanter sind da die Reichskriegsflagge, die Fotos von Hitler und anderen Alt- und Neonazis sowie Wahlplakate der NPD, die zwischen den sonstigen Bildern hängen.

»Tja«, sagt Sven. »So viel zum Thema Schäferhunde. Das ist ein beschissener Faschotreff.«

Ich gucke in eine Kiste, die offen herumsteht. Das Einzige, was fehlt, sind Handgranaten, ansonsten beherbergt sie eine nette Sammlung von Nazidevotionalien inklusive dreier erschreckend funktionstüchtig wirkender Pistolen, die sich super an den Hüften von SS-Leuten machen dürften. Scheiße.

»Lass uns schnell verpissen«, sage ich.

»Moment noch«, sagt Sven und geht hinter die Theke. »Bingo!« Er bückt sich und kommt mit glücklichem Grinsen wieder zum Vorschein. Er hält ein paar Flaschen Bier in der Hand.

»Ja, super, Bier. Alles klar. Und jetzt lass uns endlich verschwinden, das ist nicht mehr witzig.«

»Moment noch«, sagt er. »Die haben hier einen Gasgrill.«

»Ja, und, willst du dir jetzt noch Würstchen grillen, oder was?« Ich werde langsam sauer.

Sven guckt mich an. »Meinst du nicht, dass wir denen mal schön ihren kleinen Gestapo-Spielplatz versauen sollten?«

»Ja, schon, aber ...«

Ohne mich zu beachten, kramt er in einem kleinen Regal rum. Er holt eine Flasche Korn hervor und kippt sie über dem Tresen aus. Dann reißt er ein Streichholz an und grinst.

Wenn man irgendwo im Wald in einem düsteren Hort des braunen Übels herumschleicht, wo man nichts verloren hat und der bis vor fünf Minuten beste Freund gerade seine Liebe zur Pyromanie entdeckt, dann will man gewisse Dinge nicht hören.

Dazu gehören abbremsende Autos, sich öffnende und wieder schließende Wagentüren, Bellen und Stimmen.

Wir hören abbremsende Autos, sich öffnende und wieder schließende Wagentüren, Bellen und Stimmen.

»Kacke!«, sagt Sven und lässt das Streichholz fallen.

Stimmen verraten eine Menge über die Besitzer. Diese speziellen Exemplare klingen nach groß, gemein, germanisch und gewalttätig und wenig diskussionsbereit.

»Abhauen«, sage ich überflüssigerweise und wir hasten zu dem Fenster, durch das wir gekommen sind, während sich die Stimmen der Tür nähern. Mit einem Hechtsprung befördere ich mich in die Außenwelt, die mich mit ihrem feuchten harten Boden auffängt. Lara wartet schon auf uns, sie hat wohl auch die Autos gehört. Ich bin heilfroh, dass Lemmy selbst zum Bellen zu faul ist.

Lara sieht mich fragend an.

»Nazis! Und Feuer«, zische ich.

»Au, Scheiße«, sagt sie.

»Aber so was von Scheiße. Sven, wo bleibst du, verdammt?«

Sven ist schon mit einem Bein draußen, als er zurückklettert. »Hab was vergessen.«

Er verschwindet wieder. Ich werde langsam echt sauer. »Was vergessen? Tickt der noch ganz richtig?«, flüstere ich und Lara zuckt resigniert mit den Schultern. Lemmy jault leise.

Sven erscheint wieder am Fenster. Die Stimmen sind jetzt direkt vor der Tür. Er reicht uns vier Flaschen Bier raus. Und grinst.

»Du blöder Penner!« Ich nehme ihm die Flaschen ab. »Sieh zu, dass du deinen Arsch da rausschwingst.«

Ich kann das unverkennbare Geräusch eines Schlüssels im Türschloss hören. Sven springt aus dem Fenster. Ich lange rein und ziehe es zu. Die Tür öffnet sich. Wir rennen los.

Wir hören lautes Fluchen, erschrockene Rufe. »Es brennt, es brennt.« Als ich mich kurz umdrehe, kann ich bereits Qualm aus den Fenstern steigen sehen. Die Nazis sind anscheinend in heller Aufregung und bemerken uns gar nicht. Wir gehen in Deckung und beobachten das Geschehen. Einige der Möchtegern-Arier rennen armwedelnd immer wieder um die Hütte rum, während andere versuchen, ihre hysterischen Hunde unter Kontrolle zu bringen. Als Flammen aus dem Inneren der Hütte schlagen, scheinen sie sich daran zu erinnern, dass es im Inneren einen recht großen Gasbehälter gibt, dem die Hitze bestimmt nicht gut tut. Sie rennen zu ihren Autos.

Und dann macht es Bumm! Nicht richtig hollywoodreif, aber doch mit genug Schmackes, um einen Teil des Daches in einen glühenden Splitterregen zu verwandeln und die Hütte zu einem gemächlichen Einsturz zu bringen.

Wir sehen zu, dass wir Land gewinnen.

»Heilige Scheiße!«, fasst Lara zusammen.

»Das kann man wohl laut sagen«, stimme ich ihr zu und boxe Sven auf die Schulter, durchaus mit der Absicht, ihm einen dicken blauen Fleck als Quittung zu verpassen. »Wegen dir blödem Penner hätten uns diese Kackfaschos alle machen können, ist dir das klar?«

Er nickt. »Ja, ist schon klar. Tut mir leid. Aber immerhin haben wir ihren Führerbunker plattgemacht. Frieden?«

»Ja, ja, meinetwegen.«

»Na, dann lasst uns das mit Nazibier begießen!« Zurück in der Neumann-Siedlung setzen wir uns auf eine Bank, öffnen mit etwas zittrigen Händen die Flaschen und trinken. Sven angelt eine leere Aluminiumschale aus dem Müll und gießt Lemmy ein, der dankbar drauflos schlabbert.

Wir lehnen uns zurück und atmen tief durch. Verdammt, ich hatte echt Schiss.

»Warum machen wir so was eigentlich nicht mehr öfter?«, fragt Sven.

Ich schnauze ihn an: »Weil wir keine beschissenen dreizehn Jahre mehr alt sind, deswegen.«

»Oh, ja. Richtig.«

Die Straßenlaternen gehen an und es wird langsam echt kalt.

»Und nu?«, fragt Sven.

»Ins *Loch*?« Der Vorschlag kommt von Lara. Wir nicken und machen uns auf den Weg.

Meine Füße tun weh und will mich einfach nur hinsetzen und den Tag ausklingen lassen, als wir ins *Loch* kommen. Wie üblich an einem Dienstag ist es nicht besonders voll in der

Kneipe. Wir gehen zu unserem Tisch, wo Matze bereits sitzt.

Genauer gesagt, befindet er sich auf einem Stuhl, aber so wie er friedlich schlafend über dem Tisch hängt, eine Hand am Bierglas, muss man eher von ›liegen‹ sprechen. Wir stupsen ihn an und er zuckt.

»Matze. Aufwachen«, flötet Lara ihm ins Ohr. Währenddessen winke ich 08/15 zur Begrüßung und ordere eine Runde.

Langsam kehrt Leben in Matze zurück. »Wasnlos?«, nuschelt er.

»Gute Frage«, sagt Sven. »Du bist derjenige, der hier kampfunfähig rumpennt und es ist noch nicht mal neun.«

Mit glasigem Blick betrachtet Matze uns. »'s wirdnjunge«, brabbelt er.

»Hey! Glückwunsch!« Sven haut ihm zur Gratulation auf die Schulter und fängt ihn gekonnt wieder auf, als der Schwung den werdenden Vater beinahe vom Sitzmöbel befördert.

Er scheint nicht allzu glücklich zu sein. Vielleicht ist ihm inzwischen aufgegangen, dass sich sein Leben bald ändern wird, und wie jeder gestandene Mann verarbeitet er diese Erkenntnis durch ausufernden Alkoholgenuss.

08/15 kommt an den Tisch gerollt und verteilt das Bier.

»Sag mal«, spreche ich ihn an und deute auf Matze. »Wie viel hat unser Big Daddy eigentlich schon intus?«

08/15 grinst. »Na ja, lass es mich mal so sagen: Er hat keinen Deckel heute, das ist ein ganzer Stapel. Wenn er nicht blechen kann, gehört mir seine linke Niere.«

»Au weia.«

»Jau, das sag auch mal. Matze kann froh sein, dass er heute nichts aufs Maul gekriegt hat.«

»Da ist er nicht alleine. Was hat er denn angestellt?«

»Na ja, solange er andauernd Runden geschmissen hat, war noch alles in Ordnung, obwohl er die Leute gezwungen hat, auf seinen Sohnemann anzustoßen, um im gleichen Atemzug rumzujaulen, sein Leben wäre vorbei, bla bla bla. Aber heute war auch wieder der Kleinwüchsigen-Stammtisch da und irgendwann ist er auf die bescheuerte Idee gekommen, er könnte ja schon mal für die Vaterschaft üben.«

»Mir schwant Übles.«

Er nickt und grinst. »Er ist tatsächlich zu einem hin und hat ihn gefragt, ob er ihn mal auf den Schoß nehmen dürfte, um zu gucken, wie das ist.«

»Ach du grüne Kacke.«

»Ich sag's dir. Da konnte man mal eine Truppe stinkiger Zwerge sehen, Halleluja. Wenn ich nicht mit Hausverbot gedroht hätte, wären die über den Blödmann hergefallen. Fiese Kämpfer, die Kleinen. Die beißen.«

Wir stoßen an.

Aus der Jukebox erklingen *Judas Priest*, die das Gesetz brechen.

Zufrieden lassen wir den Tag ausklingen.

»... wirdnjunge«, nuschelt Matze.

»Amen, Bruder«, stimmt Sven ihm zu.

»... wirdnrichtigerrocker, dassagicheuch ...«

»Den seinen gibt's der Herr im Beischlaf«, predige ich und Matze rülpst und kann mit Mühe verhindern, das sein Mittagessen mit hochkommt. »Wo ist denn deine Angetraute?«

»Wir! Werden! Nicht ... Ach, drauf geschissen. Die ist zu Hause. Hat gesagt, ich gehe ihr auf die Nerven und soll mich volllaufen lassen.« Er hebt die Flasche. »Ihr Wunsch is mir Befehl.«

»Und Lucy, wo steckt die?« Ich kriege es beinahe hin, gleichgültig zu klingen, aber nur beinahe.

»Die is bei ihr'n Eltern. Wollte mal raus.«

»Wieso?«

»Ach, du weißt es noch gar nicht?« Er grinst und taxiert mich, wofür er ein Auge zukneifen musst.

»Nein, was denn?«

Er tippt sich an die Nase. »Lucy ist wieder ... solooo.«

»Was du nicht sagst.«

Matze nickt und nickt ein. Ich sehe zu Sven, der mir aufmunternd zuzwinkert.

Ich lehne mich zurück.

Nazis die Hütte gesprengt und das Bier geklaut, Lemmy gefunden und Lucy ist wieder zu haben. Und den Soundtrack liefern *Judas Priest*.

Ein guter Tag, finde ich.

# JUNGSMUSIK

## TAG EINES BLACK-METAL-FANS

Als Black-Metal-Fan hat man es nicht unbedingt leicht: Den ganzen Tag muss man fies drauf sein, die Welt und ihre Bewohner hassen und aufpassen, dass die Schminke vom Corpsepaint* nicht verläuft. Das ist alles gar nicht so einfach und so stellt sich die Frage: Was macht so ein Schwarzmetaller eigentlich den bösen langen Tag?

Ich hab da mal recherchiert:

Aufwachen, Anlage an, *Necrotic Goatflesh* auf Lautstärke zehn. Gut, um fit zu werden. Ich reibe mir die Augen und sehe die Bescherung: hab wieder vergessen, mein Corpsepaint vorm Schlafengehen abzuwaschen. Schminke im Kopfkissen, meine schöne *Venom*-Biberbettwäsche ist total versaut. Egal. *Venom* sind true. Ich bin true.

Ich schlurfe in die Küche, mache Kaffee. Natürlich schwarz. Richtigen Kaffee. Nur Pulver, kurz aufgebrüht im Kaffeesatz von gestern. Mein Kaffee ist true, ich bin true. Und wach. Mein Herzschlag beschleunigt auf hundertachtzig Blastbeats. Merkwürdig, dass ich ein Herz habe. Aber das ist bestimmt auch schwarz. So wie ich. So wie meine Lunge. Ich rauche erst mal eine. Filter sind was für Weicheier. Drehe den Tabak pur in Tabak, zünde alles an und lass es im Mundraum schwelen. Ich bin true, meine inneren Organe sind true.

Beschließe, ein bisschen dem Meister zu huldigen. Der satanische Schrein ist im Wohnzimmer, neben dem Fernseher. Der

* Schwarz-weiße Kriegsbemalung, die den Träger meist wie die Mischung aus einem lebenden Leichnam und einem Panda-Bären auf Ketamin aussehen lässt. Falls man aus Versehen mal lächelt, fällt das mit Corpsepaint nicht auf.

Schrein ist true. War auch gar nicht teuer. Sonderangebot. Beginne die schwarze Messe und merke, dass Schweineblut alle ist. Mist. Schreibe es auf den Einkaufszettel. Rotwein geht auch. Rotwein ist aber auch alle. War ein langer Abend gestern. Verwende Kirschsaft. Kirschsaft ist lecker. Satanische Eingebungen bleiben aus. Mache eine neue CD an. Wie Band heißt, weiß ich nicht, irgendwas langes mit vielen X und Y und keinem einzigen Vokal. Das ist true. Ich bin true.

Gehe ins Bad und lege neues Corpsepaint auf, aber nur ganz dezent. Danach mache ich mich für die Arbeit fertig, lege die blutverschmierte Schlachterschürze an und nehme das Hackebeil zur Hand und klemme mir einen Rucksack unter den Arm.

In der Linie 4 gucken mich wieder alle dumm an, das ist gut. Ich bin true und ich hasse sie alle hingebungsvoll an.

Am Schlachthof steige ich aus, winke der Bahn noch mit meinem Beil nach. Dann schlage ich mich in die Büsche, stopfe Beil und Schürze in den Rucksack, zupfe meinen Anzug zurecht, mache mein Gesicht sauber, lege die Krawatte an und fünfzehn Minuten später stehe ich hinter meinem Schaltertresen und frage Frau Watteschneck, wie sie sich ihre Altersvorsorge vorgestellt hat und ob es ihrem liebreizenden Mops Rainer wieder besser geht.

Da muss man durch, ich bin trotzdem true. Heimlich hasse ich Frau Watteschneck natürlich beim Rausgehen hinterher und beschließe, Mops Rainer demnächst mal kräftig durchzuopfern.

Gefühlte sechshundertsechsundsechzig Stunden später bin ich wieder frei. Hinter einem Gebüsch ziehe ich mich wieder um. Dabei guckt mir eine schwarze Katze zu.

Ich sag: »Heil Satan, schwarze Katze«, aber sie versteht mich wohl nicht. Auch schon von der christlich-bürgerlichen Gesellschaft indoktriniert.

Zu Hause mache ich mir was zu essen. Ein schönes blutiges Steak mit Mettbeilage. Dazu höre ich mir das Demotape einer nord-norwegischen Band aus dem Nordosten Norwegens an.

Entweder mein Tapedeck ist kaputt oder die Band ist voll true. Entscheide mich für Letzteres, bin schließlich selbst true.

Als Nachtisch gibt es selbstgemachte Weißweinmousse. Mag ich. Bin trotzdem true und opfere Satan sicherheitshalber einen Löffel voll.

Muss los. Ich treffe mich mit meinen Kumpels. Na ja, was man so »Kumpels« nennt. Wir sind eher eine Zweckgemeinschaft, nichts weiter. Misanthropie ist halt in der Gruppe lustiger. Auch wenn man alle außer sich selbst hingebungsvoll anhasst, ist es doof, alleine loszuziehen. Außer mir sind noch da: Necrobutcher, Slayer of Innocent Virgins, Killcommander, Noctus, Misantrophic Hellchild und Markus. Markus hat keinen Kampfnamen, weil er als Pfleger bei der Diakonie arbeitet und die dürfen so was nicht mitkriegen, da muss man auch Verständnis für haben. Zur Begrüßung schlagen wir unsere Armstulpen aneinander und grunzen. Dann versuchen wir, die verhakten Killernieten wieder voneinander zu lösen.

Slayer of Innocent Virgins hat Met und Kekse mitgebracht, sehr lecker.

Wir gehen auf ein Konzert. Wie die Band heißt, weiß keiner, weil keiner den Schriftzug auf dem Plakat entziffern konnte. Das ist true. Ich bin auch true.

Wir begeben uns auf unsere Plätze in einer dunklen Ecke, verschränken die Arme und stehen rum. Die Band fängt an. Der Sound klingt wie aus einem Blecheimer, eine Lightshow oder Ansagen gibt's nicht und bewegen tun sich die drei auf der Bühne auch nicht. Die sind gut!

Vor der Bühne moshen sich ein paar Leute, als gäb's kein Morgen. Was für Poser!

Meine Armbeugen fangen an zu schwitzen, egal. Nichts anmerken lassen, ich bin true. Muss mal wieder das angepisste Rumstehen trainieren.

Neben mir steht ein ziemlich heißes Mädel.

Ich brüll sie an: »EYY!«

Sie faucht: »Verpiss dich oder ich reiß dir deine bepissten Scheißgedärme raus!«

Wir tauschen unsere Telefonnummern aus und verabreden uns fürs Wochenende.

Mit den Worten »Wir hassen euch alle!« verlässt die Band nach zwanzig Minuten den Saal. Frenetisches Kopfnicken unsererseits.

Wir stöbern noch ein bisschen am Merchandise-Stand herum. Die Band hat keine Tapes, aber dafür selbstgebrannte CDs dabei. »Scheiß Kommerz!«, brüllen wir die kleine Frau hinter dem Tapeziertisch an. So geht's ja nu echt nicht.

Gut, dass wenigstens wir noch true sind.

Bin müde. Zu Hause noch schnell ein bisschen Satan gepriesen, dann gehe ich ins Bett.

Mist, ich hab schon wieder vergessen, mich abzuschminken.

Egal. Hauptsache, true.

8.

# Baggern am See

Wir hängen rum und gucken Rocky-Filme in der falschen Reihenfolge.

Lara sorgt diesmal fürs Bier, aber hocken tun wir bei mir, da ist einfach mehr Platz, vor allem, seit es Lara geschafft hat, in ihrer kleinen Klitsche mittels geschickter Regalpositionierung, einiger Tücher und zweier Rigips-Platten eine Dixi-Klo-große Dunkelkammer einzurichten, in der sie Schwarzweiß-Fotos entwickeln kann. Das muss man ihr lassen, sie hängt sich in diese Fotogeschichte ordentlich rein. Inzwischen stehen andauernd irgendwelche Gothicmädels bei ihr Schlange, um sich blutbeschmiert oder in Unterwäsche auf Grabsteinen oder lasziv rauchend oder lasziv rauchend auf blutbeschmierten Grabsteinen ablichten zu lassen.

Wir haben schon zwei *Rocky*-Filme durch und es ist gerade mal vier Uhr nachmittags, aber wir hängen allesamt auf halb acht. Sonntage können furchtbar öde sein.

»Ich weiß nicht, wie es euch geht, aber ich hab keinen Bock mehr, hier zu verschimmeln«, nölt Lucy und wir murmeln Zustimmung.

»Meint ihr, man kann es wagen ...«, beginnt Matze und lässt das Unsagbare nicht ausgesprochen im Raum schweben.

»Du meinst ...«, fragt Sven nicht.

»Vielleicht ...«, antwortet Matze nicht.

»Ich wage es!«, verkündet Lucy und tatsächlich tut sie es. Sie nimmt wirklich und wahrhaftig die Fernbedienung in die Hand, sie zielt, sie zögert und sie nimmt sämtlichen Mut zusammen.

Und dann senkt sich ihr Daumen auf den roten Knopf.

Und der Fernseher geht aus, er geht wirklich aus.

Silvester Stallone verfällt in noch ausgiebigeres Schweigen und der Bildschirm wird schwarz und zeigt nur noch das Spiegelbild von sechs in Ehrfurcht erstarrten Langhaarigen.

»Wow«, sagt Lara verblüfft. »So fühlt sich das also an.«

Wir schauen auf das Anthrazit des ausgeschalteten Bildschirms.

Und schweigen.

Und schauen.

»Und nu?«, fragt Sven nicht ganz zu Unrecht.

Verdammt, das hätten wir vorher durchdenken sollen. Aber jetzt wieder einzuschalten, kommt nicht in Frage. Das würde bedeuten, Schwäche zu zeigen.

Um die leicht sakrale Atmosphäre ein wenig aufzubrechen, rolle ich auf meinem Bürostuhl zur Anlage und übergebe das Wort an *Angel Witch*.

Mit debilem Gesichtsausdruck und zitterndem Finger zeigt Lara auf mein Fenster. »Da. Hell. Böse.«

Sven spielt den Papa: »Das ist nicht böse, mein Kind, das ist die Sonne. Die macht, dass man Festivals veranstalten kann.«

»Wollen wir zum Baggersee rausfahren?«, fragt Lucy. »Wo man heute das erste Mal ohne Jacke raus kann in diesem Jahr?«

Sie hat recht, es ist Mitte April, aber trotzdem hat man das Gefühl, man könnte die Badehose einpacken. Der Sommer hat schon mal einen sehenswerten Trailer rausgehauen. Also erntet sie zustimmendes Gemurmel, aber ohne richtigen Enthusiasmus.

Sie seufzt. »Meine Mom ist auf Kur und hat mir ihren Wagen geliehen. Ich kann uns fahren!«

»Oh, na dann ...«

»Baggersee! Geile Idee.«

»Was machen wir dann noch hier?«

»Super Sache.«

»Ich muss noch an der Tanke vorbei!«

Lucy schüttelt den Kopf und grinst. Sie schnappt sich ihre Jacke. »Dann hol ich mal eben das Auto. Bis gleich.« Sie verschwindet.

Es kommt Leben in die Truppe, alle wühlen in ihren Hosentaschen nach regionaler Währung, die man zu einem völlig überhöhten Kurs an der einzigen geöffneten Tankstelle auf dem Weg, in Grillgut und Gerstensaft umtauschen könnte.

Mit deprimiertem Gesichtsausdruck zählt Sven sein Silbergeld, aber es vermehrt sich einfach nicht, egal, wie oft er es mit seinem Finger umrührt. »Ach, übrigens, Torben, ich krieg noch was von dir.«

Ich runzele die Stirn. »Ich dachte, Blasen wäre für lau.«

»Blödmann. Nein, ich hab für uns alle Karten fürs *Rock'n!* bestellt. Und die wollen Vorkasse, da hab ich schon mal überwiesen und bin jetzt blank.«

Mist, ich hatte ganz vergessen, dass ich ja zugesagt hatte, dieses Jahr bei dem Irrsinn mitzumachen. »Oh. Und was kriegst du von mir?«

»Hundertdreißig.«

»WAS? HUNDERTDREISSIG OCKEN?« Ich springe von meinem Stuhl auf.

Er zuckt mit den Schultern. »Parken und Zelten ist noch nicht mit drin.«

»ALTER! Ich wollte da nicht auftreten, ich will nur gucken. Ein-hun-dert-drei-ßig Euro, die ticken doch nicht ganz frisch. Kann man sich dafür eine Band aussuchen und mit nach Hause nehmen, oder was?«

»Alter ...«

»Oder kriegt man das ganze Wochenende Scotch für lau ausgeschenkt?«

»Alteeeer ...«

»Oder wird man als offizieller Sponsor mit auf die Plakate geschrieben?«

»Alter! Sitz!« Es knallt unter dem Tisch, weil Lemmy sich angesprochen fühlt. Ohne hinzuschauen, tätschelt Sven seinem Hund den Schädel und richtet mit Kopfschütteln seinen Blick auf mich. »Du bist so eine Drama-Queen, man glaubt es nicht.«

»Drama-Queen? Mann, hundertdreißig Euro …«

»… sind heutzutage völlig Usus. Komm mal runter. Du kannst mir auch erst mal die Hälfte geben. Mach dir nicht ins Hemd.«

Ich komme langsam wieder runter und setze mich. »Ich mach mir nicht ins Hemd. Ich finde so einen Preis für ein bisschen Kuhwiesenkrawall nur völlig übertrieben, das ist alles.«

»Tja, so sind die Zeiten eben«, sagt Katharina, die gerade eine Tasse Kaffee auf ihrem Babybauch balanciert.

»Schlechte Zeiten«, motze ich noch, aber ich habe auch keine Lust, mich weiter aufzuregen. Einmal werde ich das wohl überleben und wenn man bedenkt, dass ich fast das ganze Jahr über Gästelistenplätze schnorre, rechnet sich das schon wieder. Irgendwie.

»Wir müssen halt mit unserem eigenen Festival die dicke Kohle machen«, sagt Sven und lacht sich einen.

Ich schnaufe. »Tolles Festival. Fünf Bands im *Loch*.«

»Sechs Bands.«

»Wie, sechs Bands?«

Sven wühlt unter dem Tisch nach seinen Schuhen, die Lemmy als Kauknochen missbraucht, und tut so, als hätte er nichts von Bedeutung gesagt. »Na ja, mir hat noch eine Combo geschrieben, ob sie nicht auch auftreten könnte. *Migraine*. Sind ganz gut, klingen ein bisschen nach frühen *Scorpions*, nur härter. Ich hab gesagt, das geht in Ordnung. Die wollen nur Spritgeld und ’nen Fuffi haben, dann sind die zufrieden.«

»Aha, Spritgeld. Und woher kommen die?«

Er macht einen unschuldigen Gesichtsausdruck. »Aus Wien.«

»Was bitte?!« Ich kriege schlagartig Migräne.

Er zuckt mit den Schultern. »Das macht sich vielleicht ganz gut, wenn man nicht nur Bands aus der Nachbarschaft am Start hat.«

»Nur schade, dass unser eigentlich nicht vorhandenes Budget

jetzt schon völlig überzogen ist. Dann sollten wir uns mal mit der Werbung ranhalten. Wie sieht's denn mit Plakaten und Flyern aus?«

Matze sieht mich erstaunt an. »Ich dachte, da wolltest du dich drum kümmern?«

Katharina kichert leise. Meine Migräne wird schlimmer.

»Und ihr habt gesagt ich solle lieber das Booking machen, ihr erinnert euch?«

»Oh.« Matze sieht ehrlich verblüfft aus. »Stimmt ja.«

Ich gebe klein bei. »Schon okay, ich kümmere mich drum. Dann stehen wenigstens alle Bands drauf.« Ich werfe Sven einen giftigen Blick zu. »Alle sechs.«

Er klatscht in die Hände. »Klasse, Mann, du bist der Beste.«

»Ja, ja, du mich auch. Unter welchem Motto soll das Ding denn stehen?« Ich beuge mich über meinen Notizblock.

»DEATH FEAST!«, brüllen Sven und Lara.

Langsam richte ich mich auf und sehe die beiden an. »Euch ist schon klar, dass wir nicht eine einzige Death-Metal-Band an dem Abend dabei haben? Meint ihr nicht, dass da ein falscher Eindruck entsteht?«

Der begeisterte Ausdruck der beiden schmilzt ein Stück weit. »Oh. Ich hab das jetzt schon an die Presse rausgeschickt«, sagt Sven und Katharina lacht auf. In meinem Kopf errichtet gerade jemand mit schwerem Gerät ein Atommüllendlager.

Bevor ich komplett dem Wahnsinn anheimfalle, klingelt Lucy.

Während wir, gepresstem Dosenfleisch gleich, zum Baggersee rollen, habe ich die ganze Zeit das Gefühl, etwas Essenzielles vergessen zu haben.

Am See ploppen wir aus dem *Fiat Punto* und unsere Körper versuchen, sich an ihre ursprüngliche Form zu erinnern, und welche Gliedmaßen zu wem gehören. Der Parkplatz ist mit erfreulich wenigen Familienkutschen belegt, das ist schon mal ein gutes Zeichen. Es gab zwar mal den Plan, den Baggersee zu einem Erholungszentrum für genetische Zwangsgemeinschaften auszubauen, aber wie so oft ist der Kommune das Geld ausgegangen, sodass bis auf den Parkplatz und ein abgeflachtes Ufer nicht viel von den hehren Plänen umgesetzt wurde. Meistens treffen sich hier nur wir und ein paar andere Cliquen. Der Platz reicht, um sich aus dem Weg zu gehen.

Ich lasse Lemmy aus dem Schuhkarton, der sich Kofferraum nennt. Er guckt schwer beleidigt, weil er sich den Platz auch noch mit zwei Bierkästen teilen musste.

Während wir das kurze Stück durch den Kiefernbestand zu unserem favorisierten Strandabschnitt gehen, hören wir schon lautstarke Gespräche und eine dumpf klingende Version von *Six Feet Under*. Der Sänger grunzt vom kommenden Krieg. Irgendein Krieg kommt immer. Wenigstens darauf ist Verlass, denke ich und dann denke ich, dass ich ein ziemlicher Schwarzseher bin und das doch mal bleiben lassen sollte.

Wie zu erwarten, ist schon die gesamte Crew, die sich normalerweise im *Ruby* trifft, vor Ort. Einer hat seinen Opel durch die Dünen gekarrt und aus dem offenen Kofferraum dröhnt Death-Metal. Pelle steht neben dem Wagen, eine Hand leger auf dem Dach, die andere an der Bierdose. Er winkt uns zu und wir marschieren zu ihm hin. Während wir unser Bier im Schatten des Autos deponieren und unsere Decken ausbreiten, fällt mir auch wieder ein, was mir die ganze Fahrt im Hinterkopf rumorte: Ich habe tierischen Heuschnupfen. Und wir befinden uns in einem Meer aus Gräsern.

Na toll.

Meine Augen beginnen zu jucken und ganz weit hinten in meiner Nase fängt es fies zu kribbeln an. Ich bin begeistert. Zwei Tage Sonnenschein reichen, um die Außenwelt mit Pollen zu kontaminieren.

»Na, Alter, wie isses?«, begrüßt mich Pelle.

Ich blinzele ihn an und winke ab. »Na ja, geht so. Die Rache der Pollen schlägt zu.«

»Schöner Scheiß. Aber vielleicht kann ich dich aufmuntern. Deine letzte Kolumne kam echt gut an. So viel Resonanz hatten wir selten.«

Ich runzele die Stirn. »Echt?«

Er nickt, grinst und hält drei Finger hoch. »Drei Morddrohungen. Etwa ein Dutzend Leser will bei dir zu Hause vorbeikommen und dir aufs Maul hauen und einer will dir 'ne Kiste Bier ausgeben.«

»Wow«, sage ich. »Morddrohungen.«

Pelle nickt. »Zwei davon aus Thüringen. Nummer drei war komplett anonym, aber der Grammatik nach zu urteilen, muss das der Mister Mbutu sein, der einen sonst mit seinen Anlagetipps für nigerianische Eisdielenaktien zuspamt.«

Ich nehme mir ein Bier und wir stoßen an. »Auf den Ruhm!«

»Auf den Ruhm.«

»Mist.« Matze kommt an meine Seite und guckt deprimiert auf seinen kleinen Einweggrill von der Tankstelle, und dann rüber zu dem Grill, den die anderen angeschleppt haben, auf dem man problemlos ein Elefantenjunges rösten könnte. »Den Aluminiumschrott hätte ich mir wohl sparen können.«

Ich will lachen, stattdessen niese ich mir das Kleinhirn raus.

»Au weia«, kommentiert Pelle mein hemmungsloses Gerotze. Ich winke ab und vergrabe mich in mein Taschentuch, das innerhalb von zwei Minuten eine leicht matschige Konsistenz annimmt, und nehme Zellstoff Nummer zwo.

Ich rotze und trinke und rotze und hoffe, dass der Alkohol mich möglichst bald in einen Zustand versetzt, in dem mir mein allergener Zustand egal wird. Pelle reicht mir mit den Worten »Hier, Medizin« zwei Flaschen Kräuterbitter, die ich gleichzeitig runterkippe.

»Bist du ansteckend?«, fragt Katharina mitfühlend, während sie sich umständlich neben mich auf die Decke wälzt und ihren prallen Bauch im Schatten parkt.

»'ehr 'itzig ...«

»Hast du Heuschnupfen?«

»'a!«

»Armes Tuktuk.« Sie tätschelt meinen Kopf.

Ich grunze missbilligend. Interessanterweise merken sich die Leute jeden Mist. Vor allem, wenn man was angestellt hat, das einem peinlich ist, wird einem das noch im Rentenalter vorgehalten, aber irgendwie scheint sich keiner die Allergien merken zu können, die man mit sich herumschleppt. Na gut, ich hab sie ja selber vergessen. Aber trotzdem ...

Es dauert eine gute Stunde, zwei Packungen Taschentücher, weitere drei Kräuterbitter und vier oder fünf Bier, bis ich wieder einigermaßen brauchbar bin und nicht mehr den unwiderstehlichen Drang verspüre, mir mit einem Spachtel die Hornhaut vom Auge zu schälen. Ich schwanke zum Grill, um zu checken, ob noch was von dem Fleisch, das wir mitgebracht haben, da ist. Sven schiebt gerade Dienst und sortiert die letzten Würste immer wieder neu, ohne dass ein Sinn oder Muster erkennbar wären, aber er wirkt dabei sehr meditativ und beschäftigungstherapiert.

»Willste eins?«, fragt er.

Ich betrachte die Bratwürste, deren Färbungen zwischen fast schwarz und ganz schwarz tendieren, und nicke.

Schwarz ist gut.

Schwarz heißt knusprig.

Wahrscheinlich ist der Verzehr dieser Briketts so krebserregend, als würde man am Sarkophag von Tschernobyl lecken, aber das ist mir gerade herzlich egal. Dafür rauche ich nicht, das ist ein Ausgleich.

Sven schnappt sich auch noch ein Würstchen, die restlichen zwei werden an Lemmy verklappt.

»Und«, sagt Sven und zeigt dabei mit einer halben Wurst Richtung Lucy, die sich gerade ihre Füße in Baggerseewasser kühlt, »wann machst du dich endlich ran?«

»Immer langsam.« Ich hebe mein Bier. »Ich muss erst mal Betriebstemperatur erreichen.«

»Und wann wäre die erreicht?«

»Blödsinn. Ich will mich nur ein bisschen locker machen.« Er sieht an mir herab. »Meiner Meinung nach bist du schon mächtig locker. Locker genug, um zu schwanken zumindest.«

»Ich bin nicht besoffen.«

Er zieht eine Augenbraue hoch.

»... ein bisschen angenattert vielleicht ...«

Wir sagen nichts weiter und ich sehe zu Lucy rüber. Sie steht bis zu den Knöcheln im Wasser, unterhält sich mit Matze, der ebenfalls im Wasser steht, sich aber im Gegensatz zu ihr nicht die Mühe gemacht hat, seine Stiefel auszuziehen. Er muss irgendwas Komisches gesagt haben, weil sie laut lacht. Und es sieht schön aus, sie beugt sich ein wenig nach hinten und ihre langen Haare kommen voll zur Geltung und dann hebt sie ein bisschen verschämt die Hand vor den Mund, weil sie wohl denkt, es sähe dumm aus, wenn man ihre Zähne sehen könnte, was aber Blödsinn ist, weil sie zu den wenigen Frauen gehört, die selbst dann nicht beknackt aussehen, wenn sie auf Fotos grinsen, als würde ihnen jemand von hinten an der Kopfhaut ziehen. Es ist ein großartiges Lächeln.

»Kannst du mal damit aufhören?«, nölt mich Sven von der Seite an.

Ich bin verwirrt, weil ich nicht weiß, was er meint. »Womit aufhören?«

Er verdreht die Augen. »Du seufzt die ganze Zeit. Man kommt sich vor wie bei einem Rosamunde-Pilcher-Videoabend.«

»Oh. Sorry. Hab ich gar nicht gemerkt.«

Er schubst mich Richtung Lucy. »Du gehst da jetzt hin und redest Tacheles. Ansonsten kipp ich dir den Rest Grillkohle in die Buxe, um dich auf andere Gedanken zu bringen. Hauptsache, du nervst nicht mehr rum.«

»Ja, ja, schon gut.« Ich gebe auf und starre ihn finster an, dann schlendere ich rüber zur Kühlbox und nehme zwei Flaschen und schlendere zu Lucy, zumindest, wenn man unter ›schlendern‹ versteht, dass jemand möglichst langsam schleicht. Matze sieht mich nahen und verzieht sich wieder in Richtung Katharina, nicht ohne mir unnötig auffällig zuzuzwinkern. Blödmann.

Lucy hat es sich derweil im Gras, für mich auch bekannt unter dem Namen DAS BÖSE, bequem gemacht. Ich bin nicht richtig besoffen, aber zumindest kann ich mich zu ihr gesellen und mein Heuschnupfen ist mir egal, auch wenn ich im Minutentakt automatisch nach einem Taschentuch greife. Meine Hosentaschen sind bereits prall gefüllt mit matschigen Zellstoffbällen.

»Kola?«, frage ich sie und setze mich zu ihr.

Sie nickt dankbar und nimmt mir eine Flasche ab. Ich angle nach meinem Schlüsselbund, an dem ein Flaschenöffner hängt, und als ich ihn aus der Tasche ziehe, purzeln drei, vier sehr gebrauchte Taschentücher mit raus. Sehr sexy. Ich versuche, mir nichts anmerken zu lassen, und öffne unsere Flaschen. Wir trinken und schauen zu, wie die Sonne sich hinter die Baumkronen am gegenüberliegenden Ufer verdrückt, was zu allgemeinem Aufbruch bei den Jungfamilien dort sorgt. Noch ein halbes Stündchen und der See ist fest in unserer Hand und wir können mal gucken, wie laut die Anlage von so einem Opel eigentlich werden kann.

Ich trinke und schniefe.

»Geht's mit deinem Heuschnupfen?«, fragt Lucy.

Ich nicke und wedele mit meiner Bierflasche. »Schon in Ordnung. Hab Medizin genommen.« Ich grinse doof, aber sie bleibt ernst.

»Hase, du solltest echt nicht immer so viel trinken.«

»Ich kann auch mit Alkohol Spaß haben.«

»Ha. Ha.«

»Und nenn mich nicht Hase.«

»Okay, Hase.«

»Sehr witzig.«

»Ich weiß.« Sie schubst mich und ich protestiere lustlos. Wir schweigen eine Weile. Hinter uns wird die Party lauter, auch wenn ein paar sich wieder auf den Weg machen. Irgendjemand hat Holz gesammelt und macht ein Feuer.

»Jetzt mal echt«, sagt Lucy. »Seit einiger Zeit säufst du immer, als müsstest du die Stechuhr bedienen. Ich meine, wir sind gerade mal eine Stunde hier und du hast schon wie viel intus?«

»'n Sixpack ...«

»Plus ein paar Kurze. Wann habe ich dich das letzte Mal auf einer Party ohne eine Flasche in der Hand gesehen?«

»Ach, komm ...«

»Das ist echt nicht mehr schön.«

Ich werde patzig: »Und? Was kümmert's dich? Ist doch wohl meine Sache, was ich saufe und was nicht. Mir macht das halt Spaß.«

»Großartiger Spaß. Fast jedes Mal kommst du scheiße drauf und lässt es dann an mir aus. Da hab ich keine Nerven mehr für.«

»Dann lass es halt. Du kannst ja zu deinem Scheißbadmintonpenner gehen und dich von ihm ficken lassen!«

»Jetzt mach mal halblang, du Arsch! Erstens ist Jan völlig in Ordnung, es gibt überhaupt keinen Grund, ihn zu beleidigen. Und zweitens weißt du haargenau, dass wir nicht mehr zusammen sind. Ich kenne doch den Flurfunk.«

»Wenn er so in Ordnung ist, warum hast du ihn dann abserviert?«

»Ich hab ihn nicht abserviert, es hat einfach nicht funktioniert. Ich dachte, das würde dich freuen.« Sie versucht, mir in die Augen zu schauen, aber ich weiche ihrem Blick aus.

»Mir doch scheißegal«, lüge ich. Was meint sie denn damit?

Sie schnauft verächtlich. »Gott, du bist so ein blöder Wichser. Warum bin ich eigentlich mit dir befreundet, kannst mir das mal erklären?«

Ich zeige hinter uns. »Es steht dir völlig frei abzuhauen!« Ich bin auf hundertachtzig und versuche mir gleichzeitig nichts anmerken zu lassen, und ich weiß, dass es keinen Sinn hat, weil Lucy mich viel zu gut kennt, und ich habe das dringende Bedürfnis, irgendwas kaputtzumachen. Ich nehme meine Flasche und knalle sie mit voller Wucht auf einen Stein neben mir. Das Glas zerbirst und im selben Moment weiß ich, dass das eine völlige Scheißidee war. Drei Scherben stecken in meinem Handteller. Ich zupfe sie raus und sofort ist meine ganze Hand mit Blut versaut.

»Scheiße!«, lalle ich und blute wie ein Schwein.

»Herrgott noch mal!«, brüllt Lucy und einige Köpfe drehen sich zu uns um, hier und da unterbricht peinlich berührtes Schweigen Gespräche. »Was ist eigentlich dein verdammtes Problem?«, fragt sie und funkelt mich wütend an.

Ich sehe sie an.

*Liebe Lucy,*

*es ist schon ein Witz, wenn man bedenkt, wie wir zwei uns eigentlich kennengelernt haben. Wir waren etwa zwölf Jahre alt und sind in dieselbe Klasse gegangen und haben eigentlich nie großartig miteinander geredet. Zumindest, bis ich mich »unsterblich« in deine beste Freundin Sandra verguckt habe. Erinnerst du dich noch an Sandra und was für eine beschissene Zimtzicke aus der geworden ist?*

*Aber damals war sie das hübscheste Mädchen in der Klasse und natürlich habe ich mich nicht getraut, sie mal anzusprechen. Deswegen stand ich eines Nachmittags vor deiner Tür. Ich wollte dich nach ihr ausfragen, was sie denn so mag und wie ich sie anquatschen könnte. Du warst überrascht und vermutlich auch ein bisschen genervt von diesem pickligen Deppen, der nur bei dir aufgetaucht war, weil er auf deine Freundin scharf war und sich eigentlich einen Scheiß für dich interessiert hat.*

*Ich weiß bis heute nicht, warum, aber anstatt mir die Tür vor der Nase zuzuknallen, wie es eine richtige und vor allem vernünftige Entscheidung gewesen wäre, hast du mich reingebeten. Wir sind dann auf dein Zimmer gegangen, eine Zehn-Quadratmeter-Mischung aus Rest-Barbie, Fichte-Dekor, Pferdezeugs, denn du bist damals noch geritten, und zweier Poster von* Kiss *und* Mötley Crüe *und da war ich dann doch angemessen beeindruckt. Auch wenn ich selber keine Ahnung von* Crüe *hatte, die geschminkte Millionen-Dollar-Presse* Kiss *hatte mir mein Onkel nahe gebracht. Und von da ab hatten wir ein gemeinsames Thema, statt über Sandra haben wir über Musik geredet und Tapes und Platten gehört und du warst nicht mal sauer, dass ich mich drüber lustig gemacht habe, dass du noch keinen eigenen CD-Player hattest.*

*An diesem Nachmittag war mir bewusst geworden, dass man mit Mädchen noch mehr anstellen konnte, als bei ihnen Hausaufgaben abzuschreiben oder sie wahlweise anzubaggern oder zu verkloppen.*

*Wir haben uns von da an fast jeden Tag nach der Schule gesehen. Oft musstest du dir mein Geheule anhören, dass Sandra mich nicht liebt und ich einsam und verlassen sterben würde, was aber auch nicht mehr allzu lange hin wäre, weil ich ja ganz doll schrecklich selbstmordgefährdet war. Sven hat schon recht, ich bin manchmal eine Drama-Queen, aber damals war ich der Drama-PAPST! Aber wenn ich dir nicht die Ohren vollgeflennt habe, konnten wir mächtig Spaß miteinander haben. Wir sind andauernd ins neue Hallenbad gefahren, wo wir den Altnazi-Bademeister in den Wahnsinn getrieben haben, wir haben jede Woche eine neue großartige Band kennengelernt und stundenlang über jeden Mist gequatscht, zusammen geübt, wie man richtig headbangt, damit es auch gut aussieht und die Haare richtig fliegen, wir haben unsere ersten Konzerte und Partys zusammen erlebt, die anderen, Sven, Matze und Katharina, sind dazugestoßen und später noch Lara und wenn die Kirmes in town war, haben wir uns nachmittags beim Kettenkarussell-Pogo die Knochen poliert und der Betreiber hat* AC/DC *gespielt und sich über uns Bekloppte gefreut, weil sonst an seinem Langweilergefährt nichts los war. Und dann habe ich gemerkt, dass Sandra eine dämliche Kuh war, und habe mich umgehend neu verliebt, meistens einmal wöchentlich, und habe dir damit stets die Ohren vollgeheult.*

*Und irgendwie sind wir währenddessen erwachsen geworden und plötzlich hatte ich meine erste Freundin. Plötzlich hatten wir unseren Schulabschluss in der Tasche und dann kamen die ersten Wochen, in denen wir uns selten oder gar nicht gesehen haben, und irgendwann waren es Monate.*

*Ich bin sehr froh, dass wir dann irgendwann doch noch die Kurve gekriegt haben. Ich glaube, das war, als die Metalparty im* Ruby *startete. Ab da hingen wir alle wieder öfter gemeinsam ab und kurz danach hat 08/15 das* Loch *aufgemacht und wir hatten einen Treffpunkt. Dann war wieder alles in Butter und wie früher, nur dass wir irgendwie entspannter waren.*

*Ich hab dir immer noch in den Ohren gelegen. Nur wollte ich mich nicht mehr andauernd vor den Zug schmeißen. Aber im Großen und Ganzen war ich immer noch fest davon überzeugt, einsam und alleine zu sterben. Aber bis es so weit wäre, hatte ich reichlich Geschlechtsverkehr mit häufig wechselnden Geschlechtspartnerinnen.*

*Es war eine gute Zeit, wir haben viele Nächte durchgemacht. Es gab eigentlich keine Verschnaufpausen und als die dann doch irgendwann kamen, machte ich einen Fehler: Ich begann nachzudenken.*

*Das sollte man nicht tun, weil es einem wirklich den Tag versauen kann.*

*Mir ist nämlich aufgefallen, dass ich die ganze Zeit zwischen den Beinen und in den Mundhöhlen mir kaum bekannter Frauen nach etwas gesucht hatte, das direkt vor meiner Nase war.*

*Etwas, das ich nicht missen möchte, etwas, das mich runterholt, wenn ich einen Höhenflug habe, was mir aufhilft, wenn ich am Boden bin, das für mich da ist, wenn ich es brauche, und mich in Ruhe lässt, wenn ich allein sein möchte, das mich auf so nette Art beleidigen kann, dass es wie ein Kompliment klingt, und mich mit einem einzigen Blick vor Scham in den Erdboden versenken kann, wenn ich mal wieder Mist gebaut habe.*

*Du.*

*Meine Lucy.*

*Und seither möchte ich der Frau, der ich alles sagen kann und der ich schon alles gesagt habe, etwas ganz Simples zuflüstern und es macht mich fertig, dass ich zu blöd bin, es auszusprechen. Stattdessen benehme ich mich wie der letzte Arsch.*

*Ich liebe dich, Lucy.*

*Wir gehören zusammen, das weiß ich jetzt und ich fürchte mal, du ahnst es schon sehr viel länger, schließlich bist du deutlich klüger als ich.*

*Das ist alles, mehr möchte ich dir nicht sagen, nur dieses eine. Dass ich dich liebe.*

*Das war doch ganz einfach, findest du nicht?*

*In Liebe,*
*dein Torben*

»Ach, nix«, sage ich und wickle ein Taschentuch um meine Hand. Ich klaue Lucys Bier und trinke hastig einen Schluck, der zum großen Teil auf meinem Shirt und in meinem Schritt landet. »Ich bin halt nur scheiße drauf.«

Lucy steht auf und klopft sich Gras vom Hintern. »Dann lass es das nächstes Mal an jemand anders aus. Ich hab davon die Schnauze gestrichen voll.«

»Ja, ja. Sorry.«

Sie schnauft verächtlich und stapft davon. Ich schmeiße wütend den Rest der Flasche ins Wasser und lasse mich ins Gras fallen.

Vollidiot, ich!

Sven steht über mir, sieht auf mich herab und schüttelt den Kopf. Bevor er wieder verschwindet, sagt er nur: »Vollidiot, du!«

Wenigstens sind wir uns einig.

***

Mein Handy vibriert und wandert brummend über den Couchtisch. Kein Klingelton heißt bei mir, keiner von der Truppe, und keiner von der Truppe heißt, keine Lust ranzugehen.

Aber wer auch immer anruft, gibt nicht so schnell klein bei. Das Taschentelefon scheint gewillt, die Tischplatte abzuschleifen, also nehme ich den Anruf dann doch an.

»Ja?«

»Hi Torben, hier ist Frankie!«

»Ah, hi. Was gibt's denn?«

»Ich ruf an wegen dem Konzert im *Loch*.«

»Aha,« sage ich gedehnt und ahne nichts Gutes. Andererseits wären wir mit einer Absage wieder bei den geplanten fünf Bands.

»Es gibt da eine kleine Änderung. Nichts Großartiges.«

»So so ...«

»Ja, wir haben einen neuen Drummer und unser Bassist liegt mit Lebensmittelvergiftung im Krankenhaus. Aber wir haben schon einen Ersatz.«

»Na dann ist gut.« Warum erzählt er mir das?

»Und da wäre noch was ...«

Jetzt kommt's.

»Wir haben uns, na ja, umbenannt.«

Ich mag Frankie wirklich, aber so was nervt und ich kann mir eine gewisse Pampigkeit nicht sparen: »Na toffte. Dir ist aber schon klar, dass überall Plakate rumhängen, auf denen euer alter Name steht? Wieso macht ihr so einen Quatsch?«

»Na ja, der Name passte nicht mehr so. Wir gehen jetzt in Richtung New Wave of british Heavy Metal.«

»Aha.« Ich fange an, mich zu wiederholen. »Habt ihr denn genug Songs beisammen?«

»Ja ja, das geht in Ordnung. Wir haben ein paar Coverversionen, das passt schon.«

»Na dann ...«

»Jau. Das wird geil, versprochen. Bis denne!«

»Okay. Bis dann.«

Ich lege auf und das Handy zurück. Kaum habe ich mich umgedreht, brummt es schon wieder los, diesmal spielt es »Ride the Lightning«, also ist es Matze.

»Hi Matze, was geht?«

»Ganz gut. Sag mal, hast du heute Abend was vor?«

»Nicht wirklich. Wieso?«

»Hast du Bock, mir beim Plakatekleben zu helfen?«

»Wie bitte?«

»Ja, ich wollte heute Abend rumgehen und die Plakate fürs Konzert aufhängen und alleine macht das keinen Spaß.« Ich glaube, ich krieg eine monströse Migräne. »Du weißt, dass das Konzert in acht Tagen ist? Die Scheißplakate sollten schon vor zwei Wochen hängen.«

»Jaa ...«

»Aber?«

»Ich hatte so viel zu tun. Und Katharina hat mich auch gebraucht, die tendiert mal wieder Richtung unerträglich.«

»Na großartig. Meinetwegen, hol mich um sieben ab. Ansonsten können wir die Dinger gleich in die Tonne treten.«

»Mach ich. Nicht sauer sein, ich geb einen aus. Ciao.«

»Tschö.«

Auflegen, hinlegen, wieder brummt es. Diesmal muss es 08/15 sein, denn es läuft »Whiskey in the Jar«.

Leicht genervt bekomme ich Lust, ihn ein bisschen zu ärgern. »Hallo Jochen!«, begrüße ich ihn schwungvoll, bevor er etwas sagen kann, und bekomme irritiertes Schweigen als Antwort. Er weiß wahrscheinlich selbst nicht, wann ihn das letzte Mal jemand bei seinem Vornamen genannt hat.

»Äh, ja, Hallo. Torben.«

Ich hab es anscheinend geschafft, ihn zu verwirren, und sehe keinen Grund, damit aufzuhören. »Es gibt ein Problem mit dem Konzert, hab ich recht?«

»Öhm, ja. Woher weißt du das?« Er klingt sehr beeindruckt.

»Ach, nur so ’ne Ahnung. Was ist denn?«

»Na ja, ich krieg normalerweise die Anlage von Red & Blue Wire, aber die sind schon total ausgebucht.«

»Oha!«

»Ja. Ich hab momentan leider ’ne Menge um die Ohren, weil zwei Theken gekündigt haben. Könntest du dich darum kümmern?«

Ich seufze. »Ja, kriegen wir hin.« Wir? Wer ist wir? Bis jetzt habe ich das meiste alleine gestemmt und ich befürchte, dass ich beim Konzert auch alles in Personalunion erledigen werde.

»Super. Dann bis die Tage.«

»Ja, ja.«

Er legt auf und bevor es wieder losbrummen kann, mache ich das Handy lieber ganz aus und dafür *Sacred Steel* auf voller Lautstärke an. Speed Metal kann sehr entspannend sein, wenn man gerade das dringende Bedürfnis hat, auf sein Telefon zu schießen.

# JUNGSMUSIK

## BACKPRINT? AM ARSCH!

»Spießer« ist ein Wort, das eigentlich keiner mehr benutzt. Es ist eine sich selbst erfüllende Prophezeiung geworden, denn »Spießer« zu sagen, klingt inzwischen, nun ja, *spießig*. Das hört sich nach Alt-Achtundsechziger an und Siebzigerjahre-Jugendzimmer, es dünstet nach gammeligem Flokati und Currypulverjoints, die im verzweifelten Versuch, eine wilde Jugend zu erleben, mit tränenden Augen runtergeraucht wurden. Laut aussprechen tut es kaum noch jemand, und falls doch, muss er sich den Vorwurf des ewig Gestrigen gefallen lassen.

»Spießer« zu denken, ist allerdings noch legitim. Ein willkommener Anlass ist die Sammelwut des Vorortbewohners, der sich Refugium und Garten gerne mit einer unglaublichen Menge unglaublicher hässlicher Dinge vollstellt und das in seiner phasenverschobenen Weltsicht auch noch irgendwie schick findet. Vielleicht ist es auch nur Gehässigkeit gegenüber den Mitmenschen, denen er den Anblick von Gartenzwergen mit leuchtendem »Vorsicht-vor-dem-Hund«-Schild, spiegelnden rosa Kugeln auf Holzstangen, ins Fenster gehängten Schaukel-Harlekinen und immer wieder Porzellankatzen und -puppen zumutet und Augenkrebs züchtet.

Und dann steht man da, langhaarig, wie man ist, und denkt sich, dass man ja doch eindeutig cooler ist und sich nicht von Baumärkten und Hobbytheken zum Kauf solcher ästhetischen Vollentgleisungen verleiten lässt.

Denkt man.

Und irrt sich kräftig.

Denn auch und gerade der durchschnittliche Metalhead lässt sich so ziemlich jeden Scheiß andrehen.

Seit aus den selbstkopierten ersten Versuchen vierfarbige,

daumendicke Merchandise-Kataloge geworden sind, hat sich die Menge vollkommen sinnfreier Sekundär-Kinkerlitzchen um ein geschätzt Drölfzigfaches vervielfältigt. Babyklamotten, Untersetzer, Kartenspiele, Tangas, alles, was man irgendwie mit einem *Slayer-* oder *Iron-Maiden*-Logo bedrucken kann, wird auch damit bedruckt, und der willige Fan ist sich natürlich vollkommen bewusst, dass er ohne den *Kiss*-Toaster, der einem die Schminkefressen ins morgendliche Weißbrot brennt, nicht mehr leben kann und erst recht nicht mehr »dazu gehört«.

Ebenfalls einer absurden Beliebtheit erfreut sich seit einiger Zeit das Habenmüssen hanebüchener limitierter Editionen. Da wird das Billy-Regal mit einer Scheiße vollgemüllt, die man sich im Leben sonst nicht zulegen würde, weil man es einerseits nicht braucht und es andererseits meist von erschütternder Hässlichkeit ist, die so manches üble, buntstiftgemalte Plattencover der Achtziger wie einen Van Gogh wirken lassen. Da lässt sich der Kuttenmetaller, dessen Küche mit Flaschenöffner, Pommesgabel, Zapfanlage und Steakmesser normalerweise hinreichend ausgestattet ist, von einer holländischen Thrash-Metal-Band einbläuen, alles, was ihm zum Glück fehlt, sei ein truer Käsehobel. Eine recht bekannte Black-Metal-Band fand es hingegen nicht weiter albern, ihre kriegslüsternen Absichten mittels einer Spielzeug-Handgranate zu verdeutlichen, wie man sie vermutlich deutlich billiger bei Toys 'R' Us bekommt. Von Plastiksärgen, -pyramiden und Minigitarren will ich jetzt gar nicht anfangen.

Ja, der Metaller neigt zu Kitsch und Sammelwut.

Aber das überflüssigste Utensil ist gleichzeitig das am häufigsten anzutreffende: das Heavy-Metal-Shirt mit Rückenaufdruck.

HALLO!?

Im Idealfall hat der Träger des Baumwollwerbebanners lange Haare. Eine Matte. Bis zum Arsch, wenn möglich. Man sieht nix von dem, was da drauf steht! Völlig überflüssig! Der einzige legitime Rückenaufdruck wäre in meinen Augen: »Wenn du das lesen kannst, sind meine Haare zu kurz.«

9.

# Live! Tonight! ~~Sold out!~~

Ich würde ja gerne sagen, dass es regnet.

Ich würde auch gerne sagen, es wäre windig.

Aber dann müsste ich auch sagen, ein Konzert von *Motörhead* wäre nur ein kleines bisschen laut.

Es regnet nicht einfach, es ist nicht nur windig, es ist einer dieser Tage, nach denen die Zeitungen voll sind mit Prophezeiungen über das klimakatastrophale Ende der Welt. Es stürmt und schüttet und dabei ist es auch noch fies kalt. Es sieht so gar nicht nach Ende Mai aus.

Heute ist das Konzert im *Loch*. Als ich zu Hause aufgebrochen bin, sah es zwar nach Regen aus, aber nicht nach dem letzten Kapitel der Offenbarung des Johannes. Jetzt hat man den Eindruck, Roland Emmerich wäre für die Spezialeffekte zuständig. 08/15 musste sogar schon einen ganzen Haufen Putzlappen vor den Eingang stopfen. Ich starre auf die vollgesogenen Lappen, höre dem Rauschen der Wasserfälle und dem Tosen des Sturms dort draußen zu und frage mich, wer so bekloppt ist, bei diesem Wetter vor die Tür zu gehen.

Es sind noch zwei Stunden bis zum Einlass und mein Tipp ist: keiner.

Mein Handy klingelt zum gefühlt hundertsten Mal heute und bisher hielt sich die Quote der guten Nachrichten in Grenzen. Zuerst musste ich die Anlage abholen und alleine aufbauen, weil Sven völlig überraschend noch arbeiten musste, dann kamen

Lara und Lucy, um das Catering vorzubereiten, und hatten nicht bedacht, dass man dafür vorher Nahrungsmittel im nahegelegenen Einzelhandel erwerben sollte. Dann kamen alle Bands bisher zu spät und ich vermute mal, dass unsere Ehrengäste aus Österreich am anderen Ende der Leitung sind, die auch der Grund dafür sind, dass die Bühne noch sehr leer aussieht. Bisher steht nur das Equipment für die Gitarren und die Gesangsanlage und Lemmy liegt auf dem Drumriser und schläft.

»Ja, hier Torben.«

»Ah! Servus!«, brüllt es mir aus dem Telefon entgegen. »Hier Mark von *Migraine.*« Treffer.

»Hallo Mark. Wo bleibt ihr? Wir sind hier schon beim Soundcheck.«

»Ähm, na ja, es gibt da ein kleines Problem. Wir sind jetzt in der Nähe von München.« Treffer, versenkt.

»Was bitte?«

»Ja, äh, sorry, wir kommen nicht. Uns ist einer in den Bulli gefahren.«

Und, Zack, da ist er wieder, der gute alte Kumpel Kopfschmerz, treuer Wegbegleiter und Stammgast. Ich möchte eigentlich jetzt gerne rummotzen und harsche Kritik an österreichischen Fahrgewohnheiten üben, aber ich beiße mir auf die Zunge und gebe stattdessen der Höflichkeit den Vorzug: »Aber mit euch ist alles in Ordnung?«

»Ja ja, uns ist nix passiert, aber die Kofferraumklappe ist im Arsch, die kriegen wir nicht mehr zu. So können wir nicht weiter, sorry.«

»Ja, kein Thema. Seht nur zu, das ihr heile wieder nach Hause kommt.«

»Ha ha, klar, machen wir. Schade, dass es nichts wird mit dem Gig. Wir holen das mal nach, okay?«

»Ja, logo, machen wir.« Nein, machen wir nicht.

»Ciao.«

»Tschö.«

Ich lege auf und fluche konsonantenreich vor mich hin. Sven kommt an meine Seite. »Was ist los?«

Ich wedele mit dem Handy. »Deine Spezis aus Wien haben auf der Autobahn 'nen Satz gebaut und können nicht kommen.«

»Oh«, sagt er und runzelt die Stirn. Dann winkt er ab. »Ist vielleicht besser so. Bei dem Wetter kriegen wir die Hütte eh nicht voll, dann sparen wir uns zumindest deren Spritgeld.«

»Du bist lustig«, meckere ich. »Die wollten den Bassverstärker und das Drumkit mitbringen, du Pfeife!«

»Oh.«

Wir betreten den kleinen Kellerraum, der mit Sofas, einem Tisch, drei Kisten Bier bislang, einem kleinen angelaufenen Spiegel und geschätzt vier Billionen Eddingtags und Aufklebern ausgestattet ist. 08/15 erteilt den wartenden Musikern Nachhilfe in Rockgeschichte und gibt Dönekes aus seiner Roadie-Zeit zum Besten.

»Wir haben ein Problem«, sage ich und stoße auf eher geringes Interesse. »*Migraine* kommen nicht. Wir haben also kein Schlagzeug und keinen Amp für die Tieftöner.«

An jedem anderen Abend wäre die Reaktion wohl heftiger ausgefallen, aber hier und heute haben die meisten den Abend schon zu den Akten gelegt und sich auf die Vernichtung des Backstagebieres verlegt.

»Und jetzt?«, fragt einer in die Runde. »Ohne Drums können wir's ja wohl vergessen.«

»Und ohne Bass!«, wirft ein anderer ein, anscheinend Bassist.

»Ja, klar«, kommt es aus einer Sofaecke und alle lachen.

08/15 schaut mich an. »Vor einer Weile hat hier mal 'ne Jazzband geprobt. Die sind irgendwann nicht mehr aufgetaucht, aber ihr Drumkit ist noch hier.« Er wirft mir einen Schlüssel zu. »Hinten im Lager. Vielleicht könnt ihr das benutzen.«

Immerhin, ein Lichtblick. Ich gebe Sven den Wink, mir zu folgen. Wir gehen durch einen langen Flur und öffnen die Tür zum Lager. Ich schalte das Licht an, das seinem Namen nur bedingt gerecht wird. In in einer Ecke sehen wir tatsächlich ein Schlagzeug stehen.

Sven und ich schauen uns an.

Wir schauen das Schlagzeug an.

Wir schauen uns an.

»Alter, das ist so was von *Spinal Tap*!«, sagt er.

Ich nicke. »Mehr *Spinal Tap* geht eigentlich nicht mehr.«

Wir schließen die Tür wieder und gehen zurück.

»Und?«, fragt 08/15 erwartungsvoll, als wir wieder ins Backstage treten. »Ist das Ding in Ordnung?«

»Alter«, ächze ich. »Das ist ein Kinderschlagzeug!«

Ein paar fangen an, laut zu lachen. Wenigstens die haben ihren Spaß.

Er zuckt mit den Schultern. »Drums sind Drums, das passt schon irgendwie.«

»Ja klar. Und dich setzen wir demnächst auf ein *Bobbycar*, das rollt schließlich auch.«

Hinter mir höre ich Sven, der ein sehr seltsames Geräusch mit seinen Nasennebenhöhlen macht.

»Also bitte«, gibt sich 08/15 nur geringfügig beleidigt. »Kein Grund, auf Minderheiten einzudreschen.«

»Auf Bassisten zum Beispiel«, ruft einer der Mucker.

»Witzig, witzig«, sagt ein anderer, der es nicht witzig findet, und allgemeines, bereits sehr alkoholgeschwängertes Gelächter und Geläster beginnt.

Ich schaue und höre es mir eine Weile an, bevor ich mit lautem Pfeifen, das ich vorher extra geübt habe, den Trubel unterbreche. Alle Blicke richten sich auf mich.

»Das Problem bleibt: Wir brauchen ein Drumkit.«

Einer schnauft, er gehört zu Frankies Band. »Meinetwegen können wir unseres aus dem Proberaum holen. Ich hoffe nur, dass die Felle beim Verladen nicht nass werden. Das wär echt scheiße.«

»Dann legst du halt Folie drüber«, schlägt Sven vor.

»Oh. Stimmt. Das geht auch.«

Musiker sind nicht für praktisches Denken bekannt. Wozu gibt es schließlich Roadies? Oder Mütter.

»Ich fahre«, sagt Frankie.

Der Bassisten-Witze-nicht-witzig-Finder meldet sich. »Ähm, und könntet ihr auch einen Bassamp mitbringen?«

»Na ja«, sagt Frankie und grinst breit. »Wenn's denn unbedingt nötig ist.«

»Ja, isses! Verdammt noch eins.«

»Okay, machen wir. Nur keine Panik.«

Die beiden verschwinden. Dafür tauchen zwei klatschnasse und finster dreinblickende Frauen auf, die unter all den nassen Haaren als Lucy und Lara erkennbar sind, und auch wenn sie mir schwer leidtun, kann ich nicht umhin, Lucy in ihrem wet look sehr sexy zu finden. Das sage ich ihr aber lieber nicht, auch wenn mich das von der Verantwortung für den Abend, weil vom Leben, entbinden würde.

Die beiden schenken mir einen Gesichtsausdruck aus der Gruft. »Wir haben beschlossen, dass wir dich hassen«, sagt Lara und tropft. Ich nicke.

»Schon okay. War ja auch meine Idee, das mit dem Konzert. Und Regenmacher bin ich neuerdings auch.«

»Statt hier deinen funkelnden Sarkasmus zu versprühen, könntest du uns mal die Taschen abnehmen, damit wir uns aus unseren Klamotten schälen können. Ich glaube, sogar meine Unterwäsche ist nass.«

Ich nehme ihnen die Plastiktaschen ab. »Tut euch keinen Zwang an. Die Bands wird es freuen.«

»Blödmann«, sagt Lara. Während sie sich verziehen, packe ich schon mal die Tüten aus, die in Tüten stecken, in denen Tüten stecken, in denen Fressalien stecken, die halbwegs trocken geblieben sind.

Ich schlendere durchs *Loch*, gucke, ob alles andere schon betriebsbereit angeschlossen ist, und natürlich ist es das, weil ich es schon sechsmal kontrolliert habe, vielleicht auch siebenmal. Also setze ich mich hin, nehme mir ein Stadtmagazin und tue so, als würde ich lesen, obwohl ich die Konzentrationsfähigkeit eines zugekoksten Wiesels habe und trinke Kola.

08/15 tauscht die vollgesogenen Aufnehmer vor dem Eingang aus. Wenn heute irgendwer kommen sollte, muss er sich entscheiden, ob er mit oder gegen die Strömung schwimmt. Aber mich kann nichts mehr schocken. Mal abgesehen von Svens seltsamen Ansichten über Arbeitsverteilung war es schon ein Zeichen, als die Flyer ankamen. Fünftausend Flyer, alle fehlerfrei, in kräftigen Farben, sauber geschnitten und nur drei Tage nach der Bestellung geliefert. Und leider anscheinend verpackt, als die Druckfarbe noch feucht war. Also hatten wir zwanzig hübsche Blöcke aus je zweihundertfünfzig zusammenklebenden Flyern. Wenigstens bekamen wir die Kohle erstattet, aber um neue zu drucken, war es zu spät.

Gepolter aus dem Backstage kündet davon, dass Equipment die Rollstuhlrampe von 08/15 runterrumpelt. Mit hochrotem Kopf schleppt Sven einen Bassverstärker auf die kleine Bühne.

»Jetzt tu mal nicht so, als wäre das Ding so schwer.«

Er schnauft theatralisch. »Na, es muss doch wenigstens so aussehen, als würde ich arbeiten, oder?«

»Wo du recht hast ... Gibt es sonst noch was zu schleppen?« Er winkt ab. »Das kriegen die schon hin.«

Kurz darauf kommt die vereinte Trommlerschaft mit großen Drums, kleinen Drums, Becken und Gestänge auf die Bühne gestolpert. Jetzt kann es endlich losgehen. Während die Drums aufgebaut werden, sehe ich mich um. Irgendetwas fehlt, aber ich komme nicht drauf. Frankie kommt an meine Seite.

»Cool«, sagt er, »Wir können gleich mit dem Soundcheck anfangen. Wo ist der Tontechniker?«

DAS war es. Ich hab den Typen schon eine gute halbe Stunde nicht mehr gesehen.

»Ich geh ihn mal suchen«, sage ich und sehe backstage

nach, wo Lucy und Lara ein kleines Buffet vorbereiten: Warme Würstchen, gemischten Salat, feuchte Brötchen, knusprigen Knabberkram und warme Knoblauchbaguettes, damit es auch mit den Groupies klappt. Aber dort ist er nicht zu finden. Ich schaue im Hinterhof nach, ob er vielleicht abgehauen ist, aber der leicht abgewrackte Bulli mit der Aufschrift »MMS Sounds – louder than everybody else« steht noch da. Ich durchstöbere den Keller, die Theke und die nie genutzte Küche, aber er bleibt verschwunden.

»SCHEISSE NOCH EINS!«, fluche ich. Das Ende meiner Nerven ist in Sicht. »Den bring ich um. Ich scheiß ihm in die Lunge! Ich erwürge den Arsch, dann zerhacke ich seinen Kadaver und erwürg ihn noch mal, nur zur Sicherheit!«

Sven hat meinen Anfall mitgekriegt und kichert: »Keine Panik, der taucht schon auf.«

Lautes Wasserrauschen ertönt und die Tür vom Mitarbeiterklo neben der Theke geht auf. Natürlich, in 08/15s Heiligtum habe ich selbstverständlich nicht geguckt, weil sich kein halbwegs vernünftiger Mensch dort hineintraut. Der Tontyp steht in der Tür, ein *Lustiges Taschenbuch* in der einen Hand, mit der anderen stopft er sein Hemd in die Hose und starrt in ein Dutzend angesäuerter Gesichter.

»Was?«

Ich winke ab. Ich habe einfach keine Lust, mich noch großartig aufzuregen. Wir können froh sein, dass wir überhaupt noch jemanden so kurzfristig für den Sound gefunden haben, da will ich keine Ansprüche stellen. Immerhin ist er volljährig, nicht blind, nicht taub und hat noch alle Gliedmaßen. Das muss reichen für heute.

Er macht sich an die Arbeit und schreitet beziehungsweise trottet mit Kabeln und Mikrofonen bewaffnet zur Tat, bleibt dann aber vor der Bühne stehen.

»Ähm, wessen Hund ist das, bitte?«, sagt er und deutet auf Lemmy, der, alle vier Stummelbeine von sich gen Himmel gestreckt, in Rückenlage auf der Bühne schläft und es dabei schafft, sich selbst die Stirn vollzusabbern.

»Meiner«, sagt Sven und nimmt sofort den Ton an, den man von Müttern kennt, wenn man ihr Neugeborenes auch nur im Geringsten kritisch beäugt und dabei so Sachen sagt wie »Ein bisschen schrumpelig, oder?«.

»Äh, kannst du ihn bitte zu dir rufen? Ich hab eine Phobie vor Hunden. Und er liegt auf dem Mikrokabel.«

»Ich kann's ja mal versuchen. Lemmy! Hierher!«

Lemmy liegt und schnarcht und sabbert.

»Lemmy!«

Lemmy zuckt mit den Füßen und schnarcht und sabbert.

Sven zuckt mit den Schultern. »Man soll sich seinen Ängsten stellen, oder?«

Der Tontyp guckt uns an, guckt Lemmy an, guckt, als ob er gleich heulen würde, dann macht er sich an die Arbeit, wobei er stets versucht, einen möglichst großen Abstand zwischen sich und Lemmy zu halten, was auf der Minibühne gar nicht so einfach ist. Er springt fast über einen Gitarrenamp, als Lemmy aufwacht und zuckt und schlabbert und dabei Geräusche erzeugt, als würde ein Trecker durch tiefen Matsch fahren. Der Hund sieht sich um und wenn ich seinen faltigen zerknautschten Gesichtsausdruck richtig deute, könnte er jetzt einen Napf Kaffee gut vertragen. Mit der Agilität eines rheumakranken Endneunzigers schwankt er zum Bühnenrand. Er schaut über die Kante wie ein Tourist in den Grand Canyon und schenkt dem Tontechniker, der sich hinter dem Verstärker verschanzt hat, einen flehentlichen Blick. Als die Erkenntnis einschlägt, dass der zitternde Junge ihn wohl nicht die dreißig Zentimeter Abgrund hinunterheben wird, lässt er sich missmutig grunzend hinunterfallen und trollt sich unter eine Eckbank, wo er sich von der Anstrengung bei einem kleinen Schläfchen erholt. Währenddessen macht sich der Tontechniker endlich an die Arbeit, wobei er irgendwie in seinen langsamen Bewegungen an eine afrikanische Heuschrecke mit Motivationshemmung erinnert.

Die Tür geht auf, Matze, Katharina und Katharinas Bauch werden hereingeschwemmt.

»Regnet's?«, begrüße ich sie grinsend und ernte böse Blicke.

»Sehr witzig.«

Katharina wringt sich die Haare aus. »Glaubst du, bei dem Scheißwetter kommt irgendjemand?«

Ich mache eine unschlüssige Geste. »Keine Ahnung. Sieh's mal von der positiven Seite: Ihr werdet am Einlass nicht gerade an Stress sterben.«

»Ja, super, dafür hole ich mir 'ne fette Erkältung. Und das als werdende Mutter.«

»Keine Angst, big Mama, ich hab dir schon einen Heizlüfter an die Kasse gestellt.«

Sie sieht mich erstaunt an. »Na, so was. Du hast ja mitgedacht.«

»Ja, ja. Mach mich nur fertig.«

»Kein Problem«, flötet sie und wankt Richtung Backstage, Matze im Gefolge.

Meine Schulter wird betippt und ich drehe mich um. »Sag mal, weißt du, wo hier die Drum-Mikros sind?«

»Die was?«

»Die Mikrofone für die Drums. Ich sehe hier keine.«

»Keine Ahnung«, sage ich. »Aber ich glaube, 08/15 hat so was gar nicht.«

»Ah«, sagt er und wirkt dabei nicht besonders überrascht. »Tja, dann muss ich wohl mal kurz weg und welche holen.«

Damit wäre der Zeitplan wieder im Eimer. »Wie lange dauert das denn?«

»'ne halbe Stunde. Dann können wir mit dem Soundcheck anfangen.«

»Na hoffentlich«, motze ich.

Ich setze mich an die Theke und versuche, mich nicht weiter

aufzuregen. Alle fünf Minuten kommt ein Musiker und fragt, wann es denn mit dem Soundcheck losgehen könne und alle bekommen dieselbe Antwort: »Gleich.«

»Gleich« entpuppt sich dann als knappe Stunde.

»'tschuldigung«, ruft der Tontyp fröhlich, als er wieder ins *Loch* geschneit kommt. »Hab mich noch verquatscht.«

Ich überlege, ob 08/15 wohl irgendwo Steakmesser oder einen Vorschlaghammer hat, aber stattdessen gebe ich den inzwischen schon verdächtig gut gelaunten Bands Bescheid, dass wir endlich starten können.

Unser Zeitfenster ist auf unter eine Stunde geschrumpft und ich fürchte, die Zeit werden wir auch brauchen. Einer der Gitarristen bückt sich nach seinem Koffer, sagt gelangweilt »Oh, Mist« und fällt vornüber. Insgesamt herrscht schon eine gewisse Langsamkeit und Grobmotorik. Beim nächsten Mal sollte man überlegen, den Hartalk erst nach getaner Arbeit zu kredenzen. Ich lotse die Schnapsdrosseln auf die Bühne und die meisten schaffen es tatsächlich im dritten oder vierten Anlauf, ihre Verstärker anzuschmeißen und ihre Kabel einzustöpseln. Der erste Drummer ist klug genug, sich ganz vorsichtig auf seinen kleinen Hocker zu setzen, und strahlt glücklich, als er fest im Sattel sitzt.

Elektrisches Summen ertönt, ein bisschen zu laut, da ist wohl irgendein Kabel Schrott, aber das ist mir gerade völlig egal. Ich bin nur froh, dass es endlich losgeht.

Es wird laut, sehr laut, während die Verstärker eingestellt, Drums eingerichtet und Biere bestellt werden. Dann macht sich der Tontechniker ans Werk und versucht, das Chaos zu bändigen. Ich höre mir das eine Weile an, dann trete ich an seine Seite und brülle ihm ins Ohr: »Sag mal, die Gitarren sind aber sehr leise, oder?«

»Findest du? Ist das nicht okay so?«

»Na ja, das ist 'n Metalkonzert. Wenn da irgendwas laut sein sollte, dann die Gitarren.«

Er zuckt mit den Schultern. »Wenn du das sagst, dann mach ich das. Kein Problem.«

»Das wäre cool.«

»Ich hab da nicht so die Erfahrung mit.«

»Wieso, was hast du denn bisher so gemischt?«

»Ein Rapkonzert.«

Ich sehe ihn an und merke, wie meine Augenbrauen aufeinandertreffen. »Rap?«

»Jau.«

»Ein EINZIGES Rapkonzert?«

Er nickt.

Ich will sagen: »Ich werde dich schlachten. Ich werde dich nicht einfach nur töten, ich werde dich schlachten, dich hinrichten, deinen zuckenden Körper zerstückeln, aber vorher nehme ich mir viel, viel Zeit, dich in aller Ruhe zu foltern und zu quälen und dir die Eingeweide deiner Nächsten zu verfüttern, und das ist erst der Anfang, das schwöre ich bei Odin und Ronnie James Dio, du Rapkonzerte mischende Vollwurst!«

Stattdessen sage ich: »Na gut, wenn mir was auffällt, sage ich Bescheid.«

»Okey dokey«, sagt er fröhlich, »ich freu mich immer, wenn ich was dazulernen kann«, und reckt enthusiastisch einen Daumen hoch und ich muss an Kabelschneider denken.

Ich lasse ihn wieder seine Arbeit machen und die Mucker wollen alles Mögliche auf allen möglichen Monitoren hören. Irgendjemand hält es wieder mal für lustig zu fragen, ob er denn mehr Monitor auf dem Monitor haben könnte.

Sven kommt an, Lemmy im Schlepptau. »Ich geh mal kurz mit ihm raus, damit er uns nachher nicht die ganze Bude vollfurzt.«

»Mach das, wenn du es unbedingt darauf anlegst, von der Arche Noah über den Haufen gefahren zu werden.«

Er grinst. »Es hat aufgehört zu schütten.«

»Oh? Echt?«

»Jau.«

»Cool. Vielleicht wird es dann doch noch gut.«

»Das Risiko besteht durchaus. Du musst halt nicht immer so schwarzsehen, dann klappt's auch mit dem Nachbarn.«

»Na gut. Solange ein paar mehr Leute kommen als meine Nachbarn, ist das in Ordnung für mich.«

Er klopft mir auf die Schulter. »Wird schon. Bin gleich wieder da.«

»A'sklar.«

Ich atme tief ein und puste die Luft geräuschvoll aus. Vielleicht sind die Götter des schweren Metalls ja doch mit uns. Die ersten Songs werden in dröhnender Lautstärke angespielt und es klingt langsam tatsächlich nach Rockmusik. Der Tontyp, dessen Namen ich mir langsam mal merken sollte, schaut mich erwartungsvoll an und ich gebe ihm generös zu verstehen, dass er sich langsam dem richtigen Sound annähert.

Ansonsten bleibt mir jetzt für eine halbe Stunde nichts zu tun, also räume ich das erste, aber wohl nicht das letzte Mal auf. Vielleicht sollte es mich skeptisch machen, dass eine Dreiviertelstunde, bevor die erste Band auf die Bühne geht, bereits drei Kisten Bier und diverse Pullen Whiskey, Korn und Jägermeister den Weg allen Leergutes gehen. Die Mucker entern wieder den Backstage-Raum und scheinbar sind alle mit dem Sound und der Bühne im Großen und Ganzen zufrieden. Vielleicht ist es ihnen auch einfach nur scheißegal. Ich werde mit dem Zaunpfahl darauf aufmerksam gemacht, dass es nur noch einen Kasten zu warmes Bier gibt und ich hole Nachschub aus dem Lagerraum und widerstehe dem Drang, der versammelten Mannschaft Flaschen mit KALTEM Bier über den Scheitel zu ziehen.

Matze kommt angedackelt. »Torben, können wir wohl schon 'nen Kaffee kriegen?«

»Ich glaub, 08/15 hat noch keinen gemacht, aber die Maschine steht hinter der Theke.«

Er sieht mich an und knetet unschlüssig seine Hände.

Das geht eine gute Minute, bevor ich ihn frage: »Lass mich raten: Du weißt nicht, wie man eine Kaffeemaschine bedient.«

»Ich hab immer nur löslichen ...«

»Meine Güte, und so was darf sich fortpflanzen, ichfassesnicht.«

»Also bitte ...«

Ich winke ab. »Schon gut, ich bring euch gleich welchen. Hab ja sonst nix zu tun.«

»Du bist der Beste, Alter.« Er klopft mir auf die Schulter.

»Ach, leck mich doch ...«, seufze ich resigniert.

Sven kommt mit Lemmy an. »A'sklar, unsere Atemluft ist sicher vor Hundeflatulenzen!«, verkündet er.

»Na, das beruhigt mich aber«, sage ich ohne jeden Sarkasmus.

»Ein paar Figuren saufen sich draußen schon warm, das ist doch ein gutes Zeichen.«

Ich nicke. »Das ist es in der Tat.«

Er sieht sich um, als würde er sich wirklich umsehen. »Was gibt's denn noch zu tun, bevor es losgeht?«

»Du kannst schon mal für Einlassmusik sorgen, mir ist das zu still hier.«

Er tippt sich soldatisch an die Stirn. »Zu Befehl, oh, Captain, mein Captain.«

Ich gehe zur Theke und füttere die Kaffeemaschine mit braunem Pulvergold, als Lucy und Lara an meine Seite kommen.

»Ah, meine Thekenschlampen«, begrüße ich sie grinsend.

»Halt's Maul«, sagt Lara, aber beleidigt klingt sie dabei nicht. »Ich hol schon mal Gläser von hinten.«

Während sie verschwindet, füllt Lucy die Kaffeekanne mit Wasser und reicht sie mir. »Wie geht es eigentlich deiner Hand?«

Mist, das Thema hätte ich gerne abgehakt. Ich kippe das Wasser in die Maschine und schalte sie ein. Verheißungsvolles Röcheln setzt ein.

Ich versuche, einigermaßen gleichgültig zu klingen: »Ach, so wild war es nicht. Ich muss nur irgendeinen Nerv getroffen haben. Jedenfalls hab ich jetzt immer so eine Stelle, die völlig taub ist, wenn es kälter wird.«

»Zeig mal.«

Ich reiche ihr die Hand, den Teller nach oben. Sie streicht mit dem Finger über die Stelle, an der eine Scherbe eine kleine, aber deutliche Spur hinterlassen hat.

»Cool«, sagt Lucy. »Eine Narbe. Du alter Krieger, du.«

Ich zucke mit den Schultern, weil ich gerade nicht weiß, was ich sagen soll, und es ziemlich gut finde, dass sie meine Hand in ihrer hält.

Sie sieht mir in die Augen. »Blödmann«, sagt sie und schmunzelt.

»Tja, das hab ich schon öfter gehört.«

»Zu Recht.« Sie entlässt meine Hand in die ungewollte Freiheit und hilft Lara mit den Gläsern. Sie bückt sich, um die Kühlschränke unter der Theke zu inspizieren.

»Sag mal«, höre ich ihre gedämpfte Stimme, »sollte hier nicht Bier kalt stehen?«

»Das wäre zumindest wünschenswert bei einem Metalkonzert. Ohne Bier kommt das irgendwie nicht so gut.«

Lucy taucht wieder auf. »Da steht noch eine halbe Kiste Weizen drin, sonst nichts.«

08/15 kommt herbeigerollt. »Was gibt's?«

»Da steht kein Bier kalt«, antwortet Lucy.

»Oh«, sagt er. Und: »Upsi.«

»Was soll das denn heißen, *upsi?*«, frage ich und klinge dabei nicht halb so säuerlich, wie sich die Innenwände meines Magens anfühlen.

»Ich hab ganz vergessen, dass die Kühlschränke frisch gereinigt sind. Deswegen steht nix kalt«, gibt er sich mittelmäßig zerknirscht.

»Scheiße, das fällt dir ja früh ein.«

Er winkt ab. »Ach, das passt schon. Müssen die Leute eben anfangs ein bisschen warmes Bier trinken. Das hat noch keinen umgebracht. Die Engländer haben ein ganzes Empire errichtet, während sie warmes Bier schlürften.«

»Na, großartig«, motze ich kraftlos. Mit Grausen erinnere ich mich an eine Metalparty mit hundert Litern Freibier. Das war zwar für lau und frisch gezapft, aber leider nicht gekühlt. Anschließend musste ich unter einem Regenschirm auflegen, weil die Leute es witzig fanden, mich mit Bechern warmer Plörre zu bewerfen. Meine CDs haben noch Monate später geklebt.

»Kannst du dich darum kümmern?«, fragt Lucy und meint damit, ob ich Bierkisten schleppen kann, und ich sag: »Ja, ja.«

»*Ja ja* heißt: Leck mich am Arsch!«

»Ja ja.« Ich grinse und Lucy grinst.

Wenigstens wird die Stille von Einlassmusik unterbrochen, als ich zum Bierkeller gehe, aber leider schallen gar unrockige Töne aus den Boxen. Vielmehr handelt es sich um zuckersüßen Schmuse-Soul made in Germany, der nach etwa fünfzehn Sekunden durch ein kerniges »Alter, mach diese Scheiße aus!« von Sven dankenswerterweise rüde unterbrochen wird.

Ich wuchte gerade die erste Kiste Bier zur Theke, als Sven ankommt. »Torben, Alter, hast du CDs dabei? Der Soundhoschi hat nur R'n'B-Kacke am Start.«

Ich schnaufe. »Nö, aber hinter der Theke müssten doch zig CDs sein.«

Sven schüttelt den Kopf. »Negativ. 08/15 sagt, dass er die alle zu Hause hat, um sie auf seinen neuen iPod zu ziehen.«

»Na großartig. Kann der nicht direkt über seiner Kneipe wohnen, wie jeder anständige Wirt?«, motze ich, woraufhin aus dem Backstage die Stimme von 08/15 ertönt: »Hey, das hab ich gehört!«

Sven zuckt mit den Schultern. »Macht ja nix. Ich fahr gerade nach Hause und hole Pausenmucke.«

»Du könntest mir auch gerade noch mit den Scheißbierkisten helfen.«

Er klopft mir generös auf die Schulter. »Das schaffst du schon. Bingleichwiederda.« Spricht's und verschwindet.

Fauler Saftsack.

Ich stelle die Kiste auf den Tresen und Lara und Lucy beginnen, die Flaschen mit der Emsigkeit von Wanderdünen in den Kühlschrank zu räumen, während sie sich über den Arsch von Johnny Depp unterhalten.

Matze tippt mir auf die Schulter.

»Was gibt's denn jetzt noch?«

»Ähm, sollen wir schon mal aufmachen? Die ersten Leute werden schon ungeduldig und wollen rein.«

»Jau, mach ruhig.«

»Dann bräuchten wir aber noch einen Stempel.«

Jack Nicholson fällt in meinen Magen und kommt wieder heraus als diabolischer Joker mit säurezerfressenem Dauergrinsen.

»Oder sollen wir den Leuten, die bezahlt haben, 'ne Tätowierung verpassen?«, hakt er hoffnungsvoll nach. Er hat schon öfter versucht, uns diese Idee schmackhaft zu machen. Das wäre deutlich cooler, haltbarer und auch mehr Metal als Stempel oder Stoffbändchen. Unser Argument, dass man dadurch in kürzester Zeit komplett schwarz tätowierte Arme hätte, ließ er nicht gelten. Stattdessen nannte er uns Spielverderber und bekam schlechte Laune.

»Stempel ist im Büro«, sage ich.

»Oh«, sagt Matze und wirkt ehrlich überrascht, dass man einen Stempel in einem Büro vermuten könnte. Vielleicht verwundert ihn aber auch allein einfach die Tatsache, dass 08/15 ein solches besitzt. »Dann hol ich ihn mal.«

»Mach das.«

Ich hole die Gästeliste aus dem Backstage. Erstaunlicherweise haben sich alle an die erbetenen fünf Gäste Maximum pro Band gehalten und ich bringe Katharina den Zettel. Tatsächlich hat sich schon eine kleine, aber vielversprechende Schlange vor dem Einlasstisch gebildet und es sind auch ein paar mir unbekannte Gesichter dabei. Ein gutes Zeichen.

Danach helfe ich Lucy und Lara dabei, die Kühlschränke einzuräumen.

Als der Schatten eines Berges auf mich fällt, richte ich mich auf.

»Daumen. Was ist los mit dir?«

Der riesige Mann sieht aus, als hätte gerade jemand vor seinen Augen einen Welpen gefressen. Mir fällt eigentlich nur eins ein, was Daumen so verwirrt haben könnte. »Katharina?«

Er nickt. »Die ist echt fies drauf.«

Ich kann nicht anders, ich muss lachen.

»Da gibt's gar nichts zu lachen, Alter. Ich hab nur angeboten, dass ich Türsteher mache, wenn ich dafür umsonst reinkomme und saufen darf. Da hat sie mich ANGESEHEN. Und sie wurde sehr SARKASTISCH.« Er schüttelt sich.

Ich lege ihm die Hand auf die Schulter. Bei Daumen hat man dabei immer das Gefühl, man müsste dafür auf eine Leiter steigen, obwohl er de facto nur einen Kopf größer ist als ich. Aber es ist ein sehr großer Kopf und es ist ein Kopf in jede erdenkliche Richtung.

»Was hältst du davon, wenn ich dir zum Trost eins ausgebe?«

»Auch zwei?«, fragt er und klingt wie ein Dreijähriger vor dem Süßigkeitenregal an der Supermarktkasse.

»Auch zwei«, antworte ich und seine Miene erhellt sich. Dankbar nimmt er die Flaschen entgegen und dackelt zufrieden zu seinem Lieblingssessel, den er direkt vor die Bühne zerrt, wo er das ganze Konzert über sitzen und headbangen wird, ein Bier in der einen, 'ne Kippe in der anderen Hand. So macht er es immer, was zwar bei voller Hütte etwas seltsam wirkt, aber den Vorteil hat, dass die Leute hinter ihm noch was von dem Konzert sehen können. Meistens schläft er irgendwann ein und da er bereits in der passenden Position sitzt, geht niemand das Risiko ein, von einem umkippenden Daumen erwischt zu werden.

Langsam füllt sich das *Loch*. Anscheinend regnet es wieder, denn die meisten Neuankömmlinge haben nasse Haare und

Klamotten. Es riecht nach feuchten Jeans und Lederjacken.

Inzwischen ist auch Sven zurück mit Musik im Gepäck und *Kreator* unterbrechen die unangenehme Stille. Sofort schwillt die allgemeine Gesprächslautstärke an. Die Leute werden sichtbar lockerer.

Ich schaue noch mal bei Matze und Katharina vorbei, die jeden mit einem Blick in handliche Portionen zerhackt, der den Einlasspreis zu verhandeln versucht. Matze betätigt einen kleinen Klicker, damit wir den Überblick über die Zahl der Gäste behalten. Ich werfe einen Blick darauf. Für uns ist mit etwa fünfzig Zahlenden finanzmäßig alles in Butter. Wir sind bei vierzig und falls die noch Anstehenden nicht alles Gästelistenschnorrer sind, wird das hinhauen.

Ich entspanne mich und mache die Runde, um Kumpels und Bekannte und Leute, die sich für meine Kumpels halten, zu begrüßen. Ich werde andauernd von Figuren begrüßt und vollgequatscht, bei denen ich mir immer denke: Wer zum Teufel bist du überhaupt? Aber ich will dann auch nicht nachfragen, weil es peinlich werden könnte, zumal ich Filmrisse sammele und es immer im Bereich des Möglichen liegt, dass ich tatsächlich den Namen meines Gegenübers kennen sollte.

Danach wird es Zeit, die erste Band auf die Bühne zu scheuchen. Frankies Truppe macht sich erfreulicherweise schon mal warm. Das heißt, sie stellen Bier auf die Bühne und stimmen ihre Gitarren.

Ich gebe ihnen noch fünf Minuten. Zehn Minuten später stehen sie auf der Bühne. Frankie spielt die Grinsekatze aus dem Wunderland, während sein Sänger eher aussieht wie das Turiner Grabtuch, weil es sein erster Auftritt überhaupt ist und er nervositätsbedingt etwas entwickelt hat, was er als »apokalyptischen Dünnschiss« bezeichnete.

Da die Band kein Intro hat und der Frontmann zu schüchtern für eine Begrüßung ist, beginnt das Konzert eher unspektakulär. Im vollen Licht schleichen die fünf peu a peu auf die Bühne, die

Saitenfraktion stöpselt sich ein, stimmt zur Sicherheit noch mal durch, falls sich in den letzten zwei Minuten die Gitarrenhälse verzogen haben sollten, dann nicken sich alle zu, der Sänger nuschelt »... äh, ja, fangen wir mal an« ins Mikro, der Drummer zählt an, der erste Akkord des Abends dröhnt wuchtig aus den Boxen und dann geht das Licht aus. Und alles andere auch.

Es ist augenblicklich stockdunkel im *Loch* und für eine gefühlte halbe Sekunde totenstill, bevor Gejohle und Pfeifen einsetzen, halb amüsiert, halb empört.

»Na so was«, höre ich 08/15, »schon wieder.«

»Was soll das denn heißen: ›schon wieder‹?«, motze ich in die Richtung, wo ich den Wirt vermute.

Das Licht einer Taschenlampe flammt auf und ich kann sein Gesicht erkennen. »Na ja, wenn es heftig regnet, kriegt der Sicherungskasten manchmal 'n bisschen Wasser ab. Und bei zu großer Beanspruchung fliegt dann schon mal die Sicherung raus.«

»Und das erzählst du erst jetzt? Warum lässt du so was nicht reparieren?«

»Ach«, sagt er und lässt den Lichtkegel tanzen. »Ein Elektriker ist teuer und das passt schon irgendwie.«

»Na super.«

»Bin gleich wieder da«, sagt 08/15 und rollt mitsamt der einzigen Lichtquelle aus dem Raum, während die versammelte Meute lautstark *Iron Maidens* »Fear of the Dark« anstimmt, bis es grässlich und verdammt laut in den Boxen knallt und unter allgemeinem Jubel das Licht wieder angeht. Panisch überpüft der Tontechniker, ob es eventuell die Boxen durchgehauen hat, aber anscheinend ist bis auf ein paar Trommelfelle nichts geplatzt.

08/15 kommt zurück. »A'sklar, ihr könnt loslegen. Das hält jetzt.«

Ich überlege, ihn zu fragen, was er denn angestellt hat, um eine weitere Kapitulation des Stromkreises zu verhindern, aber entscheide mich dagegen. In diesem Fall genieße ich lieber die

Unwissenheit. Stattdessen gehe ich im Kopf die Rettungswege im *Loch* durch.

Zaghaft beginnt die Band erneut. Bis auf ein gelegentliches Flackern der Bühnenbeleuchtung merkt man nichts mehr vom morbiden Sicherungskasten.

Und so wird es dann doch ein netter Abend.

Nach dem Auftritt der zweiten Band muss ein großer Kotzfleck von der Bühne geschrubbt werden, der Bassist der nächsten Combo schläft im Stehen ein, was aber akustisch keinen großen Unterschied macht, und der Sänger versucht sich an einer Feuerspuckeinlage, was ihm verkohlte Augenbrauen und Hausverbot im *Loch* einbringt.

Es ist zwar nicht voll und die Klatsch- und Mitsingspielchen ernten eher Mitleidspunkte, aber den meisten ist es sogar ganz recht, dass Platz für alle ist. Man kann schnell mal an die Theke oder aufs Klo, man kann headbangen, ohne dass der Nachbar einem gleich die Frisur zerkaut, und es kommt ordentlich Stimmung auf. Einige Jungmetaller haben sich in einer Reihe vor der Bühne aufgebaut und moshen Arm in Arm und sehen dabei ein bisschen aus wie eine siegreiche A-Jugend-Fußballmannschaft mit Genickkrämpfen. Zu einer Coverversion von »Empty Tankard« bildet sich eine solide Polonaise, die von einem hackenstrammen 08/15 angeführt wird, und alles in allem haben die Leute Spaß und auch ich bin guter Dinge.

In der Pause vor der letzten Band zahle ich die Fahrtkosten aus und überschlage den zu erwartenden Schaden für 666 Productions, aber es könnte sogar auf eine schwarze Null hinauslaufen. Guter Dinge genehmige ich mir einen Jägermeister, kralle mir ein Bier und sehe der letzten Band zu. Ich werde nur kurzzeitig abgelenkt durch Lara und Lucy, die ihren Thekenjob anscheinend so ernst nehmen, dass sie stets vorkosten. Inzwischen sind sie sichtlich angeschlagen und trinken wiederholt Schwesternschaft, die sie durch ausgiebiges Knutschen besiegeln, womit sie wiederum ihr eigenes sabberndes Publikum ziehen.

In der Mitte des Sets beschließe ich, ein wenig frische Luft zu schnappen, was sich als gute Idee herausstellt. Es hat jetzt schon einige Stunden nicht mehr geregnet, dafür hat die Luft jetzt diesen großartigen Geruch nach Frühsommerregen. Ich liebe diesen Duft, auch weil er bedeutet, dass ich einige Stunden Ruhe vor Pollen habe.

Allerdings sind nicht alle so gut gelaunt. Katharina sitzt alleine auf dem Bordstein und heult. Ich setze mich zu ihr. Sie ist wirklich schlecht drauf und sie tut mir durchaus leid, trotzdem sieht es schon sehr komisch aus, wie sie dasitzt und heult und ihr dicker Babybauch dabei auf- und abhüpft, als würde er gar nicht richtig zu ihrem Körper gehören.

Ich schlucke meine Belustigung runter und nehme sie in den Arm: »Hey, was ist denn mit dir los? Warum so traurig?«

Sie richtet sich auf und schluchzt und bebt und wischt sich die Tränen aus dem Gesicht.

»Ich werde alleine sein«, sagt sie.

Ich runzele die Stirn. »Wieso das denn?«

»Ich bin alleine, ich krieg ein Kind und ich werde die nächsten achtzehn Jahre mit diesem Kind beschäftigt sein und wenn ich dann mal wieder Zeit für mich habe, dann ist alles im Arsch, ich bin alt und krieg keinen mehr ab.« Sie sieht mich herausfordernd an. Jetzt kommt es anscheinend auf die richtige Antwort an. Der Bordstein wird zum heißen Stuhl.

»... öhm, und was ist mit Matze?«

Sie schnauft wütend. »Ach, der. Der Scheißhurenbock ist doch am Rumflirten, während ich mit dickem Bauch neben ihm sitze. So ein Scheißblondchen wackelt mit den Titten,und er vergisst sofort alles und jeden und baggert die an und ich darf mir das angucken. Himmel, es würde mich wundern, wenn die kleine Schlampe überhaupt volljährig ist. Wahrscheinlich bläst sie ihm gerade einen auf dem Klo. Auf das Arschloch kann ich echt verzichten. Danke auch.«

»Ich glaube, ich weiß, welche du meinst. Hatte die ein *Guns'n'Roses*-Shirt an?«

Sie nickt.

»Das ist die Freundin von Frankies Sänger.«

Irritation kriecht in Katharinas Miene. »Ach?«

»Jau. Und Matze habe ich eben vor der Bühne gesehen. Der war am Moshen.«

»Oh.«

Ich streichele ihre Schulter. »Alles halb so wild, Katharina. Ich glaube, Matze nimmt die Sache mit dem Bal…, Kind ganz schön ernst. Für seine Verhältnisse.«

Sie seufzt und lässt den Kopf sinken. Sie legt eine Hand auf ihren Bauch. »Trotzdem. Ich hab Schiss. Wenn er dann doch mal eine Frau am Start hat, sitze ich ganz allein mit dem Kurzen da. Was soll ich dann machen, hm?«

Ich nehme sie wieder in den Arm und drücke sie fest. »Jetzt hör mir mal genau zu. Auch wenn ich einen im Tee habe, kannst du mir eins glauben: Wir lassen dich nicht hängen, weder ich noch Lucy oder Sven oder Lara. Und wenn Matze Scheiße baut, kriegt er von uns allen die Hucke voll, aber richtig. Du wirst nie alleine sein.«

Die Tür knallt, Sven kommt angeschwankt.

»A'sklar hier?«, fragt er und ich gebe ihm per Handzeichen zu verstehen, dass dem eher nicht so ist.

Er wirft einen Blick auf Katharinas verheultes Gesicht und kniet sich vor sie und ich befürchte schon, dass er etwas sehr Blödes und Unpassendes sagen wird. Stattdessen legt er tröstend seine bierflaschenfreie Hand auf ihr Knie und sagt erstaunlich klar und leise: »Mach dir mal keine Sorgen, das wird alles. Wir sind für dich da. Ganz bestimmt.« Manchmal kann Sven ein erstaunliches Maß an Empathie zeigen.

Katharina sieht ihn an und versucht sich an einem Lächeln, aber dann schlagen die Hormone erbarmungslos zu und sie fängt wieder an zu heulen.

Matze kommt aus dem *Loch*. Er setzt sich wortlos auf die andere Seite zu Katharina und ich schiebe sie sanft in seine Arme und er drückt sie fest an sich.

Zuletzt gesellen sich unsere »Thekenschlampen« dazu. Lucy und Lara in Begleitung von Lemmy setzen sich still zu uns und dann bilden wir ein Gruppenkuschelknäuel.

Das Konzert geht zu Ende und mehr oder weniger angetrunkene Metalheads wundern sich über einen sich umarmenden Menschenhaufen aus drei Jungs, drei Mädchen und dem herausragenden Hinterteil eines schlafenden Hundes.

# JUNGSMUSIK

## LEIDFADEN FÜR KONZERTVERANSTALTER

Du hast ein paar geile Bands am Start? Du kennst einen geilen Laden und möchtest dort ein Konzert veranstalten? Du hast von nix 'ne Ahnung und bist masochistisch veranlagt? Glückwunsch, dann helfen dir sieben einfache Regeln:

1. Bevor du irgendetwas tust, such dir einen DIN-A4-Zettel, einen Stift, einen Taschenrechner, eine Flasche Korn oder Wodka oder beides und einen bequemen Arbeitsplatz an einem Schreib- oder Küchentisch. Mach eine Liste mit den Bands und notiere hinter jedem Zettel die Anfahrtskosten und eine eventuelle Gage.

Notiere weiterhin, wie viele Musiker im Hotel untergebracht werden müssen. Stocke die Personenzahl um ca. siebzig Prozent auf, um Manager, Roadies, Groupies, Ehefrauen, Hunde, Katzen und einen persönlichen Pizzaboten ebenfalls unterbringen zu können.

Verfahre ebenso mit den Catering-Anforderungen. Berechne pro Person ein bis zwei Kästen Bier, dazu Whiskey, Sekt für Groupies und Ehefrauen, Jägermeister, ein Dutzend Linien Kokain und ein halbes Brötchen pro Person.

Notiere die Kosten für die Anlage, Reinigung, Personal, Miete usw. usf.

Nun setze die Flasche Korn oder Wodka an die Lippen, trinke sie möglichst in einem Zug aus.

Berechne die Gesamtsumme.

Stelle sicher, dass niemand dich sieht, während du heulst wie ein kleines Baby.

Zerknülle den DIN-A4-Zettel und beschließe, eine Runde

DOOM 3 zu zocken und das Konzerte-Veranstalten lieber anderen zu überlassen.

2. Wenn du es trotzdem durchziehen willst: Such dir eine Crew zusammen. Begehe dabei nicht den Fehler, irgendwelche Versprechen zu machen in Bezug auf Bezahlung oder menschenwürdige Arbeitsbedingungen. Vergiss den ganzen Quatsch, den man dir in der Schule beigebracht hat: Demokratie, Menschenrechte, Gewerkschaften und solche Dinge sind was für Träumer, Waschlappen und Bordsteinkantenrunterspringer. Vielmehr sollte man sich schlau machen in den Standardwerken von z.B. Hau-Se-Um, dem ägyptischem Sklavenmeister seiner Majestät, Sohn von Bumsen und Bienen Tut-Ench-Amun, oder in Publikationen des Verbandes der Baumwollfarmer der Südstaaten oder von Sharon Osbourne. Sieh zu, dass du selbst mit etwa null Aufgaben im Plan stehst, dann musst du am Abend vielleicht nur die Hälfte der ganzen Arbeit machen.

3. Löse deine Lebensversicherung auf, gehe ins dunkle Viertel deiner Stadt und suche dir ein Kreditinstitut, das auch gebrochene Beine als Zinsrückzahlung akzeptiert, und verkauf deiner Oma ihr klein' Häuschen. Dann engagiere die Bands.

4. Finde eine Location. Achte auf folgende Gegebenheiten: der Laden sollte dem Zielpublikum bekannt sein. Unterschätze nie die Schwellenangst teilweise erwachsener Menschen. Vorhanden sollten sein: eine Bühne, Backstage-Räume, Toiletten, Strom, eine Theke und es wäre ganz praktisch, wenn die Hütte nicht am Vorabend des Konzertes abgerissen wird.

5. Wenn du diesen Punkt erreicht hast, gibt es kein Zurück mehr. Suche dir einen Termin für das Konzert und stelle sicher, dass alle Bands und vor allem alle freiwilligen Helfer auch wirklich Zeit haben. Du musst unbedingt darauf achten, dass es keine

anderweitigen Events gibt, die das Publikum mehr interessieren könnten. Dazu zählen natürlich die großen Festivals, Montage, Tage, an denen die deutsche Fußballnationalmannschaft spielt, Feiertage, an denen Leute ihre Familien besuchen, Tage, an denen schon ein anderes Konzert in der Nähe stattfindet, Semesterferien, Schulferien, Sommertage, Wintertage, Streiktage, Geburtstage der Musiker, Geburtstage der Crew, Geburtstage der Eltern, Brüder, Schwestern, Freundinnen und Freunde, Deutschlehrer oder Cousins zweiten Grades der Musiker oder Crew sowie Feiertage der *Kiss*-Army und der Welt-*Slayer*-Tag*.

Es bleiben übrig: der 30. Februar und der Tag, an dem Weihnachten und Pfingsten und der Geburtstag deiner Mutter zusammenfallen.

6. Stichwort Werbung: Es gehört zu den weniger guten Ideen, die Werbung mit *Windows Paint* zu kreieren oder die Schriftart Comic Sans Serif zu verwenden, weil man die »ganz witzig« findet.

Es empfiehlt sich, die Flyer und Plakate sechs bis acht Wochen vor Veranstaltung zu ordern, dann sind sie bei einer versprochenen Lieferzeit von maximal zweiundsiebzig Stunden halbwegs pünktliche drei Wochen vor dem Konzert da. Denn wenn nicht gerade der angetrunkene Drucker in die Walze gefallen ist oder die Druckerei von Oder oder Neiße geflutet wurde, kann man sich hundertprozentig darauf verlassen, dass man sich auf bundesdeutsche Zusteller nicht verlassen kann. Wer an die german Post glaubt, ist auch der Überzeugung, dass *Judas Priest* sich nicht wegen des Geldes wieder mit Rob Halford zusammengetan haben. Im deutschen Zusteller lebt der Traum vom Beamtentum und lebenslanger Unkündbarkeit weiter und er lässt sich nicht von seltsamen Vorstellungen wie Service oder Freundlichkeit irritieren. Warum klingeln und sich mühsam Treppen hoch-

---

* Wird seit 2006 immer am 6. Juni gefeiert.

quälen, wenn man auch einfach eine Abholkarte in den Hausflur schmeißen kann?

7. Bands zu finden, ist eigentlich ganz einfach. Die Betonung liegt auf »eigentlich«. Hat man erst mal irgendwann irgendwo irgendjemandem ins Ohr geflüstert, dass man vielleicht eventuell mal ein kleines Konzert veranstalten möchte, hat man gefühlte sechsundzwanzig Minuten später die maximale Kapazität seines E-Mail-Postfachs ausgereizt. Wie Schakale fallen die Bandmanager (meist der Bassist, die Freundin des Sängers oder Mama) über den ungeneigten Booker her und müllen ihn mit Anfragen voll. Entweder verkündet die Band, dass man »auch für lau«, also einen Kasten Bier spielen würde, oder sie stellen Gagenforderungen im vierstelligen Bereich mit der Aussicht auf einstellige Zuschauerzahlen. Hat man die Traumtänzer aussortiert und sich eine Truppe der honorarfreien Combos zusammengestellt, sollte man allerdings nicht dem Irrtum verfallen, man könne es jetzt finanziell entspannter angehen. Am Konzertabend selber fällt den Musikern dann ein, dass sie ja noch Benzingeld und eine neue Kupplung brauchen oder die Miete für das musikalische Equipment, weil der Kram aus dem Proberaum ja nicht live-tauglich ist, und man konnte schließlich nicht wissen, dass schon alles da ist, was man braucht, Verdienstausfälle wollen beglichen sein, »ein kleines bisschen Gage wär schon schön, so'n Fuffi für jeden wär okay«, und die gesamte mitgeschleppte Sekundarstufe und Verwandtschaft muss natürlich auf Gästeliste rein, und weil solche Forderungen immer gegen Mitternacht auftauchen und der Veranstalter sich schon massig Frust weggesoffen hat, gibt er zu allem sein Ja und Amen, nur damit Ruhe ist, und wundert sich am nächsten Tag über den Pfändungsbescheid für seine linke Niere.

8. Aufräumen am nächsten Tag: Ja, du wirst alleine dastehen. Aber das Schöne ist: Während du mit einem Mordskater in einer

Wolke von Schweiß und abgestandenem Bierdunst stehst und lustlos mit einem Wischmopp Dreck und Kotze über den Boden hin- und herschubst, Bierkästen und Monitorboxen schleppst und wie versprochen die Theke neu bestückst, hast du genügend Zeit, darüber nachzudenken, welche Bands du beim nächsten Mal einlädst.

10.

# A New Kid in Town

Ford Bronco, so einer aussen Achtzigern. DAS is'n Auto!«

»Issas nicht die Karre, die Colt Seavers immer gefahr'n hat?«

Sven zuckt mit den Schultern, was ihm Einiges an Koordinierungsvermögen abverlangt. Momentan sind er und Matze schon schwer davon gefordert, auf meinem Sofa rumzugammeln und ihr Dosenbier halbwegs gerade zu halten.

Es ist gerade mal kurz vor sechs. Eine im wahrsten Sinne des Wortes stramme Leistung. Vor einer guten Stunde sind sie schwankend und mit einem Bundeswehrrucksack voller Aldi-Bier vor aufgetaucht. Katharina ist akut fällig und Papa in spe Matze schießt sich schon mal nervositätsbedingt die Lampen aus. Sven hat sich ihm angeschlossen, »aus Sodilari... Sadoliri... Soldadi... aus Freundschaft«, wie er mir ungefragt mitteilte.

Jetzt versuche ich krampfhaft, mit den beiden gleichzuziehen. Ich bin zwar nicht so ein Freund davon, mich schon so früh abzuschießen, aber nüchtern sind die beiden nicht zu ertragen.

»Nää«, sagt Sven, »das war kein Ford. Jetzt weiß ich's wieder. Habbich mal gegoogelt. Das war'n GMC.«

»Hä? Ich dachte, die Karre in *Zurück in die Zukunft* war'n GMC.«

»Äh! Äh! Äh!«, meckert Sven wie eine betrunkene Ziege und wedelt mit seinem Zeigefinger vor Matzes Gesicht herum und sticht ihm fast ein Auge aus. »Das war 'n DMC. Mit ›Dö!‹. Ein

De-Lo-re-an.« Letzteres buchstabiert er fast, wobei er angestrengt schielt.

»Auch 'n cooles Auto«, meint Matze unbeeindruckt.

»Jau, aber flach«, sagen Sven und ich gleichzeitig. Wir stoßen an.

»Ich bin ja schon froh, 'n anständiges Mountainbike im Keller zu haben, wo es fröhlich Rost ansetzt«, nöle ich.

Sven winkt ab. »So eine richtig geile Karre kann sich heussutage eh kein Schwein mehr leisten, schon wegen Verbrauch und Steuer. Ich meine, so'n Bronco zum Bleistift, der säuft mal so locker fümmenzwanzich Liter. Wenn du mit so'm Teil unterwegs bist, wirste gleich von Greenpeace bombardiert.«

»Das Leben is hart«, nuschelt Matze. »Und es wird immer härter. Ich werd Papa, kacke.«

Sven findet das anscheinend irre witzig. Er lacht wiehernd und es knallt laut, als Lemmy davon wach wird und sich mal wieder den Kopf unter der Tischplatte anschlägt.

Dann fällt uns nichts mehr ein. Wir trinken und schweigen und Matze nebelt das Zimmer ein, weil er in den letzten Tagen angefangen hat, Kette zu rauchen. »Reine Präventivmaßnahme«, hat er behauptet. »Schließlich darf ich ja bald nicht mehr. Wegen dem Kurzen.« Und dann hatte er diesen seltsamen Ausdruck im Gesicht, irgendetwas zwischen Vorfreude und schierer Verzweiflung.

Mein Rechner zaubert uns eine Zufallsplaylist, was heute bedeutet, dass jeder dritte Song vom »Masters-of-Reality«-Album aus dem Hause *Black Sabbath* stammt.

Wir überlegen gerade, ob wir uns bei Heinz die Magenwände mit Cholesterin verputzen lassen sollen, als drei Taschentelefone synchron Krach schlagen. Aus einem Grund, den ich nicht mehr eruieren kann, haben wir die Handys auf dem Tisch übereinandergestapelt, jetzt purzeln sie vibrierend über die Tischplatte. Ich nehme meines und schaue aufs Display. Die anderen tun es mir nach.

Eine Nachricht von Katharina:

**Babyalarm! Sofort
alle ins Krankenhaus.
Aber ZZ! K.**

Sie hatte uns schon angedroht, dass sie uns allen im Ernstfall mit nur zweimal Knopfdrücken Bescheid geben könnte.

Ich sehe zu Matze herüber, der völlig entgeistert auf sein Handy starrt, das in seiner verkrampften Hand leise Geräusche gequälten Plastiks erzeugt. Eigentlich war ich davon ausgegangen, dass die Wand hinter meinem Sofa weiß wäre, aber jetzt, so im direkten Vergleich mit Matzes Gesicht, stelle ich fest, dass ich mal wieder streichen sollte.

»Alles klar, Matze?«, frage ich.

Sven hat inzwischen auch die richtige Taste auf seinem Taschentelefon gefunden und gibt seinen qualifizierten Kommentar ab: »Hö. Hö.«

Matze stammelt: »Papa, ich werd Papa. Kacke.«

»Tja«, grölt Sven und donnert Matze die flache Hand auf den Oberschenkel. »Dann wollen wir mal deine gebärende Angetraute besuchen!«

Matze finstert ihn an: »Wir! Werden! Nicht! Heiraten!«

»Ja, sicher.«

»Echt jetzt, Arschnase.«

Sven lacht hämisch und steigt aufs Sofa. Sein Plan ist klar: er will auf dem Sitzmöbel auf und ab hopsen, um Matze in sehr erwachsener Manier zu ärgern mit den Worten: »Katharina und Matze heiraten! Katharina und Matze heiraten!«

Es folgt ein Geräusch, von dem ich annehme, dass es eine sehr dicke schwarz-weiße Katze in dem Moment von sich gegeben hätte, wenn »Bomber« Gerd Müller sie beim Elfmeterschießen mit dem Fußball verwechselt hätte. Sven überschätzt die Höhe der Zimmerdecke maßlos und so trifft zusammen, was nicht zusammengehört, Holz trifft Holz, Deckenvertäfelung trifft Svens Schädel.

Er plumpst wieder aufs Sofa und schielt mit weit aufgerissenen Augen.

»'ua!«, sagt er. Da ich mir auch schon diverse Male die Rübe angehauen habe, weiß ich, dass einem davon sehr, sehr schwindlig werden kann. Und da er schon schwer einen im Tee hat, dauert es nicht lange, bis er dicke Backen macht, die Hand vor den Mund schlägt und an mir vorbei aus dem Zimmer torkelt.

Matze lacht.

»MACH WENIGSTENS DIE TÜR ZU!«, brülle ich, aber es ist wohl schon zu spät. Sven lässt uns akustisch an seiner Göbelsitzung teilhaben, woraufhin wohl auch Matzes Innereien rebellieren, jedenfalls rennt er zum Fenster, reißt es auf und düngt den Rhododendron im Vorgarten mit Magensaft.

»Wenn ihr dann fertig gekotzt habt, können wir ja vielleicht mal los«, motze ich und mache mich daran, meine Trainingshose gegen eine Jeans auszutauschen, was gar nicht so einfach ist, wenn man es eilig hat und an alkoholbedingten Gleichgewichtsstörungen leidet.

Derweil wankt Sven zurück ins Zimmer. Er nimmt einen tiefen Zug aus der Bierdose und spült lautstark sein Mund damit durch. Er befühlt mit der Zunge seine Kauleiste und nickt dann zufrieden. »Schon besser. Ich mag keine Göbelreste zwischen den Zähnen.«

Er nimmt mein Festnetztelefon an sich. »Ich ruf dann mal 'n Taxi.« Er runzelt kurz die Stirn, als er sich an die Nummer zu erinnern versucht. Dann wählt er und wartet. »Ey, Schnuckelchen, schick mal 'n Taxi rüber!«, grölt er in den Hörer und knallt ihn mit glücklichem Gesicht wieder auf die Gabel.

Ich starre ihn entgeistert an.

Er runzelt die Stirn. »Was?«

»Na ja, solltest du nicht zumindest die Information rausrücken, WOHIN ›Schnuckelchen‹ das Taxi schicken soll?«

Er macht ein Gesicht, wie er es vermutlich schon gemacht hat, als ihn seine Mutter mit der Hand in der Keksdose oder Papas Pornosammlung erwischt hat. »Oh.«

Ich schnaufe verächtlich durch die Nase und übernehme selbst die Taxibestellung, nachdem ich das diensthabende ›Schnuckelchen‹ mühsam davon überzeugen konnte, meine Nummer nicht auf die firmeneigene schwarze Liste zu setzen. Das wäre nicht so gut. Schließlich gibt es in der ganzen Stadt nur zwei vernünftige Unternehmen und bei dem anderen bin ich schon geächtet, nachdem ich volles Mett in die Heizlüftung eines ihrer Taxis gekotzt habe. (Dabei wollte ich nur vermeiden, das Armaturenbrett zu versauen, aber leider kam ich in meinem Unzustand nicht mehr auf die wesentlich praktischere Idee, einfach das Fenster runterzukurbeln.)

Lara stürmt rein, erregte Hitze im Gesicht und die Fototasche unterm Arm. »Scheiße, seid ihr bald mal fertig?«, begrüßt sie uns.

»Taxi kommt gleich«, informiert Sven sie und schwankt.

Lara fixiert uns drei. »Sagt mal, seid ihr hacke?«

»'n bisschen«, sagt Matze und zeigt mit zusammengekniffenen Augen und zwei Fingern, wie viel er unter ›ein bisschen‹ versteht. Eine fulminante Fehleinschätzung.

Lara verdreht die Augen, dann zuckt sie mit den Schultern. »Na ja, dann spürt ihr wenigstens nicht so viel, wenn Katharina euch die dämliche Rübe abreißt.«

Es klingelt an der Tür.

»TaxiTaxiTaxi!«, jubelt Sven und will uns zur Tür drängen.

»Hey«, stoppt Lara seinen Enthusiasmus. »Und was ist mit Lemmy? Ins Krankenhaus darf der nicht mit.«

Lemmy, der die ganze Zeit versucht hat, uns als lebende Stolperfalle zu Fall zu bringen, erkennt seinen Namen und winselt leise.

Sven überlegt. »Mist. Okay, dann musser halt hier bleiben.«

»Nix da, der zerlegt mir doch die Bude«, sage ich.

Sven winkt ab. »Quassel nicht, der ist lammfromm.« Er kniet sich nieder und knutscht seinen traurigen Hund auf die Nase. »Nix auffressen, mein Kleiner, ich bin bald wieder da.«

Lemmy jault leise und verzieht sich beleidigt unter den Couchtisch und furzt laut vernehmlich.

Ich seufze. »Jetzt aber los.«

»LosLosLos!«, nervt Sven und schiebt uns durch die Tür und die Treppe runter, wo wir wie ein glitschiges Teenagerknäuel in einer Wasserrutsche mehr über- als hintereinander dem Erdgeschoss entgegenrollen, während Matze die ganze Zeit irgendwas von ›Kacke‹ und ›Papa‹ vor sich hin jammert.

»Wir sind da!«, verkündet Sven lauthals der versammelten Eingangshalle des Krankenhauses.

»KönntestdubittedieKlappehalten!«, zischt Matze, während Lara zum Infoschalter tigert und in Erfahrung bringt, wo wir hinmüssen.

»Dritter Stock«, befiehlt sie und zeigt in Richtung Westflur. Wir erwischen einen Aufzug für uns alleine, was bei unserer Gruppenfahne ein Glück ist, wie Lara mokiert. »Gott, Katharina wird euch schlachten, dass ihr besoffen zur Geburt anrückt«, sagt sie und wedelt mit der Hand vor ihrer Nase.

»Stell dich nicht so an«, antworte ich. »Nur weil du mal ausnahmsweise nüchtern bist.«

»Ey!«

»War halt schlechtes Timing«, ergänzt Sven und Lara sagt: »Ja, ja, schlechtes Timing am Arsch.«

Matze schnauft durch die Nase. »Haltet den Rand. Hauptsache ist, dass alles läuft glatt.«

»Ping« macht der Aufzug und wir drängeln uns in einen quietschgrün gestrichenen Flur, der mit Dutzenden Kinderzeichnungen und Babyfotos pädagogisch wertvoll verunziert wurde.

»Hier sind wir richtig«, sagt Lara, als wir an einer Tür mit der Beschriftung »Kreißsaal 1« vorbeigehen. Eine Rotte Menschen in der

Sitzecke starrt nervös vor sich hin. »Katharina liegt im zweiten.«

Wir erreichen Kreißsaal 2 und werden schon von der versammelten künftigen Großelternschaft erwartet. Wir begrüßen Oma, Opa, Oma und Opa brav per Handschlag, wobei ich wie üblich stark nuschele und den Fußboden anstarre. Katharinas und Matzes Eltern bin ich zwar schon des Öfteren begegnet und sie sind auch schwer nett, aber es bleiben eben Eltern und die machen mich immer irgendwie nervös. Vor allem weil wir stinken, als würden wir in einer Trinkhalle hausen.

Lucy kommt angerannt. »Hab ich was verpasst?«

Matze zuckt mit den Schultern. »Wir sind auch grad erst gekommen.« Er sieht zu seiner Mutter.

Die winkt ab. »Katharina ist erst vor einer halben Stunde reingebracht worden. Du kannst zu ihr rein. Im Vorraum kriegst du einen Kittel und so was.«

Matze schaut zu uns, zur Tür, zu seinen Eltern, zur Tür und zurück zu seiner Mutter.

»Muss ich?«, fragt er schwächlich und sieht aus, als würde er jeden Moment losheulen.

Seine Mutter legt den Kopf schief. »Nein, Matthias«, sagt sie und ich muss fast laut loslachen, weil ich Matzes bürgerlichen Namen schon ewig nicht mehr gehört habe und das in meinem angenatterten Zustand irre komisch finde. »Natürlich musst du da nicht reingehen. Es ist ja nur die Geburt deines ersten Sohnes, Herrgott noch mal!«

»Ist ja schon gut«, murrt Matze kleinlaut und stiert auf seine Schuhe, vermutlich, um nicht von den Blicken seiner Erzeugerin zu einem Häufchen Asche verbrannt zu werden, und schleicht zu der Tür.

»Ich komme mit«, sagt Lara und schultert ihre Fototasche. »Ich hab Katharina versprochen, das Ereignis gebührend zu dokumentieren.«

»Wofür?«, frage ich. »Willst du die Bilder bei rotten.com reinstellen oder was?«

»Blödmann«, sagt sie und folgt Matze in die Höhle der Löwin.

Ich setze mich hin. Das Wort ›Kreißsaal‹ krebst sich in meine Augen und pöbelt mein ästhetisches Sprachzentrum schräg von der Seite an. ›ß‹ und ›s‹ hintereinander, das sollte man nicht tun dürfen.

Lucy hat sich einen Plastikbecher Kaffeeimitat geholt und schaut sich in unserer Warteecke um. Es ist kein Sitzplatz mehr frei, also wedelt sie in meine Richtung. »Mach Platz.« Ich lehne mich zurück und sie setzt sich auf meinen Schoß und mir wird seltsam zumute. Es ist wirklich nicht das erste Mal, dass sie da sitzt, und nicht selten haben wir bei der Gelegenheit auch gekuschelt, aber das war was anderes, in aller platonischen Freundschaft eben. Mit Jungs labert man Scheiße, mit Mädels kuschelt man, ohne sich groß was dabei zu denken. Aber jetzt denke ich mir was und Himmel, ich glaube, mein Nacken schwitzt! Die beiden Elternpaare lugen zu uns rüber und als sie merken, dass ich zurückschiele, lächeln sie wissend, obwohl es leider gar nichts zu wissen gibt. Ich habe eine Hand leicht auf Lucys Hüfte liegen und es kommt mir vor, als würde der Handteller schwitzen und das ganze Salzwasser unter den Saum ihrer schwarzen Jeans triefen. Sie unterhält sich gerade mit Matzes Mutter und ich schließe die Augen und kann riechen, dass sie wieder ihr Lieblingsshampoo benutzt hat. Sie riecht nach Mango und Honig.

Sven ist derweil damit beschäftigt, seinen Rucksack nach Trink- oder Essbarem zu durchsuchen, und ich hoffe, dass er jetzt bloß nicht eine FAXE-Dose hervorzaubert.

Stattdessen holt er eine selbst gebrannte CD raus. Er betrachtet sie nachdenklich. »Na, da schau her. *Accept*. Restless and wild.« Er sieht zur Kreißsaaltür und dann wieder auf den mit exzellentem Teutonen-Metal bespielten Rohling. Seine Miene erhellt sich und er springt auf. »Dann wollen wir mal für ordentliche Beschallung im Babybunker sorgen. Nicht, dass der Wurm noch ’nen miesen Musikgeschmack entwickelt.« Und mit den Worten

»Wehret den Anfängen!« stürmt er schnellen Schrittes in Richtung Geburtsraum, vorbei an den verblüfften und entgeisterten Eltern von Katharina und Matze. Ich weiß, dass in Kreißsälen Musikanlagen rumstehen, aber das ist nicht der Punkt. Der Punkt ist, dass Sven vorhat, in einen Raum zu stürmen, in dem Katharina mit entblößtem Unterleib und weit aufgerissenen Beinen liegt und einen Minimenschen aus der Mumu presst und scheißegal, ob da schon der Kopf rausguckt oder ob sie kurz vorm Krepieren vor Schmerzen ist: Es wird Katharina nicht im Mindesten davon abhalten, vom Tisch zu springen und Sven mit den Splittern seiner CD in Scheiben zu schneiden. Und das mit Recht.

Lucy hat anscheinend denselben Gedanken. Gleichzeitig springen wir auf und schaffen es, den torkelnden Sven noch vor der Tür niederzutackeln.

»DU GEHST DA NICHT REIN!«, brüllen wir im Chor. Ein vorbeischlurfender Zivi sieht auf uns runter und schüttelt den Kopf.

»Wieso denn nicht?«, fragt Sven im beleidigten Ton. »Ich will doch nur für ordentliche Mucke sorgen.«

»Nix da«, sagt Lucy.

»Katharina quetscht da gerade einen Minimenschen raus«, zische ich. »Willst du sie wirklich dabei stören? WILLST DU WIRKLICH STERBEN?« Den letzten Satz spreche ich in Kriegsfilm-Dolby-Surround.

Er gibt seinen Widerstand auf und erschlafft. »Okay, okay, das ist ein Argument. Ich gebe auf, ehrlich.«

»Versprochen?«

»Versprochen.«

»Wikingerehrenwort?«

»Wikingerehrenwort.«

»Na, gut.«

»Könntet ihr dann bitte von mir runtergehen?« Wir zögern noch einen Augenblick, dann stehen wir auf und helfen Sven auf die Füße. Er guckt wie ein kleiner Hund, den man verbotenerweise auf dem Sofa erwischt hat, auf ein Kissen pinkelnd. Lucy und Sven setzen sich wieder hin, während das Eltern-Doppel Sven misstrauisch beäugt.

Nach einer schweigsamen Stunde suche ich die Automatenmeile auf und ziehe zwei Kaffee schwarz und ein Snickers. Praktisch wäre noch ein Spender mit Lesestoff oder einem Instant-Gameboy, um die Zeit totzuprügeln. Ich habe zwar nicht viel Erfahrung mit Geburten und Wartezimmerwarten außerhalb des Arbeitsamtes, aber ich vermute mal, das hier kann eine Weile dauern. Trotzdem fehlt mir die Motivation, in die Eingangshalle runterzufahren, um mir am Kiosk was zu lesen zu besorgen. Ich bezweifle sowieso, dass der Laden noch geöffnet hat.

Ich kehre zu den anderen zurück und überlasse Sven einen Becher Kaffee. Mir helfen bereits die ersten schrecklichen Schlucke, um von meinen Rausch runterzukommen, und ich hoffe, ihm geht es genauso.

Langsam macht sich Nervosität breit. Irgendeiner tigert immer nägelkauend oder fingerschnipsend durch den Flur, sodass niemand mehr auf dem Schoß eines anderen sitzen muss. Eigentlich schade. Erst mal üben sich noch alle im Smalltalk, aber der erstirbt bald und nach einer Spielfilmlänge sitzt keiner mehr auf seinem Stuhl, außer Sven, der eingeschlafen ist und selig auf den *Helloween*-Aufnäher auf seiner Kutte sabbert. Alle anderen schlendern nervös auf und ab und versuchen gleichzeitig, ihre einsetzende Müdigkeit zu bekämpfen.

Immerhin riecht diese Station nicht so penetrant nach Krankheit und Siechtum, wie man es sonst von Hospitälern gewohnt ist. Auch wenn ich mal hoffe und vermute, dass es bei mir noch eine Weile hin ist, graust es mir bei der Vorstellung, eines Tages in so einer Betonburg dahinzusiechen, am besten mit einer *Star-Trek*-mäßigen Anhäufung piepender und durchleuchtender Apparate dabei, die jede Darmaktivität sofort an die diensthabende Schwester und den BND weiterleiten. Ich würde lieber das eine oder andere schmerzerfüllte Lebensjahr opfern, wenn ich dafür im eigenen Bett und ohne Plastikschläuche in allen möglichen Körperöffnungen sterben darf. Vielleicht mit dramatischen und bewegenden letzten Worten im Kreis meiner Lieben. Ich frage mich, wer das wohl sein könnte, und sehe zu Lucy, die meinen Blick bemerkt und mich anlächelt. Oh Mann, ich kann mir nichts vorstellen, das ich in meinem letzten Moment auf Erden lieber sähe als dieses Lächeln.

Und vielleicht dazu noch das von unserer Tochter oder unserem Sohn oder von beiden.

Ich senke den Kopf und lache still in mich hinein.

Sie werden doch wohl nicht erwachsen, Herr Lange? Nein, keine Angst, aber die Situation färbt ab. Heute war der letzte Tag mit meinen Kumpels Katharina und Matze, wie ich sie seit der Schulzeit kenne. Sobald Matze aus der Tür gegenüber tritt, ist er Vater und Katharina Mutter. Sie sind dann so wie die beiden Paare, die hier mit uns sitzen. Sie sind dann Eltern. Sie sind dann etwas anderes als Lucy, Lara, Sven und ich.

Irgendwann schlafe ich auf einem Stuhl ein, angelehnt am schnarchenden Sven.

Als ich fast von der Sitzfläche plumpse, ist es kurz vor zwei Uhr nachts. Fast jeder aus der Wartehalle des Baby-Express schläft oder ist am Dösen. Ich frage mich, wie lange so eine Geburt denn dauern kann und bekomme Alptraumvisionen von tagelangen verschwitzten und blutigen Schreiarien, da kommt Matze aus dem Kreißsaal.

Er sieht ein bisschen aus wie ein Statist aus *Return of the Living Dead,* wie er auf uns zuschlurft und die Gesichtsfarbe von Blauschimmelkäse hat. Ich stupse Lucy an und wie auf Kommando regt sich in der ganzen Gruppe wieder Leben. Wir werden alle mucksmäuschenstill und starren Matze erwartungsvoll an. Sogar Sven ist wieder wach und hat sich in gebannter Erwartung vorgebeugt.

»Und?«, unterbricht Matzes Mutter endlich die Stille.

Sein Blick fliegt hin und her, als würde er gerade aufwachen, dann schaut er seine Eltern an und uns. Langsam hebt er eine Hand, formt eine Faust, aus der ein Daumen emporsprießt.

»Alles paletti!«, sagt er schließlich. »'n Junge. Gesund.«

Wir atmen alle erleichtert auf, Sven klatscht einmal in die Hände und den frischen Großmüttern schießt Feuchtigkeit in die Augen.

»Und du?«, fragt Lucy. »Wie geht es dir?«

»Alles ... i«, wiederholt Matze schwach, dreht sich zur Seite und kotzt in einen Mülleimer. Wir sagen nichts, wir verstehen das. Er richtet sich wieder auf und wischt sich mit einem von der Mutter gereichten Taschentuch den Mund ab. »... paletti.«

»GLÜCKWUNSCH, ALTER!«, brüllt Sven und wir stürmen auf Matze ein zur Gruppenumarmung, Großeltern inklusive. Lara kommt aus dem Kreißsaal. »Alles im Kasten«, verkündet sie, stellt ihre Fototasche beiseite und addiert sich zum Knuddelknäuel. Als es droht, kitschig zu werden, lösen wir uns voneinander.

Wir sind für heute fertig hier. Wir verabreden uns für den ersten Besuch bei der jungen Mutter am nächsten Mittag.

Auf dem Flur verabschieden wir uns von den glückselig lächelnden brandneuen Großeltern, dann sind wir unter uns. Wir gehen zum Aufzug.

»Und«, frage ich. »Begießen wir den neuen Staatsbürger im *Loch*? Ist bestimmt noch ein Stündchen offen.«

Lucy winkt ab. »Ich muss früh raus, sonst würde ich gerne mitkommen. Aber ich brauche wenigstens drei Stunden Schlaf.«

»Ich passe auch«, sagt Lara. »Ich bin todmüde und will noch gerne eine paar von den Fotos entwickeln.«

»Bleiben also nur wir Männer«, sage ich, aber auch Sven steigt aus.

»Ich bin auch raus. Ich kann nicht mehr. Außerdem muss ich Lemmy erlösen, der macht sich bestimmt Sorgen. Ich gehe mit Lara mit.«

Der Aufzug macht sein »Ping« und unsere Gruppe löst sich für heute auf.

***

Als Matze und ich im *Loch* ankommen, gehen dort gerade die Lichter aus.

Also sagen wir nur kurz 08/15 Hallo, nehmen uns zwei Bier auf den Weg mit und ziehen weiter zum Kanal.

Der ist zwar ein Stück außerhalb, aber dafür hat man dort seine Ruhe und schön ist es da bei diesem Wetter auch, vor allem, weil meine Heuschnupfenzeit durch ist und ich es endlich genießen kann, draußen zu sitzen.

Wir hocken uns auf die zum Ufer hin abfallende Wiese. Wir stoßen an und schauen auf den Kanal.

Ich liebe diesen Ort. Es ist beinahe meditativ, hier zu sitzen.

Das vorbeifließende Wasser spült dir die Seele durch. Es nimmt deine Sorgen mit sich.

Außerdem kann man hier prima grillen.

»Mannomann«, beendet Matze unser buddhistisches Schweigen.

»Ja. Mannomann.«

»Mannomann.«

»Aber so was von Mannomann.«

»Mannomann. Ich bin Daddy.«

»Papa.«

»Vater.«

»Erwachsen.«

»Alt.«

»Mannomann.«

»Ja. Mannomann.« Er zieht die Stirn kraus. »Moment mal, was heißt hier *alt*?«

Wir grinsen uns debil an. Dann verfallen wir wieder in Schweigen und sehen auf das Wasser, das im nächtlichen Dunkel aussieht wie eine riesige, nasse Autobahn. Die Route $H_2o$.

»Ach Scheiße«, bellt Matze, »hab ich fast vergessen.« Er wühlt wieder in seiner Tasche herum und zieht zwei Zigarren hervor, von denen er mir eine in die Hand drückt.

Ich grinse. »Eigentlich rauche ich ja nicht …«

»Aber heute machst du gefälligst eine Ausnahme. Zigarre muss sein.«

»Du guckst eindeutig zu viele schlechte Filme, du Proll.«

»Klappe halten und rauchen.«

Er gibt mir Feuer und ich paffe wie ein Wilder, dann macht er seine an und wir spielen Buschbrand. Wenn man sonst nicht raucht, sind Zigarren eine Herausforderung. Mir wird etwas schwindelig und ich muss regelrecht arbeiten, damit der Nikotinbomber nicht ausgeht. Was manche Leute daran entspannend finden, bleibt mir ein Rätsel.

»Sag mal«, frage ich. »Wie soll der Kurze eigentlich heißen?«

»Na ja«, sagt er. »Wir wollten einen Namen haben, den nicht schon tausend Blagen in der Stadt haben, und es sollte der Name von jemandem sein, der uns beiden viel bedeutet und der uns am Herzen liegt. Deswegen haben wir uns gedacht, wir nennen den Kleinen Torben.«

Ich starre ihn an. Ein eiskaltes Kribbeln zieht sich durch meine Eingeweide.

»Das, äh, das ist …« Ich stottere mir einen Wolf.

Er lächelt mich an, dann zuckt sein Mundwinkel und er bricht in wieherndes Lachen aus.

Na toll, verarscht.

»Ha. Ha. Sehr witzig, Arschloch.«

Er wischt sich Lachtränen aus den Augen. »Mann, du hättest dein Gesicht sehen sollen. Ich dachte, du fängst gleich an, vor Rührung zu heulen, du Pussy.«

»Arschgeigenorchester«, motze ich und grinse.

Er beruhigt sich wieder. »Nee, im Ernst, wir entscheiden morgen über den Namen. Katharina hat fünf, ich hab fünf und wir gucken, was am besten passt.«

»Wollt ihr einen einfachen oder einen Doppelnamen?«

»Vielleicht sogar drei. Dann hat der Zwerg später eine Auswahlmöglichkeit.«

»Guter Plan.«

»Jau«, sagt er und wird still. Er seufzt.

Ich sehe ihn an. Erst ein Humorausbruch, dann die Melancholie, das ist nie ein besonders gutes Zeichen.

»Was ist los?«, frage ich.

»Ach nichts. Aber das ist alles so schräg. Ich hab ein bisschen Schiss, dass es das war. Nix mehr mit Metal. Als Lebensart, meine ich. Musik kann man natürlich immer hören. Aber eben kein Rock'n'Roll-Lifestyle mehr. Keine Partys mehr, kaum Konzerte. Nie mehr nach irgendeiner Party auf einer Wiese einpennen, nicht mehr von Dienstag bis Montag auf einem Festival sein.« Er zeigt mit seiner Flasche auf den Kanal. »Blödsinn machen, nur weil man es kann.«

Ich klopfe ihm auf die Schultern. »Ich glaube, das liegt ganz bei dir. Klar ist so ein Wurm eine große Verantwortung, aber deswegen musst dich ja nicht gleich selbst einsargen.«

Er nickt, aber es wirkt nicht sehr überzeugt.

Schweigend trinken wir und rauchen unsere Zigarren auf.

Danach packen wir verantwortungsbewusst die leeren Flaschen wieder ein, rappeln uns auf und klopfen uns Gras vom Arsch.

Wir gehen zwei Schritte die Anhöhe rauf, aber dann bleibe ich stehen und fasse ihn an der Schulter.

»Warte mal.«

Er dreht sich zu mir um. »Was ist?«

Ich grinse ihn an und nicke zum Kanal: »Rock'n'Roll?«

Er sieht mich ratlos an, dann zum Kanal, dann wieder zu mir. Seine Miene erhellt sich und er grinst breit.

Er nickt. »Rock'n'Roll!«, sagt er.

Wir rupfen uns die Schuhe von den Füßen, Matze schmeißt seinen Rucksack ins Gras und wir rennen los.

Laut heulend und grölend springen wir über die befestigte Uferkante hinweg und fliegen durch die Nacht, bevor wir in das nasse Dunkel eintauchen und Wasser über unseren Köpfen zusammenschlägt.

Für einen Moment ist alles still, bevor ich strampelnd auftauche und neben mir Matzes Kopf zum Vorschein kommt.

Wir jaulen wild und schlagen mit den Armen ins Wasser, wir lachen prustend und schnappen nach Luft.

Das macht Laune.

Rock'n'Roll.

***

Leicht verkatert schleppe ich mich am nächsten Tag zum Krankenhaus. Ich treffe die anderen im Foyer und wir machen uns gemeinsam auf den Weg zu Katharinas Zimmer. Sven und ich stürmen durch die Tür, natürlich ohne anzuklopfen und natürlich ist sie gerade dabei, das Neugeborene zu stillen.

»AchdugrüneNeune«, quetscht Sven hervor und macht auf dem Absatz kehrt zurück auf den Flur und rennt mich dabei fast über den Haufen.

»Keine Panik, ich bin schon fertig, Weichei«, sagt Katharina. Anscheinend ist sie ziemlich fit, wenn man bedenkt, dass sie in der Nacht zuvor so was Ähnliches wie einen vaginalen *Iron Man* hingelegt hat.

Sven betritt mit betretener Miene den Raum.

Katharina grinst. »Man könnte meinen, du hättest noch nie Titten gesehen«, lästert sie.

»Na ja, schon. Aber das ist was anderes.«

Sie verdreht die Augen. »Ja, ja, ist klar. Blödmann.« Sie lächelt.

Sofort wird sie von der Horde umlagert und alle beglotzen die Hauptattraktion des Tages, die, davon völlig unbeeindruckt, einschläft und sabbert.

»Oh, wie süüüüß«, sagen die Mädchen, die Großeltern kriegen vor Ergriffenheit kein Wort raus, Sven quatscht irgendwas von »Sag mal: *Man-o-war*!« und ich meine: »Is aber klein« und kriege einen Todesstrahlenblick von Katharina ab. Dann wird das Babybündel herumgereicht, jeder will mal halten, nur ich möchte nicht so gerne und Sven darf nicht, weil Katharina meint, er würde immer alles fallen lassen.

Plötzlich haben alle Geschenke für die junge Mutter in der Hand, wo zum Teufel kommen die denn jetzt her?

Ich Depp habe natürlich nix.

Auf dem Beistelltisch türmen sich Blumen, Karten und mehr oder weniger nützlicher Babykrempel. Sogar Sven hat ein Präsent dabei, eine gelgefüllte Schlafmaske, und ich versuche, möglichst unauffällig im Erdboden zu versinken, als Lucy ebenfalls ein Paket hervorholt.

Verräterin, denke ich.

»Das ist von Torben und mir!«, sagt sie.

Engel, denke ich und schäme mich schon wieder.

»Danke, ihr zwei«, strahlt Katharina und packt ein Babyphon aus.

Ich schleiche an Lucys Seite.

»Danke«, flüstere ich ihr ins Ohr. »Ich hab glatt vergessen, was zu besorgen.«

»Dachte ich mir schon«, raunt sie zurück und grinst. »Du schuldest mir zwanzig Euro.«

»Was hat es denn gekostet?«

»Zwanzig Euro.«

»Oh. Ist okay. Zwanzig Euro. Und ich tu einen aus.«

»Gebongt.«

Nach der Bescherung wird es Zeit für uns zu gehen und Mutter und Kind ausruhen zu lassen. Matze bleibt noch bei ihr.

Bevor ich zur Tür hinausgehe, sehe ich noch mal zum Bett, wo Matze und Katharina einträchtig ihr knautschiges Kind anstrahlen.

Gru-se-lig!

# JUNGSMUSIK

## BRINGT MIR DEN PENIS DES NIRVANA-BABYS

Hand auf's metal heart: Wenn man nicht von den Eltern oder älteren Geschwistern frühzeitig infiziert wurde, ist der Grund, weshalb man anfängt, Heavy Metal zu hören, der, dass man provozieren will:

Diese schönen T-Shirt-Motive, die man durch die spießbürgerliche Welt spazieren führen darf: Blut, Gedärme, Fotos von Menschen, die erschossen wurden oder werden, Nonnen, die sich mit einem Kruzifix selbst befriedigen ... Damit kann man herrlich reihenweise Mitmenschen auf die Palme bringen.

Die Lautstärke und die für schlagerpopmusikverseuchte Ohren nur als Lärm zu bezeichnende Musik.

Es ist noch gar nicht so lange her, dass man sogar mit dem einen oder anderen Totenschädel Leute zutiefst schockieren konnte.

Die langen Haare und das mitunter wenig soziale Gebaren.

Satanische Symbole und Körperschmuck aus dem Weltkriegskatalog.

Man war kein Punk und trotzdem ein Bürgerschreck, vielleicht sogar noch schlimmer als die Punks, denn man hatte ja auch diesen leichten Bikertouch und mit Bikern ist nicht gut Kirschen essen, das ist allgemein bekannt.

Und sogar das tuntige Gehabe von *Mötley Crüe*, *Kiss* & Co. verunsicherte den Durchschnittsbürger zutiefst.

All das reichte aus, um regelmäßige Warnungen laut werden zu lassen, wie gefährlich Heavy Metal für das Seelenheil junger Menschen ist.

Aber seit Anbruch des neuen Jahrtausends ist das vorbei.

Totenschädel sind plötzlich niedlich und Steuerfachgehilfinnen oder Kindergärtnerinnen sind zutätowiert wie russische Zuchthäusler.

Ozzy Osbourne, der »prince of fucking darkness«, macht sich auf einer Stufe mit den Containerhonks von *Big Brother* zum Affen.

H&M vertickt Metalshirts.

Jeder Technorave lässt mit seiner Lautstärke ein *Manowar*-Konzert wie einen Loungeabend mit Pfefferminztee und Gebäck aussehen.

Und schon ewig ist kein Rockstar mehr am Erbrochenen erstickt. Stattdessen rafft es schon Soul-Sängerinnen dahin.

Heavy Metal ist nicht unbedingt zahmer geworden, aber das Drumherum hat sich verändert. Warum sollte man sich noch einen Totenkopf tätowieren lassen, wenn die Friseurin von nebenan, die nur auf R'n'B steht, ihre falschen Brüste mit einem Designershirt im Knasttattoo-Look verhüllt?

Schwarze Klamotten werden dank einer ganzen Generation armaufritzender Emos mit Mangatick eher als Zeichen knuffiger Melancholie betrachtet.

Und was früher ein Plattencover für *Cannibal Corpse* und folgerichtig zackoflex von der Staatsmacht zensiert und eingesackt worden wäre, nennt man heutzutage Titelseite einer Tageszeitung.

Und mit Sex und abartigen Körpersäften kann man auch keinen Hund mehr hinter dem Ofen hervorpulen, seit arbeitslos gewordene Moderatorinnen ihre deprimierenden Dünnschiss-Erlebnisse beim Analverkehr zwischen zwei Buchdeckel pressen müssen oder den nicht Interessierten über die natürliche Vaginalfeuchte während der Periode aufklären, und wie praktisch das doch ist.

Es ist schwer, irgendwen zu schocken, wenn die Nachrichten im TV die früher indizierten »Gesichter-des-Todes«-Videos wie die Sesamstraße wirken lassen oder sich gelangweilte Amis vor der Kamera gegenseitig den Hodensack tackern und im Klärbecken schwimmen gehen.

Früher war es einfacher. Als 1992 das *Nirvana*-Album »Nevermind« die Rock'n'Roll-Welt erschütterte, hatten Moralwächter in den Vereinigten Staaten weniger Probleme mit dem Drogenkonsum Kurt Cobains oder den suizidalen Tendenzen in seinen Texten. Stattdessen regten sie sich über das Cover auf, das inzwischen eine popkulturelle Ikone geworden ist. Es zeigt ein Baby, das unter Wasser einem Geldschein hinterherschwimmt. Was die Wächter von Recht und Ordnung auf die Palme brachte, war der Pullermann des offensichtlich männlichen Babys. Das war ein Angriff auf sämtliche westlichen Werte. Folgerichtig musste in den US of A der Minipimmel wegretuschiert werden.

So einfach war es mal, provokant zu sein. Schöne Zeiten waren das.

11.

# Party bei Attila

## DIALOGE HINTERM DJ-PULT III:

»EYYY, TORBEN ALTER!!«

»Hi Marek. Cool, dass du da bist. Aber könntest du bitte endlich mal drauf verzichten, mir jedes Mal zur Begrüßung an den Sack zu packen?«

»Ja ja. Ich wollte dir nur mal sagen, dass du endlich mal richtigen Metal auflegen sollst und nicht so eine Scheiße.«

»Ich find eigentlich, dass *Primal Fear* sehr metal sind.«

»Torben, ich mag dich, aber du hast echt keine Ahnung.«

»Na ja, die Tanzfläche ist voll.«

»Ist doch egal. Du bist jedenfalls ein beschissener DJ und du machst keine gute Party.«

»Aha. Alles klar. Also dann wieder bis zum nächsten Mal?«

»Klar, ich bin immer dabei, weißt du doch.«

»Alles klar. Dann bis nächsten Monat.«

»Bis dann.«

»Marek?«

»Was?«

»Danke für das Kompliment.«

»Ach, halt's Maul.«

»Ich dich auch.«

***

Endlich ist es wieder soweit: Party bei Attila ist angesagt.

Attila heißt wirklich so, was ich erst nie glauben wollte, bis er mir seinen Perso unter die Nase hielt. Er wohnt irgendwo im Nirgendwo auf dem Hof seiner Eltern. Ich hab aufgegeben, mir merken zu wollen, wie das Kaff heißt. Wenn wir hinfahren, bin ich angetrunken, wenn wir wieder nach Hause gekarrt werden, bin ich total im Eimer. Ich war jetzt schon gut und gerne zwanzig- oder dreißigmal bei ihm, könnte aber beim besten Willen den Weg zu seinem Gehöft nicht finden.

Egal, wozu hat man Führerscheininhaber als Freunde, die brav nüchtern bleiben und über einen Orientierungssinn verfügen?

Ich muss zugeben, dass ich Attila ein klein wenig beneide. Nicht nur wegen seines Vornamens. Kaum hatte er die achtzehn überschritten, hatte sich sein Onkel in die ewigen Jagdgründe verabschiedet und dem langhaarigen Stadtkind seinen Gutshof überlassen. Zur Überraschung aller bezog Attila umgehend sein neues Domizil, verscheuerte aber sämtliches Vieh und bäuerliches Equipment und einige Grundstücke. Die Hälfte seines neu gewonnen Vermögens steckte er in Aktien und Wertpapiere, mit dem Rest baute er den Hof nach seinen Vorstellungen und Bedürfnissen um. Dazu gehörte unter anderem die Umwandlung der Scheune in eine Disco mit Konzertbühne, in der sich nun einmal wöchentlich die Dorfjugend zu übelster Popmucke in die Begattungsbereitschaft schießen kann. Mit diesem Hobby holt er sich regelmäßig Gesellschaft ins sonst recht einsame Haus. Die Musik findet er zwar scheiße, aber er verdient ganz gut damit. Was er allerdings herzlich unnötig hat, da er einen Großteil seiner Erbschaft clever angelegt hat. Keiner weiß genau, wie viel er inzwischen auf der hohen Kante hat, aber manche reden von sechs Stellen vor dem Komma.

Das Interessante dabei ist, dass Attila sich das nicht anmerken lässt. Er läuft in Kutte rum und sein größter Schatz ist immer noch seine Plattensammlung, die dank Onkelchen um einige tausend Scheiben und pervers teure Seltenheiten bereichert wurde. Attila redet nie über diese zwei Räume mit den tonnenschwer gefüllten Regalen. Nichts liegt ihm ferner als Angeberei, aber wenn man ihn mal darauf anspricht, flammen seine Augen auf wie die Bühnenbeleuchtung bei einem *Kiss*-Konzert und er rutscht nervös hin und her, bis man ihm erlaubt, seine Schätze zu präsentieren. Dabei legt er eine erfrischend pragmatische Haltung an den Tag: Platten sind dazu da, gespielt zu werden. Was er mit besoffenen Kopp manchmal an Seltenheiten auf den Plattenteller schmeißt, würde andere Sammler in Schockstarre versetzen. Attila hält nicht viel davon, Kataloge zu wälzen und Vinyl mit feuchten Schwämmen zu belästigen. Er mosht lieber.

Ich kann es nicht beweisen, aber ich vermute, dass Attila weltweit zu den zwanzig coolsten Säuen ever gehört.

Und zweimal im Jahr lädt er die gesamte Bagage zu sich aufs Land ein. Im Frühling wird die Scheunenbühne ihrer eigentlichen Bestimmung zugeführt und die Metalprominenz spielt auf, bis sich auch der hartnäckigste Headbanger ins Nirwana geschossen hat. Manchmal engagiert er auch bekannte bis angeblich bekannte (»kultige«, also erfolglose) Bands, die ihn ein Schweinegeld kosten, die er aber »halt mal gerne live sehen will«.

Im Sommer wiederum wird das Haupthaus zum Beinahe-Abbruch freigegeben. Dann wirft er seinen Grill an, dessen Ausmaße eher an einen Schmelzofen im Stahlwerk erinnern und der in der Theologie der Hausschweine vermutlich als neunter Kreis der Hölle geführt wird, stellt Dutzende Kisten Bier bereit und freut sich, wenn jemand auf die Idee kommt, ein Sofa aufs Hausdach zu verfrachten oder irgendein Vollidiot in den Pool kotzt und anschließend der eigenen Göbelbrühe hinterherspringt. (Ich muss allerdings zu meiner Verteidigung anführen, dass ich Gin noch nie besonders gut vertragen habe und es mir wirklich äußerst peinlich war, als man es mir am nächsten Tag erzählte.)

Attila wäre das perfekte Partytier, wenn er nur seinen Hof verlassen würde. Aber vermutlich würde ich es an seiner Stelle nicht anders machen. Immerhin kommt jede Woche ein LKW vom Getränkehändler und er hat eine riesige Anlage in seiner Scheune, was seinen Bauernhof in die Kategorie »Himmel auf Erden« einordnet.

Wir freuen uns immer wie Bolle auf diese Party und heute ist es wieder so weit.

Matze hat sich den Familienkombi ausgeliehen, fahren muss allerdings Katharina, da sie als stillende Mutter sowieso nichts trinken darf. Deswegen haben wir sie basisdemokratisch zur Fahrerin erkoren, eine zweifelhafte Ehre, die sie mit saftigen Verwünschungen kommentiert hat. Eigentlich wollte sie ganz zu Hause bleiben, aber Attila hat versprochen, eigens ein Mama-Areal einzurichten, da Fortpflanzung anscheinend gerade schwer in Mode ist. Er quartiert sie im Vorzimmer seiner Plattensammlung ein und hat damit für den optimalen Schutz seiner Schätze vor besoffenen Gästen gesorgt. Niemand, der auch nur halbwegs bei Verstand ist, wird sich in das Zimmer mit den schlafenden Babys und schwangeren, brustfütternden, windelwechselnden Furien trauen.

Lucy hat als Beifahrerin den Kurzen auf dem Schoß, den die stolzen Eltern Steve getauft haben, und Matze, der zwischen Lara und mir auf der Rückbank eingequetscht ist, entquetscht sich alle drei Minuten, um sich nach vorne zu wühlen, seinen Nachwuchs mit dem Zeigefinger zu kraulen und dabei merkwürdige »Dutzi-dutzi«-Kommentare von sich zu geben. Der geistige Verfall hat bei ihm bereits eingesetzt.

Sven hat bei Stein-Schere-Papier verloren und sitzt auf dem Notsitz im Kofferraum, weswegen er uns die ganze Zeit von hinten vollnölt.

»Warum muss ich hinten sitzen? Mein Arsch schläft ein.«

»Dann sorg dafür, dass er nicht schnarcht!«, sagt Lara und grinst. »Und du solltest endlich mal kapieren, dass Brunnen bei Stein-Schere-Papier nicht gilt.«

»Gilt ja wohl.«

»Nein, tut's nicht.«

»Ihr könntet wenigstens was von dem Babykrempel mit nach vorne nehmen. Ich muss mich hier total zusammenfalten.«

Ich dreh mich zu ihm um. »Das ist die Strafe dafür, dass dein Hund meine Schuhe gefressen hat.«

Das bringt ihn halbwegs zum Schweigen. »... aber auf der Rückfahrt will ich vorne sitzen ...«

»Nix da«, sagt Katharina. »Ich hab keinen Bock, dass du mir mit besoffenem Kopp ein Kotelett ans Knie laberst. Außerdem will ich den Kleinen im Blick haben.« Sie dreht sich halb um. »Und ich habe keine Lust, dass du dich auf mein Kind erbrichst.«

»Alsojetztmalecht! Das würde ich nie tun. Und guck auf die Straße.«

Ausnahmsweise sagt Sven mal etwas Vernünftiges, denn genau in diesem Moment knallt es laut vernehmlich unter dem Auto.

»OMEINGOTTOMEINGOTTOMEINGOTT!«, kreischt Katharina. »ICH HAB ’NEN IGEL ÜBERFAHREN!«

Das Baby beginnt zu flennen. Lara versucht, die Mutter zu beruhigen. »Das war kein Igel. Das klang überhaupt nicht wie ein Tier.«

»Genau«, sagt Matze. »Das hätte mehr so ein fleischiges Platschen gemacht.« Er unterstreicht seine sensible Aussage, indem er seine Oberlippe flattern lässt und ein furzähnliches Geräusch erzeugt. Dann beugt er sich wieder nach vorne, krault seinen nöckeligen Nachwuchs und macht Beruhigungs-Dutzi-Dutzis.

»DOCH. DAS WAR EIN IGEL. BESTIMMT.«

»Und selbst wenn«, sage ich. »Jetzt kannst du nichts mehr dran ändern. Der is platt.«

»ABER DIE SIND SO SÜÜÜSS!«, jault Katharina und ist kurz davor, in Tränen auszubrechen.

»Das war kein Igel«, tönt es mit ruhiger Stimme aus der letzten Reihe. »Das war ein Reifen. Ein toter Reifen, aber eben nur ein Reifen. Möge er in Frieden ruhen.«

»WIRKLICH?«

»Wirklich«, antwortet Sven. »Ich hab hier schließlich 'ne Spitzenaussicht auf die Straße hinter uns. Nur ein Stück Reifen. Kein Tier, kein Mensch, kein Hiphopper.«

»Dann ist ja gut.« Katharina atmet tief durch und konzentriert sich jetzt doppelt und dreifach, immer den Sensor auf die Straßenseiten gerichtet, falls sich doch noch ein suizidgefährdetes Stacheltier blicken lassen sollte. Derweil kichern wir uns eins, bis Matze in lautes Lachen ausbricht.

Katharina zieht eine finstere Miene, dreht das Radio lauter und versucht uns mit *Death Angel* zum Schweigen zu bringen. Das funktioniert ganz gut. Wir halten die Klappe, nicken mit den Köpfen oder spielen Luftschlagzeug auf dem Oberschenkel und trinken Aufwärmbier.

Sogar das Baby wird ruhig und schläft selig ein. Wird also wirklich mal ein richtiger Rocker.

Wir sind ziemlich früh am Start, trotzdem stehen schon beachtlich viele Autos am Rand der kleinen Landstraße, an der Attilas Hof liegt. Ich mag dieses Bild. In meiner Kindheit war so etwas ein Zeichen, dass sich die Familie Lange einem Schützenfest und damit meinem heißgeliebten Autoscooter näherte, später kündigten die Autoreihen kleine Festivals oder Scheunenpartys an. Irgendwie gehört es für mich dazu, nach einer Feier auf dem Land auf den unbeleuchteten Straßen zum Auto zu marschieren, während hinter einem die Geräusche der Party leiser werden.

Katharina fährt an der Hofeinfahrt vorbei, aber da ist auch nichts mehr zu wollen.

»Stuhl«, sagt Matze. »Alles voll. Müssen wir wohl latschen.«

Sven und ich sehen uns an und legen unsere Stirnen in Falten. Ich tippe Matze an.

»Matze?«

»Jepp?«

»Stuhl?«

Er hebt die Schultern. »Ja. Stuhl.«

»Stuhl?«

Er winkt ab. »Ach, das ist nichts Aufregendes. Katharina und ich haben uns gedacht, wenn der Kurze in der Nähe ist, wollen wir keine schlimmen Wörter benutzen, damit er sie sich nicht angewöhnt. Also ersetzen wir alles durch harmlosere Synonyme.«

»Dir ist aber schon klar, dass ein Säugling vermutlich noch nicht mal seine eigenen Eltern erkennt?«

»Sicher ist sicher«, sagt er und lacht blöde. »Zum Beispiel heißt bumsen bei uns jetzt ›hummeln‹.«

»Verdammt«, motzt Katharina, »Jetzt hast du *bum*... du weißtschonwas gesagt.«

»Oh. STUHL!«

Ich versuche, mich hinter meiner Hand zu verstecken. Eltern können so verdammt debil sein. Ich bin froh, als wir endlich einen Parkplatz finden und uns zum Hof aufmachen. Ich brauche jetzt sehr sehr dringend ein Bier.

Schon von Weitem kündigt das Getöse die Party an. Meine Laune steigt mit jedem Schritt.

Wir gehen direkt in den Garten, wo Attila an seinem Monstergrill steht und den holländischen Jahresverbrauch an Schweinefleisch auf dem Rost brutzeln hat. Er winkt uns zu sich und begrüßt uns. Dann packt er uns Teller mit totem Tier voll.

»BieristinderKücheSchöndassihrdaseidKatharinaichzeigdirgleichdasBabyzimmer!«, instruiert er uns ungefragt und bewirtet währenddessen eine weitere Truppe Langhaariger.

Wir decken uns mit Flüssignahrung ein, suchen uns einen Baumstamm zum Sitzen und beginnen glücklich, uns Fleisch und Bier einzuverleiben.

Nach einer Weile kommt Attila zu uns, erkundigt sich, ob alles im Lack ist, was wir prostend und kauend bejahen, dann entführt er Katharina und den Kurzen und zeigt ihnen den Mamasektor. Matze darf großzügigerweise bei uns bleiben, Lara und Lucy versprechen, ab und zu bei ihr und den anderen Müttern reinzuschauen. Sven und ich versprechen auf gar keinen Fall, bei ihr und den anderen Müttern reinzuschauen. Dann holen wir uns noch mehr totes Tier und Bier, dann noch mal und schließlich sind wir vollgefressen und es wird Zeit, das Gelände zu erkunden.

Der Erste, der uns über den Weg schwankt, ist Daumen. Wenn man bedenkt, was der Mann so bei seiner Statur und generell verträgt, dann muss er schon ziemlich früh mit dem Trinken angefangen haben. Ich tippe auf Dienstag.

Trotz der Gleichgewichtsprobleme hält er ein Tablett, das randvoll mit randvollen Jägermeistergläsern ist, und streckt es uns entgegen. »Trinken, oder was!?«, befiehlt er und wir gehorchen, auch wenn ich es persönlich besser finde, mit den Kurzen erst anzufangen, wenn mit mir sowieso nichts mehr anzufangen ist.

»Prost!«, grölt Daumen, nimmt eines der kleinen Gläser in seine Monsterpranke und kippt es runter. Wir folgen seinem Beispiel. Sofort hält er uns die nächste Runde unter die Nase.

Wir müssen dringend hier weg, sonst ist der Abend in einer Viertelstunde gelaufen.

Ein Jungmetaller gesellt sich zu uns, so einer, der sich die Kutte vom Mama waschen lässt und der sich sein Thrash- und True-Metal-Wissen bei Wikipedia angeeignet hat und glaubt, nur weil seine Festplatte vollgeramscht ist mit allen möglichen illegal gezogenen Achtzigerjahre-Scheiben, würde er pure Credibility scheißen.

»Hi Torben«, sagt er.

»Hi«, sage ich. »Wer bist du?«

Statt einer Antwort legt er mir kumpelhaft den Arm um die Schultern. Ja ja, jeder kennt den DJ, ist klar. Das Jüngelchen ist nicht nur aufdringlich, sondern auf nervige Weise betrunken. Irgendjemand muss ihm einen Schluck Bier ins Alete gekippt haben.

»Alter, ich will dich ja nicht kritisieren, du machst immer eine voll geile Party im *Ruby*, aber warum spielst du eigentlich immer denselben Mist?«

Meine Stimme geht zusammen mit meiner Welpenschutztoleranz in den Keller und ich finstere ihn an: »Welchen Mist meinst du jetzt speziell?«

Er merkt gar nicht, dass er auf dünnem Eis tanzt, sondern labert munter weiter. »Na ja, jetzt nix im Speziellen, aber du könntest mal mehr Underground auflegen, so Sachen wie *Guillotine* oder *Loudness* oder *Desaster*.

An dieser Stelle neige ich meistens dazu, den sinnlosen Versuch zu unternehmen, den manchmal himmelweiten und ungerechten Unterschied zwischen Qualität und Bekanntheitsgrad einer Band zu erläutern und dass ich nun mal nicht das *Literarische Quartett* des Heavy Metal veranstalte, sondern eine verdammte PARTY. Aber noch bevor ich ansetzen kann, interveniert Daumen auf seine zurückhaltende Art: »HÖ' MA ZU, DU KÄSEKUCHEN! Der hat schon Metal aufgelegt, da warst du noch 'ne Fehlplanung deiner Eltern!«

Er baut sich vor dem Jüngling auf, der einen Schritt zurückgewichen ist, was ihn nicht davor bewahrt, dass Daumen quasi über ihm steht und auf ihn herabstarrt, was ein Bild für Götter* abgibt, weil es aussieht, als würde ein vor allem im Gesicht sehr weißes Kaninchen versuchen, mit einem Jägermeister kellnernden Tyrannosaurus Rex zu diskutieren.

»... ich meinte doch nur ...«, stammelt das Kaninchen.

»'NE EIGENE MEINUNG KANNST DU DIR ERLAUBEN, WENN DICH DEINE MUTTER ABGESTILLT HAT, IS DAS ANGEKOMMEN?«

» ... ich wollte mir doch nur mal was anderes wünschen ... was oldschool ist, oder so ...«, stammelt der Jüngling und es klingt wie »Bitte nicht hauen!«

Daumen zieht seine Augenbrauen zusammen. Für einen Moment traue ich ihm tatsächlich zu, den Kleinen hier und jetzt unter dem Rhododendron hinter uns begraben zu wollen. Statt-

---

* Odin, Zeus, Dio, Cliff Burton ...

dessen drückt er mir das Tablett in die Hand. »Hier, halt mal!«

Seine Monsterpranke legt sich um die Schultern des Jungen, der gerade sehr unglücklich ausschaut. »Goldlöckchen und ich unterhalten uns jetzt mal bei ein paar Bier über die alte Schule.« Spricht's und führt sein wimmerndes Opfer fort.

Ich stelle das Tablett auf einen Bistrotisch.

Sven zeigt mit dem Finger auf die Davonziehenden. »Leute, schaut's euch an: So buchstabiert man ›Opfer‹.«

Matze zuckt mit den Schultern. »Selber schuld.«

»So isses.«

Wir ziehen weiter, da kommt auch schon der Nächste angetrabt. Frankie, die Frohnatur. Allerdings sieht er ausnahmsweise mal nicht so aus, als hätte er gerade ein Honigkuchenpferd gepimpert.

»Hi, Torben.«

»Hi, Frankie. Was macht die Kunst?«

Er hebt die Schultern. »Wie man's nimmt. Meine Band hat sich aufgelöst. Ich und mein Drummer suchen noch Mitstreiter.«

»Oh.«

»Und einen Proberaum.«

»Aha. Und was wollt ihr spielen? Immer noch klassischen Briten-Metal?«

Er winkt ab. »Nö, auf den Zug springen doch jetzt alle auf. Wir suchen uns erst mal eine Mannschaft, dann sehen wir weiter.«

»Klingt vernünftig.«

Die Grinsekatze springt wieder in Frankies Gesicht: »Und dann werden wir berühmt, aber so richtig.«

Ich kann nicht anders, ich muss auch grinsen und klopfe ihm auf die Schultern. »Das nenne ich einen guten Plan.«

»Und du wirst dann unser Manager.«

Ich nehme einen Schluck Bier und nicke ernst. »So machen wir das: Ihr kriegt einen fetten Plattenvertrag und ich manage euch.«

»Klasse. Das wird großes Tennis, das sag ich dir.« Er nickt und trollt sich.

Seltsam. Aus einem mir unerfindlichen Grund glaube ich ihm.

Ich drehe mich um und stehe alleine da, Mist. Sven baggert an einer Blondine rum, die einen guten Kopf größer ist als er selbst, dabei aber so schüchtern aussieht, dass Bambi sie sofort verprügeln würde; Matze quatscht mit anderen mehr oder weniger frischen Vätern, da kann und will ich nicht mitreden; Lucy hat alte Schulfreundinnen geortet und Lara ist verschwunden, vielleicht zu Katharina.

»Aha«, sage ich und denke: Aha. So fängt also die Vereinsamung an. Man beginnt, Selbstgespräche zu führen.

Ich beschließe, mich ein wenig indoor umzusehen, dort, wo die Musik spielt und dröhnt. Auf der Veranda sitzen Till und Moses in einer Hollywoodschaukel und diskutieren die Vor- und Nachteile der *Iron-Maiden*-Remaster-Edition. Die beiden sind völlige Nerds mit einem lexikalischen Metal-Wissen. Wenn man wissen will, welche Gitarrensaiten Randy Rhoads benutzt hat oder welche Farbe Lars Ulrichs Schweißtuch auf der »Master-of-Puppets«-Tour hatte, ist man bei den beiden richtig. Und wie es sich für echte Nerds gehört, haben sie die Sozialkompetenz einer leeren Aldi-Tüte. Auch jetzt sitzen sie beisammen und versuchen sich gegenseitig mit Fakten Fakten Fakten zu übertrumpfen, anstatt den anwesenden Mädels hinterherzusteigen, wie es sich gehört. Ich hab noch nie gesehen, dass die beiden auf einer Party headbangten oder rumflippten.

Aber einen unleugbaren Vorteil haben die zwei: Wenn man sich in einer Diskussion über Musik festfährt, kann man jederzeit auf ihr Wissen zurückgreifen, um zu klären, wer im Recht ist. Man muss sie nur ausbremsen, bevor sie ungefragt weiterlabern.

»Hi Till, hi Moses.«

»Ah, hi Torben ...«

»Ich geh dann mal rein«, versuche ich es und schiebe mich

Richtung Verandatür, aber Till erwischt mich noch verbal: »Sag mal, du weißt, dass deine Party im September das hundertste Mal stattfindet?«

Nein, das wusste ich nicht. »Ah, ja ja.«

»Da ist aber was Besonderes fällig, was?«

»Ja«, sage ich. »Ich bin da was am Planen.«

Er kneift ein Auge zu. »Coole Sache.«

Ich zeige ihm den Daumen, dann drücke ich mich durch die Tür.

Man wird förmlich erschlagen von der dicken Luft, der Lautstärke der Anlage, die gerade *Grave Digger* ins Auditorium presst und den entsprechend lautstark geführten Diskussionen überall im Raum. Ich remple, quetsche, begrüße, drücke und schüttele Hände, bis ich mich in Attilas riesige Küche vorgekämpft habe, wo ich über diverse Beine stolpere, um an das Eskimowohnheim, das Attila seinen Kühlschrank nennt, zu kommen und mir neues Bier zu holen. Der Gastgeber hat wieder formidabel vorgesorgt und ich habe die Qual der Wahl. Tschechisches Pils wäre jetzt gut, also nehme ich mir ein *Staropramen*, das so kalt ist, dass erst meine Finger und dann die Speiseröhre fast absterben.

Dann wühle ich mich durch die Massen zurück ins Wohnzimmer, lehne mich an die Wand, trinke und gucke. Eigentlich ist mir derartiges Gewühl unangenehm und für einen Moment überlege ich, meine Generalstrategie für solche Fälle anzuwenden und mich einfach hinter das DJ-Pult zu klemmen. Aber da streiten sich bereits drei mir nur leidlich bekannte Figuren über den jeweils nächsten Song und ich habe keinen Bock, mich da einzumischen. Außerdem bin ich Soloflieger, ein Charles Lindbergh des Heavy Metal. Der Gedanke amüsiert mich kurz, aber ich werde zunehmend mürrischer. Andauernd latscht mir irgendwer auf die Füße, und da der Großteil der hier Versammelten zu Bundeswehrstiefeln und Doc Marten's tendiert und ich wie immer in Sneakers durch die Gegend slacke, tut das bisweilen scheißeweh.

Ab und zu grüßt mich jemand, aber glücklicherweise verzichten die Leute darauf, mich vollzulabern, vermutlich weil ich inzwischen eine Fresse ziehe wie Joschka Fischer auf einem NPD-Parteitag. Um mich herum wird massiv smallgetalkt und die Flachheit einiger Dialoge schürt meinen Unmut.

Plötzlich wird *Fear Factory* mitten im Lied rüde abgewürgt. Stattdessen knistert es kurz, als der Plattenspieler in Aktion tritt, und die *Beastie Boys* wollen wissen: »So What Cha Want«.

Irgendjemand brüllt: »WAS SOLL DIE SCHEISSE?« und noch vor dem ersten Refrain kratzt lautstark die Nadel über die Platte. Ich hör nur noch »Achtung!«, dann knallt es und hundertundachtzig Gramm Vinyl explodieren direkt neben mir an der Wand und schwarze scharfkantige Plastikteile fliegen mir um die Ohren. »SACH MAL, TICKST DU?«, brülle ich in die Richtung, in der ich den Werfer vermute. In meinem Kopf herrscht purpurnes Rauschen. Ich vermute mal, dass ich einen hochroten Kopf habe, und mir ist trotz des Wutadrenalins völlig bewusst, dass ich gerade sehr pussymäßig rüberkomme.

Ein Spaßvogel grölt: »SPLITTERGRANATE!« und eine Truppe Grenzdebiler wirft sich johlend und gackernd zu Boden und spielt Schützengraben. Dann setzt wieder Musik ein, irgendein Thrash-Metal-Song, den ich nicht kenne, und die Meute verfällt wieder ins Labern und Saufen und keinen interessiert mehr, dass ich gerade haarscharf der Schädelspaltung entgangen bin.

»Ach, fickt euch doch«, motze ich, ohne dass es jemand hört, hole mir drei Bier auf Vorrat und gehe in den ersten Stock. Vor dem Klo ist erstaunlicherweise keine Schlange. Als ich eintrete, sehe ich auch, warum: Im Abfluss steckt eine vollgeschissene und aufgequollene Rolle Toilettenpapier und der Tiefspüler ist bis zum Rand geflutet.

Ich seufze und mache mich auf den Weg in den Keller. Dort hatte sich Attila vor Urzeiten mal eine Sauna mit komplettem Bad eingerichtet, dann aber festgestellt, dass er doch nicht so der Hitzetyp ist (»Bin ja nicht so der Hitzetyp«, hat er gesagt).

Seitdem verwandelt sich der Raum peu a peu in eine Rumpelkammer und den meisten ist die topgeheime Toilette unbekannt. Mich wundert es nicht, dass Matze mir auf der Kellertreppe entgegenkommt. Er gehört zu den Eingeweihten. »Na, ruft die Natur?«

»Sie ruft und drückt und drängt«, entgegne ich. »Und das Klo oben ist vollgeschissen. Irgendein Depp hat ne Klopapierrolle reingestopft.«

»Hey«, sagt er und grinst mich blöd an. »Mir war langweilig.«

»Na super«, sage ich und drücke mich an ihm vorbei.

»Mann, du bist ja gut drauf. Bist du pissig, weil Lucy mit dem Typen flirtet?«

»Was für ein Typ?«, frage ich und will es nicht wissen. Die Party verliert immer mehr an Reiz.

Matze zuckt mit den Schultern. »Keine Ahnung, kenne ich nicht. Aber die zwei sehen aus, als würden sie sich ziemlich gut verstehen.«

»Na super.«

»Tja, halt dich ran.«

»Blödmann.«

»Ich dich auch.«

Nachdem ich mich erleichtert habe und dabei für eine Nanosekunde eingenickt bin (vielleicht auch ’ne Stunde), suche ich im Garten nach Lucy. Beinahe werde ich von einer Truppe umgerannt, die eigenen Aussagen zufolge Kühe umschubsen gehen will, da sehe ich sie mit einem Kerl im *Metallica*-Shirt sitzen, dem weißen »... and justice for all«, das ich schon immer scheiße fand.

Und er fummelt ihr am Rücken rum! Die Sau! Und Lucy lässt es geschehen.

Ich hab’s schon wieder verbockt.

»Fuck«, sage ich zu mir selbst und mache auf dem Absatz kehrt. Wo ist Sven, wenn man ihn braucht? Ich hab keine Lust mehr, ich will nach Hause. Ich sehe Sven bei ein paar Leuten, die ich als seine Arbeitskollegen identifiziere.

Meine Laune sinkt noch mehr in den Keller, als merke, dass ich von dem Sven, der bei einem Autozulieferer arbeitet, so gut wie nichts weiß. Dieser Sven ist mir fremd und die Leute, die er kennt, sind mir fremd. Es gibt einen Teil seines Lebens, mit dem ich nichts zu tun habe, und das frustriert mich. Vielleicht, weil ich so einen Teil nicht habe und weil das eigentlich in meinem Alter so langsam mal dazugehören sollte.

Ich habe keinen Bock, mich zu ihnen zu gesellen, also steuere ich die nächste Theke an und mixe mir einen Wodka Omeingott. Das Rezept ist ganz einfach: Man nimmt ein 0,2l-Glas, bedeckt den Boden etwa einen Millimeter mit Orangensaft, füllt den Rest mit Wodka auf, trinkt alles auf ex und röchelt »Omeingott«.

Als meine Augen aufhören zu tränen, mache ich mir einen zweiten, dann schnappe ich mir wieder ein Bier und versuche erneut mein Glück im Gedränge des Wohnzimmers.

Es läuft *Amon Amarth*. Ich mache die Haare auf und geselle mich zu den Headbangern. Genau der Sound, den ich jetzt brauche, ein bisschen aggro, aber nicht so schnell, dass mir beim Headbangen schwindelig würde oder ich einfach stumpf umfalle. So langsam macht sich der Alkohol bemerkbar.

Mein Laune bessert sich, als auch die nächsten Songs meinen Geschmack treffen und ich ohne zu fragen Bier von irgendwelchen männlichen DJ-Groupies gereicht kriege. Irgendwann wird es mir zu viel und ich ergattere einen Platz auf einer Ledercouch, die sündhaft teuer aussieht und vermutlich morgen nur noch Sperrmüllqualität aufweisen wird. Ein Mädel setzt sich zu mir und sagt »Hi, bist du nicht der DJ aus dem *Ruby*?« und ich sag »Ja« und wir geraten ins Quatschen.

Lara kommt an. »Ey, Torben, Katharina möchte gerne fahren, ihr geht es nicht so gut. Kommst du?«

Klar, immer wenn ich gerade in Stimmung komme. »Aber es ist erst zwei«, jaule ich.

»Stell dich nicht so an«, sagt Lara und zieht mich von der Couch hoch. »Sag Tschüss und komm.«

Ich drehe mich um. »War schön, dich kennenzulernen.«

»Finde ich auch«, sagt sie.

»Vielleicht können wir ja mal was zusammen machen.« Genau. Wer braucht schon Lucy? Ich kann alle haben, verdammt.

Sie nickt. »Wenn du mir deine Nummer gibst. Mein Freund und ich, wir stehen auf Dreier.«

Ooookay, denke ich und sage: »Okay« und gebe ihr die Nummer von meinem Pizzaboten.

»Ich hol Sven, such du mal nach Lucy«, instruiert mich Lara im Kasernenton.

Ich finde Lucy auf einer Bank neben dem Pool und eigentlich würde ich gerne die tanzenden Reflexionen des Wassers auf ihrem Gesicht genießen, aber das Arschloch mit dem weißen T-Shirt ist immer noch bei ihr und hat inzwischen den Arm um sie gelegt, als würde sie ihm gehören. Was für ein Penner.

»Kathrina will los«, informiere ich sie einsilbig und ignoriere ihren neuen Lover in Grund und Boden.

»Oh. Schon?« Sie zuckt mit den Schultern. »Na dann«, sagt sie und wendet sich an den Typen mit dem Arm. »Dann muss ich wohl.« Sie umarmen sich innig und irgendwo in meinem Hirn legt ein sehr garstiges Heinzelmännchen einen Schalter um.

»Wenn du dich dann mal von deinem Stecher loseisen würdest, könnten wir endlich los«, pflaume ich sie deutlich lauter als nötig an. Lucy sieht mich entgeistert an. Der Gesichtsausdruck des Typen zeigt eindeutig, dass ich mich verpissen sollte. Lucy steht auf und sieht mir direkt in die Augen. Hinter ihr baut sich der Typ auf.

»Wie! War! Das! Bitte?«, fragt sie und ihre Augen funkeln bedrohlich.

Der Schalter ist umgelegt, die Sicherung fliegt raus. »Du bist 'ne Fotze!«

Was habe ich gerade gesagt …?

Lucys Gesichtsausdruck ist entsetzlich. Sie ist wütend, traurig, enttäuscht, alles gleichzeitig, und ich weiß, sie würde mir jetzt eine knallen, wenn sie nicht vor Schock gelähmt wäre.

Dafür macht das Arschloch jetzt seinen Mund auf, gerade, als ich mich wirklich entschuldigen möchte.

»HEY! So kannst du nicht mit Lucy reden«, schnauzt er mich an, fasst sie an den Schultern und schiebt sie sanft beiseite und ich weiß, dass er verdammt noch mal recht hat, aber leider ist mir das gerade vollkommen egal und mein Vernunftrechner wird heruntergefahren und ich trete einen Schritt vor.

»Das geht dich einen Scheißdreck an«, raunze ich. »Wer zum Teufel bist du überhaupt, Penner?«

»Jemand, dem Lucy am Herzen liegt, und wenn hier einer ein Penner ist, dann ja wohl du!«

Mein Hirn verabschiedet sich endgültig und ich schlage zu.

Es ist ein grobmotorischer Schlag, dem man diverse Wodka Omeingott, Jägermeister und einen knappen Kasten Bier deutlich anmerkt. Es steckt null Kraft dahinter und er ist so erbärmlich irgendwo Richtung Kopf gezielt, dass es meinem Gegenüber keinerlei Mühe macht, auszuweichen.

Der Arschlochtyp hingegen scheint noch ziemlich nüchtern zu sein. Ich sehe nur eine Bewegung der Schultern, höre, wie Lucy versucht, uns zu stoppen, dann knallt es mitten in meinem Gesicht, ich spüre blitzartig jeden Quadratmillimeter meiner Nase und taumele nach hinten, Sterne vor den Augen.

Blöderweise ist hinter mir der Pool. Einige Nanosekunden kämpfe ich um mein Gleichgewicht, dann falle ich hintenüber ins Wasser. Mit unnötig panischem Gestrampel kämpfe ich mich wieder an die Oberfläche. Lucy und der Typ sehen auf mich herab, mitleidig den Kopf schüttelnd.

»DU BLÖDE SAU!«, kreische ich und weiß, dass ich klinge wie ein frisch verkloppter Sechstklässler. Ich klettere ungeschickt aus dem Pool. Mir wird bewusst, dass mich alle anstarren. Ich stehe da, klatschnass und am ganzen Körper zitternd vor Wut und vor Kälte, und alle glotzen mich an und klopfen Sprüche.

»Ach, leckt mich doch«, zische ich und stapfe davon. Auf dem Hof kommen mir Sven, Matze, Lara und Katharina entgegen.

»Was ist denn mit dir los?«, fragt Sven völlig entgeistert.

»Nix!« Entschlossen marschiere ich an ihnen vorbei Richtung Hofeinfahrt.

»Jetzt warte doch mal«, sagt Katharina.

»Nein!«

»Wie willst du denn bitte schön nach Hause kommen, hä?«

»ICH LAUFE!«

Ich verlasse den Hof und schlage die Richtung ein, in der ich die Stadt vermute. Ich könnte schwören, dass mein Schädel dampft, weil ich vor Wut koche. Leider richten sich gefühlte fünfundneunzig Prozent meines biblischen Zornes gegen mich selbst. Aber ich bin zu stolz, mich zu beruhigen und einfach zurückzugehen und mich zu entschuldigen. Insgeheim hoffe ich, dass die anderen mich bald mit dem Auto einholen und auflesen, auch wenn ich das nie zugeben würde.

Bald ist es zappenduster um mich herum und die Partygeräusche sind verstummt. Wenigstens habe ich noch ein Bier in meiner Jackentasche. Ich versuche, mich in meinen Klamotten so zu arrangieren, dass sie sich nicht so nass anfühlen, wie sie sind, aber es ist hoffnungslos. Sommer hin oder her, es ist eindeutig zu kalt, um nachts klitschnass über irgendwelche dunklen Landstraßen fernab jeder Zivilisation zu torkeln. Meine Nase beginnt zu triefen und langsam schlägt sich die Erkenntnis durch, dass mich niemand einsammeln wird. Und zu Attila zurück finde ich auch nicht mehr, weil ich schon ein paar Abzweigungen hinter mir gelassen habe.

Ich bleibe stehen. Links und rechts sehe ich nur Wiesen und Felder und die schwarzen Umrisse von Wäldern. Der Klang von flatternden Schwingen lässt Fledermäuse erahnen. Ich zittere und bibbere, Rotz läuft mir aus der Nase und mein Bier ist alle.

Das einzige Licht kommt von den Sternen. Eine Erkenntnis

macht sich breit und ich verspüre den Drang, sie laut und deutlich zu formulieren.

»Wo bin ich?«

Als ich endlich zu Hause die Treppe hochkrieche, ist es kurz vor neun. Die Morgensonne hat mich notdürftig getrocknet, aber ich muss trotzdem ziemlich übel aussehen, den Gesichtsausdrücken der frühmorgendlichen Passanten nach zu urteilen.

Wenn ich so aussehe, wie ich mich fühle, wundert mich, dass sich niemand zum Gnadenschuss erbarmt hat.

Ich krabbele auf allen vieren in meine Wohnung. In meiner Kochecke setze ich mich schnaufend, stöhnend und röchelnd auf den Boden, lehne mich gegen den Backofen und pelle mich mühsam aus den klammen, klebenden Klamotten, wobei ich manchmal zur Seite kippe und vor Frust fast zu heulen anfange. Mein T-Shirt zerreißt, aber das ist mir vollkommen egal. Es ist, als hätte mir jemand jegliche Kraft aus den Muskeln gesogen. Ich bekomme einen Hustenanfall und kann mit Ach und Krach verhindern, meine Küche vollzukotzen.

Wimmernd krabbele ich in unser Gemeinschaftsbad und stelle mich unter die Dusche. Der erste Schwall Wasser strömt eiskalt über meinen Körper und weckt in mir den unwiderstehlichen Wunsch, augenblicklich zu sterben. Dann springt der Boiler an und wohlige Wärme lässt etwas Leben in meinen Leib zurückkehren. Leider kommt mein Metabolismus damit überhaupt nicht klar und ich knie nieder und kotze in und neben den Ausguss. Ich versuche, mich nicht mehr als nötig selbst vollzugöbeln und die Soße einigermaßen schnell mit der Hand durch das Ablaufsieb zu bugsieren. Davon wird mir schon wieder schlecht und ich würge noch eine Portion ins Duschbecken und die ganze Zeit prasselt heißes Wasser auf mich nieder und mir ist trotzdem kalt und ich zittere wie Espenlaub. Ich krümme mich zusammen, weil mein Magen schmerzt oder meine Gedärme oder beides und ich kriege fast das große Heulen.

Keine Ahnung, wie lange ich in der Duschwasser-Kotze-Mischung kauere, aber irgendwann ist nur noch Wasser da und ich bekomme mich so weit unter Kontrolle, dass ich mich langsam wie ein rheumakranker Neunzigjähriger wieder in eine angedeutete Senkrechte hocharbeiten kann.

Ich schnaufe und muss mich festhalten und überlege meinen nächsten Schritt, vielleicht einseifen, vielleicht sterben, als ich Stimmen höre und Schatten durch den Duschvorhang erkenne, der sich in dem Moment öffnet, als ich überlege, ob das jetzt noch Halluzinationen sind oder schon Opa, Elvis und Phil Lynott.

Lara und Lucy stehen mir gegenüber und starren mich mit verschränkten Armen und vorwurfsvollen Blicken an.

Mir ist gerade scheißegal, dass ich vergessen habe, die Badezimmertür abzuschließen und dass ich nackt bin. Oder dass aus beinahe all meinen Körperöffnungen eklige Substanzen fließen. Ich will einfach nur noch um Hilfe rufen.

»Mirgehtsgarnichtgut«, wimmere ich.

Dann machen meine Augenbälle komische Sachen in ihren Höhlen und etwas Unsichtbares zieht mir die Beine weg. Ich knalle auf den Duschboden.

Dann wird es schwarz.

... mir ist heiß

... Lara legt mir einen nassen Lappen auf die Stirn

... mir ist kalt

... Lucy flößt mir Hühnersuppe ein

... »Mama ...?«

... ich schwitze

... schlafen

... aufwachen, zur Seite drehen. In einen Eimer kotzen

... ein Eimer klappert. Lara fragt, wie ein Mensch alleine so viel reihern kann

... frische Bettwäsche

... zittern

... ich träume zusammenhanglosen Schwachsinn, der mich beunruhigt

... Lara steht neben dem Bett, sie liest ein Thermometer ab und nickt. »Wird besser«, sagt sie

... ich wache auf. »Wie spät haben wir's?«, frage ich in den Raum. Lucy setzt sich zu mir ans Bett. »Montag«, antwortet sie.

»Oh. Kacke.«

Sie nickt und legt mir mein Kissen so zurecht, dass ich mich aufrichten kann. Dann reicht sie mir Zwieback und eine Tasse Fencheltee. Nicht gerade ein Vier-Gänge-Menü, aber im Moment kann ich mir einfach nichts Besseres vorstellen. Während ich an dem Zwieback knabbere und in kleinen Schlucken Tee in mich einflöße, schweigen wir beide. Ich versuche aus dem Augenwinkel in Lucys Gesicht zu lesen, aber es will mir nicht gelingen.

»Tut mir leid«, sage ich kleinlaut. »Wirklich.« Ich meine es ernst.

»Das sollte es auch.«

»Ich weiß echt nicht, was in mich gefahren ist.«

Sie legt den Kopf schief und funkelt mich an. »Deine Sauferei, die ist in dich gefahren. Und dass du total unausgeglichen bist und das an anderen auslassen musst.«

Ich nicke und sage nichts. Was soll ich auch sagen? Sie hat ja recht.

Sie nimmt mir die leere Tasse ab. »Wenigstens hast du diesmal deine gerechte Strafe gekriegt. Vielleicht merkst du's dir für das nächste Mal. Was hast du dir eigentlich dabei gedacht, patschnass durch die Nacht zu wandern?«

Ich zucke mit den Schultern. »... wenn ich ehrlich bin, habe ich gedacht, ihr würdet mich noch einholen und aufsammeln.«

»Na, du bist lustig! Keine Ahnung, wo du langgelatscht bist, aber wir haben dich über eine Stunde mit dem Auto gesucht.«

»Oh.«

»Und auch wenn ich es nicht ganz verstehe, soll ich dir von Ludwig ausrichten, dass es ihm leidtut, dass er dir eine reingehauen hat. Wie ich es sehe, hat er eigentlich keinen Grund, sich bei dir zu entschuldigen, aber er hat drauf bestanden.«

Aha, Ludwig heißt er also. Bescheuerter Name. »Danke. Sag ihm, dass es mir bestimmt noch mehr leidtut.«

»Mache ich.«

»Woher kennst du den überhaupt?«

»Er war mal mit Tim zusammen.«

Wie bitte? Einen Moment mal ...

»Mit Tim?«, frage ich.

Lucy nickt. »Meinem ehemaligen Laborpartner in der Uni. Du hast ihn mal im *Ruby* kennengelernt.«

»Soll das heißen, dieser Ludwig ist ...«

»... stockschwul, genau«, vollendet sie den Satz. Sie beugt sich vor und sieht mir in die Augen. »Es gab ü-ber-haupt keinen Grund, eifersüchtig zu sein, nur weil er mich ein bisschen gekrault hat.« Ein leichtes sardonisches Lächeln umspielt ihren Mund.

Ich versinke ein bisschen tiefer in meine Matratzengruft. Himmel, ist das peinlich!

»... Ichweißgarnichtwasdumeinst ...«

Sie steht auf und nimmt ihre Lederjacke, die über einem Stuhl hing. »Meinetwegen. Ich muss jetzt los. Dein Fieber ist weg, aber du solltest trotzdem heute noch im Bett bleiben. Lara guckt heute Abend mal nach dir. Im Kühlschrank ist noch Suppe, die kannst du dir warm machen.«

»Lucy?«

Sie sieht mich mit hochgezogenen Augenbrauen fragend an.

»Danke«, sage ich. »Und noch mal: Es tut mir wirklich leid.«

»Schon gut«, sagt sie und wuschelt mir durch die Haare. Dann geht sie.

Ich liege da, knabbere Zwieback und grübele vor mich hin.

Später falle ich wieder in einen erholsamen traumlosen Schlaf.

***

Das Schlimmste ist immer die Scham beim nächsten Zusammentreffen. Eigentlich sind wir allesamt recht schmerzfrei, was peinliche Ausfälle angeht, aber es gibt Tage, da wünscht man den anderen den eigenen Filmriss, nur damit einem erspart bleibt, Bericht erstattet zu bekommen, was man alles so angestellt hat. Verdrängungsmechanismen sind eine Sache, mitteilungswütige Freunde eine andere.

Als ich am Donnerstag auf immer noch etwas wackeligen Beinen ins *Loch* komme, sind die anderen schon da, logisch. Sven grinst mich dämlich an.

Mehrere Augenbrauen sind hochgezogen.

»Ich will nicht darüber reden!«, sage ich.

Meine Freunde nicken verständnisvoll.

Dann reden sie darüber.

# JUNGSMUSIK

## HEAVY-METAL-HAMSTER

»Sechstausend Platten hab ich, natürlich alles Vinyl, und knapp zweitausend CDs!«, sagt er und grinst mich erwartungsvoll an.

Will der jetzt 'nen Keks von mir, oder was?

Ich frag ihn: »Und? Willst du jetzt 'nen Keks von mir, oder was?«

Der *homo metallicus* weist trotz gemeinschaftlicher Merkmale eine Unterartenvielfalt auf wie sonst z.B. Orchideen oder Kaffee in Yuppieläden. Eine dieser Unterarten ist der Sammler.

Man erkennt den Sammler daran, dass er zwei Wohnungsschlüssel besitzt, einen für seinen nennen wir es mal Lebensraum und einen für die meist deutlich gepflegtere Wohnung, in der er seine Regalarmada beherbergt. Er häuft eine Tonnage an schwarzem und silbernem Kunststoff an, die verantwortlich ist für das halbe Bruttosozialprodukt der OPEC-Staaten.

Er hat *alles*!

Darunter macht es der Sammler nicht. Und entdeckt er doch ein rares Sammlerstück, das ihm noch fehlt, schwankt er zwischen Nervenzusammenbruch und spontanem Kaufrauschorgasmus. Wenn er auf eine Plattenbörse geht, gibt er tausende Euro aus und kommt mit fünf bis sechs neuen uralten Scheiben wieder heim.

Was Sammlerpreise angeht, ist der Sammler vollkommen schmerzfrei. Feilschen tut er nicht, das würde nur den Angeberfaktor minimieren beim Sammlertreffenschwanzvergleich. Wenn man nicht mindestens fünf große Scheine für die Maxi einer zu recht völlig unbekannt gebliebenen Thrash-True-Metal-Ruhrpottband hingelegt hat, weil auf der B-Seite die schrammelige Probeaufnahme eines gar nicht mal so guten Songs drauf ist, dann hat man schon verloren. Dann ist man ein Grabbeltischdurchwühler, ein Billy-Regalbenutzer, ein iPod-hörender Digitalprolet.

Der Sammler ist nicht unbedingt reich. Aber wenn man die Kosten für Sozialkontakte wie Freundin oder Ehefrau einspart, hat man schon mal den einen oder anderen Hundert-Euro-Schein für sinnfreie Ausgaben übrig.

Nicht, dass der Sammler nicht auch mal außer Haus gehen will. Die meisten Vertreter dieser Subspezies verbringen durchaus ein Menge Zeit unter Menschen, denn sie gehen auf Konzerte und zwar gefühlt drei bis vier Tage die Woche, den Rest der Zeit brauchen sie für Plattenbörsen, eBay und um die Eintrittskarten der besuchten Konzerte zu laminieren und in chronologischer Reihenfolge in Ordner abzuheften.

Der Sammler kann sämtliche seiner Besuche runterleiern, er kennt die Line-Ups der Abende, die Playlisten und Besetzungen der Bands. Will man den Sammler ärgern, fragt man ihn, wie ihm das Konzert gefallen hat.

Denn der Metalhamster besucht keine Konzerte, er leistet sie ab. Das Einzige, was ihn ernsthaft daran interessiert, ist, dass er DA WAR und es mittels luftdicht verschweißter Eintrittskarte beweisen kann. Das letzte Mal in der ersten Reihe abgegangen ist der Sammler vor langer Zeit, bevor eine vollgepinnte Korkwand gegen Aktenordner und Excel-Tabelle eingetauscht wurde. Seine Prioritäten haben sich verschoben. Briefmarkensammler sind auch nicht für fleißiges Briefeschreiben bekannt und die wenigsten Geologen taugen als Alpinisten.

Gibt es bei einem Konzert statt Karte nur einen profanen Stempel, hat die Band keine spezielle Touredition ihrer letzten Scheibe parat (die er natürlich bereits in sechs Varianten zu Hause stehen hat), gibt es keine gebrauchten Crew- oder Backstagepässe oder wenigsten eine Playlist abzugreifen, dann ist die Laune des Sammlers im Arsch. Ob die Band sich und allen Anwesenden das Wasser in die Kimme gerockt hat, ist für ihn irrelevant. Der Sammler geht traurig nach Hause, wo er das Konzert in seine Tabelle einträgt und mit traurigem Blick den verschmierten Stempel (»Drucksache«) auf seinem Handgelenk abfotografiert.

Möchte man ihn aufmuntern und hat die nächsten Tage über nichts vor, bittet man den *homo metallicus regalus,* mal seine Schätze zu präsentieren. Hat man ihn einmal derart in Schwung versetzt, ist der Sammel- und Stammelwütige eigentlich nur noch mit drei Maßnahmen zu stoppen:

1.) Man bittet ihn, sich ein paar der rarsten Stücke auszuleihen, man habe da demnächst 'ne fette Kellerparty in Planung. Das hat zudem den Vorteil, nie wieder vom Sammler angesprochen zu werden.

2.) Man simuliert einen möglichst auswurflastigen Husten, der einem den sofortigen, ersehnten Verweis aus der Regalwohnung einbringt.

3.) Per Fangschuss. Dieser muss sehr schnell erfolgen, da der Sammler sonst noch darum bittet, die Wohnung zu verlassen, damit die guten Stücke nicht durch Schmauchspuren und Blutspritzer in den Sammlerzustand 2+ deklassiert werden.

Sammler sind nicht wirklich musikinteressierte Menschen. Will man etwas über sie in Erfahrung bringen, fragt man sie nach ihrer absoluten Lieblingsband. Die Antwort dürfte auf *Kiss, Iron Maiden, Metallica, Motörhead* oder *AC/DC* hinauslaufen. Die haben nämlich die umfangreichsten Kataloge.

12.

# Ausnahmezustand

SMS von Sven:

Onkelmobil klargemacht.
Abfahrt morgen Punkt 12 bei dir. Mach'n Tape!
Hail und so, Sven

Sehr schön. Das »Onkelmobil« ist die ideale Festivalkarre. Mal ganz davon abgesehen, dass in dem Bulli genug Platz für alle und für den kompletten Krempel ist, hat Svens Oheim mal etwas dickere Reifen aufgezogen, mit denen man auch bei sumpfigerem Gelände vorankommt. Das einzige Manko ist die quietschgrüne Lackierung, die zwar schlimm aussieht, aber dafür findet man das Gefährt auf jedem noch so vollgeparkten Areal. Sogar eine vernünftige Anlage hat das Onkelmobil aufzuweisen, allerdings nur mit Kassettenteil.

So skeptisch ich bisher war, was das Festival angeht, jetzt habe ich ein gespanntes Kribbeln der Vorfreude im Hintern. Ich wusele wie ein aufgescheuchtes Huhn durch meine Wohnung, packe Sachen ein, packe Sachen aus, gehe meine Checkliste durch und korrigiere meine Checkliste, dann schmeiße ich den Zettel weg und schreibe einen neuen.

Als es Zeit wird, schlafen zu gehen, mache ich stattdessen den Computer an und zocke *Plants vs. Zombies*. Nach zwei Runden springe ich wie von der Tarantel gestochen auf und kontrolliere zum x-ten Mal, ob ich meine Festivalkarten zu den Schlüsseln und meinem Portemonnaie gelegt habe. Himmel, ich bin Adrian Monk, aber so was von.

Es ist nicht unbedingt das Festival als solches. Klar, es spielen einige gute Bands, die ich mir gerne angucken will, und ich hoffe, dass ich nicht die ganze Zeit im Hinterkopf das Preis-Leistungs-Verhältnis durchrechne.

Was mich kribbelig macht, ist, dass ich drei Tage am Stück mit Lucy unterwegs sein werde und mir seit meinem Totalausfall vor drei Wochen ihre seltsame Formulierung nicht aus dem Kopf geht, es gäbe »ü-ber-haupt keinen Grund, eifersüchtig« zu sein.

Jedenfalls war sie mir im Nachhinein nicht mal besonders böse, dass ich bei Attila komplette Scheiße gebaut habe, besonders, nachdem ich mich ehrlich zerknirscht beim schwulen Ludwig persönlich entschuldigt und ihm eine ziemlich harte Rechte bescheinigt habe.

Ich habe mir eine Deadline gesetzt. Entweder rede ich auf dem *Rock'n!* Klartext oder ich packe meine Sachen und wandere nach Alaska aus, um mich als Prostituierter für Ölarbeiter zu verdingen.

Wenigstens sind die letzten zwei Wochen fix vorübergegangen, nachdem mir der Doch-kein-Arschloch-Mitarbeiter vom Arbeitsamt einen Vertretungsjob in einer ziemlich coolen Werbeagentur vermittelt hat. Dort durfte ich zwar im Großen und Ganzen nur Zubringerjobs machen, aber nebenher konnte ich mich genug einschleimen für ein Praktikum und wenn das gut läuft, bestehet eine reale Chance auf Festanstellung. Eine deutlich bessere Zukunftsvision, als BP-Knechten im gar nicht mehr so ewigen Eis den Arsch hinzuhalten, finde ich.

Natürlich habe ich kaum gepennt und pendele irgendwo zwischen müder Verpeiltheit und beachtlichem Koffeinrausch, als Lara klopft.

Zweimal fliege ich beinahe die Treppe runter, während wir unsere Klamotten, Paletten mit 5,0-Bier und ein etwas schimmelig riechendes Achtpersonenzelt nach unten schaffen.

Anschließend kippe ich mir noch den Rest Kaffee in den Kopf.

Auf der Straße hupt es. Lara und ich stürmen raus zu den anderen und es fehlt nicht viel, dass wir brüllend quengeln, ob sie uns etwas mitgebracht haben, was Spannendes, was zum Spielen und Schokolade. Wir packen den Krempel ins Onkelmobil und obwohl wir vorher alle versprochen haben, nur das Nötigste mitzunehmen, müssen wir stopfen. Sven bietet sich großzügig an, eine Palette Bierdosen auf den Schoß zu nehmen, um Platz zu sparen. Er hat gut lachen, fürs Fahren und Nüchtern-Bleiben wurden Matze und ich eingeteilt. Matze übernimmt die erste Hälfte. Stau eingerechnet, werden wir vier Stunden brauchen.

Ich bin ziemlich froh, dass sich Matze und Katharina das erste Mal babyfrei gönnen und ihren Nachwuchs bei den Großeltern geparkt haben. Schreien und vollgeschissene Windeln vertragen sich nicht gut mit einer langen Fahrt auf engem Raum. Ich hoffe nur, Lemmy hat in den letzten Tagen nicht zu viel Dosenfutter gekriegt. Sonst furzt er uns zu Tode.

Matze monologisiert das Intro von *Auf Achse*: »Franz Meersdonk. Günter Willers. Und ihre Maschinen. Dreihundertzwanzig PS. Sie liefern Terminfracht in aller Herren Länder. Auf sie ist Verlass!« und lenkt uns durch die Stadt und dann die Bundesstraße auswärts. Kurz nach der Ortsausfahrt kurven wir die Autobahnauffahrt hoch, Matze tritt den Bulli auf schnurrige achtzig und fädelt sich auf die rechte Spur ein.

»Okay, wir sind unterwegs«, verkündet er und ich reiche das Tape nach vorne. Feierlich nimmt Matze es an und schiebt es in das Deck.

Rock'n!-Mixtape Vol. 66,6:

**Seite A:**

1. Twisted Sister - I wanna rock 2. Jackyl -Redneck punk

3. Airbourne – Too much, too young, too fast 4. Judas Priest – All guns blazing 5. Accept – Fast as a shark 6. Metallica – Leper messiah 7. Overkill – Rotten to the core 8. Slipknot – Psychosocial 9. Fear Factory – Body hammer 10. Cannibal Corpse – Pounded into dust 11. Amorphis – Magic and mayhem

Seite B:

1. Slayer – Hell awaits 2. Venom – In league with satan 3. Mercyful Fate – Gypsy 4. Ozzy Osbourne – Crazy train 5. Crowbar – The only factor 6. Machine Head – Bite the bullet 7. Amon Amarth – Pursuit of vikings 8. Running Wild – Blazon stone 9. Grave Digger – Rebellion 10. Motorhead – Orgasmatron

*Twisted Sister* singen: »I WANNA …« und wir brüllen mit ihnen: »… ROCK!!« –

Nichts kann den Rock'n'Roll-Train aufhalten!

Fünfzig Minuten später stehen wir im Stau. Wenn man von den zahlreichen Aufklebern auf den Hecks der vor uns Stehenden ausgeht, ist das bereits der *Rock'n!*-Rückstau, was unsere Zeitkalkulation schwer über den Haufen werfen dürfte. Wir hatten das Stauende eher im letzten Drittel der Strecke vermutet. Lara motzt, dass wir früher hätten losfahren sollen und sie jetzt *The Vision Bleak* verpasst, nur wegen uns, jetzt müsse sie unglücklich sterben und das in ihrem zarten Alter, das sei unsere Schuld, wir müssten dafür das Zelt aufbauen.

Neben uns dringen im wahrsten Sinne des Wortes dichte Rauchschwaden aus einem VW-Bulli und Sven tauscht mit dessen Insassen heiße Würstchen gegen 5,0-Bier durch das heruntergekurbelte Fenster, während wir im Schritttempo durch eine äußerst unspektakuläre Wiesenlandschaft zuckeln und uns die Fahrer auf der Gegenfahrbahn höhnische Gesten zuwerfen.

Mit fortlaufender Staudauer artet es hier und da etwas aus. Wir werden von einem weißen Kombi überholt, aus dem lautstark Todesmetal dröhnt. In jedem der offenen Fenster sitzt ein Metalhead. Mit einer Hand halten sie Flaschbier, mit der anderen klopfen sie unrhythmisch auf dem Autodach herum, während der Fahrer hingebungsvoll die Texte mitgrölt oder zumindest das, was er dafür hält.

Ein silberfarbener Golf zieht mit ihnen gleich und der Beifahrer nickt der verkehrsgefährdenden Horde freundlich zu. Die wiederum grölt zurück und prostet, Fahrer inklusive, dem Mann im Golf zu, der daraufhin noch viel freundlicher grinst und neckisch mit seiner Polizeikelle zurückwinkt. Rundherum bricht allgemeine Fröhlichkeit in den schleichenden Autos aus, als die Truppe mit hochroten Köpfen wieder zurück ins Wageninnere klettert und von den Polizisten auf den Seitenstreifen eskortiert wird.

Eine Stunde später legt sich allgemeine Mattigkeit über das Onkelmobil. Während Lara sich hinter einem Verschwörungsschmöker versteckt und Sven voll auf sein Bier und einen mit Gaffatape reparierten *Nintendo DS* konzentriert, rollt Katharina ihren Körper auf dem Beifahrersitz zusammen, um sich eine Mütze Schlaf zu gönnen, was ich auch gerne tun würde, aber bei der schwülen Hitze in dem Bulli kriege ich kein Auge zu.

Leider bin ich der Einzige, der daran gedacht hat, dass wir im Onkelmobil über keinen CD-Player verfügen. Mein Tape ist das einzige Tape, das wir haben. Mein Vorschlag, die aus dem Handschuhfach gepulte »Best of Scooter«-Kassette von Svens Onkel einzulegen und die Texte im Death-Metal-Style mitzugrowlen, stößt auf keinerlei Begeisterung. Beim dritten Durchlauf meines Tapes singt keiner mehr bei *Twisted Sister* mit und ich ernte böse Kommentare auf mein unmotiviert gejohltes »... Rock!«

Entnervt macht Matze das Radio aus und überlässt es unseren Leidensgenossen in den anderen Autos, für die Beschallung zu sorgen, was ganz gut klappt, wenn man mal von den kirmes-artigen Überlappungen absieht. Dass es inzwischen im Bulli lecker stickig und heiß ist, macht es nicht besser, vor allem, weil ein Straßenschild verkündet, dass die nächste Raste erst in dreißig Kilometern zu erwarten ist.

»Alter, ich muss pissen«, sagt Matze und die Mädels erwachen aus ihrer Siesta.

»Au ja«, sagt Lara.

»Wär 'ne Maßnahme«, schließt sich Sven an und Lemmy jault leise, als er aufwacht und merkt, dass Gassigehen lockt.

»Torben, du hast die Brücke«, sagt Matze und steigt mitten im Stau aus. Ob ich vielleicht auch mal schiffen muss, interessiert keinen. Ich klettere durch die Sitze nach vorne und bin plötzlich mutterseelenallein im Wagen.

»ABER BEEILT EUCH GEFÄLLIGST!«

»Mach dir nicht ins Hemd«, ruft Matze. »Die paar Meter holen wir dich schon ein.«

Ich sehe ihnen nach, wie sie über die Leitplanke klettern und in einem Waldstück verschwinden. Ich bin schwer genervt. Vor allem, weil der Idiot hinter mir anfängt zu hupen. Er gestikuliert mit rotem Schädel herum und deutet auf die Fahrbahn vor mir. Ich sehe nach vorne.

Die Autobahn ist auf einmal völlig frei.

Links donnert ein Strom erlöster ehemaliger Stausteher hupend und fluchend an mir vorbei.

Ich habe mich schon immer gefragt, wie das passieren kann, dass es ohne Unfall zum Stau kommt, und wie das so ist, wenn man ganz vorne dabei ist. Ich kann nicht mal auf einen Standstreifen ausweichen, weil es hier dank einer Baustelle keinen gibt.

Eins ist mal sicher: wenn meine Hintermänner jetzt wählen müssten, ich würde die Wahl zum Arschloch des Jahrhunderts mit weitem Abstand vor Hitler und Kai Diekmann gewinnen.

»MACHT HINNE!!«, brülle ich recht sinnfrei durch das Gehupe. Aus dem Gebüsch, das kilometerweit weg scheint, kommen fünf Leute plus Hund geschossen, die stolpernd versuchen, gleichzeitig zu rennen und sich die Hosen hochzuziehen. Die fünfeinhalb legen einen beachtlichen Spurt mit Hürdensprung hin. Sie reißen die Seitentür auf und springen und purzeln einer nach dem anderen ins Wageninnere. Lemmy ist der Letzte. Er landet wenig elegant auf Katharina, dann wirft Sven die Tür wieder zu.

»Gib Gas, B.A.!«, plärrt er und lacht sich japsend kaputt. Ich muss ihm recht geben. Die Aktion hatte etwas schwer *A-Team*-mäßiges. Ich werde ihn trotzdem erwürgen und die anderen auch.

Als alle wieder normal atmen, kraxeln sie zurück auf ihre Plätze. Matze klatscht in die Hände.

»So, Mädels! Schluss mit Stau, ab jetzt gibt es nur noch ROCK'N'ROLL! YEAH!«

Exakt vier Minuten später erreichen wir das Ende des nächsten Staus.

***

Ein Festival kann schon Jahrzehnte am selben Ort ausgerichtet werden, es bleibt trotzdem eine anscheinend unlösbare Aufgabe für die Ordner, einem die richtige Einfahrt zum gebuchten Park- und Campingplatz zu zeigen. Nachdem wir das halbe Alphabet durchhaben, rollten wir endlich auf »Area C« ein, das sinnigerweise zwischen »Area G« und der »Crew Area« liegt.

Es ist kurz vor sechs und Lara hampelt nervös auf ihrem Sitz herum, weil sie ihre heißgeliebten Gothicmetaller von *The Vision Bleak* vielleicht doch nicht verpasst, wenn sie sich beeilt.

Ich bugsiere den Wagen auf einen freien Platz. »Mach dich dünne«, sage ich zu unserem Küken und Lara verschwindet mit dem Versprechen, dafür beim Abbauen zu helfen.

»Ja, ja«, sage ich, aber wirklich glauben tue ich es nicht.

Wir steigen aus und strecken und recken uns, während Lemmy durch unsere Beine wuselt und schnüffelt und sich schüttelt. Wir checken erst mal die Nachbarn:

Nebenan parkt ein monströser Camper, eher ein Truck als ein Wohnmobil. Die Art Zeltplatzflugzeugträger, die man eher in albernen amerikanischen Filmen erwartet als auf einem Metalfestival. Irgendjemand hat in großen Buchstaben draufgesprüht: »Man kann auch ohne Zelten Spaß haben!«

Auf der anderen Seite steht als Gegenthese ein rostiger 2CV mit holländischem Kennzeichen, daneben ist ein Ein-Männchen-Zelt aufgebaut, das dem Aussehen nach irgendwann mal der *YPS* als Gimmick beilag. Die Pyramide aus leeren Partyfässern überragt es bereits deutlich. Der Herr des kleinstmöglichen Hauses grüßt uns mit seinem Bier, wobei ihm einiges davon über den Arm schwappt, was ihn offensichtlich nicht stört. Stattdessen richtet er sich zur vollen Größe auf und brüllt »HEAVYYY METAAAAL!« Er schafft es, diese vier Silben mit niederländischer Mundart auszufüllen, dann verdreht er die Augen und stürzt wie ein gefällter Baum nach vorne um. Er bleibt mit dem Gesicht in einer Pfütze liegen und blubbernde Blasen zeugen davon, dass er zwar noch lebt, aber allem Anschein nach eingepennt ist. Matze rollt ihn auf die Seite, damit er nicht ersäuft, dann wollen wir uns daran machen, das Zelt aufzubauen.

Wir werden allerdings durch ein fröhliches »SEID IHR SPALTER, IHR HURENBÖCKE?« unterbrochen. Ein strahlender Pelle kommt auf uns zu.

Er führt uns zwei Zeltgruppen weiter ins Camp der Heimat-Nasen. Umso besser, jetzt haben wir einen fetten Zeltpavillon zur Verfügung.

Wir bauen auf und eine Stunde später sitzen wir in labil aussehenden Campingstühlen im Kreis, trinken Bier und anderes und erholen uns von unserem anstrengenden Tagewerk.

Im Hintergrund dröhnt irgendeine Band, aber von uns hat keiner Lust, das Festivalgelände heute noch zu entern. Lara hat uns inzwischen auch wiedergefunden.

»Und«, fragt Pelle. »Ist bei dir alles im Lack?«

»Im Großen und Ganzen ja.«

»Na ja, ich hab gehört, du hast bei Attila eine nette Vorstellung hingelegt.«

Ich brumme missmutig. »Ja, ja. Der Buschfunk scheint ja wieder prächtig zu funktionieren.«

Er tätschelt mir das Bein. »Mach dir nichts draus. Ich hätte es nur gerne miterlebt, wie du dich kloppst. Das kennt man von dir gar nicht.«

»Ich hab mich nicht gekloppt, ich hab's nur versucht. Wenn man ehrlich ist, habe ich mich daneben benommen und dafür eine reingekriegt. Wo warst du eigentlich?«

Er schnauft. »Mein Mädel ist wieder schwanger, deswegen arbeite ich wieder in meiner alten Firma. Da bleibt wenig Zeit für Party, aber was muss, das muss. Ist auch der Grund, warum ich das Hammer'n Steel einstelle.«

»Hä? Wie jetzt?«

Er zuckt mit den Schultern. »Na ja, ich habe keine Zeit mehr und dann ist uns auch noch der Hauptanzeigenkunde abgesprungen.«

»Schade eigentlich.«

»Tja, was will man machen? Tut mir leid wegen deiner Kolumne.«

Ich lege den Kopf schief. »Na ja. Hat schon Spaß gemacht. Auf jeden Fall Danke für die Chance.«

Er nickt aufmunternd. »Bleib dabei und mach da was draus. Du hattest auf jeden Fall eine Menge Leser und die Reaktionen waren auch gut.«

»Lob und Morddrohungen?«

»Lob und Morddrohungen. Und ein paar wollten deine Schwester schänden.«

»Hast du denen geschrieben, dass ich Einzelkind bin?«

»Ich werde ihnen doch ihre Träume nicht nehmen.« Wir grinsen und stoßen an.

»Auf das Hammer'n Steel!«

»Möge es in Frieden rosten.«

»Amen.«

Wir trinken und sehen dann einer Truppe beim Flunkiball-Spielen* zu. Pelle hat vielleicht gar nicht mal so unrecht. Die Kolumnen zu schreiben, hat Laune gemacht, ich sollte mehr daraus machen.

***

Irgendjemand hat mir einen Presslufthammer ins Bett geschmissen!

Eine Moment sitze ich kerzengerade und mit trommelndem Herzen aufrecht, bis ich mich wieder orientieren kann. Ach, stimmt, ich bin auf einem Festival und was mich geweckt hat, ist kein Presslufthammer, sondern die erste Band des Tages. Welcher Sadist bucht für elf Uhr morgens eine Grindcore-Band? Das ist doch nicht schön. Ich schäle mich aus meinem Schlafsack und verlasse das Zelt.

Die anderen sind auch mehr oder weniger wach und sitzen um einen klapprigen Klapptisch herum. Richtig verkatert ist niemand, wir wissen alle, dass es ein langes Wochenende wird und haben gestern unsere Ressourcen geschont. Auf einem Gaskocher brodelt eine Kanne Kaffee und ich schütte mir einen ein. Dann wird das Billing des Tages gecheckt und wir diskutieren, wie man eine möglichst hohe Anzahl guter Bands mitbekommt und in welchen Abständen die drei Bühnen zu Getränkeständen und Plastikklos liegen. Unser Fazit lautet, dass man einen beachtlichen Anteil der Bands verpassen wird, weil die Besten natürlich immer gleichzeitig spielen. Das ist noch etwas, das mir an Festivals sauer aufstößt. Es ist ja schön, wenn man sich ein

---

* Festivalsportart. Das Wichtigste an Flunkiball ist, dass man es besser spielt, je besoffener man ist. Dem IOC liegen angeblich bereits Anträge vor, Flunkiball zur olympischen Disziplin zu erheben. Sponsoren aus dem Brauereisektor würde es wohl freuen.

Plakat ins Wohnzimmer tackern kann, auf dem hundert Bandnamen in Schriftgröße sechs prangen. Aber man kann schon rein rechnerisch höchstens ein Viertel davon sehen und das auch nur mit einem ausgeklügelten Zeitplan und dem Kilometerpensum eines Triathleten. Man sollte sich fragen, ob man wirklich wegen der Musik zu so einem Event fährt.

Bevor wir auch nur in die Nähe einer Bühne gelangen, stehen wir schon wieder im Stau, diesmal vor dem Einlass, wo jeder Besucher den Adler machen darf und gefilzt wird. Unter ebenso lautem wie sinnlosem Protest werden Flaschen, Patronengürtel und andere gefährliche Gegenstände, wie zum Beispiel Tetrapacks mit stillem Wasser, einkassiert. Sven macht ein sorgenvolles Gesicht. Er hat zwar vorab gecheckt, dass man Hunde mit aufs Gelände nehmen darf, aber man weiß ja nie. Nachdem er versichert hat, dass er absolut nicht beabsichtigt, Lemmy jemandem an den Kopf werfen, sind wir drin.

Wir decken uns mit Wasser mit Biergeschmack ein, ich rechne, wie lange meine finanziellen Rücklagen bei diesen Preisen ausreichen, dann gehen wir zum Metal-Market-Zelt und ich kaufe mir ein cooles T-Shirt zu einem ziemlich überzogenen Preis. Kaum bin ich aus dem Zelt raus, kommen mir zwei Typen und ein Mädel mit genau demselben Shirt entgegen und ich ärgere mich.

Um kurz nach eins stehen wir vor der Hauptbühne. Die noch nicht sehr zahlreichen Zuschauer sitzen alle gemütlich in der Sonne und beachten die angemalte Black-Metal-Band gar nicht, die sich in der Mittagssonne nach Kräften bemüht, möglichst düster rüberzukommen. Wir ergattern einen Platz im Schatten der Boxentürme, aber es ist trotzdem tierisch heiß und nach dem ersten Bier merke ich schon die eindeutige Wirkung von Alkohol.

Drei Bier und zwei Bands später wird es endlich interessant. Die alten Recken von *Pretty Maids* entern die Bühne. Erstmals rappelt sich eine relevante Anzahl Leute auf und hier und da wird gezuckt und Arsch gewackelt, bevor die ersten Headbanger zu vermelden sind. Wir stehen ebenfalls auf und ich merke, dass es mir jetzt schon gar nicht mehr so leichtfällt. Das kann ja heiter werden.

Dabei hatte ich mir fest vorgenommen, mich während dieser drei Tage zu beherrschen, damit ich nicht wieder Mist baue.

Sven hält mir eine 1,5-Liter-Flasche Kola unter die Nase, die er irgendwie aufs Gelände geschmuggelt hat. Gute Idee. Ich nehme einen großen Schluck und natürlich hätte ich mir denken können, dass er mir eine trojanische Kola untergejubelt hat. Noch bevor sie im Magen einschlägt, schmecke ich den beigemischten Whiskey, dem Nennen-wir-es-mal-Geschmack nach zu urteilen, die »Marke« für 5,99 EUR und im Verhältnis fünfzig-fünfzig gemischt.

Ich huste überrascht und gucke ihn böse an.

»Was?«, fragt er mit Unschuldsmiene.

»Nix«, sage ich. Dann nehme ich noch einen Schluck.

Eigentlich lecker, das Zeug.

Nach den *Pretty Maids* machen wir uns auf den Weg zur nächsten Bühne und teilen uns auf. Matze, Sven und ich wollen uns *Testament* im Zelt angucken, die Mädels wollen bei *Subway to Sally* rumschmachten.

Weil es inzwischen ziemlich voll auf dem Gelände ist und die meisten Handynetze geschmissen haben, ist es fraglich, ob wir uns heute noch mal wiederfinden. Egal, morgen ist auch noch ein Tag, an dem wir reden können.

***

»Oh, Scheiße…«

Wenigstens werde ich diesmal nicht von einer Blastbeat-Attacke geweckt, aber das macht bei meinem Schädel keinen großen Unterschied.

Ich bin nicht alleine in meinem Zeltabteil. Neben mir liegt

Lemmy und seltsamerweise habe ich ein Baustellenschild im Arm. Ich knete mein Gesicht in der sinnlosen Hoffnung, dadurch die Kopfschmerzen, wenn schon nicht loszuwerden, so doch zumindest gerecht verteilen zu können. Irgendwie fühlt sich mein Gesicht anders an als normalerweise. Ich ahne Böses und suche in meiner Tasche nach irgendetwas Spiegelndem. Der Boden einer Dose Rasierschaum (wieso habe ich so was dabei?) bestätigt meine Befürchtungen. Die Schweine haben mich dekoriert. Im Schlaf angemalt.

Nicht wirklich schlimm, aber falls das Edding ist, bringe ich sie um.

Ich rubbele mit den Socken von gestern in meiner Visage herum. Das ist nicht gerade lecker, aber die sind halbwegs feucht, wenn ich auch nicht wissen will, wieso. Die Farbe geht gut ab, Glück gehabt. Dafür stelle ich irritiert fest, dass ich zwei mit Kuli geschriebene Telefonnummern auf meinem linken Unterarm habe.

Ich steige in meine Trainingshose und trete vor das Zelt. Matze hockt mit Lara und Katharina am Frühstückstisch. »Moinsen«, nöle ich und ernte eine schwache Erwiderung. Wenigstens bin ich nicht das einzige Opfer des bösen Whiskey-Kola und seiner Brüder und Schwestern. Lara reicht mir wortlos einen Plastikstreifen Aspirin. Ich nehme gleich zwei und spüle sie mit einem Schluck abgestandenem Wasser runter.

Statt Kaffee gibt es heute Konterbier. Ich mache eine Dose auf und mische mir in einem Becher Kolabier. Nach dem ersten Schluck geht es mir besser. Matze hält mir eine Tüte Erdnussflips unter die Nase. Prima, Frühstück.

»Sagt mal«, frage ich in die kleine Runde. »Hab ich gestern irgendwas angestellt, von dem ich wissen müsste?«

Katharina schüttelt matt den Kopf. »Alles im grünen Bereich. Nur dass du dein Shirt auf die Bühne geschmissen hast, hat mich ein bisschen gewundert. Hast du das nicht gestern erst gekauft?«

»Mist, ja!«

»Künstlerpech«, sagt sie und grinst.

Ich deute auf mein Gesicht. »Und wem verdanke ich die Kriegsbemalung?«

Keiner meldet sich, aber der eine oder andere wirkt leicht schuldbewusst. Schon klar, Schlafende dekorieren ist ein Gemeinschaftsjob.

»Na ja, schon okay. Danke, dass ihr keinen Edding benutzt habt. Ich hätte echt keinen Bock, den Rest des Wochenendes wie ein samoanischer Wrestler rumzulaufen. Aber was sollte das Schild in meinem Arm ...?«

Lara erklärt: »Damit bist du irgendwann aufgetaucht. Keinen Schimmer, wo du das her hattest, aber du hast steif und fest behauptet, du könntest fortan nicht mehr ohne leben.«

»Oh. Na, dann ist ja gut.«

Anscheinend habe ich mich diesmal halbwegs benommen und da die Telefonnummern auf meinem Arm verdächtig nach Svens Jungs-Handschrift aussehen, mache ich mir darum auch keine großen Gedanken.

Nach und nach addieren sich auch die anderen aus dem Camp zu uns. Die meisten sehen so aus, wie ich mich fühle. Trotzdem oder gerade deswegen öffnen die meisten das erste Bier des Tages.

Ich lutsche an einem angematschten Schokobrötchen aus der Folie herum. Nach diesem opulenten Mahl beschließe ich, mir ausführlicher anzugucken, wofür ich eigentlich hundertdreißig Euro hingelegt habe.

Ich schlendere über das Zelte- und Budenareal und wundere mich. Nicht so sehr über die Masse an Leuten, die jetzt schon wieder auf den Beinen ist und zwischen halbwegs fit und Zombie schwankt, auch nicht über den Typen im hellblauen Hasenkostüm, der mir Dope und Pilze andrehen will (viel zu teurer Kurs, natürlich) und auch nicht über den Zwei-Meter-Mann, der nur mit einer Küchenschürze mit der Aufschrift »Mami ist die Beste« gekleidet durchs Gelände pirscht.

Es ist die erstaunliche Masse an grobem Blödsinn, der mich staunen macht. Ein Wahrsagerzelt. Ein Bungee-Sprungturm.

Ein Zelt für eine Wrestlingshow. Eine Comedy-Bühne. Ein Wet-T-Shirt-Contest. Reiten auf dem mechanischem Bullen. Ein Tabak- beziehungsweise Waffenkonzerngesponsortes Shisha-Zelt.

Was hat das noch mit Metal zu tun? Das ist ein verdammter Kindergeburtstag. Ein verdammt teurer Kindergeburtstag noch dazu. Es fehlt eigentlich nur noch ein Karussell und ein Clown, denke ich. In dem Moment latscht mir ein Typ im Clownskostüm über die Füße, der Ballons in Gitarrenform vertickt.

Bevor ich mich ernsthaft aufrege, tapere ich lieber ein bisschen über den Zeltplatz. Hier und da sehe ich bekannte Gesichter, ja ja, diese Welt ist halt eine der kleineren. Auch wenn ich als Smalltalker ziemlich unbegabt bin, labere ich mich hier und da fest, und jedes Mal kriege ich ein Bier oder einen Pappbecher mit was Schlimmem drin in die Hand gedrückt und man will ja nicht unhöflich sein. Dann ist Mittag durch und ich habe schon wieder schwer einen im Tee.

Dafür sind die Kopfschmerzen weg.

Aber es gibt Schlimmeres als Kopfschmerzen. Zwei Camps von unserem entfernt hat sich die braune Brut breitgemacht. Aus einem Ghettoblaster dröhnt stumpf dumpfer Oi-Punk mit fragwürdigem Textinhalt und die Visagen und Shirtsprüche der Anwesenden lassen wenig Zweifel offen.

Warum schmeißt man die nicht vom Gelände?, frage ich mich.

Was haben die mit Metal zu tun?

Wegen *Napalm Death* sind die jedenfalls nicht hier, so viel ist sicher. Obwohl, in solchem Pack sind ja gerne mal Pfosten, die Texte mitgrölen, ohne zu merken, dass es darum geht, dass sie sich doch bitte mal gepflegt ins Knie ficken und still sterben gehen sollen.

Etwas muffelig komme ich später wieder in unserem Camp an. Die anderen brechen gerade auf, um die ersten guten Bands des Tages anzugucken, und ich schließe mich ihnen an.

Bevor wir zur Hauptbühne tigern, um *Nevermore* zu gucken, kaufe ich mir etwas an einer Fressbude, von dem ich annehme, dass es eine Bratwurst mit Pommes sein soll. Während ich die Kohlehydrate und viel, viel Fett in mich hineinstopfe, versuche ich, alle visuellen und geruchlichen Sinneseindrücke auszublenden.

Das habe ich bei Heinz gelernt. Hauptsache, man wird satt.

Danach gucken wir Musik und ich bin neidisch auf Daumen, der für Lucy den Hochsitz spielt. Allerdings würde ich es bei aller Liebe nicht schaffen, sie drei Bands am Stück auf meinen Schultern zu tragen. Zeitweise gewinne ich den Eindruck, dass Daumen sie dort oben einfach vergessen hat.

Langsam verstehe ich das Konzept hinter diesen großen Festivals. Natürlich geht einem bei nüchterner Betrachtung die Abfertigung von teils großartigen Bands im Dreiviertelstunden-Takt auf die Nüsse, aber mit nüchterner Betrachtung habe ich inzwischen nicht mehr viel am Hut. Irgendwer hat immer Bier parat, die Hitze kocht das Hirn weich und irgendwann merke ich, dass ich seit fünf Bands, von denen ich zwei überhaupt nicht kenne und nicht mal gut finde, mittendrin bin, headbange, rumtanze, poge und mich sogar zweimal auf einen Circle Pit* eingelassen habe. Als es für eine knappe halbe Stunde regnet, schließe ich mich sogar den Woodstock-Gedächtnishopsereien an.

Anders ausgedrückt: Ich habe Spaß.

Es wird bereits dunkel, als ich mich wider besseres Wissen zu

---

* Simpel gesagt: Ein Haufen Leute rennt im Kreis. Sieht von der Bühne und später auf den Konzert-DVDs top aus, ist im Pulk allerdings eher langweilig bis nervtötend. Zumindest staubt es bei trockenem Wetter ganz prima und man hofft die ganze Zeit, dass man bitte, bitte, bitte nicht aufs Maul fliegt und auf Briefmarkendicke eingestampft wird. Natürlich ist der Circle Pit eine ausdrücklich sinnlose Betätigung. Andererseits bezahlen zigtausende mündige Wähler monatlich horrende Gebühren, um dann in freudlosen Betonbunkern vor großen Fensterscheiben auf Laufbändern zu joggen, mit Blick auf die Außenwelt, anstatt von vornherein dort herumzulaufen. Das alles drückt nur das Bedürfnis des Menschen nach sinnfreien Lauftätigkeiten aus. Vielleicht erklärt das auch diverse Russlandfeldzüge.

den Fressbuden durchschlage und mir etwas in einem Brot hole, das meinen knurrenden Magen zur Ruhe bringen soll. Eigentlich wollte ich es vermeiden, nach der Bratwurst from hell noch mehr zu essen, weil Essen auch immer die körpereigene Produktion von Stuhl mit sich bringt, doch eine Inspektion der Dixi-Klos auf dem Gelände hat ergeben, dass ich längere Aufenthalte dort lieber vermeiden würde. Im ersten Klo hatte ein stattliche Anzahl Leute Türmchen »gebaut«. Ein Spaßvogel hat den babylonischen *Monte Fäkalo* mit einer kleinen Deutschlandflagge gekrönt.

Trotzdem brauche ich jetzt einen Döner im Schafspelz, auch wenn ich vermute, dass er mir eine anständige Salmonellenparty bescheren wird. Ich suche mir ein halbwegs ruhiges Fleckchen, um mir die Spachtelmasse einzuverleiben. Ich will gerade zubeißen, als mir unvermittelt Fingernägel aus Ammoniak in der Nase herumbohren. Ich habe den Fehler gemacht, mich zu nahe an den kleinen Bach zu setzen, der das Gelände durchzieht und das Konzertgelände vom Zeltplatz trennt. Inzwischen ist vermutlich kein Tropfen Wasser mehr darin zu finden, dafür hat er inzwischen die infektiösen Qualitäten einer WK-I-Latrine.

Murrend mampfe ich den Döner auf dem Weg zum Zeltplatz. Die anderen habe ich schon eine gute Stunde nicht mehr gesehen, aber im Camp ist auch niemand zu finden. Vielleicht ist das ganz gut so, ich baue sowieso etwas ab.

Ich will gerade ins Zelt krabbeln, als ich etwas Seltsames sehe. In einer dunklen Ecke neben unserem Camp kann ich fünfzig Prozent von Sven erkennen, der gerade einen langen Zug aus einer Bierflasche nimmt. Seine Beine und Hüfte sind weg.

Ich gehe zu ihm rüber. Er steht in einem etwa einem Meter tiefen und ebenso breiten Loch, das er mit einem mickrigen Klappspaten eifrig erweitert.

»Ah, hi«, begrüßt er mich gut gelaunt.

»Auch hi. Was zum Teufel machst du da?«

»BUNKER BAUEN!«

»Bitte was?«

»Ich bau mir ’nen Bunker!«

Ich kneife mir in den Nasenrücken, stelle aber fest, dass ich leider nicht träume.

»Und wozu? Befürchtest du Luftangriffe, um die Langhaarigen aus der Republik zu bomben?«

»UNTER ANDEREM! Aber eigentlich habe ich keinen Bock mehr, jedes Jahr mein Zelt aufzubauen. Da hab ich mir gedacht: Der kluge Mann buddelt vor. Da kann ich’s mir gemütlich einrichten.«

»Ach, und was glaubst du, wie lange du für dein Bauvorhaben brauchst?«

»Ein, zwei Stunden.«

Ich schaue auf seinen Minispaten und das ein Meter tiefe Loch. »Und wie lange buddelst du schon?«

»Ein oder zwei Stunden. Wie spät isses denn?«

Ich lasse seine Frage unbeantwortet. »Aha. Na dann. Noch viel Spaß, Baumeister Bob.«

»Lästere nicht, Ungläubiger.« Er wedelt mit seinem Spaten herum, als wäre es eine krude Mischung aus Kruzifix und AK-47-Sturmgewehr. »Das wird schon.«

»A’sklar. Ich hau mich hin«, sage ich und wende mich zum Gehen.

»Sag mal, was ist denn aus deinem Lucy-Countdown geworden? Bist du endlich zu Potte gekommen?«

Ich winke ab. »Klar. Deswegen klettere ich gleich alleine in meinen Schlafsack.«

»Sie hat Nein gesagt? Oder hast du gekniffen? Wie immer?«

Ich zucke mit den Schultern. »Irgendwann war sie weg. Da kann ich ja auch nix für.«

»Du bist ’n Hoschi.«

»Ja klar, Bunkerbuddler, schmeiß du mal mit Steinen.«

Er lacht dreckig und nickt, dann macht er sich wieder an die Arbeit. Ich klettere in das Zelt und lasse mich grunzend in mein Abteil fallen.

Ich mache mir ein Gute-Nacht-Bier auf und lege mich lang. Ich werde morgen einen ziemlich heftigen Muskelkater im Arsch haben, der aber ganz gut zum Kater im Kopf passen wird. Gut, dass ich nicht für die Rückfahrt eingeteilt bin und noch ein bisschen im Bulli knacken kann.

Ich gähne und stelle das Bier so hin, dass ich es bei akuter Ausnüchterung bequem erreiche und es, falls es umkippt, mich nicht vollsifft, auch wenn das nichts mehr schlimmer machen kann. Nach diesen drei Tagen werde ich sowieso stinken wie ein Iltis nach einem Hundert-Meter-Schwimmen im vollgestrullten Babybecken.

Als ich gerade wegdämmere, kommt jemand ins Zelt. Die Geräusche deuten darauf hin, dass jemand sehr umständlich seinen Schlafplatz sucht. Erst vermute ich, dass Sven seine Tiefbaupläne ad acta gelegt hat, aber dann höre ich Matze brüllen:

»SVEEEEEN, VERDAMMT!«

»WAT IS?«, tönt es aus dem Loch in der Ferne.

»DEIN ... DEIN... DEIN DUSSELIGER KÖTER ...«

Ich richte mich auf. Wenn Matze etwas so aus der Fassung bringt, ist das allemal interessanter als Schlafen.

»NENN MEINEN SÜSSEN KLEINEN NICHT KÖTER, SCHON GAR NICHT DUSSELIG, ISSASKLAR?!«

»SCHEISSE, DU KANNST MICH MAL! DEIN ›SÜSSER KLEINER‹ HAT GRAD MEINEN SCHLAFSACK VERGEWALTIGT!«

Kurzes Schweigen.

»ER HAT WAS?«

»MEINEN BESCHISSENEN SCHLAFSACK VERGEWALTIGT!«

»... Öööh ... na ja ... ähh ... WOHER WILLST DU WISSEN, DASS ES LEMMY WAR?«

»WEIL ICH IHN VERFLUCHT NOCH MAL GERADE DABEI ERWISCHT HABE!!!«

»Oh. JA, UND?«

»WAS SOLL DAS DENN BITTE HEISSEN, ›JA, UND‹?«

»NA, DER BRAUCHT HALT AUCH AB UND ZU EIN BISSCHEN LIEBE. WAS SOLL ICH DENN DA MACHEN?«

»ICH SCHEISS DRAUF, OB DER LIEBE BRAUCHT. WO SOLL ICH DENN JETZT SCHLAFEN, HÄ? LEMMY HAT ALLES VOLLGEWICHST! DAS IST EKELIG, VERFLUCHT!«

»STELL DICH NICHT SO AN!«

»ICH ZEIG DIR GLEICH MAL, WER SICH HIER ANSTELLT!«

»DANN NIMM HALT MEINEN, HRRGTTNCHML!«

»MEINETWEGEN! UND WO WILLST DU DANN PENNEN?«

»IM BUNKER!«

»WAS FÜR'N BUNKER? UND WER LACHT DA EIGENTLICH?«

»Ich«, sage ich, schnappe mir mein Bier und klettere wieder aus dem Zelt. So kann ich nicht schlafen. Da ziehe ich mir lieber noch die letzten zwei Bands des Festivals rein.

Vielleicht gibt es ja noch ein Feuerwerk.

Ich mag Feuerwerk.

Im Partyzelt, wo inzwischen Musik aus der Dose läuft, steht die Luft und die anwesende Masse ist in einem nicht besonders unterhaltsamen Zustand, also ziehe ich weiter. Auf der Main Stage sind *Tiamat* zugange und tauchen die komplette Bühne in Videoprojektionen, die mich daran erinnern, dass ich in meinem Leben noch keine Psychodrogen genommen habe und das eigentlich mal nachholen sollte, um für mein Rock'n'Roll-Karma zu punkten.

Momentan bin ich aber nur auf Alkohol. Mir ist das Spektakel aus der Nähe visuell zu anstrengend, also setze ich mich auf den Hügel gegenüber der Bühne, genieße die Aussicht und die Klänge des live dargebotenen »Wildhoney«-Albums. Das sieht schon sehr schick aus, mit all dem Disconebel, den Lasern und Videoprojektionen und der doch immer noch stattlichen Anzahl Zuschauer, die sich das Finale vom *Rock'n!* nicht entgehen lassen wollen. Ich kann nicht bestreiten, dass ich Spaß hatte und habe.

Irgendwie hat es sich doch gelohnt. Auch wenn etwas fehlt.

Aber da kann ja das Ereignis als solches nichts für.

»Torben?«

Ich gucke in die Richtung, aus der die Frage kommt, und kann eine Silhouette erkennen, genauer gesagt, den schönsten Umriss, den das Halblicht dieser Hemisphäre zu bieten hat. Es ist Lucy.

»Oh. Hi«, gebe ich mich sehr eloquent.

Sie setzt sich zu mir. »Ich hab dich den ganzen Abend über vermisst. Wo warst du denn?«, fragt sie.

»Überall und nirgendwo. Sind halt eine Menge Leute hier.«

Sie nickt. »Das kann man wohl laut sagen. Guck dir das nur mal an.« Sie zeigt mit dem Finger einmal ins Rund. So weit das Auge reicht, sieht man Zelte, Zelte und nochmals Zelte. Und Autos. Und Campingmobile. Und Zelte. Und Leute. Und mittendrin das eigentliche Festival mit seinem fast unscheinbar kleinem Grundriss.

»Sechzigtausend, habe ich gehört.«

»Eine richtige kleine Stadt«, sagt sie.

»Zumindest für das Wochenende. Am Montag sind sie wieder alle weg.«

»Ja. Schon schräg, oder?«

»Das sag ich dir.«

*Liebe Lucy,*

*das wäre jetzt ein super Zeitpunkt, um dir zu sagen, dass ich tierisch in dich verliebt bin, findest du nicht auch?*

*Leider ist mein Gehirn gerade im Urlaub.*

*Das Wetter ist schön, das Hotel und das Essen gehen so.*

*In Liebe*

*dein Torben*

»Ist alles in Ordnung bei dir?«, fragt sie. »Du wirkst irgendwie abwesend.«

»Alles cool«, sage ich.

»Das ist gut«, sagt sie und schenkt mir einen dieser unmöglich zu deutenden Blicke.

Sie steht auf, wuschelt mir durch die Haare und macht sich auf dem Weg zum Camp. Ich sehe ihr nach.

Trottel, Trottel, Trottel.

Ich könnte heulen, aber ich tu es natürlich nicht. Stattdessen beschließe ich mannhaft, mich hoffnungslos abzuschießen und anschließend im Pissegraben selbst zu ertränken.

Mein Kopf sinkt zwischen meine Knie.

»Sie ist sehr verliebt in dich«, sagt jemand hinter mir und setzt sich zu mir ins Gras.

Ich zucke hoch. »Oh. Hi. Du hier?«

Neben mir sitzt ... Nicole. Wow, ich habe mir den Namen gemerkt, ich bin ganz stolz auf mich. Fast hätte ich sie mit »*Exciter*-Mädchen« angesprochen.

Sie nickt Richtung Lucy, die zwischen zwei Zelten verschwindet. »Ihr beide gehört zusammen, das weißt du. Oder?«

Ich lasse den Kopf hängen. »Ja, ist klar. Aber ich glaube, ich hab's versaut. Mir ist es lieber, wenn wir nur Freunde bleiben, und selbst das ist schon viel von ihr verlangt.«

Sie schüttelt den Kopf, wie eine Lehrerin, die über ein sehr dummes Kind verzweifelt. »Blödsinn! Du bist vielleicht eine dämliche Heulsuse.«

»Was bitte?«

»Ich sage, das ist Blödsinn. Jetzt sag mir mal, wie oft hat sie dir schon verziehen, wenn du dich benommen hast wie die Axt im Walde?«

»Keine Ahnung, aber ...«

Woher zum Teufel weiß sie so was? Ist das überhaupt schon Wissen oder ahnt sie noch? Weibliche Intuition? Stalking? Wie auch immer, sie hat leider recht. Nicht mal meinen Ausfall bei

Attila trägt Lucy mir noch nach. Die Frage ist bloß, wie oft man sich so was leisten darf. Ich habe mein Pensum wahrscheinlich längst überschritten.

»Vermutlich gefühlte tausendmal«, schätzt Nicole ziemlich richtig. »Das macht man nicht, wenn man einfach nur befreundet ist, dazu braucht es schon etwas mehr. Aber das wird bei euch bald einfach nicht mehr klappen. Scheiße, Torben. Du solltest endlich mal so tun, als hättest du Eier in der Hose ...«

»Hey ...«

»... zu ihr hingehen, sie in deine Arme nehmen und küssen.«

Verflucht, ich hasse es, in einer Diskussion ohne Argumente zu sein. »Und wenn du dich irrst?«

Sie sieht mich an und ich bemerke einmal mehr, wie schön diese Frau ist. Dann merke ich, dass ich das einfach nur so denke, ohne sie zu wollen.

Und sie guckt, als hätte ich gefragt, woher sie weiß, dass Dinge immer nach unten fallen.

»Tu ich nicht«, sagt sie. Dann steht sie auf und klopft sich Gras und Erde vom Hintern. »Wenn du es nicht durchziehst, jetzt und hier, wirst du es für den Rest deines Lebens bereuen.«

»Ach. Und was macht dich da so verdammt sicher?«

»Sicher ist nichts.« Sie lächelt. »Aber ich erkenne ein Paar, wenn ich es sehe. Nenn es weibliche Intuition. Andererseits kann das auch ein Blinder mit Krückstock sehen.«

»Hm ja, wahrscheinlich hast du recht.« Ich sehe sie an. »Danke, Nicole.«

Sie legt den Kopf schief und grinst. »Na, so was! Du weißt sogar noch meinen Namen. Du machst dich.«

Sie reicht mir die Hand. Ich nehme sie an und wuchte mich hoch.

»Man tut, was man kann.«

Sie lächelt und weist mit dem Finger in die Richtung, in die Lucy verschwunden ist. »Los jetzt«, sagt sie, dreht sich um und geht. Ich bleibe unschlüssig stehen.

Sie wendet sich noch mal zu mir um. »Torben?«

»Ja.«

Sie steht da, die Daumen in ihre Gürtelschlaufen gehakt. »Die eine Nacht, als ich bei dir war …«

»Öhm, ja?« Au weia. Jetzt kommt's!

Sie lächelt. »Du bist mittendrin besoffen eingeschlafen.«

»Oh. Echt?«

Irgendwie peinlich, aber das könnte sogar stimmen.

Sie nickt. »Du hast mich in deinen Armen gehalten. Und im Schlaf hast du die ganze Zeit Lucys Namen gebrabbelt.«

»Na, so was.«

»Du hast sehr schöne Arme«, sagt Nicole, zwinkert mir zu und geht fort.

Ich stehe da und wundere mich.

Frauen.

Ich werde sie wohl nie verstehen.

Ist vielleicht auch besser so, zumindest spannender.

Dann gehe ich hinter Lucy her.

Jetzt und hier.

Oder nie.

***

Ich versuche, möglichst entschlossen zum Zeltplatz zu stapfen, aber alkoholbedingte Schwankungen verlängern den Weg unnötig.

Ich bin fast da, als ich Lucys Stimme höre. Ich gehe um einen Wohnwagen herum und sehe sie.

Zusammen mit einem Kerl.

In inniger Umarmung.

Meine Bierflasche gleitet aus toten Fingern. Jemand hat fünf Kilo Eis besorgt und schmeißt sie mir in den Magen.

Trottel, Trottel, Trottel.

Ich hätte es mir denken können, ich Vollidiot. So eine verfluchte Scheiße.

Als ob Lucy wirklich was von mir wollen könnte. Wahrscheinlich hat sie den Typen schon den ganzen Abend an der Angel und konnte gar nicht schnell genug von mir loskommen, um mit ihm rumzumachen.

Ich bin! So! Verdammt! BLÖDE!

Wütend wende ich mich um. Alkohol in letaler Dosierung und der vollgepisste Bach warten auf mich. Ich habe keinen Bock mehr auf diese ganze Scheiße.

Und ich ...

Moment mal.

Auch wenn ich ihn nur von hinten sehe, erkenne ich den Typen:

Es ist eine der Glatzen aus dem Fascho-Camp.

Und auch wenn ich besoffen, blöd und gerade rasend eifersüchtig bin, weiß ich eins genau: dass Lucy sich niemals mit so einem Penner einlassen würde, selbst wenn die Hölle zufrieren, wieder auftauen und von buddhistischen Gärtnern aufgeforstet würde.

Mein Blick wird klar.

Und ich sehe

... das ist keine innige Umarmung.

Der Kerl hat seine Hand zwischen Lucys Beinen.

Lucy wehrt sich.

Sie hat Angst.

Er tut Lucy weh.

Er

tut

ihr

weh!

Das Eis in meinem Magen verdampft. Meine Fäuste verkrampfen sich und alles um mich verschwindet aus meinem Blickfeld bis auf Lucy und das Arschloch.

Ich renne los.

Bruce Banner wird wütend und er verwandelt sich in den grünen Hulk.

Der Hulk wird wütend und er verwandelt sich in Torben Lange.

Es fühlt sich an, als würde ich die Strecke von etwa fünfzehn Metern in drei Riesenschritten durchqueren.

In mir brennt das Feuer weiß glühenden Zorns.

Ich brülle etwas.

Springe an.

Werfe nieder.

Schlage zu.

Lucy kreischt überrascht.

Und dann stehe ich über dem Kerl, eine Hand an seinem Kragen, die andere zu einem zweiten Schlag erhoben. Blut quillt aus seiner Nase und in meiner Faust spüre ich scharfen Schmerz, als hätte mir jemand Pfefferspray in das Mark meiner Fingerknochen gesprüht.

Wow, wie fest habe ich zugehauen?

Plötzlich werden mir drei Dinge klar:

1. Sehr fest.

2. Der sehr große Nazi unter mir wird sich in wenigen Sekunden trotzdem davon erholen und äußerst angefressen sein.

3. Unter anderem habe ich vergessen, dass man immer seinen Unterleib schützen sollte.

Ich kriege ein Knie genau in meine Familienplanung verpasst. Die gesammelte Erinnerung an die unsanft kennengelernten Fahrradstangen meiner Jugend vereint sich zu einem unglaublichen explosiven Schmerz und mir knicken die Beine ein. Der Fascho hingegen richtet sich grunzend auf und er sieht scheiße wütend aus.

»Torben.«

Ich fühle Lucys Hände an meiner Schulter und zwinge mich allen Instinkten zum Trotz aufzustehen und schiebe sie hinter mich.

Mein Gegenüber wischt sich das Blut unter der Nase weg und funkelt mich an. »Wer bist denn du, du blöder Penner?«

Ich gehe einen Schritt zurück und halte Lucy hinter mir. Egal was passiert, die Hauptsache ist, dass sie heile aus der Sache rauskommt. Ich überlege wieder anzugreifen, um ihr Zeit zum Abhauen zu geben, als eine weitere Stimme ertönt, die jegliche Sympathie vermissen lässt und alle Hoffnungen auf eine schnelle Lösung zunichte macht.

»Was ist denn hier los, Hannes?« Ein Sechserpack Schränke taucht aus dem Halbdunkel hinter meinem Gegner auf, gekrönt von einem halben Dutzend Köpfen, die gefüllt sind mit jeder Menge braunem Gedankengut, Gewaltbereitschaft, Bier und sonst nicht viel.

»Dieser kleine Scheißer hat mir eine reingehauen«, informiert ›Hannes‹ seine Kameraden, ohne den Blick von mir abzuwenden. »Der sucht Ärger.«

Ich höre Lucy flüstern: »Lass uns bitte abhauen!« Aber ich fürchte, das bringt nicht mehr viel.

Die Wand aus Muskeln und stumpfer Gewaltbereitschaft baut sich vor mir auf, in der Mitte Hannes, der sich vermutlich nicht damit zufrieden geben wird, Gleiches mit Gleichem zu vergelten.

»Die blöde Sau steht wohl auf Schmerzen. Das trifft sich gut, echt gut. War bisher ein scheißlangweiliges Fest hier«, sagt einer, dem Anschein nach der Ortsgruppenleiter des Totschlag e.V.

Sie machen gemeinsam einen Schritt auf mich zu, die Fäuste geballt, breit grinsend, feist kichernd. Ich sehe Muskeln, ein, zwei Baseballschläger und eine schwere Kette.

Ich habe Angst.

Um mich.

Um Lucy.

Dann wächst mir ein Tier zwischen den Beinen.

Verwundert schaue ich an mir runter.

Kriegt man kurz vor einem schmerzhaften Tod etwa eine Erektion?

Nein, es ist Lemmys Hundeschädel.

Und wenn ich dachte, Hannes wäre scheiße wütend, dann weiß ich nicht, was Svens ›Kleiner‹ zum Ausdruck bringt. Das pelzige Gesicht dieses Hundes, der sonst die Personifizierung von Gleichmut, Gemütlichkeit und Kuschelbedürfnis darstellt, scheint nur noch aus Zähnen, Knurren, noch mehr Zähnen und zwei tiefschwarzen kleinen Pupillen zu bestehen und diese Stecknadeln des gerechten Zornes fixieren Hannes.

Genauer gesagt, fixieren sie den Bereich seiner Fortpflanzungsmöglichkeiten.

Lemmy will dem Fascho an die Klöten, so viel ist sicher und ihm ist in diesem Moment vollkommen egal, ob er davon satt wird, solange er darauf rumkauen kann.

Ich schaue in Hannes' Augen und sehe, dass er zu der gleichen Erkenntnis gelangt ist wie ich. In blütenweiß reiner nackter Panik starrt er Lemmy an, dessen Knurren die gesammelten Death-Metal-Sänger der letzten zwanzig Jahre neidisch erblassen lassen würde.

Ich sehe den Rest der Aushilfsherrenmenschen an, die ebenfalls etwas unglücklich wirken, allerdings schauen sie gar nicht Lemmy oder etwa mich an, sondern etwas hinter mir.

»Gibt es hier ein Problem, oder was!?«, höre ich eine Stimme donnergrollen.

»In der Tat, ich glaube, hier gibt es ein Problem, ein sehr braunes sogar«, sagt Sven.

Ich drehe mich um.

Da steht Daumen, der Berg. In all seiner Pracht. Manche würden behaupten, er hält in seiner linken Hand ein Trinkhorn, mit dem er sein Met-Bier-Gemisch stilecht genießen kann. Andere würden, nicht ganz zu Unrecht, von einer unverhohlenen Drohung sprechen, jemanden in den nächsten sechzig Sekunden eine zutiefst schmerzhafte Metamorphose zum Einhorn zukommen zu lassen.

Neben ihm sehe ich Sven, der seinen finsteren Blick auf die Nazibande nur kurz abwendet, um mir fröhlich zuzuzwinkern.

Und dann wären da noch Matze, Lara, Katharina, Pelle, Frankie und die ungefähr dreißig anderen Metaller, die hinter mir stehen. Nicht mitgerechnet diejenigen, die den Platz umringen.

Ich sehe Lucy an.

Wir können nicht anders.

Wir grinsen. Wir grinsen, als hätten wir schwer einen an der Mappe.

Dann sehe ich die rechte Brut wieder an. Sie sieht irgendwie überhaupt nicht mehr gewaltbereit aus, eher sorgenvoll.

Vielleicht kriegen sie in diesem Moment endlich mal einen Eindruck davon, wie sich ein libanesischer Familienvater fühlt, kurz bevor ein stupider Hasstrupp ihn durch eine ostdeutsche Kleinstadt hetzt.

Ich fühle ein Filmzitat in mir hochkommen, das muss jetzt einfach sein.

»Dies ist unser Tag«, sage ich in eine stille Sekunde.

Klingt blöd.

Fühlt sich aber gut an.

Dann bricht die Hölle los.

Die Faschos rennen wie auf Kommando los, links und rechts stürmen zornige Metaller an mir vorbei wie eine Stampede in Jeanskutten und dann kosten ein paar politisch Desorientierte von ihrer eigenen Suppe.

Ich kann's nicht glauben.

Ich lebe noch.

Ich bin noch heile.

Und ...

Ich drehe auf dem Absatz um.

Lucy!

Sie steht vor mir.

Es geht ihr gut.

Ich reiße sie in meine Arme und drücke drücke drücke.

Sie schiebt mich von sich, nur sanft, aber bestimmt, und lacht mich an. Dann wird ihr Gesicht ernster, auch wenn sie immer noch lächelt. Sie streichelt mein Gesicht.

Im Hintergrund höre ich Hannes, der brüllend bettelt, man möge bittebittebitte das Monster von seinen Klöten fernhalten.

»Lucy ...«, sage ich.

»Torben ...«, sagt sie.

Ich streichle sie und sie streichelt mich.

Sie sagt: »Du warst da.«

Es ist nur ein Feststellung. Aber sie hat recht.

Ich war da.

Und ich möchte immer da sein.

Egal, was die Konsequenzen sein sollten.

»Ich hatte solche Angst, dass er dir wehtut.«

Ihre Augen glitzern.

»Warum das denn?«, fragt sie.

*Liebe Lucy,*

*wie l...*

*(Das Geräusch zerknüllten Papiers, das jemand zielsicher in einen Papierkorb wirft.)*

»Äh, na ja ... weil ich es nicht ertragen kann, wenn dir jemand wehtut, weil ich dich liebe, also nicht als Freundin, aber das auch irgendwie, das schon, aber eigentlich meine ich so richtig, ich liebe dich als Frau, verstehste, und ich will für dich da sein und ich will dich beschützen und es tut mir alles so leid und ich hab so am Rad gedreht, weil ich dir das doch schon die ganze Zeit sagen wollte, erst war mir das gar nicht so bewusst, also klar, und später war dann ja nie die Gelegenheit und ich war mal mit einer zusammen und du mit einem und ich wollte da ja auch nicht dazwischenfunken und ich wollte nicht alles kaputt machen, ich meine, unsere Freundschaft, und das ist alles so verdammt gruselig, Matze und Katharina sind Eltern und ich weiß doch gar nicht, was das Leben bringen soll, und man fängt dann ja auch an, über das alles nachzudenken, wo das denn hinführen soll, und ich will dich einfach nicht verlieren und dann habe ich lieber gar nichts gesagt und ...«

»Könntest du vielleicht JETZT die Klappe halten? Und mich küssen? Ich hab lange genug darauf gewartet, dass du endlich mal in die Puschen kommst, du Lahmarsch.«

Und wir sehen uns an, Lucy und ich. Und ich nehme sie in meine Arme, endlich schließe ich sie wirklich in meine Arme, wie ich es immer wollte.

Und wir küssen uns.

Und wir sind Rhett Butler und Scarlett O'Hara und im Hintergrund flackert der feurige Schein von Lagerfeuern und brennenden Dixi-Klos und in Dolby Megasurround erklingt als Filmmusik der Klang verprügelter jammernder Nazis auf der Flucht vor einem in gerechtem Zorn entbranntem Mob.

Und der Süden wird wieder auferstehen, wo auch immer.

Auf einem Ghettoblaster läuft »Nothing Else Matters«.

Korrekt.

***

Sonntagnachmittag.

Das Festival ist vorbei.

Lucy und ich stapfen durch den Schlamm des Festivalgeländes. Die riesige Hauptbühne hat man bereits der Stoffverkleidung beraubt und das nackte Metallgestell ihres Skelettes sieht weniger groß und beeindruckend aus als am Abend zuvor und irgendwie verletzlich.

Monteure und Arbeiter wuseln ameisengleich durch das Gelände und demontieren Technik, Gerüste und Zäune und verwandeln das Partyareal, auf das so viele Tausend Fans Jahr um Jahr hinfiebern, zielsicher zurück in eine zertrampelte Kuhwiese mitten im Nirgendwo.

Drumherum bricht der Stamm der Heavy-Metal-Indianer seine Tipis ab und zieht weiter bis zu seiner Rückkehr im nächsten Sommer.

Dixi-Klos, Bühnenelemente und Fressbuden werden routiniert aufgeladen, angehängt und weggefahren, gelegentlich Kommandos gebrüllt, während Mülleinsammler und eine Handvoll Restalkoholisierter geisterhaft über das Gelände streifen, dem man anscheinend jegliches Leben für die nächsten Wochen ausgesaugt hat.

Es riecht nach Müll, Pisse und nasser Erde.

Eigentlich ist es trostlos bis zum Anschlag.

Aber jetzt gerade ist es für mich der schönste Platz auf diesem Planeten.

Ich bin hier.

Mit Lucy.

Wir bleiben kurz stehen, halten uns aneinander fest und küssen uns, als ob wir uns beide gegenseitig versichern müssten, dass dies kein Traum ist.

Auch wenn es sich so anfühlt, absurderweise wegen des Schlafmangels.

Nachdem die Faschos sehr lädiert und fluchtartig das Gelände verlassen hatten, war Feiern im Camp angesagt, und weil ich irgendwie als Auslöser galt, musste ich zum wiederholten Anstoßen dabei sein, genauso wie Lucy, die der eigentliche Grund für die ›kleine Rangelei‹ war. Außerdem gab es noch erschreckend große Reserven an Alkohol zu vernichten, die sonst nur den Rückweg erschwert hätten. Da wäre es irgendwie unhöflich gewesen, sich zu verkrümeln, auch wenn wir nichts lieber getan hätten.

Irgendwann konnten wir uns ins Zelt schleichen und da haben wir gemacht, was man dann halt so macht. Es war nicht besonders gemütlich, aber toll.

Der Sonntag begrüßte uns mit Nieselregen und schneller Auflösung des Camps.

Das Onkelmobil wurde gepackt, aber eine Sache fehlte Lucy und mir noch, ein kleines Detail, etwas, das wir noch tun sollten. Also haben wir auf die Mitfahrt nach Hause verzichtet.

Wir verabschiedeten uns von den anderen, wir würden schon nach Hause kommen, irgendwie, ließen uns dann unter Umarmungen und Schulterklopfen zerknirscht lächelnd für total bekloppt erklären, obwohl unsere Freunde natürlich genau wussten, wieso wir das machten Dann schauten wir ihnen beim Davonschleichen zu, bis es uns zu blöd wurde, dauernd zu winken. Wenn sechzigtausend Leute ein Gelände verlassen, kann sich das schon mal hinziehen.

Ich nahm Lucys Hand.

Und so gehen wir über das Gelände.

Hand in Hand und mit Schmetterlingen im Bauch.

Mit Matsch in den Schuhen und einem beständigen Fiepen in den Ohren.

Und Heavy Metal im Herzen.

Korrekt.

# Inhalt

**ELLEN BERG**
**Du mich auch**
Ein Rache-Roman
304 Seiten
ISBN 978-3-7466-2746-5
Auch als E-Book erhältlich

# Rache ist … Frauensache

25 Jahre Abi, drei Freundinnen treffen sich wieder: Evi, die dem Gatten und den Kindern zuliebe die Karriere an den Nagel gehängt hat, Beatrice, die als Creative Director um die Welt jettet, und Katharina, aufstrebende Politikerin und glücklicher Single. So weit die Erfolgsstorys beim Klassentreffen. Am Ende des promillereichen Abends kommt die traurige Wahrheit ans Licht: Alle drei wurden von ihren Männern betrogen, ausgenutzt oder sitzengelassen. Jetzt wollen sie nur noch eines – Rache!
Unglaublich komisch, herrlich fies und ein Riesenspaß – zieht euch warm an, liebe Männer!

**Mehr Informationen erhalten Sie unter www.aufbau-verlag.de oder in Ihrer Buchhandlung**

atb aufbau taschenbuch